中国小说阅读拓展训练二十篇

王健瑶 编著

中学生人生教育丛书

黄玉峰 主编

上海科学技术文献出版社
Shanghai Scientific and Technological Literature Press

图书在版编目（CIP）数据

中国小说阅读拓展训练20篇/王健瑶编著．—上海：上海科学技术文献出版社，2016
（中学生人生教育丛书）
ISBN 978-7-5439-6297-2

Ⅰ．①中… Ⅱ．①王… Ⅲ．①阅读课—中学—课外读物 Ⅳ．① G634.333

中国版本图书馆CIP数据核字(2016)第180096号

责任编辑：张　树　王倍倍
封面设计：周　婧

丛书名：中学生人生教育丛书
书　名：中国小说阅读拓展训练20篇
黄玉峰　主编　王健瑶　编著
出版发行：上海科学技术文献出版社
地　　址：上海市长乐路746号
邮政编码：200040
经　　销：全国新华书店
印　　刷：常熟市人民印刷有限公司
开　　本：720×1000　1/16
印　　张：21.75
字　　数：287 000
版　　次：2016年8月第1版　2016年8月第1次印刷
书　　号：ISBN 978-7-5439-6297-2
定　　价：48.00元
http://www.sstlp.com

“人生教育”之宗旨

复旦附中　黄玉峰

玉峰从教凡四十八载，深知当今教育之弊端，诚欲有所作为。昔曾以一介书生，呼号实践，乃稍有果报。惟恨孽海深广，而精卫衔石，力薄势单也。玉峰自当奋其驽蹄，尽瘁鞠躬，献身是业。积四十八载经验，玉峰以为教育成败，首在宗旨，宗旨既明则思辨有则，言行有度；宗旨不明，则正邪不分，矛盾百出。今述其宗旨，为“人生教育”四字。请试为诸君诠释之。

一曰终生幸福

天地之间，人乃最贵。成材成器，首在成人。人生一世，必有所求。或拜金逐名，或轻利取义，或重家国天下，或恋儿女情长，志各有异。然诚如亚里士多德氏所言，殊途同归，无非为谋“幸福”。堂堂旗帜，皇皇口号，皆无凌驾个人幸福之理，教育尤然。而今教改泥滞，举步艰难，浮躁日盛，人无所适。遇此局面，必先定而后能行。教育当以成就个人终生幸福为宗旨，咬定青山，取舍存废，俱以此为试金石。

二曰彰显个性

夫子教人，各因其材，此本常理，毋庸复议。然今之言教者，不乏叶公好龙，言个性而胶柱鼓瑟，必曰“当筑个性于群性之中”。如此本末颠倒矣。

所谓群性，本应寓于个性。以个性为本，顺木之天，自由发展，乃真个性化；而以群性为本，乃“人为”尺度，束人手足，是为伪个性化。岂能以此“标准”，缚人生之个体耶?《中庸》云：“万物并育而不相害，道并行而不相悖。”使诸生个性并行而不悖，则教育之功成矣。

三曰守礼修身

教育必以礼。仲尼教子：“不学礼，无以立。”诸生未来自立，举手投足，敬而无失，恭而有礼，持彬彬君子之仪，品自高也。礼者，处世接物之所本，言谈行止之所循。礼之用，和为贵，礼之形，严为上。爱而无严非真爱，严而有爱乃真严。成人之美，成己之德。守礼为人，严以修己。小节种种，习以为常，必成自然。须知人格之所以动人处，皆在细行。欲成大事者，行止不可以不严谨。

四曰作育公民

当今域中，万马齐喑。多顺民亦不乏逸民、暴民，而极少公民。人云亦云者多，敢于批判者少，道听途说者多，实证考察者少；沉默牢骚者多，理性诉求者少。胡公适之有言：“争个人之自由，即为国家争自由。”故一人之自由独立，即为国家之进步。作育人格独立之公民，是为个人计，亦为国家计。公民非生而成之，必得分析判断之眼光，辩论说理之能力，自治民主之思想，法治规则之意识，皆赖切磋之益也。

五曰博雅励志

论语有云：“博学而笃志，切问而近思。”古今大哲，均主张以学问成就人格。观诸古今中外，人格完善之人，皆见识渊博，兼怀宽容、乐观、进取之德，此之谓人文主义。先贤云：“万物静观皆自得，四时佳兴与人同。”若非因精神富足，安能包容万物、四时安乐？求学为己，勿急欲致用。君子不器，博雅之人，无一处不可用也。《中庸》诫之曰：“有弗学，学之弗能，弗措也；有弗问，问之弗知，弗措也；有弗思，思之弗得，弗措也；有弗辨，辨之弗明，弗措也；有弗行，行之弗笃，弗措也。人一能之，己百之，人十能之，己千之。果能此道矣，虽愚必明，虽柔必强。”吾侪莘莘学子，当牢记之。

六曰智慧应试

应试教育之弊，由来久矣。专制功利，技术伪科，条条绳索加诸学子，流患无穷，业所周知。然应试教育与应试本非一事，应试关乎生计前途，原无可避。未来人生所遇险阻，有甚于应试者。千古科举，能误人，亦能成人，惟视应对得法与否也。子曰：人能弘道，非道弘人。如人格为应试所奴役，徒见“分”而不见人，则应试亦未必胜；如人格得以宏大，则应试小道，以智慧强大之人而驾驭之、战胜之，此不惟“人生教育”成，而区区“应试”诚如探囊取物也。君子爱分，取之有道。将来之于富贵名利，亦当作如是观。

总此六则，弘兹大德，以成我“人生教育”之宗旨，以全我国人作育国士，恢廓学风之责任。士不可以不弘毅，筚路蓝缕，以启前程，教书育人，功不唐捐。

自 序

中学的时候，我父亲多次明示暗示我应该多读小说——“那对成长好！”他总是这么说。但我并没有理会。那个时候，我刚读完《红楼梦》，这在男生里并不多见，但我虽然喜欢《红楼梦》，却更喜欢“红学”，家里那本《红楼梦研究集刊·第四辑》被我翻了又翻，并义无反顾地在报考大学时所有志愿的第一专业都选择了中文系。

如愿以偿后，从本科起我却选择了其中冷门的一支——是的，语言学。我对文学依然有兴趣，但更多的力气花在了乔姆斯基的“生成语法”和格林伯格的“语言类型学”上并乐此不疲，以至于毕业时，我甚至狠狠地遗憾为什么学位不是语言学硕士，而是文学硕士？

接着就是工作，我告别了从小长大的市区，来到了远郊一所著名的百年老校任教——那校区小桥流水，尽得江南园林风流；那校门气势恢宏，相传周瑜曾在此点兵。

我在那里度过了整整九年——哦不，是七年半，因为其中有一年半我主动报名远赴喀什支教。说来真是有缘分，我支教的那个县城在维吾尔语里的意思是“鹿头”，而我工作的那个区一向有“十鹿九回头”的美名。

我依旧是我，即使支教过，生活并不因此改变什么——我也不指望什么，因为在那个离上海五千公里的塔克拉玛干沙漠边缘的小城里，我已经教出了一个考进南京大学的维吾尔族学生并结为朋友，我曾在他那远离巴莎公路四十公里的琼库尔恰克乡且克且克村一起过斋月，他也曾在我上海的家中暂住，这就足够了——但和我同行的那些被动员的家伙们在回来后一个个跻身所在学校的中层领导岗位毕竟让我困惑——也许吧，也还真有一点嫉妒羡慕在其中。

内心迷茫而时日悠长的时候，我开始了阅读小说——而且缘分凑巧，是从当代中国小说起步的。

于是，当我读到刘震云《新兵连》里李上进明明被刁难不被发展入党，排长却把这解释为他没通过“考验”，从而坐实不发展他入党的理由的时候，我突然头皮一麻，眼睛酸楚，不知是该哭还是该笑，因为我发觉这种事情好像分明改头换面发生在我身上一样嘛!

终于，在刹那间我发现了小说的力量。

终于，我懂了当年父亲那话的深意：“傻孩子，读点小说了解一下这个社会吧！别等你经历过了、吃过亏了还不知道或者知道了却太晚。”

终于，我成熟了一些，接着完成了自己的“海吉拉”或者《出埃及记》，不回头地回到了市区。

对我而言，的确太晚了，以至于如今我读小说的时候，每每恍惚那些情节曾经改头换面地在身边发生过；但正因为这，我读小说时，对那些情节的惊奇少了，自然而然地会品味这情节写得如何。

对我的学生而言则不然，这也是如今的我希望我年轻的学生们多读小说的原因：只有单纯校园生活的你们怎能想象社会与人性的玄秘复杂？而能把这些奥秘生动呈现给你的，只有小说。而相对于早就更关注“怎么写”的外国当代小说，依旧关注“写什么”的中国当代小说自然对于这片土地上的人们更有现实意义；而且，跌宕起伏的历史为中国当代小说提供了无穷无尽的素材。尽管评论界曾有过“超越国族寓言”的期望，但要不包含中国人的经历而概括出人类的经历，这本身是否就是一种偏见与不足呢？

人类太有必要了解这个古老的东方民族在过去的三十、六十乃至一百五十年里的遭遇了。别的不说，单说改革开放后中国巨大的城乡差别吧，这是在上海这座中国最大的城市长大的孩子所根本不能想象的，即使是外出旅游也无法深入认知。可是，这巨大的鸿沟真的就在那里。而依我所见，小说却对此做出了最好最生动的记录：仅仅是范小青《城乡简史》一篇就足以让你唏嘘。

从这个意义上说，中国当代小说中有相当一部分依然承担着社会启蒙和维系良知的作用，这也是中国文学“诗教”传统的延续，虽然在这个据说“礼崩乐坏”的时代，国人已不怎么看书，但对于那些愿意在玄幻、穿越、盗墓等消遣类小说之外尝试严肃作品的人们来说，中国当代小说是大有看头的——更何况我们还有一批不仅仅满足于“写什么”而在“怎么写”上也很有追求的作家，我们也真的不用过于为莫言获得诺贝尔奖而欢呼雀跃，我们有那么一批完全也有这个实力而只是缺少运气的作家群，甚至，他们更有特色：比如模仿卡尔维诺和博尔赫斯出神入化的朱岳，比如从中国传统小说中汲取叙事灵感的张大春和刘震云，比如提出“内因果”和“神实主义”的阎连科等等等等。

应好朋友王召强之约——我依然清楚地记得是在九号线换乘十一号线的过道里接到的电话，我俩愉快地平分了中外小说的编选任务。这部选集，我期望以自己的阅读经历为中学生朋友提供一个还过得去的品读中国当代小说的选本，在他们“准无菌室”的世界里开一扇通向现实又不废想象的窗；同时，鉴于语文书小说的份额严重不足，我又期望这个选本能以简单的语言介绍小说鉴赏的要素，让中学生不但“看热闹”也能“看门道”，所以我编选了十个主题，包含了意图使命、人物情节、叙事想象各方面。我为每个主题编写了简单导读，还配上了一些评论家或小说家的论述——这里，我要向中学生朋友鼎力推荐这几本小说家对小说的论述：余华《温暖和百感交集的旅程》、张大春《小说稗类》、阎连科《发现小说》、王安忆《心灵世界》、福斯特《小说面面观》，还有英国新锐批评家詹姆斯·伍德的《小说机杼》。尤其是前两本和最后一本，实在是太棒了。

选文的过程最是痛苦，一来是七千字的篇幅实在尴尬，二来实在有太多好作品可以选择，我就像闯进珠宝店的贪心劫匪一样，目不暇接却无从下手——哪个我都喜欢。最后选定的二十篇是反复权衡的产物，一方面，尽量选择当代名家名作体现时代性，而且我特别关注海峡那一边人们和海外华人的作品，他们独特的经历不容忽视，也应该被我们分享，另一方面，每个章节我都设立了“推荐阅读”，为那些同样优秀却限于篇幅不能尽选的作品存目。我期望这样做能稍稍减轻我内心的不安。

但愿这个选本能给你一个愉悦的阅读历程！你可以按照目录按部就班地读并思考那些练习题，也可以无视那些，径直翻阅，翻到哪儿就读到哪儿。总之，期望你能有收获！

最后还是那句老话，限于编者水平有限，敬请各位读者指正。你可以通过以下办法找到我：

我的邮箱：sflssjez@126.com

我的公众号：不就学个语文嘛

目　录

小说的意图和使命

小说是一个民族的秘史。

——巴尔扎克

小说，它是一个词在时间中的奇遇。

——张大春

小说是所谓的文学四大体裁，即小说、诗歌、戏剧、散文之一。

在汉语中，“小说”一词最早出现于《庄子·外物》：“饰小说以干县令，其于大达亦远矣。”当然，这时它只是指琐碎的言论，与“大道”相对，名字里就透着一股卑微，所以《汉书·艺文志》里说“诸子十家，其可观者九家而已”——小说硬生生地排除在外。

直到近代，梁启超提出了以“今日欲改良群治，必自小说界革命始，欲新民，必自新小说始”为口号的“小说界革命”，小说才逐渐吸引人们郑重对待。

小说的意图和使命是什么？是讲一个或好听或新奇的故事吗？是借着故事来启发或警示世人吗？是记录下时代或风土人情的保持或变化吗？用文字探求人和世界的可能性吗？都是，又似乎并不都是。

这个问题，其实不脱那个更根本的母题：文学的意图和使命是什么？

结合中外小说家的回答，大致不外两种可能：

其一，是记录时代的风貌，为整体留下在人类历史上存在过的证明——因此，巴尔扎克有了“人间喜剧”系列、左拉有了“卢贡—马卡尔家族”系列、福克纳有了“约克纳帕塔法世系”系列、莫言有了“高密东北乡”系列、李锐有了“吕梁山”系列、苏童有了“枫杨树村”系列……

其二，是记录个人——个人的遭遇、个人的心灵，甚至现实中并未实现的可能，为个体留下曾存在于这个宇宙的证明——有谁能否认，司汤达笔下的于连、卡夫卡笔下的格里高尔、余华笔下的福贵、王安忆笔下的王琦瑶等等在天地间占据一席之地不亚于你我?

其实，这两者又不是那么泾渭分明，谁说不能在整体中见出一个个独特的灵魂呢?比如托尔斯泰《战争与和平》，你不能在俄法战争中辨识出那一张张独特的脸吗?又比如《红楼梦》，你能不在大家族败亡的过程中记得那一个个鲜活的人吗?

小说，实在是标记人类存在的终极手段啊，“与天壤而同久，共三光以永光”，又岂是“经国之大业，不朽之盛事”可以涵盖的!

重点阅读：朱天心《想我眷村的兄弟们》、张爱玲《五四遗事》

推荐阅读：林海音《蟹壳黄》、范小青《城乡简史》、刘醒龙《大树还小》

朱天心，1958年生于中国台湾，原籍山东临朐，毕业于台湾大学历史系；朱天心一家俱有文名：朱西宁是国民党军人，后赴台写作；母亲刘慕沙是台湾本土出生的客家人，以翻译日本文学闻名；姐姐朱天文、妹妹朱天衣亦是中国台湾当代重要作家。朱天心代表作有《击壤歌》《想我眷村的兄弟们》《猎人们》等。

想我眷村的兄弟们

朱天心

我恳请你，读这篇小说之前，做一些准备动作——不，不是冲上一杯滚烫的茉莉香片并小心别烫到嘴，那是张爱玲《第一炉香》要求读者的——，至于我的，抱歉可能要麻烦些，我恳请你放上一曲 *Stand by me*，对，就是史蒂芬·金的同名原著拍成的电影，我要的就是电影里的那一首主题曲，坊间应该不难找到的，总之，不听是你的损失哦。

那么，合作的读者，我们开始吧。

即使没看过原著没看过电影的你，应该也会立时被那个歌词叙事者小男生的口吻吸引住吧，一个无聊悠长的下午，他跟屁虫的尾随几个大男生去远处探险，因为据说那里有一具不明死因的男尸，他觉得又惊险又不大相信又拜托真到目击的那一刻不要吓得尿裤才好，于是他鼓足勇气反复立誓似的提醒自己：我不怕，我不怕，我一点也不怕，只要你在我这一国，我他妈的一颗眼泪也不会掉!

……歌声渐行渐远，画面上渐趋清楚的是一个，我不知道该如何形容她，青春期的大女孩，或小女人，第一次的月经来潮并没有吓倒她，她正屏着气——全没留意客厅里传来的蜂王黑砂糖香皂的电视广告音乐——专心的把手探在裙下用力拉扯束在裙里的衬衫，直至确定镜中的自己胸脯又如小学时候一般平坦，她放心的冲出家门，仍没看一眼电视画面上的英伦口香糖广告，十六岁的甄妮穿着超短迷你裙，边舞边唱着“我的爱，我的爱，英伦心心口香糖……”她跑到村口，冬天有阳光的礼拜六午后，河口沙洲鸟群似的群聚着十几二十名从兵役期年纪到国小一年级不等的男孩子，村口两尊不明用途的大石柱之间，凌空横扯出一条红布幅，上书“本村全体支持 × 号候选人 × × ×”，衬着蓝色的天空迎风猎猎作响，好像每隔几年总要张挂那么几天，她要到差不多二十年后，离她拥有公民投票权十几年以后，才百感交集回想起那情景，并初次投下与那红布条不同政党的一票。

她盘桓在他们周围，像一只外来的陌生的鸟，试图想加入他们，多想念与他们一起厮混扭打时的体温汗臭，乃至中饭吃得太饱所发自肺腑打的嗝儿味，江西人的阿丁的嗝味其实比四川人的培培要辛辣得多，浙江人的汪家小孩总是臭烘烘的糟白鱼、蒸臭豆腐味，广东人的雅雅和她哥哥们总是粥的酸酵味，很奇怪他们都绝口不说“稀饭”而说粥，爱吃“广柑”就是柳丁。更不要说张家莫家小孩山东人的臭蒜臭大葱和各种臭蘸酱的味道，孙家的北平妈妈会做各种面食点心，他们家小孩在外游荡总人手一种吃食，那个面香真引人发狂……可是半年多来不知哪里不对了，这些朝夕相处了十多年的伙伴，真的是朝夕相处，像弟弟，就常在她家玩得忘了回家，就跟她们家小孩一起排排睡。毛毛还是她目睹着出生的，那时她跟好多大人小孩挤在毛毛家卧室门口看毛妈惨叫，那次毛毛哥哥得意得什么样子，恣意的严密挑选与他一国的才准进去观赏。还有大她一岁的阿三，她与他默默甜蜜的恋爱了快十年。还有大头，没有一次不与她大吵或大打出手收场的，不分敌友对她的态度变得说不上来的好奇怪。

她百思不得其解，自认做得无懈可击，好比她确信经血是有气味的，她便无时无刻不谨慎选择站在下风处，以防气味四散；好比她发现再无法阻止胸脯的日益隆起，痛哭之余日日展开与它的搏斗，偷过母亲的丝巾把它紧紧捆绑住，或衣服里多穿一件小学时的羊毛衫把它束得平平的，有一回厮打时被谁当胸撞了一记，当场迸出眼泪差点没痛晕过去；她甚至偷父亲的烟，跟他们一起抽，学他们边抽边藏烟的方法，以为因此取得了与他们共同犯罪的身份，她甚至不愿意好好读书，说不上来的以为功课破破的或许较利于他们重新接纳她。

当然，要到差不多十年之后，在她大学毕了业，工作了，考虑接受男友的婚约时，才能持平的看待当年那些男孩，不，或该说男人，怎么可能当她的面谈论、揣测她胸脯的尺寸，交换着因为不知道而无限膨胀神秘引人的性知识，业务机密似的口传谁家当兵回来的老大刻在机场那边的外省挂混，下次谁惹了麻烦或跟哪个村子结了梁子可以找他出面摆平；还有唯一在市区里念私立中学的大国说车过中山北路看到潘家二姊跟一个美国大兵粘着走路，骚得！随即每个人把积压老久的脏话、兽性大发的存货出清，深喉咙一样的口上得到了快感；也有同样姊姊光明正大结交了美军男友并快论婚嫁的马哥，用妈妈的百雀龄面霜抹成“岸上风云”中马龙白兰度的发型，教几个年纪大些的男孩一种刚自未来姊夫处学来的新式舞步，可那舞步屡屡被村口唐家开得好大声的“田边俱乐部”电视节目中，观众所唱的难听歌声所扰乱；还有沿着广场边缘踱步，一手卷着数学代数课本一手不时在空中演算的丁家老二，每做完一题便又开始跟他们 MIT 个不完，丁老二的物理老师总爱像回教徒膜拜圣地麦加似的热烈讲述有关 MIT 的种种神话，听熟了丁老二的二手传播的她，要到七十年代初期，才知道 MIT 的当代意思，不是她熟如家珍的

麻省理工学院，而是 Made in Taiwan。

因此，不会有人像她一样，为童年的逝去哀痛好几年，乃至女校念书时，几个要好的同学夜宿某死党家，同床交换秘密的描摹各自未来白马王子的图像时，轮到她，她一反其他人的对学历、血型、身高、星座、经济状况的严密规定，她说："只要是眷村男孩就好。"

黑暗中，眼睛放着异光，夜行动物搜寻猎物似的。

那一年，她搬离眷村，迁入都市边缘寻常有一点点外省、很多本省人、有各种职业的新兴社区，河入大海似的顿时失却了与原水族间各种形式的辨识与联系，仍然滞闷封闭的年代，她跟很多刚学吉他的学生一样，从最基础简单的歌曲弹唱起，如 Where have all the flower gone，并不知道那不过是五六年前外头世界狂飙一场的反战名歌，她只觉那句句歌词十分切她心意，真的，所有的男孩们都哪里去了，所有的眷村男孩都哪里去了？

她甚至认识了一大堆本省男孩子，深深迷惑于他们的笃定，大异于她的兄弟姊妹们，她所熟悉的兄弟姊妹们，基于各种奇怪难言的原因，没有一人没有过想离开这个地方的念头，书念得好的，家里也愿意借债支持的就出国深造，念不出的就用跑船的方式离开；大女孩子念不来书的，拜越战之赐，好多嫁了美军得以出国。很多年以后，当她不耐烦老被等同于外来政权指责的"从未把这个岛视为久居之地"时，曾认真回想并思索，的确为什么他们没有把这块土地视为此生落脚处，起码在那些年间——

她自认为寻找出的答案再简单不过，原因无他，清明节的时候，他们并无坟可上。

他们居住的村口，有连绵数个山坡的大坟场，从青年节的连续春假假日开始，他们常在山林冶游，边玩边偷窥人家扫墓，那些本省人奇怪的供品或祭拜的仪式、或悲伤肃穆的神情，很令他们暗自纳罕。

那时候，山坡的梯田已经开始春耕，他们小心的避免踩到田里，可是那田埂是个难走的，一踩一摊水，其实那时候到处都是水，连信手折下的野草野花也是茎叶滴着水，连空气也是，潮蒙蒙的，头发一下就湿成条条贴在颊上。平常非必要敬而远之的坟墓，忽然潮水退去似的露出来，他们仗着扫墓的人气一一去造访，比赛抢先念着墓碑上奇怪拗口的刻字，故意表示胆大的就去搜取坟前的香支鲜花……

可是这一日总过得荒荒草草，天晚了回家等吃的，父母也变得好奇怪，有的在后院烧纸钱，但因为不确知家乡亲人的生死下落，只得语焉不详的写着是烧给 × 氏祖宗的，因此那表情也极度复杂，不敢悲伤，只满布着因益趋远去而更加清楚的回忆。

原来，没有亲人死去的土地，是无法叫做家乡的。

原来，那时让她大为不解的空气中无时不在浮动的焦躁、不安，并非出于青春期无法压抑的骚动的泛滥，而仅仅只是连他们自己都不能解释的无法落地生根的危机迫促之感吧。

他们的父母，在有电视之前而又缺乏娱乐的夜间家庭相聚时刻，他们总习于把逃难史以及故乡生活的种种，编作故事以飨儿女。出于一种复杂的心情，以及经过十数年反复说明的膨胀，每个父家母家都曾经是大地主或大财主（毛毛家祖上有的牧场甚至有五六个台湾那么大），都曾经拥有十来个老妈子一排勤务兵以及半打司机，逃难时沿路不得不丢弃的黄金条块与日俱增，加起来远超过俞鸿钧为国民党搬来台湾的……

曾经有过如此的经历、眼界，怎么甘愿、怎么可以就落脚在这小岛上终老?

不知在多少岁之前，他们全都如此深信不疑着，而不知在多少年之后，例如她，渐与几个住在山后的本省农家同学相熟，应她们的邀约去做功课，很吃惊她们日常生活水平与自己村子的差距：不爱点灯、采光甚差连白日也幽暗的堂屋、与猪圈隔墙的毛坑、有自来水却不用都得到井边打水。她们在晒谷场上以条凳为桌做功课，她暗自吃惊原来平日和她抢前三名的同学每天是这样做功课、准备考试的。

做完功课，她们去屋后不大却也有十来株柚子树的果林玩办家家，她看到同学的母亲完全农妇打扮、口上发着哩哩声在喂鸡鸭，看着同学父亲黄昏时在晒场上晒什么奇怪药草，她觉得惆怅难言。

后来每年她同学庄里一年一度的大拜拜都会邀她去，她渐渐习惯那些丰盛却奇怪的菜肴，也一起跟着农家小孩挤看野台戏，听不懂戏词但随他们该笑的时候一起笑。从不解到恍惚明白他们为何总是如此的笃定怡然。

村里的孩子，或早或迟跟她一样都面临、感觉到这个，约好了似的因此一致不再吹嘘炫耀未曾见过的家乡话题，只偶尔有不更事的小鬼夸耀他阿爷屋后的小山比阿里山要高好几倍时，他们都变得很安静，好合作的假装没听见，也从来没有一个人会跳出来揭穿。

便赶紧各自求生吧。

男孩子们通常都比较早地面临这个问题，小学六年级，在国民义务教育还没有延长成九年之前，他们好吃惊班上一些本省的同学竟然可以选择不考试不升学（尽管他们暗自颇为羡慕），而回家帮家里耕田，或做木工、水电工等学徒。而他们，眼前除了继续升学，竟没有他路可走，少数几个好比陈家大哥宝哥，有一年一家电影公司在山上相思林拍武侠片时，他从围观看热闹的到自愿以一个便当的代价拍一个挨男主角踢翻的镜头，到帮他们扛道具上卡车，到工作队离开时他连换洗衣裤都没带的跟着走了。

这个不知为什么显得很骇人的例子传诵村里十数载，简直以为他就这样死了，要到差不多二十年后，他们之中有看影剧版习惯的人，便会在影剧版最不起眼的一个小角落发现他才四十出头就肝癌英年早逝身后萧条只遗一个幼儿园儿子的消息，才知道原来他这些年跟他们一样一直存活着，一直在某电视台做戏剧节目的武术指导。

“噢，原来你在这里……”她边翻报纸喟叹着。

彼时报纸的其他重要版面上，全是几名外省第二代官宦子弟在争夺权力的热闹新闻，她当然都仔细阅读，却未为所动，也不理会同样在阅报的丈夫正因此大骂她所身属的外省人（她竟然违背少女时代给自己的规定，嫁给了一个本省男人）。

其实这些年间，她曾经想起过宝哥，仅仅一次，在新婚那夜。

那时丈夫正把闹完洞房的同事朋友给送出门，她没力气再撑起风度听他们的笑谑，便独自先返回卧室，不点灯，怕面对那陌生之感，也有些害怕即将要发生的事。这固然与她尚是处子之身有关，但大概是这幽暗陌生的新居卧室的缘故，她忽然遗失掉长期以来做个现代都会女性、性知识只会过分充足的身份，立时回到了另一间同样昏暗的陌生卧室，宝哥家的卧室，她大概是小学二三年级，正和宝哥的妹妹、贝贝一干自组的黄梅调剧团在翻找毛巾被单扮古装，她正在地上找发夹时，随手拾起一本没有封皮的旧书，她好奇的凑在五烛光的灯泡下翻阅，那是一本用粗俗挑逗的笔调写的性知识书，对她而言闻所未闻，因此看得十分专注，看到教导男子如何挑动处女，以及把处女弄破时要如何止血，好像曾听到贝贝的警告：“那个是我哥的，他不准人家看呦。”她看到教人由嘴唇、乳房以及坐姿判断处女与否时，她忽然才感觉到四周非常安静，她抬头，看到房门处有个高大的身影，也才发觉贝贝她们什么时候全跑光了，但她立刻感觉出那个穿着父亲军汗衫的身影是宝哥，她弃了书，小声的喊了一声宝哥，宝哥也不答话，慢慢，又好像很快的走近她，呼吸声好大，走到近灯处，她被他那双像猫一样发出磷光的眼睛吓傻了。

然后其实什么事也没发生，她灵巧迅速的跑出那间卧室，跑出宝哥家，跑到日光下，那段记忆，便像底片见了光，一片空白，那些第一次对性事的固陋、村俗的印象，便牢牢给关在那间卧室，甚至日后在光天化日下看到宝哥也无啥殊异之感，因此竟然真的再没想起过他，直到新婚夜。那时她想，宝哥做梦也不会想到吧，竟然有个女孩子在一生中重要的那一刻时光里会想到他，尽管是那样一种奇怪的方式。

其实不只宝哥，还有很多很多的男人，令很多很多的女孩在她们的初夜想到他们。

他们大多叫做老张、或老刘、或老王（总之端看他们姓什么而定）。

通常一个村子只有这样一名老×，因为他单身，又且远过了婚龄大概再没有成家的可能，又往往仅是士官退伍，无一技之长，便全村合力供养他似的允许他在村口的村自治会办公室后头搭一间小违建，贴补他一点钱，自治会的电话由他接，一些开会通知由他挨家挨户送，路灯坏了也由他修，他村的半大男生结伙来本村挑衅时，他会适时出来干预，冬天在村外围一堆小孩看他烤一只流浪来的小黑狗，夏天在发出浓烈毒香的夹竹桃树下剥蛇皮煮蛇汤的，就是老×。

他们通常大字不识一个，甚至不识自己的名字和手臂上刺青的“杀朱拔毛”“反共抗俄”，但他们是村里诸多小孩的启蒙师，他有讲不完的剿匪战役、三国水浒、或乡野鬼怪故事，尽管他们的乡音异常严重，可是小孩们不知怎么都听得懂；尽管他们的住屋像个拾荒人家，可是小孩简直觉得那是个宝窟，有很多用桐油擦得发亮的子弹头（你若愿意在停电的夜晚跑过可怕的公墓山边、替他到大街上买一瓶酒回来的话，他大概会送你一颗），有不明名目的勋章，有各种处理过的虫尸蛇皮，有用配给来的黄豆炒成的零嘴儿，还一定有扑克牌、残缺不全的象棋或围棋，而且他会教你下，替你算命。

然而，总要不了太久（端看那名老 × 的性欲和自制力而定），常出没其间的小孩们就会起一种微妙的变化，当孩子们里必然会有的那个比较好吃、或娇滴滴爱撒娇、或胆怯不敢违拗大人的……我们叫她小玲吧，当小玲也来老 × 的破巢时，其他小孩便如同动物依本能的远离一只受伤病痛的同伴似的远远离开小玲，离开小屋……

大多数小孩并不知道空气中的不安和危险是什么，只有那几个胆大些的小男生，终于有一天，会躲在窗外好奇偷窥，他们通常会看到老 × 与小玲做奇怪的事，不是他褪去衣裤，就是把小玲也褪去衣裤，这些老 × 通常因为自己的性能力以及谨慎怕事的缘故，不致把小玲弄流血或弄到晚上洗澡时会被母亲发现的地步，但通常小男生们不及看到这里就已经全跑掉了，基于一种好像闯了祸的心情，他们都不告诉其他同伴，甚至也不警告自己的姊姊妹妹，而且他们仍然出没老 × 的小屋，有时听故事或下棋的空当，会刹那间失神，盯着老 × 的裤裆并回忆他的大鸡巴，没有任何评价的只觉得哇操他真是一头大兽王！

至于小玲，早晚有一天，会在与女伴交换秘密时讲出老 × 对她做的事，她得到的反应通常有两种，一是对方立时也眼泪汪汪、抓紧她的手，不管以后她们还有没有再去老 × 处，但童年时光里她们大概会是一对最要好的朋友。不过比较多的反应是，对方渐听渐露出陌生警戒的目光，悄悄退去，远离，不一定会泄漏出去这个秘密，但同伴们都动物一样的迅速感受到这个讯息，一点不想探究的也离小玲远远的，任她自生自灭。

但是好奇怪的这些讯息永远只能横的传开，都不会让小她们几岁的弟弟妹妹们知道，因此每一届都无可避免的或多或少有几名小玲。当念中学的老小玲发现妹妹及其同伴有些神秘难言的行迹时，比较大胆的老小玲就会喝斥妹妹：“叫你们不要去老 × 家玩！”“你小心让妈知道了好看！”骂完不禁奇怪为什么自己从来没想过告诉妈妈。每一个小玲差不多都如此，以致那些老 × 们都得以安然活到二十、三十年后，当这些小玲们陆陆续续结婚，或与心爱男友的第一次，都会想起那个遥远年代遥远村子遥远小屋的老 ×，比较传统保守的小玲们担心自己的处女膜可还完好，健康开朗些的小玲们则流下衷心快乐的泪水，深深感激抚在自己身上的、不再是一双迟疑却又贪婪的苍老的手，而是如此的年轻有力、清洁、有决心……

这些自然是老 × 们想都想不到的，因为在那一刻的同时，老 × 们正全心全意发愁手膀上的那些刺青可要如何去掉、以利于他们的返乡探亲。有大胆些的人便率先去整形外科处割掉那片刺青的皮肤，所以，假若你在八七—八八年间，在街上看过年近七十，单手膀上裹着白纱布绷带的外省老男人，没错，他就是老 ×，……连你都无法想象吧，他们正是多少女孩在初夜会想起的男人，当然，至此我们已不用去追究她们是基于何种心情了。

看到这里，你一定会问，那妈妈呢？妈妈们哪儿去了？都在干什么？不然怎么会如此的疏于照顾保护子女？

妈妈们大概跟彼时普遍贫穷的其他妈妈们一样忙于生计，成天绞尽脑汁在想如何以微薄的薪水喂饱一大家子。若是大陆来的妈妈，会在差不多来台湾的第十年，变卖尽最后一样金饰后，在那一年的农历新年一横心，把箱底旗袍或袄子拿出来改给众小孩当新衣，勿需丈夫们解说该年九月的雷震事件，或是进一步的泄露军机，她们比什么人都早的已与朝中主政者一样自知回不去了。

妈妈们通常除了去菜场买菜是不出门的，收音机时代就在家听“九三俱乐部”和“小说选播”，电视时代就看“群星会”和“温暖人间”，要到谁怕谁的时代才较多人以麻将为戏，不再理会眷补证上印的可怕罚则（例如第一

次抓到断粮 × 个月，第二次抓到……），通常法太严则不行，若有谁家明目张胆传出麻将声，几天后，该邻官阶最大的那位太太就会登门不经意的闲聊恳谈一番，当然，若打麻将的那家就是该邻或该村官阶最高的，也就是住家坪数最大、最先拆掉竹篱笆改盖红砖围墙、最先有电视的那家，此事大约就不了了之了。

但往往妈妈们的类型都因军种而异。

空军村的妈妈们最洋派、懂得化妆，传说都会跳舞，都会说些英文。陆军村的妈妈最保守老实，不知跟待遇最差是否有关。海军村的打牌风最盛，也最多精神病妈妈，可能是丈夫们长年不在家的关系。宪兵村的妈妈几乎全是本省籍，而且都很年轻甚至还没小孩，去他们村子玩的小孩会因听不懂闽南语而莫名所以的认生不再去。

最奇怪的大概是情报村，情报村的爸爸们也是长年不在家，有些甚至村民们一辈子也没见过。他们好多是广东人，大人小孩日常生活总言必称戴先生长戴先生短，仿佛戴笠仍健在且仍是他们的大家长。

情报村的妈妈们有的早以寡妇的心情过活，健妇把门户的撑持一家老小，我们可依其小孩的年纪差距推断出丈夫每次出勤的时日长短。另有些神经衰弱掉的妈妈们则任一窝小孩放野牛羊似的满地乱跑，自生自灭。做小孩的都很怕学期开始时必须填的家庭调查表，有一个长年考第一名的女孩甚至快要受不了的伏桌痛哭起来，生怕别人发现她的与众不同，因为父亲工作要掩护身份的关系，一家都跟母亲的姓，她觉得很难堪，乃至曾有一名小玲以老 × 的事与她交换最高机密时，她都违背约定的坚不吐实。

至于那些为数不少、嫁了本省男子、而又在生活中屡感不顺遂——例如丈夫们怎么不如记忆中的外省男孩肯做、必须分担家事，因此断定他们一定受日据时代大男人主义遗风影响所致；例如每逢选举，她都必须无可奈何代替国民党与丈夫争辩到险险演成家庭纠纷——因而会偶觉寂寞的想念昔日那些眷村男孩都哪儿去了的女孩儿们，我在深感理解同情之余，还是不得不提醒你们，不要忘了你曾经多么想离开这个小村子，这块土地，无论以哪一种方式。

记不记得你在成长到足以想到未来的那个年纪，尽管你还正在和村中的某个男孩恋爱，那些个乘凉或看“晶晶”连续剧、父母因此无暇顾及的夏日夜晚，满山的情侣（之前或之后，你会在田纳西·威廉电影里发现到几乎一模一样的情景，保守、炎热、父权、压抑的南方小镇里那些在夜间冶游、无法说明自己的心灵和身体在饥渴些什么的大男孩大女孩），你们在喧天的蝉声里一面发高烧似的热烈探索彼此年轻的身体，一面在心里暗暗告别，自然大多的告别是因为没考上学校的男孩就要去服役或念军校了，但更多时候，是女孩们片面好忍心的决定。

记不记得？你，错过时机尚未走成的女孩——五十年代，嫁黑人嫁GI去美国的；六十年代，出国念书或去当歌星影星，因为发现唯有此业是收获耕耘可以大不成比例，宜于经济起飞年代一无本钱而想一夜致富的人从事，你渐渐很不耐烦老在村口克难球场群聚终日的那些等待兵役期、抽烟打屁、除了打球无所事事的幼时玩伴（尽管他们曾经是你太想一道混迹终老的伙伴），并非因为你行经那儿时，总会飘出几句发自其中一名刚届青春期的男生泄欲式的脏话，影射你的身材尺寸或器官，或大喊一声：“××× 的蜜斯！”也并非有些男孩变得粗壮似野兽、并且也发出野兽一样很让你觉得陌生不安的目光和嗓音……你只隐隐觉得，那些幼时常与你一道在荒山里探险开路冶游的伙伴，不再足以继续做你意欲探险外面世界的伙伴，你甚至不愿意承认你快看不起他们、觉得他们对未来简直有点不知死活。

于是，你会在离家念大学或开始就业时，很自然的被那些比起你的眷村爱人显得土土的、保守沉默的本省男孩所吸引，尽管他们之中也多有家境比眷村生活还要窘困，或比眷村男孩的动辄放眼中国、放眼世界的四海之志要显得胸无大志得多，但他们的安稳怡然以及诸多出乎你意料的对事情的看法，都使得你窒闷的生活得以开了一扇窗，透了口气。尽管多年后你细细回想，当初所感到的窒息郁闷也许并非全然因为眷村生活的缘故。

离开眷村而又想念眷村的女孩儿们，我深深同情你们在人群中乍闻一声外省腔的“他妈的（音踏马的）”时所顿生的乡愁，也不会嘲笑有人甚至想登寻人启事寻我幼年的伙伴或甚至组个眷村党，因为她不甘愿承认只拥有那些老出现在社会版上、仅凭点滴资料但照眼就能认出的兄弟们（如 × 台生，山东人，籍设高雄左营、或冈山、或嘉义市、或杨梅埔心、或中和南势角、或六张犁、南机场……那些个从南到北、自西徂东、有名的大眷村集结之地）。也不愿意搭出租车时，听到司机问：“你要去ㄌㄚˇ里?”以及一遇塞车就痛骂国民党和民进党的，你望着他后脑勺的几茎白发，当下可断定他是那批气宇轩昂意气洋洋、专修班出来还志愿留营以尽忠报国，而后中年退伍不知如何转业的 × 家 × 哥，除此之外，眷村的兄弟们，你们到底都哪里去了?

所以你当然无法承受阅报的本省籍丈夫在痛骂如李庆华、宋楚瑜这些权贵之后夺权斗争的同时，所顺带对你发的怨怼之气，你细细回想那些年间你们的生活，简直没有任何一点足以被称做既得利益阶级，只除了在推行国语禁制台语最烈的时代，你们因不可能触犯这项禁忌而未曾遭到任何处罚、羞辱、歧视（这些在多年后你丈夫讲起来还会动怒的事），尽管要不了几年后，你们很快就陆续得为这项政策偿债，你的那些大部分谋生不成功的兄弟们，在无法进入公家机关或不读军校之余，总之必须去私人企业或小公司谋职时，他们有很多因为不能听、讲台语而遭到老板的拒绝。

大概非眷村，或六十年代后出生的本省外省人都无法理解，很多眷村小孩（尤其他们居住的若是个有菜市场、有小商店、饮食店及学校等的大眷区），在他们二十岁出外读大学或当兵之前，是没有“台湾人”经验的，只除了少数母亲是本省人，因此寒暑假有外婆家可回的，以及班上有本省小孩且你与他们成为朋友的。至于为数众多的大陆籍妈妈们，十数年间的唯一台湾人经验就是菜市场里那几名卖菜的“老百姓”，因此她们印象中的台湾人大致可分为两种：会做生意的，和不会做生意的。

正如你无法接受被称做是既得利益阶级一样，你也无法接受只因为你父亲是外省人，你就等同于国民党这样的血统论，与其说你们是喝国民党稀薄奶水长大的（如你丈夫常用来嘲笑你的话），你更觉得其实你和这个党的关系仿佛一对早该离婚的怨偶，你往往恨起它来远胜过你丈夫对它的，因为其中还多了被辜负、被背弃之感，尽管终其一生你并未入党，但你一听到别人毫无负担、淋漓痛快的抨击它时，你总克制不了的认真挑出对方言词间的一些破绽为它辩护，而同时打心底好羡慕他们可以如此没有包袱的骂个过瘾。然而其实你并非没有过这种机会，记不记得有几次你单独携小孩回娘家的时候，你不也是如此在晚饭桌上边看电视新闻边如此大骂国民党吗？只因为从政治光谱上来看，此时没有人（你丈夫）站在你的左边，所以你可以难得快乐的扮个无顾忌的反对者，只因为你很放心这种时候你的右边总会有人（你老爸）出来，为这个爱恨交加、早该分手的党辩护。

你大概不会知道，在那个深深的、老人们烦躁叹息睡不着的午夜，父亲们不禁老实承认其实也好羡慕你们，他多想哪一天也能够跟你一样，大声痛骂妈啦个B国民党莫名其妙招他们骗到这个岛上一骗四十年，得以返乡探亲的那一刻，才发现在仅存的亲族眼中，原来自己是台胞、是台湾人，而回到活了四十年的岛上，又动辄被指为“你们外省人”，因此有为小孩说故事习惯的人，迟早会在伊索寓言故事里发现，自己正如那只徘徊于鸟类兽类之间，无可归属的蝙蝠。

总而言之，你们这个族群正日益稀少中，你必须承认，并做调适。然而其实只要你静下心来，凭借动物的本能，并不困难就可在汪洋人海里觅得昔年失散、或遭你遗弃的那些兄弟们的踪迹：那个干下一亿元绑票案的主谋，你在还来不及细看破案经过以及他的身份简介时，只见他向记者们朗朗上口的诗句：“慷慨歌燕市，从容作楚囚，引刀成一快，不负少年头。”你不是脱口而出：“啊，原来你在这里！”

初中那年，你们不是曾经被一个新来的国文老师所迷惑，只因为那位五十来岁、一口湖北腔的单身男老师总喜欢讲课本以外的东西，他就曾经含着眼泪，以平剧花脸的腔调诵完少年汪精卫这首刺摄政王失败的《狱中口占》，你不是还边认真的把全诗抄在课本空白处，边疑惑你所学过民国史里的大汉奸卖国贼、怎么也有这种看似像个人的时候，那个国文老师大概正因为老是触犯此类禁忌之故，学期结束就又他调。

多年后，你猜他绝对不知道自己当年曾开启多少热血少年的心志，又或让他们以为找到了使他们动机看似神圣正义的理由。

所以，原来当初那些盘踞在村口、你觉得他们只敢跟自己人或别眷村好勇斗狠、却没胆出去闯荡世界的 × 哥 × 弟们，就在他们中间，就在你要弃绝他们的同时，有人正在磨刀霍霍，结群结党，暗暗在全岛干下无头抢案数十起并杀人如麻，破案时，你不须细看报上的说明他们这个强盗集团是新竹光复路某某眷村的子弟，你仅凭他戴着手铐脚镣的相貌就可呼出他的小名；乃至十数年后远赴美国深信自己是为国锄奸的 × 哥，你丝毫不吃惊他仅仅不过想印证那句奉行半生的：“引刀成一快，不负少年头！”

当然村口的那些兄弟们不尽都是如此之辈，一名涵迹其中、跟其他很多人一样去跑船的沈家老大，二十年后，你不难在报上的访问中，清楚唤出他的眷村味儿，当大约举国都不相信他要把那块唐荣旧址变更为商业用地并非只为了赚取暴利，而是想盖一幢他做海员时在其他美丽的国家看到的美丽建筑时，大概只有你相信他所说的是真话，并惊叹且同情这名身价百亿的成功证券商，为何还可怜兮兮如你们十数年前、对国家如此抽象却又无法自拔的款款深情。

与此类似的还有那个，有没有？好像是第五邻第一家，在家门口开个早餐摊，常帮妈妈洗洗弄弄找钱的王家暄哥，三十年后，你每见他以财政部长的身份在报章、电视等媒体大力推销他的政策时，你以女性的直觉并不怀疑他的操守、用心、专业有何问题。只是他那股言谈间弥漫不去“以国家兴亡为己任”的浓浓眷村味儿，让你觉得因为太熟悉了而反倒心烦意乱，但毕竟也每足以让你百感交集的唱叹“噢，原来你在这里，眷村的兄弟。”

所以，那些兄弟们，好的、坏的（从法律观点看）、成功的、失败的（从经济事功看）、存在的、不存在的、有记忆的、遗忘症的、记忆扭曲的……请容我不分时代、不分畛域的把四九—七五（蒋介石消逝、神话信念崩溃的那一年）凝冻成刹那，也请权把我们的眼睛变做摄影机，我已经替你铺好了一条轨道，在一个城镇边缘寻常的国民党中下级军官的眷村后巷，请你缓缓随轨道而行——音乐？随你喜好，不过我自己配的是一首老国语流行歌《今宵多珍重》，上过成功岭的男生都该会记得吧，每天晚上入睡前营区

放的：南风吻脸轻轻，飘过来花香浓；南风吻脸轻轻，星已稀月迷蒙……

我们开始吧——

不要吃惊，第一家在后院认真练举重的的确是，对，李立群，除了喘气声，他并没发出任何噪音，因此也没吵到隔壁在灯下念书的高希均和对门的陈长文、金惟纯、赵少康……

我们悄声而过，这几家比较有趣得多，那名穿着阿哥哥装在练英文歌的是欧阳菲菲，十六岁但身材已很好的她，对自己仍不满意，希望个儿头能跟隔壁的白嘉莉一样。当然你不会吃惊看到第四家的白嘉莉正披裹着床单当礼服，手持一支仿麦克风物在反复演练："各位长官、各位来宾，今天我要为各位介绍的是……"

别看呆了！你。第五家凑在小灯泡下偷看小说的那个小女孩也很可爱，她好像是张晓风、或爱亚、或韩韩、或袁琼琼、或冯青、成苏伟贞、或蒋晓云、或朱天文（依年龄序），总之她太小了，我分不出。

当然不是只有女孩子才爱看闲书，我们跳过一家，你会发现也有个小兄弟在看书，什么？你连蔡诗萍和苦苓都分不出？都错了，是张大春，所以我们顶好快步通过，免得遭他用山东粗话噌，是啊！他打从小就是这个样儿……隔壁刚作完功课、正专心玩办家家的一对小男生小女生，看不出来吧，是蔡琴和李传伟。当然也有可能是赵传和伊能静。

第九家，一名小玲默默在洗澡。

第十家，漆黑无人，因为在念小学的正第、正杰兄弟俩陪母亲去索讨父亲托人遗下的安家费，他们就是我们提起过的情报村的，打从他们一家迁居至此，村民们就从没有看过他们的父亲，直至差不多三十年后……第十一家……

（我俩临别依依，要再见在梦中。）

……

啊!

想我眷村的兄弟们。

（选自上海译文出版社·朱天心《想我眷村的兄弟们》）

读后思考：

什么是眷村？之前你听说过这个词语吗？

眷村人有什么特点？你会如何评价眷村人的生活？

这篇小说可以看作是为眷村和眷村人这个整体立传——这有什么意义吗？

这篇小说里为什么有这么多代词，比如她、小玲、老×等，这有什么效果？

台湾有眷村和眷村人，大陆有没有对等的值得关注的人群呢？

张爱玲，中国现代著名女作家，1920 年生于上海，原名张煐。张爱玲很早就开始从事文学创作，早在中学时就发表了《不幸的她》，后来更以《金锁记》《半生缘》《红玫瑰与白玫瑰》等享誉文坛，近年来，对张爱玲的研究持续升温，有了“张学”的名声。

五四遗事

张爱玲

小船上，两个男子两个女郎对坐在淡蓝布荷叶边平顶船篷下。膝前一张矮桌，每人面前一只茶杯，一撮瓜子，一大堆菱角壳。他们正在吃菱角，一只只如同深紫红色的嘴唇包着白牙。

“密斯周今天好时髦！”男子中的一个说。称未嫁的女子为“密斯”也是时髦。密斯周从她新配的眼镜后面狠狠地白了他一眼，扔了一只菱角壳打他。她戴的是圆形黑框平光眼镜，因为眼睛并不近视。这是一九二四年，眼镜正入时。交际明星戴眼镜，新嫁娘戴蓝眼镜，连咸肉庄上的妓女都戴眼镜，冒充女学生。

两个男子各自和女友并坐，原因只是这样坐着重量比较平均。难得说句笑话，打趣的对象也永远是朋友的爱人。

两个女郎年纪约二十左右，在当时的女校高材生里要算是年轻的了。那时候的前进妇女正纷纷地大批涌进初小，高小。密斯周的活泼豪放，是大家都佩服的，认为能够代表新女性。密斯范则是静物的美。她含着微笑坐在那里，从来很少开口。窄窄的微尖的鹅蛋脸，前刘海齐眉毛，挽着两只圆髻，一边一个。薄施脂粉，一条黑华丝葛裙子系得高高的，细腰喇叭袖黑木钻狗牙边雪青绸夹袄，脖子上围着一条白丝巾。

周身毫无插戴，只腕上一只金表，襟上一只金自来水笔。西湖在过去一千年来，一直是名士美人流连之所，重重叠叠的回忆太多了。游湖的女人即使穿的是最新式的服装，映在那湖光山色上，也有一种时空不协调的突兀之感，仿佛是属于另一个时代的。

湖水看上去厚沉沉的，略有点污浊，却仿佛有一种氤氲不散的脂粉香，是前朝名妓的洗脸水。

两个青年男子中，身材较瘦长的一个姓罗，长长的脸，一件浅色熟罗长衫在他身上挂下来，自有一种飘然的姿势。他和这姓郭的朋友同在沿湖一个中学里教书，都是以教书为借口，借此可以住在杭州。担任的钟点不多，花晨月夕，尽可以在湖上盘桓。两人志同道合，又都对新诗感兴趣，曾经合印过一本诗集，因此常常用半开玩笑的口吻自称“湖上诗人”，以威治威斯与柯列利治自况。

密斯周原是郭君的远房表妹，到杭州进学校，家里托郭君照顾她，郭请她吃饭、游湖，她把同学密斯范也带了来，有两次郭也邀了罗一同去，大家因此认识了。自此几乎天天见面。混得熟悉了，两位密斯也常常联袂到宿舍来找他们，然后照例带着新出版的书刊去游湖，在外面吃饭，晚上如果月亮好，还要游夜湖。划到幽寂的地方，不拘罗或是郭打开书来，在月下朗诵雪莱的诗。听到回肠荡气之处，密斯周便紧紧握住密斯范的手。

他们永是四个人，有时候再加上一对，成为六个人，但是从来没有两个人在一起。这样来往着已经快一年了。郭与罗都是结了婚的人——这是当时一般男子的通病。差不多人人都是还没听到过“恋爱”这名词，早就已经结婚生子。郭与罗与两个女友之间，只能发乎情止乎礼，然而也并不因此感到苦闷。两人常在背后讨论得津津有味，两个异性的一言一笑，都成为他们互相取笑的材料。此外又根据她们来信的笔触，研究她们俩的个性——虽然天天见面，他们仍旧时常通信，但仅只是落落大方的友谊信，不能称作情书。——他们从书法与措词上可以看出密斯周的豪爽，密斯范的幽娴，久已分析得无微不至，不可能再有新的发现，然而仍旧孜孜地互相传观，品题，对朋友的爱人不吝加以赞美，私下里却庆幸自己的一个更胜一筹。这一类的谈话他们永远不感到厌倦。

在当时的中国，恋爱完全是一种新的经验，仅只这一点点已经很够味了。

小船驶入一片荷叶，洒黄点子的大绿碟子磨着船舷嗤嗤响着。随即寂静了下来。船夫与他的小女儿倚在桨上一动也不动，由着船只自己漂流。偶尔听见那湖水叶的一响，仿佛嘴里含着一块糖。

“这礼拜六回去不回去？”密斯范问。

“这次大概赖不掉，”罗微笑着回答。“再不回去我母亲要闹了。”

她微笑。他尽管推在母亲身上，事实依旧是回到妻子身边。

近来罗每次回家，总是越来越觉得对不起密斯范。回去之前，回来之后，密斯范的不愉快也渐渐地表示得更明显。

这一天她仅只问了这样一声，已经给了他很深的刺激。船到了平湖秋月，密斯周上岸去买藕粉，郭陪了她去。罗与密斯范倚在朱漆栏杆边等着，两人一直默然。

“我下了个决心，”罗突然望着湖低声说。然后，看她并没有问他是什么决心，他便又说，“密斯范，你肯不肯答应等我？也许要好些年。”

她低下了头，扭过身去，两手卷弄着左边的衣角。

当天她并没有吐口同意他离婚。但是那天晚上他们四个人在楼外楼吃饭，罗已经感到这可以说是他们的定情之夕，同时觉得他已经献身于一种奋斗。那天晚上喝的酒，滋味也异样，像是寒夜远行的人上路之前的最后一杯酒。

楼外楼的名称虽然诗意很浓，三面临湖，风景也确是好，那菜馆本身却是毫不讲究外表，简陋的窗框，油腻腻的旧家具，堂馆向楼下厨房里曼声高唱着菜名。一盘炝虾上的大玻璃罩揭开之后，有两只虾跳到桌上，在酱油碟里跳出跳进，终于落到密斯范身上，将她那浅色的袄上淋淋漓漓染上一行酱油迹。密斯周尖声叫了起来。在昏黄的灯光下，密斯范红着脸很快乐的样子，似乎毫不介意。

罗直到下一个星期六方才回家。那是离杭州不远的一个村庄，连乘火车带独轮车不到两个钟头。一到家，他母亲大声宣布蠲免媳妇当天的各项任务，因为她丈夫回来了。媳妇反而觉得不好意思。她大概因为不确定他回来不回来，所以在绸夹袄上罩上一件蓝布短衫，隐隐露出里面的大红缎子滚边。

这天晚上他向她开口提出离婚。她哭了一夜。那情形的不可忍受，简直仿佛是一个法官与他判处死刑的罪犯同睡在一张床上。不论他怎样为自己辩护，他知道他是判她终身守寡，而且是不名誉的守寡。

“我犯了七出之条哪一条？”她一面愤怒地抽噎着，一面紧盯着他问。

第二天他母亲知道了，大发脾气，不许再提这话。罗回到杭州，从此不再回家。他母亲托他舅舅到杭州来找他，百般劝说晓谕。他也设法请一个堂兄下乡去代他向家里疏通。托亲戚办交涉，向来是耽误时候，而且亲戚代人传话，只能传好话，决裂的话由他们转达是靠不住的，因为大家都以和事佬自居，尤其事关婚姻。拆散人家婚姻是伤阴骘损阳寿的。

罗请律师写了封措辞严厉的信给他妻子。家里只是置之不理，他妻子娘家人却气得揎拳掳臂，说：“他们罗家太欺负人。当我们张家人都死光了？”恨不得兴师动众打到罗家，把房子也拆了，那没良心的小鬼即使不在家，也把老太婆拖出来打个半死。只等他家姑奶奶在罗家门框上一索子吊死了，就好动手替她复仇。但是这事究竟各人自己主张，未便催促。

乡下一时议论纷纷，都当作新闻来讲。罗家的族长看不过去，也说了话：“除非他一辈子躲着不回来，只要一踏进村口，马上绑起来，到祠堂去请出家法来，结结实实打这畜生。闹得太不像话！”

罗与密斯范仍旧天天见面，见面总是四个人在一起。郭与密斯周十分佩服他们不顾一切的勇气，不断地鼓励他们，替他们感到兴奋。事实是相形之下，使郭非常为难。尽管密斯周并没有明言抱怨，却也使他够难堪的。到现在为止，彼此的感情里有一种哀愁，也正是这哀愁使他们那微妙的关系更为美丽。但是现在这样看来，这似乎并不是人力无法挽回的。

罗在两年内只回去过一次。他母亲病了，风急火急把他叫了回去。他一看病势并不像说的那样严重，心里早已明白了，只表示欣慰。他母亲乘机劝了他许多话，他却淡淡的不接口。也不理睬在旁边送汤送药的妻子。夜里睡在书房里，他妻子忽然推门进来，插金戴银，穿着吃喜酒的衣服，仿照宝蟾送酒给他送了点心来。

两人说不了两句话便吵了起来。他妻子说：“不是你妈硬逼着我来，我真不来了——又是骂，又是对我哭。”

她赌气走了。罗也赌气第二天一早就回杭州，一去又是两年。

他母亲想念儿子，渐渐的不免有些后

悔。这一年她是整生日，罗被舅父劝着，勉强回来拜寿。这一次见面，他母亲并没有设法替儿子媳妇撮合，反而有意将媳妇支开了，免得儿子觉得窘。媳妇虽然怨婆婆上次逼她到书房去，白受一场羞辱，现在她隔离他们，她心里却又怨怼，而且疑心婆婆已经改变初衷，倒到那一面去了。这几年家里就只有婆媳二人，各人心里都不是滋味。心境一坏，日常的摩擦自然增多，不知不觉间，渐渐把仇恨都结在对方身上。老太太那方面，认定了媳妇是盼她死——给公婆披过麻戴过孝的媳妇是永远无法休回娘家的。老太太发誓说她偏不死，先要媳妇直着出去，她才肯横着出去。

外表上看来，离婚的交涉办了六年之久，仍旧僵持不下。

密斯范家里始终不赞成。现在他们一天到晚提醒她，二十六岁的老姑娘，一霎眼，望三十了，给人做填房都没人要。罗一味拖延，看来是不怀好意，等到将来没人要的时候，只好跟他做小。究竟他是否在进行离婚，也很可疑，不能信他一面之词。也可能症结是他拿不出赡养费。打听下来，有人说罗家根本没有钱。家乡那点产业捏在他妻子手里，也早靠不住了。他在杭州教书，为了离婚事件，校长对他颇有点意见，搞得很不愉快。倘若他并不靠教书维持生活，那么为什么不辞职？

密斯周背地里告诉郭，说有人给密斯范做媒，对象是一个开当铺的，相亲那天，在番菜馆同吃过一顿饭。她再三叮嘱郭君守秘密，不许告诉罗。

郭非常替罗不平，结果还是告诉了他。但是当然加上了一句。“这都是她家里人干的事。”

“是把她捆了起来送到饭馆子去的，还是她自己走进去的？”罗冷笑着说。

“待会儿见面的时候可千万别提，拆穿了大家不好意思，连密斯周也得怪我多嘴。”

罗答应了他。

但是这天晚上罗多喝了几杯酒，恰巧又是在楼外楼吃饭，勾起许多回忆。在席上，罗突然举起酒杯大声向密斯范说：

“密斯范，恭喜你，听说要请我们吃喜酒了！”

郭在旁边竭力打岔，罗倒越发站了起来嚷着：“恭喜恭喜，敬你一杯！”他自己一仰脖子喝了，推开椅子就走，三脚两步已经下了楼。

郭与密斯周面面相觑，郭窘在那里不得下台，只得连声说：“他醉了。我倒有点不放心，去瞧瞧去。”跟着也下了楼，追上去劝解。第二天密斯范没有来。她生气。罗写了信也都退了回来。一星期后，密斯周又来报告，说密斯范又和当铺老板出去吃过一次大菜。这次一切都已议妥，男方给置了一只大钻戒作为订婚戒指。

罗的离婚已经酝酿得相当成熟，女方渐渐有了愿意谈判的迹象。如果这时候忽然打退堂鼓，重又回到妻子身边，势必成为终身的笑柄，因此他仍旧继续进行，按照他的诺言给了他妻子一笔很可观的赡养费，协议离婚。然后他立刻叫了媒婆来，到本城的染坊王家去说亲。王家大女儿的美貌是出名的，见过的人无不推为全城第一。

交换照片之后，王家调查了男方的家世。媒婆极力吹嘘，竟然给他说成了这头亲事。罗把田产卖去一大部分，给王家小姐买了一只钻戒，比传闻中密斯范的那只钻戒还要大。不到三个月，就把王小姐娶了过来。

密斯范的婚事不知为什么没有成功。也许那当铺老板到底还是不大信任新女性，又听见说密斯范曾经有过男友，而且关系匪浅。据范家这边说，是因为他们发现当铺老板少报了几岁年纪。根据有些轻嘴薄舌的人说，则是事实恰巧相反——少报年纪是有的。

罗与密斯范同住在一个城市里，照理迟早总有一天会在无意中遇见。他们的朋友们却不肯听其自然发展。不知为什么，他们觉得这两个人无论如何得要再见一面。他们并不是替罗打抱不平，希望他有机会饱尝复仇的甜味；

他们并不赞成他的草草结婚，为了向她报复而牺牲了自己的理想。也许他们正是要他觉悟过来，自己知道铸成大错而感到后悔。但也许最近情理的解释还是他们的美感：他们仅只是觉得这两个人再在湖上的月光中重逢，那是悲哀而美丽的，因此就是一桩好事，不能不促成他们。

一切都安排好了，只瞒着他们俩。有一天郭陪着罗去游夜湖——密斯周已经结了婚，不和他们来往了。另一只船上有人向他们叫喊。是他们熟识的一对夫妇。那只船上还有密斯范。

两船相并，郭跨到那只船上去，招呼着罗也一同过去。罗发现他自己正坐在密斯范对面。玻璃杯里的茶微微发光，每一杯的水面都是一个银色圆片，随着船身的晃动轻轻地摇摆着。她的脸与白衣的肩膀被月光镀上一道蓝边。人事的变化这样多，而她竟和从前一模一样，一点也没改变，这使他无论如何想不明白，心里只觉得恍惚。

他们若无其事地寒暄了一番，但是始终没有直接交谈过一句话。也没有人提起罗最近结婚的事。大家谈论着政府主办的西湖博览会，一致反对那屹立湖滨引人注目的丑陋的纪念塔。

“俗不可耐。完全破坏了这一带的风景，”罗叹息着。“反正从前那种情调，以后再也没有了。”

他的眼睛遇到她的眼睛，眼光微微颤动了一下，望到别处去了。

他们在湖上兜了个圈子，在西泠印社上岸，各自乘黄包车回去。第二天罗收到一封信，一看就知道是密斯范的笔迹。

他的心狂跳着，撕开了信封，抽出一张白纸，一个字也没有，他立刻明白了她的意思。她想写信给他，但是事到如今，还有什么话可以说?

他们旧情复炽的消息瞒不了人，不久大家都知道了。罗再度进行离婚。这次同情他的人很少。以前将他当作一个开路先锋，现在却成了个玩弄女性的坏蛋。

这次离婚又是长期奋斗。密斯范呢，也在奋斗。她斗争的对象是岁月的侵蚀，是男子喜新厌旧的天性。而且她是孤军奋斗，并没有人站在她身旁予以鼓励，像她站在罗的身边一样。因为她的战斗根本是秘密的，结果若是成功，也要使人浑然不觉，决不能露出努力的痕迹。她仍旧保持着秀丽的面貌。她的发式与服装都经过缜密的研究，是流行的式样与回忆之间的微妙的妥协。他永远不要她改变，要她和最初相识的时候一模一样。然而男子的心理是矛盾的，如果有一天他突然发觉她变老式，落伍，他也会感到惊异与悲哀。她迎合他的每一种心境，而并非一味地千依百顺。他送给她的书，她无不从头至尾阅读。她崇拜雪莱，十年如一日。

王家坚决地反对离婚。和平解决办不到，最后还是不能不对簿公庭。打官司需要花钱；法官越是好说话，花的钱就更多。前后费了五年的工夫，倾家荡产，总算官司打赢，判了离婚。手边虽然窘，他还是在湖边造了一所小白房子，完全按照他和密斯范计划着的格式，坐落在他们久已拣定了的最理想的地点，在幽静的里湖。乡下的房子，自从他母亲故世以后，已经一部分出租，一部分空着。新房子依着碧绿的山坡，向湖心斜倚着，踩着高跷站在水里。墙上爬满了深红的蔷薇，紫色的藤萝花，丝丝缕缕倒挂在月洞窗前。

新婚夫妇照例到亲戚那里挨家拜访，亲戚照例留他们吃饭，打麻将。罗知道她是不爱打麻将的。偶尔敷衍一次，是她贤慧，但是似乎不必再约上明天原班人马再来八圈。她告诉他她是不好意思拒绝，人家笑她恩爱夫妻一刻都离不开。

她抱怨他们住得太远。出去打牌回来得晚了，叫不到黄包车，车夫不愿深更半夜到那冷僻的地方去，回来的时候兜不到生意。轮到她还请，因为客人回去不方便，只好打通宵，罗又嫌吵闹。

没有牌局的时候，她在家里成天躺在床上嗑瓜子，衣服也懒得换，污旧的长衫，袍叉撕裂了也不补，纽襻破了就用一根别针别上。出去的时候穿的仍旧是做新娘子的时候的衣服，大红大绿，反而更加衬出面容的黄瘦。罗觉得她简直变了个人。

他婉转地劝她注意衣饰，技巧地从夸赞她以前的淡装入手。她起初不理会，说的次数多了，她发起脾气来，说："婆婆妈妈的，专门管女人的闲事，怪不得人家说，这样的男人最没出息。"

罗在朋友的面前还要顾面子，但是他们三天两天吵架的消息恐怕还是传扬了出去，因为有一天一个亲戚向他提起王小姐来，仿佛无意中闲谈，说起王小姐还没有再嫁。"其实你为什么不接她回来？"

罗苦笑着摇摇头。当然罗也知道王家虽然恨他薄幸，而且打了这些年的官司，冤仇结得海样深，但是他们究竟希望女儿从一而终，反正总比再嫁强。

只要罗露出口风来，自有热心的亲戚出面代他奔走撮合。

等到风声吹到那范氏太太的耳朵里，一切早已商议妥当。家里的太太虽然哭闹着声称要自杀，王家护送他们小姐回罗家那一天，还是由她出面招待。那天没有请客，就是自己家里几个人，非正式地庆祝了一下。她称王小姐的兄嫂为"大哥"，"嫂子"，谦说饭菜不好："住得太远，买菜不方便，也雇不到好厨子。房子又小，不够住，不然我早劝他把你们小姐接回来了。当然该回来，总不能一辈子住在娘家。"

王小姐像新娘子一样矜持着，没有开口，她兄嫂却十分客气，极力敷衍。事先王家曾经提出条件，不分大小，也没有称呼，因为王小姐年幼，姊妹相称是她吃亏。只有在背后互相称为"范家的""王家的"。

此后不久，就有一个罗家的长辈向罗说："既然把王家的接回来了，你第一个太太为什么不接回来？让人家说你不公平。"

罗也想不出反对的理由。他下乡到她娘家把她接了出来，也搬进湖边那盖满了蔷薇花的小白房子里。

他这两位离了婚的夫人都比他有钱，因为离婚时候拿了他一大笔的赡养费。但是她们从来不肯帮他一个大子，尽管他非常拮据，凭空添出许多负担，需要养活三个女人与她们的佣仆，后来还有她们各人的孩子，孩子的奶妈。他回想自己当初对待她们的情形，觉得也不能十分怪她们。只是“范家的”不断在旁边冷嘲热讽，说她们一点也不顾他的死活，使他不免感到难堪。

现在他总算熬出头了，人们对于离婚的态度已经改变，种种非议与嘲笑也都已经冷了下来。反而有许多人羡慕他稀有的艳福。这已经是一九三六年了，至少在名义上是个一夫一妻的社会，而他拥着三位娇妻在湖上偕游。难得有两次他向朋友诉苦，朋友总是将他取笑了一番说：“至少你们不用另外找搭子。关起门来就是一桌麻将。”

（选自北京十月文艺出版社·张爱玲《郁金香》）

读后思考：

你知道“五四”指的是什么吗？它的历史背景又是什么？

这篇小说是否符合你所知道的“五四”精神呢？

你觉得这篇小说的写作目的是什么呢？它和其他反映“五四”的小说有何不同？

读这篇小说，是否给了你一个另类的“五四”印象？

这是张爱玲定居美国后的作品，你能解读出其中的不同之处吗？

小说的主题

现实主义小说倾向于通过历史、社区、亲缘关系，以及体制来把握人生。

——伊格尔顿

复杂、阔大的社会背景，是现实主义小说立足天下的坚固靠山。

——阎连科

主题，也叫主旨，即小说家在作品中通过描绘场景、塑造艺术形象显示出来的贯穿整部小说始终的基本思想。

小说有各种各样的主题，这自然和小说家有关，也和所处的时代有关，但说到底，它和人有关，因为无论是个人还是群体，最后都必须指向人，每个小说作者或明示或暗示我们的其实是他们对人的理解，也正是在这个意义上，周作人说："文学是人学。"

小说的主题正是展现了人在这个世间的各种境遇：或艰难的，或轻松的，或无奈的，或荒唐的……而且不仅仅是静态的，也有动态的，展现人在不同境遇中的历练与成长，比如西方的"成长小说"。我们正是经由阅读小说去体味人的这些处境，从而获得对生命和宇宙的理解。

重点阅读：阿来《格拉长大》、沈从文《萧萧》

推荐阅读：叶广芩《醉也无聊》、叶兆言《左轮三五七》、贾平凹《小人物》

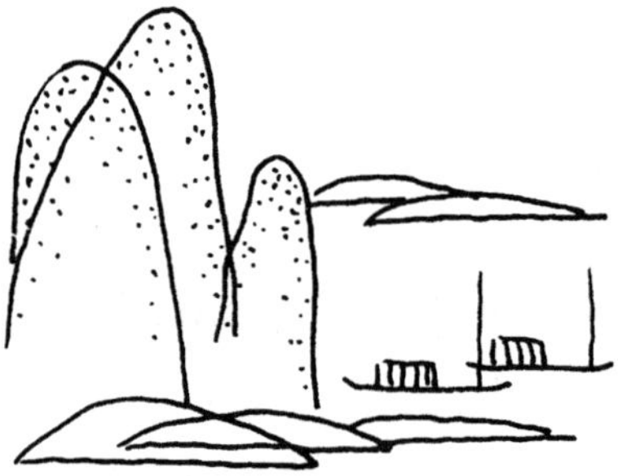

阿来，1959 年生于四川，身上兼有藏族和回族的血统，毕业于马尔康师范学校。阿来从自己所生长的藏区的风土人物中汲取素材，以一种有尊严又不失理性的方式予以呈现，为汉语文学提供了别样的神采，代表作有《尘埃落定》《大地的阶梯》《月光下的银匠》等。

格拉长大

阿　来

“阿妈，要下雪了。”

在这阴霾天气里，格拉的声音银子般明亮，格拉倚在门口，母亲在他身后歌唱，风吹动遮在窗户上的破羊皮，啪哒啪哒响。

“阿妈，羊皮和风给你打拍子呢！”

在我们村子中央的小广场上，听见格拉说话和阿妈唱歌的女人们都会叹一口气，说：“真是没心没肝，没脸没皮的东西！活到这个份上，还能这么开心！”

格拉是一个私生子，娘儿俩住在村子里最低矮窄小还显得空空荡荡的小屋子里。更重要的，这家的女主人桑丹还有些痴傻。桑丹不是本村人，十来年前吧，村里的羊倌打开羊圈门，看着一群羊子由头羊带领着，一一从他眼皮下面走过。这是生产队的羊，所以，每天早晚，羊倌都会站在羊圈门口，手把着木栅门，细心地数着羊的头数。整个一群一百三十五头都挤挤挨挨地从眼前过去了，圈里的干草中却还睡着一头。羊倌过去拉拉羊尾巴，却把一张皮揭开了。羊皮底下的干草里甜睡着一个女人！

这个人就是现在没心没肺地歌唱着的格拉的母亲。

羊倌像被火烫着一样，念了一声佛号跑开了。羊倌是还俗喇嘛。他的还俗是被迫的，因为寺院给革命的人拆毁了。革命者背书一样说，喇嘛是寄生虫，要改造为自食其力的劳动者。所以喇嘛成了牧羊人。

羊圈里有一个来历不明的女人！这个消息像一道闪电，照亮了死气沉沉的村落。人们迅速聚集到羊圈，那个女人还在羊皮下甜甜地睡着。她的脸很脏，不，不对，不是真正让人厌恶的脏，而像戏中人往脸画的油彩。黑的油彩，灰的油彩。那是一个雪后的早晨，这个来历不明的女人在干草堆里，在温暖的羊膻味中香甜地睡着，天降神灵般安详。围观的人群也不再出声。然后，女人慢慢睁开了眼睛。刚睁开的眼睛清澄明亮。人群里有了一点骚动，就像被风撼动的树林一样，随即又静下来。女人看见了围着她的人群，居高临下俯瞰她的人群，清澈澄明的眼光散漫浑浊了。她薄薄的嘴唇动起来，自言自语嘀咕着什么。但是，没有人听见她到底说了些什么。她自言自语的时候，就是薄薄的嘴皮快速翻动，而嘴里并不发出一点声音。所以，人们当然不知道她说些什么，或者想些什么。

娥玛可着大嗓门问她从哪里来的。她脸上竟露出羞怯的神情，低下头去，没有回答。

洛吾东珠也大着嗓门说：那你总该告诉我们一个名字吧？

娥玛说，你没瞧见她不会说话吗？

人群里发出了一点笑声，说，瞧瞧，这两个管闲事的大嗓门干上了。想不到，就在这笑声里，响起了一个柔婉好听的声音："我叫桑丹。"

妇女主任娥玛说："妈呀，这么好听的声音。"

人们说，是比你的大嗓门好听。

娥玛哈哈一笑，说："把她弄到我家去，我要给这可怜人吃点热东西，"她又对露出警惕神情的洛吾东珠说，"当然，我也要弄清她的来历。"

桑丹站起来，细心地捡干净沾在头上身上的干草，虽然衣裳陈旧破败，却不给人褴褛肮脏的感觉。

据说，当时还俗喇嘛还赞了一句："不是凡俗的村姑，是高贵的大家闺秀哇！"

娥玛说："反正是你捡来的，就做你老婆好了。"

羊倌连连摇手，追他的羊群去了。

从此，这个来历不明的桑丹就在机村呆下来，就像从生下来就是这个村子里的一个成员一样。

后来，人们更多的发现就是她唱歌的声音比说话还要好听。村里的轻薄男人也传说，她的身子赛过所有女人的身子。反正，这个有些呆痴，又有些优雅的女人，就这样在机村待下来了。人们常听她曼声唱歌，但很少听她成句说话。她不知跟谁生了两个孩子，第一个是儿子格拉，今年十二岁了。第二个是一个女儿，生下来不到两个月，就在吃奶睡觉时，被乳头捂死了。女儿刚死，她还常常到河边那小坟头上发呆，当夏天到来，茂盛的青草掩住了坟头，她好像就把这件事情忘了。常常把身子好看地倚在门口，对着村里的小广场。有人的时候，她看广场上的人。没人的时候，就不晓得她在看什么了。她的儿子格拉身上也多少带着她那种神秘的气质。

所以，母亲唱歌的时候，他说了上面那些话，从那语调上谁也听不出什么。只有格拉知道自己心里不太痛快。

无所事事的人们总要聚集在村中广场上。这个时代的人们脸也常像天空一样阴沉。现在越来越大的风驱使人们四散开去，钻进了自家寨楼的门洞。脸是很怪的东西。晦气的脸，小人物的脸阴沉下来没有什么关系，但有道德的人脸一沉下来，那就真是沉下来了。而在这个时代，大多数人据说都是非常重视道德的。不仅如此，他们还常常开会，准备建设新的道德。

要下雪了，不仅是头顶的天空，身上酸痛的关节也告诉格拉这一点。十二岁的格拉站在门口，眼前机村小广场和刚刚记事时一模一样。广场被一群寨楼围绕，风绕着广场打旋，把絮状的牛羊毛啦，破布啦，干草啦，还有建设新道德用过的破的纸张从西吹到东边，又把那些杂物推到西边。

看到这些，格拉笑了。一笑，就露出了嘴唇两边的尖尖犬齿。大嗓门洛吾东珠说：看看吧，看看他的牙齿就知道他狗一样活着。那条母狗，就知道叉开两腿，叫男人受用，做那事情她还好意思大声叫唤。

有女人开口了：生了娃娃，连要拔掉旧牙都不知道。那些母牛——格拉心里这样称呼这些自以为是，为一点事就怒气冲冲，哭天抹泪的女人们。就是这些女人使格拉知道，小孩子到换牙的时间，松动的牙齿要用红色丝线拴住，拔除，下牙扔在房顶，上牙丢在墙根，这样新牙才会快快生长。格拉的母亲桑丹却不知道这些，格拉的新牙长出，给没掉的旧牙顶在了嘴唇外边，在那里闪闪发光，就像一对小狗的牙齿，汪汪叫的那种可爱可气的小狗。

议论着比自己晦气倒霉的人事是令人兴奋的，女人们一时兴起，有人学起了小狗的吠叫：汪！汪汪！一声狗叫引起了更多的狗叫。特别是那些年轻媳妇叫得是多么欢势啊！这是黄昏时分，她们及时拔了牙的，有父亲的孩子们从山脚草地上把母牛牵出来，她们正把头靠在母牛胀鼓鼓的肚皮上挤奶。她们的欢叫声把没有母牛挤奶的格拉母亲桑丹从房里引出来，她身子软软地倚在门框上，看着那些挤奶的女人。

正在嚼舌的那个女人被她看得心慌，一下打翻了奶桶。于是，那天黄昏中便充满了新鲜牛奶的味道。

第二天，村里的人们都说："那条母狗，又怀上了，不知哪家男人作的孽。”

格拉倚在门框上舔舔干裂的嘴唇，感到空气里多了滋润的水汽，好像雪就要下来了。他们母子俩好久没有牛奶喝了。看着空空荡荡的广场，不知第一片雪花什么时候会从空中落下来。格拉想起和次多去刷经寺镇上换米，弄翻了车，喝醉了酒的事。眼下该是中午，却阴暗得像黄昏。只是风中带有的一点湿润和暖意，让人感到这是春天将到的信号了。这场雪肯定是一场大雪，然后就是春天。格拉正在长大，慢慢长成大人了。他已经在想象自己是一个大人了。背后，火塘边体态臃肿的母亲在自言自语，她的双手高高兴兴地忙活着把火塘中心掏空，火就呼呼欢笑起来。

“格拉，我们家要来客人了！”

“今天吗，阿妈？”

“今天，就要来了。”

格拉进屋，帮母亲把火烧得再大一些。他知道那个客人将来自母亲那小山包一样的肚子里，他长大了，他懂这个。现在屋子已经烧得很暖和了，既然家里穷得什么也没有，就让屋子更加暖和吧，格拉已经十二岁了，能够弄回来足够的干柴。就让母亲，这个终于有一个小男人相帮相助的女人想要多暖和就有多暖和吧。格拉今年十二，明年就十三了。

连阿妈都说：“不再小狗一样汪汪叫了，我的格拉宝贝。”

她放肆的亲吻弄得他很不自在。

桑丹开始吃煨在火塘边的一罐麦粒饭，饭里还埋了好大一块猪肉。

“我不让你了，儿子。”

格拉端坐不动。

“我要吃得饱饱的。”

“雪要下来了。”

母亲的嘴给那块肥猪肉弄得油光闪闪：“雪一下，客人就要来了，该不是个干干净净的雪娃娃？”

格拉脸红了。

他知道母亲指的是什么。一点忧愁来到了心间。格拉又听到母亲那没心没肺的欢快声音：“想要弟弟还是妹妹？”

格拉觉得自己该笑，就努力笑了一下。本来，他也是跟母亲一样会没心没肺地痴笑的。但这一笑，却感到了自己的心和肺，感到自己的心和肺都被个没来由的东西狠狠扯了一下。

“我要给你生个妹妹，我要一只猫一样贴着我身子睡觉的小女孩，你同意吗？”

格拉对着阿妈点点头。却想起河边那个被母亲忘记的，被青草掩埋被白雪覆盖的小小坟头，心肺又被什么扯了一下。格拉已经有心事了。

“烧一锅水，儿子，给你可怜的阿妈，多谢了，儿子，再放把剪刀在我身边。”

说话间，她已经把那一大罐子饭吃了下去了。在以前，有好东西总是儿子先吃。今天，桑丹把饭吃光了，格拉很高兴母亲这样。

这时，疼痛开始袭击母亲。她一下挺直了腰。咬紧了嘴唇。痛苦又很快离开了，母亲说：“格拉，好儿子，客人在敲门了。女人生孩子，男人不好在边上的，你出门去走走吧。”说完，她就躺在了早已预备好的小牛皮上，牛皮下垫上了厚厚的干草。

躺下去后，母亲还努力对他笑笑，出门时，格拉心里像是就此要永别一样难过。

雪，在他出门的时间，终于从密布的灰色云层中落了下来。

站在飞舞的雪花中间，格拉按了按横插在腰间的长刀。

背后，传来母亲尖利的叫声。格拉知道全村人都听到了这叫声，雪一片片落在他头上，并很快融化，头上的热气竟使雪变成了一片雾气。母亲的声音驱使他往村外走去。

格拉恍然看到了血。

揉揉眼睛，血又消失了。依然只有绵密无声的轻盈雪花在欢快飞舞。

母亲的声音消失时，他已经走到村后的山坡上了。背后传来踏雪声和猎犬兴奋的低吠。有人要趁雪上山打猎。是几个比格拉大几岁的狂傲家伙。柯基家的阿嘎、汪钦兄弟，大嗓门洛吾东珠的儿子兔嘴齐米。瞧他们那样子就知道是偷偷背走了大人的猎枪。他们超过格拉时，故意把牵狗的细铁链弄得哗哗作响。他们消失在雪中，格拉往前紧走一阵，他们又在雪花中出现了。他们站在那里等他，嘴里喷着白气对着格拉哈哈大笑。格拉准备好了，听他们口中吐出污秽的语言。但母亲放肆的尖叫，像是欢愉又像是悲愤的尖叫声从下边的村子传来。像一道闪电，一道又一道蜿蜒夺目的闪电。几个家伙说：走啊，跟我们打猎，那个生娃娃的女人没有东西吃，打到了我们分一点给你。

那个娃娃没有老子，你就做他老子。

格拉刚要回答，兔嘴齐米笑起来。他那豆瓣嘴里竟发出和格拉母亲一样的笑声：欢快，而且山间流水一样飞珠溅玉。听到这笑声格拉竟不住也笑了。他像母亲一样，总在别人煞有介事愁眉苦脸的时候没心没肺地笑啊笑啊。格拉笑了，兔嘴齐米眼里却射出了因成功愚弄别人而十分得意的光芒。格拉就笑着扑到了这家伙身上。兔嘴齐米扬手扬脚在雪中往坡下翻滚。这时，母亲毫不掩饰的痛苦的声音又在下边的村子里响起来。她在生产又一个没有父亲的孩子时大呼小叫。村里人会说些什么？他们是不是说：这条母狗，叫得多欢势哪？格拉又扑了下去，朝翻滚着的兔嘴背上猛踢一脚，加快了他翻滚的速度。

那个怀了孩子，自己拉扯，并不去找哪个男人麻烦的女人又高声叫喊起来。

兔嘴齐米终于站了起来，立脚未稳就口吐狂言：你敢打我？他跟他父亲一样，都是村里趋炎附势的小角色，这小角色这时却急红了眼："你敢打我？"

"你再笑！"

齐米腆起肚子，用难看的兔子嘴模仿桑丹的叫声。格拉心里是有仇恨的，并且一下子就爆发出来了。他拔出腰间的刀，连着厚厚的木鞘重重横扫在齐米脸上。齐米一声惨叫，他的猎狗从后面拖住了格拉的腿。兔嘴的窄脸才没有招来第二下打击。狗几乎把他的腿肚子都咬穿了。格拉高叫一声，连刀带鞘砸在了狗脖子上。这一下打得那么重，连刀鞘也碎了。杜鹃花木的碎片飞扬起来，狗惨叫一声，跑远了。

现在，刀是赤裸裸的了，寒光闪闪，雪花落在上面也是铮然有声。兔嘴齐米的脸因为恐怖，也因为塌陷下去的鼻梁显得更加难看。

几个人把一脸是血的兔嘴架下山去。

格拉坐在雪地上，看自己被狗咬的伤口流着血。看血滴在雪地上，变成殷红的花朵，母亲仍然不知疲倦也不知羞耻地高一声低一声叫着。他想母亲生自己时肯定也是这样。现在好了，儿子和母亲一样疼痛，一样流血。流了血能让人看见，痛苦能变成血是多么好的事情啊。

送齐米下山的阿嗄、汪钦兄弟又邀约几个小伙子回来了。格拉在把一团团雪捂在伤口上，染红了，丢掉，又换上一团干净的。他一边扬掉殷红的浸饱鲜血的雪团一边一声不吭地瞧着他们。这六七个人在他身边绕了好大一个弯子，牵着父亲们的狗，背着父亲们的枪上山打猎去了。

血终于止住了。

母亲的声音小了一些，大概她也感到累了。雪也小了一些，村子的轮廓显现出来。雪掩去了一切杂乱无章的东西，破败的村子蒙尘的村子变得美丽了。望着眼前的景象，格拉脸上浮起了笑容。格拉转过身踏着前面几个人的脚印上山去了。他要跟上他们，像一条狗一样，反正他的名字就是狗的意思，要是他们打到猎物，上山打猎见者有份，他们就要分一点肉给他。格拉要带一点肉给生孩子的桑丹。刚生娃娃的女人需要吃一点好的东西，但家里没有什么好东西给女人吃。格拉要叫她高兴高兴，再给她看腿上的伤口，那是为了告诉母亲格拉知道她有多痛。她是女人就叫唤吧。自己是男人，所以不会叫唤。格拉想象她的眼中会盈满泪水，继而又会快乐地欢笑。这女人是多么地爱笑啊。

笑声比溪水上的阳光还要明亮，却有那么多人吝惜金子银子一样吝惜笑声。但她却是那么爱笑。这个女人——他已经开始把母亲看成一个女人？——那么漂亮，那么穷困无助，那么暗地里被人需要，明地里又被人鄙弃，却那样快快乐乐。村里人说这女人不是傻子就是疯子。

现在，她又叫起来了。

村里其他女人生孩子都是一声不吭，有人甚至为了一声不吭而憋死了自己。不死的女人都要把生娃娃说得拉屎拉尿一样轻松。这是女人的一种体面，至少在机村是这样的。这女人却痛快地呼喊着，声音从被雪掩盖的静悄悄的村子中央扶摇而起，向上，向上，向上，像是要一直到达天上，让上界的神灵听到才好一样。

世界却没有任何被这欢乐而又痛苦的声音打动的一点迹象。没有一点风，雪很沉重地一片片坠落下来。只有格拉感到自己正被那声音撕开。从此，作为一个男人，他就知道，生产就是撕开，把一个活生生的肉体。

格拉往上山走，积雪在脚下咕咕作响，是在代他的心发出呻吟。想到自己初来人世时，并没有一个人像自己一样心痛母亲，眼泪就哗啦啦地流了下来，当他进入森林时，母亲的叫声再也听不到了。

格拉又找到了他们的脚印。

他努力把脚放进步幅最大的那串脚印里，这使得他腿上被凝血粘合的伤口又开裂了。热乎乎的血像虫子一样从腿上往下爬行。但他仍然努力迈着大步，微微仰起的脸上露出了笑容——不知为了什么而开心的笑容，因此显得迷茫的笑容。

枪声。

阴暗的森林深处传来了枪声。也许是因为粗大而密集的树，也许是因为积得厚厚的雪，低沉喑哑的枪声还不如母亲临产的叫声响亮。格拉呆立了一下，然后放开了脚步猛跑起来。沉闷的枪响一声，又一声传来。起初还沉着有序，后来就慌乱张皇了。然后，是一声凄厉而有些愤怒的惨叫在树林中久久回荡。格拉越跑越快，当他感到就要够不上那最大的步子时，那些步子却变小，战战兢兢，犹疑不前了。

格拉也随之慢慢收住了脚步。眼前不远处，一个巨大的树洞前仰躺着一个蠕动的人，旁边俯卧着一只不动的熊。这几个胆大妄为又没有经验的家伙竟敢对冬眠的熊下手。而另一只熊正拖着一路血迹在雪地上追逐那几个家伙。其中两个家伙，竟然一直往下，扑向一块洼地里去了。在我们机村，即便一次猎都没有打过的女人都知道，猛兽被打伤后，总是带着愤怒往下俯冲，所以，有经验的猎人，都应该往山坡上跑。但这两个吓傻了的小子却一路往下。那是汪钦兄弟俩，高举着不能及时装药填弹的火枪往洼地里跑去。开初，小小的下坡给了他们速度，熊站住了。这只在冬眠中被惊醒，同伴已经被杀害的熊没想到面前的猎手是这样蠢笨。

摆脱了危险的同伴和格拉同时高叫，要他们不要再往下跑了。

汪钦兄弟依然高举着空枪，往积雪深厚的洼地中央飞跑。斜挂在身上的牛角火药筒和鹿皮弹袋在身上飞舞。熊还站在那里，像是对这两个家伙的愚蠢举动感到吃惊，又像是一个狡猾的猎人在老谋深算。

格拉又叫喊起来。

晚了，两人已冲到洼地的底部，深陷到积雪中了。他们扔下了枪，拼命往前爬。

格拉扑到和熊睡在一起那人跟前，捡起了枪。这是他生平第一次端起枪来，他端着枪的手，他的整个身子都禁不住颤抖起来。他嗅到了四周弥散的硝烟味道和血的味道。在机村，那些有父兄的男孩，很小就摸枪，并在成年男人的教导下，学会装弹开枪。格拉这个有娘无爹的孩子，只是带着从母亲那里得来的显得没心没肺的笑容，看着别的男孩因为亲近了枪而日渐显出男人的气象。现在，他平生第一次端起了枪，往枪膛里灌满火药，从枪口摁进铅弹，再用捅条狠狠地捅进枪膛，压实了火药，然后，扳起枪机，扣上击发的信药，这一切他都飞快完成了。这一切，他早在村里那些成年男子教自己的儿子或兄弟使用猎枪时一遍遍看过，又在梦里一次次温熟了。现在，他镇定下来，像一个猎手一样举起枪来，同时，嗅到了被捣开的熊窝温热腥膻的味道。那熊就站在这种味道的尽头，在雪地映射的惨白光芒中间。血从它身子好几个地方往下淌。

受伤的熊一声嗥叫，从周围树木的梢头，震下一片迷蒙的雪雾。熊往洼地里冲了下去。深深的雪从它沉重身体两边像水一样分开。

枪在格拉手中跳动一下。

可他没有听到枪声。只感到和自己身子一般高的枪往肩胛上猛击一下。

他甚至看到铅弹在熊身后钻进了积雪，犁开积雪，停在了熊的屁股后面。那几个站在山洼对面的家伙也开枪了。熊中了一弹，重重地跌进了雪窝，在洼地中央沉了下去。但随着一声嗥叫，它又从雪中拱了出来。它跟汪钦兄弟已近在咫尺了。

格拉扔掉空枪。叫了起来：

“汪！汪汪！”

“汪汪！汪！”

他模仿的猎犬叫声欢快而响亮，充满了整个森林，足以激怒任何觉得自己不可冒犯的动物。如果说，开枪对他来说是第一次的话，那么，学狗叫他可是全村第一。他在很多场合学过狗叫，那都是在人们面前，人们说：格拉，叫一个。他就汪汪地叫起来。听到这逼真的狗叫声，那熊回过身来了。格拉感到它的眼光射到了自己身上。那眼光冰一样冷，还带着很沉的分量。格拉打了一个寒噤，然后，他还听见自己叫了一声："妈呀！"就转过身子，甩开双腿往来时的路上，往山下拼命奔逃了。

汪汪！格拉感到自己的腿又流血了，迎面扑来的风湿润沁凉，而身后那风却裹挟着血腥的愤怒。他奔跑着，汪汪地吠叫着，高大的树木屏障迎面敞开，雪已经停了，太阳在树梢间不断闪现。不知什么时候，腰间的长刀握在了手上，随着手起手落，眼前刀光闪烁，拦路的树枝刷刷地被斩落地上。很快，格拉和熊就跑出了云杉和油松组成的真正的森林，进入了次生林中。一株株白桦树迎面扑来，光线也骤然明亮起来，太阳照耀着这银装素裹的世界，照着一头熊和一个孩子在林中飞奔。

格拉回头看看熊。那家伙因为伤势严重，已经抬不起头来了，但仍然气咻咻地跟在后面朝山下猛冲。只要灵巧地转个小弯，体积庞大的熊就会回不过身来，被惯性带着冲下山去。带着那么多伤，它不可能再爬上山来。但现在奔跑越来越镇定，并看到了这种选择的格拉却不想这样，他甚至想回身迎住熊，他想大家都不要这样身不由己地飞奔了。

现在，从山上往下可以看到村子了。

村子里的人也望着看他们，从一个个的房屋平台，从村中的小广场上向山上张望，看着一头熊追赶着格拉往山下猛冲。积雪给他们踢得四处飞扬。猎狗们在村子里四处乱窜。而在格拉眼中，那些狗和奔跑的人并不能破坏雪后村子的美丽与安静。

格拉还看到了母亲，在雪后的美丽与宁静中，脸上汗水闪闪发光，浑身散发着温暖的气息，在火塘边睡着了，睡得像被雪覆盖了的大地一模一样。母亲不再痛苦地呼喊了。那声音飘向四面八方。在中央，留下的是静谧村庄。

格拉突然就决定停下来不跑了，不是跑不动了，而是要阻止这头熊跑进雪后安宁的村子。村子里，有一个可怜的女人在痛苦地生产后正在安静地休息。

那一天，一个雪后的下午，村子中的人们都看到格拉突然返身，迎着下冲的熊挺起了手中的长刀。

格拉刚一转身就感到熊的庞大身躯完全遮蔽了天空。但他还是把刀对准了熊胸前的白点。他感到了刀尖触及皮毛的一刹那，并听到自己和熊的体内发出骨头断裂的喀嚓声，血从熊口中和自己口中喷出来，然后，天地旋转，血腥气变成了有星星点点金光闪耀的黑暗。

格拉掉进了深渊。

在一束光亮的引领下，他又从深渊中浮了上来。

母亲的脸在亮光中渐渐显现。他想动一动。但弄痛了身子，他想笑一笑，却弄痛了脸。他发现躺在火塘一边的母亲凝视着他，自己躺在火塘的另一边。

“我怎么了？”

“你把它杀死了。”

“谁？”

“儿子，你把熊杀死了，它也把你弄伤了。你救了汪钦兄弟的命，还打断了兔嘴齐米的鼻梁。”

母亲一开口，一件又一件的事情就都想起来了，他知道自己和母亲一样流过血，而身体也经历了与母亲一样的痛苦了。屋外，雪后的光线十分明亮，屋里，火塘中的火苗霍霍抖动，温暖的氛围中漾动着儿子和母亲的血的味道。

“熊呢？”

“他们说你把它杀死了，儿子，”母亲有些虚弱地笑了，“他们把它的皮剥了，铺在你身子下，肉在锅里，已经煮上了。”

格拉虚弱地笑了，他想动一动，但不行，胸口和后背都用夹板固定了，母亲小心翼翼地牵了他的手，去摸身下的熊皮。牵了左手摸左边，牵了右手摸右边。他摸到了，它的爪子，它的耳朵，是一头熊给他睡在身子底下。村里的男人们把熊皮绷开钉在地板上，让杀死它的人躺在上面，杀死它的人被撞断了肋骨，熊临死抓了他一把，在背上留下了深深的爪痕。当然，这人不够高，熊没能吻他一下，给一张将来冷峻漂亮的脸留下伤疤。

“这熊真够大。”母亲说。

“我听见你叫了，你疼吗？”

“很疼，我叫你受不了了。”

“不，阿妈。”

母亲眼中泪光闪烁，俯下身来亲吻他的额头。她浑身都是奶水和血的味道。自己浑身则都是草药和血的味道。

“以前……”格拉伸出舌头舔舔嘴唇，“我，也叫你这么痛？”

“更痛，儿子，可我喜欢。”

格拉咽下一大口唾沫，虽然痛得冒汗，但他努力叫自己脸上浮起笑容。用一个自己理解中成年男子应有的低沉而平静的声音问道：“他呢？”

“谁？”

格拉甚至有些幽默地眨了眨眼，说：“小家伙。”他想父亲们提到小孩子都是用这种口气的。

母亲笑了，一片红云飞上了她的脸颊。她说：“永远不要问我一件事情。”

格拉知道她肯定是指谁是小不点的父亲这个问题。他不会问的。小家伙没有父亲，可以自己来当，自己今天杀死了一头熊，在这个小孩子出生的时候。而自己就只好永远没有父亲了。

桑丹把孩子从一只柳条编成的摇篮里抱出来。孩子正在酣睡。脸上的皮肤是粉红色的，皱着的额头像一个老太太。从血和痛苦中诞生的小家伙浑身散发着奶的气息。

“是你的小妹妹，格拉。”

母亲把小东西放在他身边。小小的她竟然有细细的鼾声。格拉笑了，因为怕牵动伤口。他必须敛着气。这样，笑声变得沙哑。成年男子一样的沙哑笑声在屋里回荡起来。

“给她起名了吗?”格拉问。

母亲摇头。

“那我来起吧。”

母亲点头，脸上又露出了幸福的笑容。

“就叫她戴芭吧，生她时，下雪，名字就叫雪吧。”

“戴芭?雪?”

“对，雪。”

母亲仰起脸来，仿佛在瞩望想象中漫天飞舞的轻盈洁净的雪花。

格拉发话了:“你也睡下，我要看你和她睡在一起，你们母女两个。”

母亲顺从地躺在了女儿旁边。仿佛是听从丈夫的吩咐一样。桑丹闭上了双眼。屋子里立即安静下来。雪光透过窗户和门缝射进屋里，照亮了母亲和妹妹的脸。这两张脸彼此间多么相像啊。都那么美丽，那么天真，那么健康，那么无忧无虑。格拉吐了一口气。妹妹也和自己一样，像了母亲，而不是别的什么人，特别是村里的别一个男人。这是他一直隐隐担忧的事情。

格拉转眼去看窗外的天空。

雪后的天空，一片明净的湛蓝还有彩霞的镶边。

火塘上，炖着熊肉的锅开了。

假装睡着的桑丹笑了，说：“我得起来，肉汤潽在火里，可惜了。”

格拉说：“你一起来，就像我在生娃娃，像是我这个男人生了娃娃。”

母亲笑了。格拉也跟着笑了起来。还是我们机村人常说的那种没心没肺的笑法。

（选自东方出版中心·阿来《格拉长大》）

读后思考：

格拉遇到了哪些处境？他是如何一一克服的？

你认为是什么导致了格拉的长大呢？

有人把这篇小说视为“成长小说”，展现了一个男孩向男人的转变，你认为呢？

这篇小说很容易理解为展现少数民族的独特风情，但你有没有找到人性的普遍？

请以本小说为例，谈谈小说主题为人性服务的价值。

沈从文，中国现代著名作家，1902年生于湖南，具有汉族、苗族、土家族的血统，经郁达夫的提点从事文学创作，后来成为“京派文学”领袖，其作品崇尚健全完整的人性，加上多描绘边地少数民族而极具特色，虽然在1949年后被迫辍笔，依然在读者心中具有崇高威望，代表作品有《边城》、《长河》(第一部)、《湘行散记》等。

萧萧

沈从文

乡下人吹唢呐接媳妇，到了十二月是成天有的事情。

唢呐后面一顶花轿，两个夫子平平稳稳的抬着，轿中人被铜锁锁在里面，虽穿了平时不上过身的体面红绿衣裳，也仍然得荷荷大哭。在这些小女人心中，做新娘子，从母亲身边离开，且准备作他人的母亲，从此必然将有许多新事情等待发生。像做梦一样，将同一个陌生男子汉在一个床上睡觉，做着承宗接祖的事情。这些事想起来，当然有些害怕，所以照例觉得要哭哭，就哭了。

也有做媳妇不哭的人。萧萧做媳妇就不哭。这女人没有母亲，从小寄养到伯父种田的庄子上，终日提个小竹兜箩，在路旁田坎捡狗屎。出嫁只是从这家转到那家。因此到那一天，这女人还只是笑。她又不害羞，又不怕。她是什么事也不知道，就做了人家的新媳妇了。

萧萧做媳妇时年纪十二岁，有一个小丈夫，年纪还不到三岁。丈夫比她年少十来岁，断奶还不多久。地方有这么一个老规矩，过了门，她喊他做弟弟。她每天应做的事是抱弟弟到村前柳树下去玩，到溪边去玩，饿了，喂东西吃，哭了，就哄他，摘南瓜花或狗尾草戴到小丈夫头上，或者连连亲嘴，一面说："弟弟，哪，啵。再来，啵。"在那满是肮脏的小脸上亲了又亲，孩子于是便笑了。孩子一欢喜兴奋，行动粗野起来，会用短短的小手乱抓萧萧的头发。那是平时不大能收拾蓬蓬松松在头上的黄发。有时候，垂到脑后那条小辫儿被拉得太久，把红绒线结也弄松了，生了气，就挞那弟弟几下，弟弟自然哇的哭出声来。萧萧于是也装成要哭的样子，用手指着弟弟的哭脸，说："哪，人不讲理，可不行！"

天晴落雨日子混下去，每日抱抱丈夫，也帮同家中作点杂事，能动手的就动手。又时常到溪沟里去洗衣，搓尿片，一面还捡拾有花纹的田螺给坐在身边的小丈夫玩。到了夜里睡觉，便常常做这种年龄人所做过的梦，梦到后门角落或别的什么地方捡得大把大把铜钱，吃好东西，爬树，自己变成鱼到水中各处溜，或一时仿佛身子很小很轻，飞到天上众星中，没有一个人，只是一片白，一片金光，于是大喊"妈！"人就吓醒了。醒来心里还只是跳。

吵了隔壁的人，不免骂着："疯子，你想什么！白天玩得疯，晚上就做梦！"

萧萧听着却不作声，只是咕咕的笑。也有很好很爽快的梦，为丈夫哭醒的事情。那丈夫本来晚上在自己母亲身边睡，吃奶方便，但是吃多了奶，或因另外情形，半夜大哭，起来放水拉稀是常有的事。丈夫哭到婆婆无可奈何，于是萧萧轻脚轻手爬起床来，睡眼迷蒙，走到床边，把人抱起，给他看月光，看星光；或者仍然啵啵的亲嘴，互相觑着，孩子气的"嗨嗨，看猫呵！"那样喊着哄着，于是丈夫笑了。玩一会会，困倦起来，慢慢的阖上眼。人睡定后，放上床，站在床边看着，听远处一传一递的鸡叫，知道天快到什么时候了，于是仍然蜷到小床上睡去。天亮后，虽不做梦，却可以无意中闭眼开眼，看一阵在面前空中变幻无端的黄边紫心葵花，那是一种真正的享受。

萧萧嫁过了门，做了拳头大的丈夫的小媳妇，一切并不比先前受苦，这只看她一年来身体发育就可明白。风里雨里过日子，像一株长在园角落不为人注意的蓖麻，大叶大枝，日增茂盛，这小女人简直是全不为丈夫设想那么似的，一天比一天长大起来了。

夏夜光景说来如做梦。大家饭后坐到院中心歇凉，挥摇蒲扇，看天上的星同屋角的萤，听南瓜棚上纺织娘咯咯咯拖长声音纺车，远近声音繁密如落雨，禾花风翛翛吹到脸上，正是让人在各种方便中说笑话的时候。

萧萧好高，一个人常常爬到草料堆上去，抱了已经熟睡的丈夫在怀里，轻轻的轻轻的随意唱着自编的四句头山歌。唱来唱去却把自己也催眠起来，快要睡去了。

在院坝中，公公婆婆，祖父祖母，另外还有帮工汉子两个，散乱的坐在小板凳上，摆龙门阵学古，轮流下去打发上半夜。

祖父身边有个烟包，在黑暗中放光。这用艾蒿做成的烟包，是驱逐长脚蚊得力东西，蜷在祖父脚边，犹如一条乌梢蛇。间或又拿起来晃那么几下。

想起白天场上的事情，祖父开口说话："我听三金说，前天又有女学生过身。"

大家就哄然笑了起来。

这笑的意义何在？只因为在大家印象中，都知道女学生没有辫子，留下个鹌鹑尾巴，像个尼姑，又不完全像。穿的衣服像洋人，又不是洋人。吃的，用的……总而言之，事事不同，一想起来就觉得怪可笑！

萧萧不大明白，她不笑。所以老祖父又说话了。他说："萧萧，你长大了，将来也会做女学生！”

大家于是更哄然大笑起来。

萧萧为人并不愚蠢，觉得这一定是不利于己的一件事情，所以接口便说：“爷爷，我不做女学生。”

“你像个女学生，不做可不行。”

“我一定不做。”

众人有意取笑，异口同声的说：“萧萧，爷爷说得对，你非做女学生不行！”

萧萧急得无可奈何，“做就做，我不怕。”其实做女学生有什么不好，萧萧全不知道。

女学生这东西，在本乡的确永远是奇闻。每年一到六月天，据说放“水假”日子一到，照例便有三三五五女学生，由一个荒谬不经的热闹地方来，到另一个远地方去，取道从本地过身。从乡下人眼中看来，这些人都近于另一世界中活下的人，装扮奇奇怪怪，行为更不可思议。这种女学生过身时，使一村人都可以说一整天的笑话。

祖父是当地一个人物，因为想起所知道的女学生在大城中的生活情形，所以说笑话要萧萧也去作女学生。一面听到这话，就感觉一种打哈哈趣味，一面还有那被说的萧萧感觉一种惶恐，说这话的不为无意义了。

女学生由祖父方面所知道的是这样一种人：她们穿衣服不管天气冷暖，吃东西不问饥饱，晚上要到子时才睡觉，白天正经事全不作，只知唱歌打球，读洋书。她们都会花钱，一年用的钱可以买十六只水牛。她们在省里京里想往什么地方去时，不必走路，只要钻进一个大匣子中，那匣子就可以带她到地。城市中还有各种各样的大小不同的匣子，都用机器开动。她们在学校，男女在一处上课读书，人熟了，就随意同那男子睡觉，也不要媒人，也不要财礼，名叫“自由”。她们也做做州县官，带家眷上任，男子仍然喊作“老爷”，小孩子叫“少爷”。她们自己不养牛，却吃牛奶羊奶，如小牛小羊；买那奶时是用铁罐子盛的。她们无事时到一个唱戏地方去，那地方完全像个大庙，从衣袋中取出一块洋钱来（那洋钱在乡下可买五只母鸡），买了一小方纸片儿，拿了那纸片到里面去，就可以坐下看洋人扮演影子戏。她们被冤了，不赌咒，不哭。她们年纪有老到二十四岁还不肯嫁人的，有老到三十四十居然还好意思嫁人的。她们不怕男子，男子不能使她们受委屈，一受委屈就上衙门打官司，要官罚男子的款，这笔钱她有时独占自己花用，有时和官平分。

她们不洗衣煮饭，也不养猪喂鸡；有了小孩子，也只花五块钱或十块钱一月，雇个人专管小孩，自己仍然整天看戏打牌，或者读那些没有用处的闲书。……总而言之，说来事事都希奇古怪，和庄稼人不同，有的简直还可说岂有此理。这时经祖父一为说明，听过这话的萧萧，心中却忽然有了一种模模糊糊的愿望，以为倘若她也是个女学生，她是不是照祖父说的女学生一个样子去做那些事情？不管好歹，女学生并不可怕，因此一来，却已为这乡下姑娘初次体念到了。

因为听祖父说起女学生是怎样的人物，到后萧萧独自笑得特别久。笑够了时，她说：“爷爷，明天有女学生过路，你喊我，我要看看。”

“你看，她们捉你去作丫头。”

“我不怕她们。”

“她们读洋书念经你也不怕？”

“念观音菩萨消灾经，念紧箍咒，我都不怕。”

“她们咬人，和做官的一样，专吃乡下人，吃人骨头渣渣也不吐，你不怕？”

萧萧肯定的回答说：“也不怕。”

可是这时节萧萧手上所抱的丈夫，不知为甚么，在睡梦中哭了，媳妇于是用作母亲的声势，半哄半吓的说："弟弟，弟弟，不许哭，不许哭，女学生咬人来了。"

丈夫还仍然哭着，得抱起各处走走。萧萧抱着丈夫离开了祖父，祖父同人说另外一样古话去了。

萧萧从此以后心中有个"女学生"。做梦也便常常梦到女学生，且梦到同这些人并排走路。仿佛也坐过那种自己会走路的匣子，她又觉得这匣子并不比自己跑路更快。在梦中那匣子的形体同谷仓差不多，里面还有小小灰色老鼠，眼珠子红红的，各处乱跑，有时钻到门缝里去，把个小尾巴露在外边。

因为有这样一段经过，祖父从此喊萧萧不喊"小丫头"，不喊"萧萧"，却唤作"女学生"。在不经意中萧萧答应得很好。

乡下里日子也如世界上一般日子，时时不同。世界上人把日子糟蹋，和萧萧一类人家把日子吝惜是同样的，各有所得，各属分定。许多城市中文明人，把一个夏天完全消磨到软绸衣服、精美饮料以及种种好事情上面。萧萧的一家，因为一个夏天的劳作，却得了十多斤细麻，二三十担瓜。

作小媳妇的萧萧，一个夏天中，一面照料丈夫，一面还绩了细麻四斤。

到秋八月工人摘瓜，在瓜间玩，看硕大如盆、上面满是灰粉的大南瓜，成排成堆摆到地上，很有趣味。时间到摘瓜，秋天真的已来了，院子中各处有从屋后林子里树上吹来的大红大黄木叶。萧萧在瓜旁站定，手拿木叶一束，为丈夫编小小笠帽玩。

工人中有个名叫花狗，年纪二十三岁，抱了萧萧的丈夫到枣树下去打枣子。小小竹竿打在枣树上，落枣满地。

"花狗大，莫打了，太多了吃不完。"

虽这样喊，还不动身。到后，仿佛完全因为丈夫要枣子，花狗才不听话。

萧萧于是又警告她那小丈夫："弟弟，弟弟，来，不许捡了。吃多了生东西肚子痛！"

丈夫听话，兜了大堆枣子向萧萧身边走来，请萧萧吃枣子。

"姊姊吃，这是大的。"

"我不吃。"

"要吃一颗！"

她两手那里有空！木叶帽正在制边，工夫要紧，还正要个人帮忙！

"弟弟，把枣子喂我口里。"

丈夫照她的命令做事，做完了觉得有趣，哈哈大笑。

她要他放下枣子帮忙捏紧帽边，便于添加新木叶。

丈夫照她吩咐做事，但老是顽皮的摇动，口中唱歌。这孩子原来像一只猫，欢喜时就得捣乱。

"弟弟，你唱的是什么？"

"我唱花狗大告我的山歌。"

"好好的唱一个给我听。"

丈夫于是帮忙拉着帽边，一面就唱下去，照所记到的歌唱：天上起云云起花，包谷林里种豆荚，豆荚缠坏包谷树，娇妹缠坏后生家。

天上起云云重云，地下埋坟坟重坟，娇妹洗碗碗重碗，娇妹床上人重人。

歌中意义丈夫全不明白，唱完了就问萧萧好不好。萧萧说好，并且问从谁学来的，她知道是花狗教他的，却故意盘问他。

"花狗大告我，他说还有好多歌，长大了再教我唱。"

听说花狗会唱歌，萧萧说："花狗大，花狗大，你唱一个正经好听的歌我听听。"

那花狗，面如其心，生长得不很正气，知道萧萧要听歌，人也快到听歌的年龄了，就给她唱“十岁娘子一岁夫”。那故事说的是妻年大，可以随便到外面作一点不规矩事情；夫年小，只知吃奶，让他吃奶。这歌丈夫完全不懂，懂到一点儿的是萧萧。把歌听过后，萧萧装成“我全明白”那种神气，她用生气的样子，对花狗说：“花狗大，这个不行，这是骂人的歌！”

花狗分辩说：“不是骂人的歌。”

“我明白，是骂人的歌。”

花狗难得说多话，歌已经唱过了，错了陪礼，只有不再唱。他看她已经有点懂事了，怕她回头告祖父，会挨顿臭骂，就把话支吾开，扯到“女学生”上头去。他问萧萧，看不看过女学生习体操唱洋歌的事情。

若不是花狗提起，萧萧几乎已忘却了这事情。这时又提到女学生，她问花狗近来有没有女学生过路，她想看看。

花狗一面把南瓜从棚架边抱到墙角去，告她女学生唱歌的事情，这些事的来源还是萧萧的那个祖父。他在萧萧面前说了点大话，说他曾经到官路上见过四个女学生，她们都拿得有旗帜，走长路流汗喘气之中仍然唱歌，同军人所唱的一模一样。不消说，这自然完全是胡诌的笑话。可是那故事把萧萧可乐坏了。因为花狗说这个就叫做“自由”。

花狗是起眼动眉毛、一打两头翘、会说会笑的一个人。听萧萧带着欲羡口气说“花狗大，你膀子真大”，他就说：“我不止膀子大。”

“你身个子也大。”

“我全身无处不大。”

萧萧还不大懂得这个话的意思，只觉得憨而好笑。

到萧萧抱了她的丈夫走去以后，同花狗在一起摘瓜，取名字叫哑巴的，开了平时不常开的口。

“花狗，你少坏点。人家是十三岁黄花女，还要等十二年后才圆房！”

花狗不做声，打了那伙计一巴掌，走到枣树下捡落地枣去了。

到摘瓜的秋天，日子计算起来，萧萧过丈夫家有一年来了。

几次降霜落雪，几次清明谷雨，一家中人都说萧萧是大人了。天保佑，喝冷水，吃粗厨饭，四季无疾病，倒发育得这样快。婆婆虽生来像一把剪子，把凡是给萧萧暴长的机会都剪去了，但乡下的日头同空气都帮助人长大，却不是折磨可以阻拦得住。

萧萧十五岁时已高如成人，心却还是一颗糊糊涂涂的心。

人大了一点，家中做的事也多了一点。绩麻、纺线、洗衣、照料丈夫以外，打猪草推磨一些事情也要作，还有浆纱织布。凡事都学，学学就会了。

乡下习惯凡是行有余力的都可从劳作中攒点本分私房，两三年来仅仅萧萧个人份上所聚集的粗细麻和纺就的棉纱，也够萧萧坐到土机上抛三个月的梭子了。

丈夫早断了奶。婆婆有了新儿子，这五岁儿子就像归萧萧独有了。不论做什么，走到什么地方去，丈夫总跟在身边。丈夫有些方面很怕她，当她如母亲，不敢多事。他们俩实在感情不坏。

地方稍稍进步，祖父的笑话转到“萧萧你也把辫子剪去好自由”那一类事上去了。听着这话的萧萧，某个夏天也看过了一次女学生，虽不把祖父笑话认真，可是每一次在祖父说过这笑话以后，她到水边去，必不自觉的用手捏着辫子末梢，设想没有辫子的人那种神气，那点趣味。

打猪草，带丈夫上螺蛳山的山阴是常有的事。

小孩子不知事故，听别人唱歌也唱歌。一开腔唱歌，就把花狗引来了。

花狗对萧萧生了另外一种心，萧萧有点明白了，常常觉得惶恐不安。但花狗是男子，凡是男子的美德恶德都不缺少，劳动力强，手脚勤快，又会玩会说，所以一面使萧萧的丈夫非常欢喜同他玩，一面一有机会即缠在萧萧身边，且总是想方设法把萧萧那点惶恐减去。

山大人小，到处是树林蒙茸，平时不知道萧萧所在，花狗就站在高处唱歌逗萧萧身边的丈夫；丈夫小口一开，花狗穿山越岭就来到萧萧面前了。

见了花狗，小孩子只有欢喜，不知其他。他原要花狗为他编草虫玩，做竹箫哨子玩，花狗想方法支使他到一个远处去找材料，便坐到萧萧身边来，要萧萧听他唱那使人开心红脸的歌。她有时觉得害怕，不许丈夫走开；有时又像有了花狗在身边，打发丈夫走去反倒好一点。终于有一大，萧萧就这样给花狗把心窍子唱开，变成个妇人了。

那时节，丈夫走到山下采刺莓去了，花狗唱了许多歌，到后却向萧萧唱：娇家门前一重坡，别人走少郎走多，铁打草鞋穿烂了，不是为你为哪个？

末了却向萧萧说："我为你睡不着觉。"他又说他赌咒不把这事情告给人。听了这些话仍然不懂什么的萧萧，眼睛只注意到他那一对粗粗的手膀子，耳朵只注意到他最后一句话。末了花狗大便又唱了许多歌给她听。她心里乱了。她要他当真对天赌咒，赌过了咒，一切好像有了保障，她就一切尽他了。

到丈夫返身时，手被毛毛虫蜇伤，肿了一大片，走到萧萧身边。萧萧捏紧这一只小手，且用口去呵它，吮它，想起刚才的糊涂，才仿佛明白自己做了一点不大好的糊涂事。

花狗诱她做坏事情是麦黄四月，到六月，李子熟了，她欢喜吃生李子。

她觉得身体有点特别，在山上碰到花狗，就将这事情告给他，问他怎么办。

讨论了多久，花狗全无主意。虽以前自己当天赌得有咒，也仍然无主意。

原来这家伙个子大，胆量小。个子大容易做错事，胆量小做了错事就想不出办法。

到后，萧萧捏着自己那条乌梢蛇似的大辫子，想起城里了，她说："花狗大，我们到城里去自由，帮帮人过日子，不好么？"

“那怎么行？到城里去做什么？”

“我肚子大了，那不成。”

“我们找药去。场上有郎中卖药。”

“你赶快找药来，我想……”

“你想逃到城里去自由，不成的。人生面不熟，讨饭也有规矩，不能随便！”

“你这没有良心的，你害了我，我想死！”

“我赌咒不辜负你。”

“负不负我有什么用，帮我个忙，赶快拿去肚子里这块肉罢。我害怕！”

花狗不再做声，过了一会，便走开了。不久丈夫从他处拿了大把山里红果子回来，见萧萧一个人坐在草地上眼睛红红的，丈夫心中纳罕。看了一会，问萧萧：“姊姊，为甚么哭？”

“不为甚么，毛毛虫落到眼睛窝里，痛。”

“我吹吹罢。”

“不要吹。”

“你瞧我，得这些这些。”

他把手中拿的和从溪中捡来放在衣口袋里的小蚌、石头全部陈列到萧萧面前，萧萧泪眼婆娑看了一会，勉强笑着说：“弟弟，我们要好，我哭你莫告家中。告家中我可要生气！”到后这事情家中当真就无人知道。

过了半个月，花狗不辞而行，把自己所有的衣裤都拿去了。祖父问同住的长工哑巴，知不知道他为什么走路，走哪儿去？是上山落草，还是作薛仁贵投军？哑巴只是摇头，说花狗还欠了他两百钱，临走时话都不留一句，为人少良心。哑巴说他自己的话，并没有把花狗走的理由说明。因此这一家希奇一整天，谈论一整天。不过这工人既不偷走物件，又不拐带别的，这事情过后不久，自然也就把他忘掉了。

萧萧仍然是往日的萧萧。她能够忘记花狗就好了，但是肚子真有些不同了，肚中东西总在动，使她常常一个人干发急，尽做怪梦。

她脾气坏了一点，这坏处只有丈夫知道，因为她对丈夫似乎严厉苛刻了好些。

仍然每天同丈夫在一处，她的心，想到的事自己也不十分明白。她常想，我现在死了，什么都好了。可是为什么要死？她还很高兴活下去，愿意活下去。

家中人不拘谁在无意中提起关于丈夫弟弟的话，提起小孩子，提起花狗，都像使这话如拳头，在萧萧胸口上重重一击。

到九月，她担心人知道更多了，引丈夫庙里去玩，就私自许愿，吃了一大把香灰。吃香灰被她丈夫看见了，丈夫问这是做甚么，萧萧就说肚痛，应当吃这个。萧萧自然说谎。虽说求菩萨保佑，菩萨当然没有如她的希望，肚子中长大的东西依旧在慢慢的长大。

她又常常往溪里去喝冷水，给丈夫看见时，丈夫问她，她就说口渴。

一切她所想到的方法都没有能够使她与自己不欢喜的东西分开。大肚子只有丈夫一人知道，他却不敢告这件事给父母晓得。因为时间长久，年龄不同，丈夫有些时候对于萧萧的怕同爱，比对于父母还深切。

她还记得那花狗赌咒那一天里的事情，如同记着其他事情一样。到秋天，屋前屋后毛毛虫都结茧，成了各种好看蝶蛾，丈夫像故意折磨她一样，常常提起几个月前被毛毛虫蜇手的旧话，使萧萧心里难过。她因此极恨毛毛虫，见了那小虫就想用脚去踹。

有一天，又听人说有好些女学生过路，听过这话的萧萧，睁了眼做过一阵梦，愣愣的对日头出处痴了半天。

萧萧步花狗后尘，也想逃走，收拾一点东西预备跟了女学生走的那条路上城去自由。但没有动身，就被家里人发觉了。这种打算照乡下人说来是一件大事，于是把她两手捆了起来，丢在灶屋边，饿了一天。

家中追究这逃走的根源，才明白这个十年后预备给小丈夫生儿子继香火的萧萧肚子已被另一个人抢先下了种。这在一家人生活中真是了不得的一件大事！一家人的平静生活，为这件新事全弄乱了。生气的生气，流泪的流泪，骂人的骂人，各按本分乱下去。悬梁，投水，吃毒药，被禁困着的萧萧，诸事漫无边际的全想到了，究竟是年纪太小，舍不得死，却不曾做。于是祖父从现实出发，想出个聪明主意，把萧萧关在房里，派两人好好看守着，请萧萧本族的人来说话，照规矩，看是“沉潭”还是“发卖”？萧萧家中人要面子，就沉潭淹死了她，舍不得死就发卖。萧萧只有一个伯父，在近处庄子里为人种田，去请他时先还以为是吃酒，到了才知是这样丢脸事情，弄得这老实忠厚的家长手足无措。

大肚子作证，什么也没有可说。照习惯，沉潭多是读过“子曰”的族长爱面子才作出的蠢事。伯父不读“子曰”，不忍把萧萧当牺牲，萧萧当然应当嫁人作“二路亲”了。

这也是一种处罚，好像极其自然，照习惯受损失的是丈夫家里，然而却可以在改嫁上收回一笔钱，当作赔偿损失的数目。那伯父把这事情告给了萧萧，就要走路。萧萧拉着伯父衣角不放，只是幽幽的哭。伯父摇了一会头，一句话不说，仍然走了。

一时没有相当的人家来要萧萧，送到远处去也得有人，因此暂时就仍然在丈夫家中住下。这件事情既经说明白，照乡下规矩，倒又像不甚么要紧，只等待处分，大家反而释然了。先是小丈夫不能再同萧萧在一处，到后又仍然如月前情形，姊弟一般有说有笑的过日子了。

丈夫知道了萧萧肚子中有儿子的事情，又知道因为这样萧萧才应当嫁到远处去。但是丈夫并不愿意萧萧去，萧萧自己也不愿意去。大家全莫名其妙，只是照规矩像逼到要这样做，不得不做。究竟是谁定的规矩，是周公还是周婆，也没有人说得清楚。

在等候主顾来看人，等到十二月，还没有人来，萧萧只好在这人家过年。

萧萧次年二月间，十月满足，坐草生了一个儿子，团头大眼，声响宏壮。

大家把母子二人照料得好好的，照规矩吃蒸鸡同江米酒补血，烧纸谢神。一家人都欢喜那儿子。

生下的既是儿子，萧萧不嫁别处了。

到萧萧正式同丈夫拜堂圆房时，儿子已经年纪十岁，有了半劳动力，能看牛割草，成为家中生产者一员了。平时喊萧萧丈夫做大叔，大叔也答应，从不生气。

这儿子名叫牛儿。牛儿十二岁时也接了亲，媳妇年长六岁。媳妇年纪大，方能诸事作帮手，对家中有帮助。唢呐到门前时，新娘在轿中呜呜的哭着，忙坏了那个祖父，曾祖父。

这一天，萧萧，抱了自己新生的毛毛，在屋前榆蜡树篱笆间看热闹，同十年前抱丈夫一个样子。

（选自人民文学出版社·沈从文《沈从文小说选》）

读后思考：

你认为这部小说写的是一个不幸的故事还是一个幸运的故事？为什么？

你认为这篇小说的主题是什么？

有人认为这是一篇能揭开“中国农村生活奥秘”的杰作？谈谈你的看法。

边城自然的人性一直是沈从文先生着力表现的主题，请思考其对于现代社会的价值。

请以本小说为例，思考支撑小说主题的细节该有哪些？

小说的人物性格

问题在于，正常的人物占有美德，而怪异的人物垄断活力。

——伊格尔顿

再退一步讲，许多小说中最生动的人物都是一根筋的偏执狂。

——伍德

人物、情节、环境，这就是所谓的“小说三要素”。

毫无疑问，三者之中最惹人注目的是人物——古往今来，说到任何一部知名小说，人们总是首先浮想起其成功塑造的人物，犹如拉斯柯尔尼科夫之于《罪与罚》、诸葛亮之于《三国演义》、柯希莫之于《树上的男爵》、王二之于《黄金时代》一样。固然也有小说以情节取胜，甚至情节也被一串串的意识所淡化，但情节和意识总需要一个附着体，那就是人物。

福斯特在《小说面面观》中提出了关于人物的著名区分：类型单一、漫画化的扁平人物和类型多样、立体化的圆形人物，自然后者要高于前者，但正如福斯特的晚辈伍德在《小说机杼》中指出的那样：所谓的扁平人物往往不见得永远是一个次要角色，也不见得永远搞笑，其作用是阐明人类本质上的某个真相或特征。因此关于人物，更好的分类法应该是透明（相对简单的人物）和晦涩（相对神秘的人物）。

好吧，和老兵一样，人物不死，他们至多凋零；而鲜活、独特的人物永远是读者心中的最爱——未必得是圆形，未必不是扁平。

重点阅读： 汪曾祺《鸡鸭名家》、白先勇《金大班的最后一夜》

推荐阅读： 严歌苓《少女小渔》、史铁生《午间半小时》、冯骥才《俗世奇人》

汪曾祺，1920年生于江苏，毕业于西南联大中文系，师从京派文学的领袖沈从文并一生服膺，后来也成为著名京派作家，他更被誉为“抒情的人道主义者，中国最后一个纯粹的文人，中国最后一个士大夫”。汪曾祺在短篇小说创作上极成就，代表作品有《受戒》《大淖记事》《当代野人》等。

鸡鸭名家

汪曾祺

刚才那两个老人是谁？

父亲在洗刮鸭掌。每个郯蹼都掰开来仔细看过，是不是还有一丝泥垢、一片没有去尽的皮，就像在做一件精巧的手工似的。两副鸭掌白白净净，妥妥停停，排成一排。四只鸭翅，也白白净净，排成一排。很漂亮，很可爱。甚至那两个鸭肫，父亲也把它处理得极美。他用那把我小时就非常熟悉的角柄小刀从栗紫色当中闪着钢蓝色的一个微微凹处轻轻一划，一翻，里面的蕊黄色的东西就翻出来了。洗涮了几次，往鸭掌、鸭翅之间一放，样子很名贵，像一种珍奇的果品似的。我很有兴趣地看着他用洁白的，然而男性的手，熟练地做着这样的事。我小时候就爱看他用他的手做这一类的事，就像我爱看他画画刻图章一样。我和父亲分别了十年，他的这双手我还是非常熟悉。

刚才那两个老人是谁！

鸭掌、鸭翅是刚从鸡鸭店里买来的。这个地方鸡鸭多，鸡鸭店多。鸡鸭店都是回回开的。这地方一定有很多回回。我们家乡回回很少。鸡鸭店全城似乎只有一家。小小一间铺面，干净而寂寞。门口挂着收拾好的白白净净的鸡鸭，很少有人买。我每回走过时总觉得有一种使人难忘的印象袭来。这家铺子有一种什么东西和别家不一样。好像这是一个古代的店铺。铺子在我舅舅家附近，出一个深巷高坡，上大街，拐角第一家便是。主人相貌奇古，一个非常大的鼻子，鼻子上有很多小洞，通红通红，十分鲜艳，一个酒糟鼻子。我从那个鼻子上认得了什么叫酒糟鼻子。没有人告诉过我，我无师自通，一看见就知道：“酒糟鼻子！”我在外十年，时常会想起那个鼻子。刚才在鸡鸭店又想起了那个鼻子。现在那个鼻子的主人，那条斜阳古柳的巷子不知怎么样了……那两个老人是谁？

一声鸡啼，一只金彩烂丽的大公鸡，一个很好看的鸡，在小院子里顾影徘徊，又高傲，又冷清。

那两个老人是谁呢，父亲跟他们招呼的，在江边的沙滩上？……街上回来，行过沙滩。沙滩上有人在分鸭子。四个男子汉站在一个大鸭圈里，在熙熙攘攘的鸭群里，一只一只，提着鸭脖子，看一看，分别丢在四边几个较小的圈里。他们看什么？——四个人都一色是短棉袄，下面皆系青布鱼裙。这一带，江南江北，依水而住，靠水吃水的人，卖鱼的，贩卖菱藕、芡实、芦柴、茭草的，都有这样一条裙子。系了这样一条大概宋朝就兴的布裙，戴上一顶瓦块毡帽，一看就知道是干什么行业的。——看的是鸭头，分别公母？母鸭下蛋，可能价钱卖得贵些？不对，鸭子上了市，多是卖给人吃，很少人家特为买了母鸭下蛋的。单是为了分别公母，弄两个大圈就行了，把公鸭赶到一边，剩下的不都是母鸭了，无须这么麻烦。是公是母，一眼不就看出来，得要那么提起来认一认么？而且，几个圈里灰头绿头都有！——沙滩上安静极了，然而万籁有声，江流浩浩，飘忽着一种又积极又消沉的神秘的向往，一种广大而深微的呼吁，悠悠钒钒，悄怆感人。东北风。交过小雪了，真的入了冬了。可是江南地暖，虽已至“相逢不出手”的时候，身体各处却还觉得舒舒服服，饶有清兴，不很肃杀，天气微阴，空气里潮润润的。新麦、旧柳，抽了卷须的豌豆苗，散过了絮的蒲公英，全都欣然接受这点水气。鸭子似乎也很满意这样的天气，显得比平常安静得多。虽被提着脖子，并不表示抗议。也由于那几个鸭贩子提得是地方，一提起，趁势就甩了过去，不致使它们痛苦。甚至那一甩还会使它们得到筋肉伸张的快感，所以往来走动，煦煦然很自得的样子。人多以为鸭子是很唠叨的动物，其实鸭子也有默处的时候。不过这样大一群鸭子而能如此雍雍雅雅，我还从未见过。它们今天早上大概都得到一顿饱餐了吧？——什么地方送来一阵煮大麦芽的气味，香得很。一定有人用长柄的大铲子在铜锅里慢慢搅和着，就要出糖。——是约约斤两，把新鸭和老鸭分开？也不对。这些鸭子都差不多大，全是当年的，生日不是四月下旬就是五月初，上下差不了几天。骡马看牙口，鸭子不是骡马，也看几岁口？看，也得叫鸭子张开嘴，而鸭子嘴全都闭得扁扁的。黄嘴也是扁扁的，绿嘴也是扁扁的。即使掰开来看，也看不出所以然呀，全都是一圈细锯齿，分不开牙多牙少。看的是嘴。看什么呢？哦，鸭嘴上有点东西，有一道一道印子，是刻出来的。有的一道，有的两道，有的刻一个十字叉叉。哦，这是记号！这一群鸭子不是一家养的。主人相熟，搭伙运过江来了，混在一起，搅乱了，现在再分开，以便各自出卖？对了，对了！不错！这个记号作得实在有道理。

江边风大，立久了究竟有点冷，走吧。

刚才运那一车鸡的两口子不知到了哪儿了。一板车的鸡，一笼一笼堆得很高。这些鸡是他们自己的，还是给别人家运的？我起初真有些不平，这个男人真岂有此理，怎么叫女人拉车，自己却提了两只分量不大的蒲包在后面踱方步！后来才知道，他的负担更重一些。这一带地不平，尽是坑！车子拉动了，并不怎么费力，陷在坑里要推上来可不易。这一下，够瞧的！车掉进坑了，他赶紧用肩膀顶住。然而一只轱辘怎么弄也上不来。跑过来两个老人（他们原来蹲在一边谈天）。老人之一捡了一块砖煞住后滑的轱辘，推车的男人发一声喊，车上来了！他接过女人为他拾回来的落到地下的毡帽，掸一掸草屑，向老人道了谢："难为了！"车子吱吱吜吜地拉过去，走远了。我忽然想起了两句《打花鼓》：

恩爱的夫妻
槌不离锣

这两句唱腔老是在我心里回旋。我觉得很凄楚。

这个记号作得实在很有道理。遍观鸭子全身，还有其他什么地方可以作记号的呢？不像鸡。鸡长大了，毛色各不相同，养鸡人都记得。在他们眼中，世界没有两只同样的鸡。就是被人偷去杀了吃掉，剩下一堆毛，他认也认得清（《王婆骂鸡》中列举了很多鸡的名目，这是一部"鸡典"）。小鸡都差不多，养鸡的人家都在它们的肩翅之间染了颜色，或红或绿，以防走失。我小时颇不赞成，以为这很不好看。但人家养鸡可不是为了给我看的！鸭子麻烦，不能染色。小鸭子要下水，染了颜色，浸在水里，要退。到一放大毛，则普天下的鸭子只有两种样子了：公鸭、母鸭。所有的公鸭都一样，所有的母鸭也都一样。鸭子养在河里，你家养，他家养，难免混杂。可以作记号的地方，一看就看出来的，只有那张嘴。上帝造鸭，没有想到鸭嘴有这个用处吧。小鸭子，嘴嫩嫩的，刻几道一定很容易。鸭嘴是角质，就像指甲，没有神经，刻起来不痛。刻过的嘴，一样吃东西，碎米、浮萍、小鱼、虾蛋、蛆虫……鸭子们大概毫不在乎。不会有一只鸭子发现同伴的异样，呱呱大叫起来："咦！老哥，你嘴上是怎么回事，雕了花了？"当初想出作这样记号的，一定是个聪明人。

然而那两个老人是谁呢？

鸭掌鸭翅已经下在砂锅里。砂锅咕嘟咕嘟响了半天了，汤的气味飘出来，快得了。碗筷摆了出来，就要吃饭了。

"那两个老人是谁？"

"怎么？——你不记得了？"

父亲这一反问教我觉得高兴：这分明是两个值得记得的人。我一问，他就知道问的是谁。

"一个是余老五。"

余老五！我立刻知道，是高高大大，广额方颡，一腮帮白胡子茬的那个。——那个瘦瘦小小，目光精利，一小撮山羊胡子，头老是微微扬起，眼角带着一点嘲讽痕迹的，行动敏捷，不像是六十开外的人，是——"陆长庚。"

"陆长庚？"

"陆鸭。"

陆鸭！这个名字我很熟，人不很熟，不像余老五似的是天天见得到的老街坊。

余老五是余大房炕房的师傅。他虽也姓余，炕房可不是他开的，虽然他是这个炕房里顶重要的一个人。老板和他同宗，但已经出了五服，他们之间只有东伙缘分，不讲亲戚情面。如果意见不合，东辞伙，伙辞东，都是可以的。说是老街坊，余大房离我们家还很有一段路。地名大淖，已经是附郭的最外一圈。大淖是一片大水，由此可至东北各乡及下河诸县。水边有人家处亦称大淖。这是个很动人的地方，风景人物皆有佳胜处。在这里出入的，多是戴瓦块毡帽系鱼裙的朋友。乘小船往北顺流而下，可以在垂杨柳、脆皮榆、茅棚、瓦屋之间，高爽地段，看到一座比较整齐的房子，两旁八字粉墙，几个黑漆大字，鲜明醒目；夏天门外多用芦席搭一凉棚，绿缸里渍着凉茶，任人取用；冬天照例有卖花生薄脆的孩子在门口踢毽子；树顶上飘着做会的纸幡或一串红绿灯笼的，那是“行”。一种是鲜货行，代客投牙买卖鱼虾水货、荸荠茨菰、山药芋艿、薏米鸡头，诸种杂物。一种是鸡鸭蛋行。鸡鸭蛋行旁边常常是一家炕房。炕房无字号，多称姓某几房，似颇有古意。其中余大房声誉最着，一直是最大的一家。

余老五成天没有什么事情，老看他在街上逛来逛去，到哪里都提了他那把奇大无比，细润发光的紫砂茶壶，坐下来就聊，一聊一半天。而且好喝酒，一天两顿，一顿四两。而且好管闲事。跟他毫无关系的事，他也要挤上来插嘴。而且声音奇大。这条街上茶馆酒肆里随时听得见他的喊叫一样的说话声音。不论是哪两家闹纠纷，吃“讲茶”评理，都有他一份。就凭他的大嗓门，别人只好退避三舍，叫他一个人说！有时炕房里有事，差个小孩子来找他，问人看见没有，答话的人常是说：“看没有看见，听倒听见的。再走过三家门面，你把耳朵竖起来，找不到，再来问我！”他一年闲到头，吃、喝、穿、用全不缺。余大房养他。只有每年春夏之间，看不到他的影子了。

多少年没有吃“巧蛋”了。巧蛋是孵小鸡孵不出来的蛋。不知什么道理，有些小鸡长不全，多半是长了一个头，下面还是一个蛋。有的甚至翅膀也有了，只是出不了壳。鸡出不了壳，是鸡生得笨，所以这种蛋也称“拙蛋”，说是小孩子吃不得，吃了书念不好。反过来改成“巧蛋”，似乎就可通融，念书的孩子也马马虎虎准许吃了。这东西很多人是不吃的。因为看上去使人身上发麻，想一想也怪不舒服，总之吃这种东西很不高雅。很惭愧，我是吃过的，而且只好老实说，味道很不错。吃都吃过了，赖也赖不掉，想高雅也来不及了。——吃巧蛋的时候，看不见余老五了。清明前后，正是炕鸡子的时候；接着又得炕小鸭，四月。

蛋先得挑一挑。那是蛋行里人的责任。鸡鸭也有“种口”。哪一路的鸡容易养，哪一路的长得高大，哪一路的下蛋多，蛋行里的人都知道。生蛋收来之后，分别放置，并不混杂。分好后，剔一道，薄壳，过小，散黄，乱带，日久，全不要。——“乱带”是系着蛋黄的那道韧带断了，蛋黄偏坠到一边，不在正中悬着了。

再就是炕房师傅的事了。一间不透光的暗屋子，一扇门上开一个小洞，把蛋放在洞口，一眼闭，一眼睁，反复映看，谓之“照蛋”。第一次叫“头照”。头照是照“珠子”，照蛋黄中的胚珠，看是否受过精，用他们的说法，是“有”过公鸡或公鸭没有。没“有”过的，是寡蛋，出不了小鸡小鸭。照完了，这就“下炕”了。下炕后三四天，取出来再照，名为“二照”。二照照珠子“发饱”没有。头照很简单，谁都作得来。不用在门洞上，用手轻握如筒，把蛋放在底下，迎着亮光，转来转去，就看得出蛋黄里有没有晕晕的一个圆影子。二照要点功夫，胚珠是否隆起了一点，常常不易断定。珠子不饱的，要剔下来。二照剔下的蛋，可以照常拿到市上去卖，看不出是炕过的。二照之后，三照四照，隔几天一次。三四照后，蛋就变了。到知道炕里的蛋都在正常发育，就不再动它，静待出炕“上床”。

下了炕之后，不让人随便去看。下炕那天照例是猪头三牲，大香大烛，燃鞭放炮，磕头敬拜祖师菩萨，仪式十分庄严隆重。因为炕房一年就做一季生意，赚钱蚀本，就看这几天。因为父亲和余老五很熟，我随着他去看过。所谓“炕”，是一口一口缸，里头糊着泥和草，下面点着稻草和谷糠，不断用火烘着。火是微火，要保持一定的温度。太热了一炕蛋全熟了，太小了温度透不进蛋里去。什么时候加一点草、糠，什么时候撤掉一点，这是余老五的职份。那两天他整天不离一步。许多事情不用他自己动手。他只要不时看一看，吩咐两句，有下手徒弟照办。余老五这两天可显得重要极了，尊贵极了，也谨慎极了，还温柔极了。他话很少，说话声音也是轻轻的。他的神情很奇怪，总像在谛听着什么似的，怕自己轻轻咳嗽也会惊散这点声音似的。他聚精会神，身体各部全在一种沉湎，一种兴奋，一种极度的敏感之中。熟悉炕房情况的人，都说这行饭不容易吃。一炕下来，人要瘦一圈，像生了一场大病。吃饭睡觉都不能马虎一刻，前前后后半个多月！他也很少真正睡觉。总是躺在屋角一张小床上抽烟，或者闭目假寐，不时就着壶嘴喝一口茶，哑哑地说一句话。一样借以量度的器械都没有，就凭他这个人，一个精细准确而又复杂多方的“表”，不以形求，全以神遇，用他的感觉判断一切。炕房里暗暗的，暖洋洋的，潮濡濡的，笼罩着一种暧昧、缠绵的含情怀春似的异样感觉。余老五身上也有着一种“母性”。（母性！）他身验着一个一个生命正在完成。

蛋炕好了，放在一张一张木架上，那就是“床”。床上垫着棉花。放上去，不多久，就“出”了：小鸡一个一个啄破蛋壳，啾啾叫起来。这些小鸡似乎非常急于用自己的声音宣告也证实自己已经活了。啾啾啾啾，叫成一片，热闹极了。听到这声音，老板心里就开了花。而余老五的眼皮一麻搭，已经沉沉睡去了。小鸡子在街上卖的时候，正是余老五呼呼大睡的时候。他得接连睡几天。——鸭子比较简单，连床也不用上；难的是鸡。

小鸡跟真正的春天一起来，气候也暖和了，花也开了。而小鸭子接着就带来了夏天。画“春江水暖鸭先知”的，往往画出黄毛小鸭。这是很自然的，然而季节上不大对。桃花开的时候小鸭还没有出来。小鸡小鸭都放在浅扁的竹笼里卖。一路走，一路啾啾地叫，好玩极了。小鸡小鸭都很可爱。小鸡娇弱伶仃，小鸭傻气而固执。看它们在竹笼里挨挨挤挤，窜窜跳跳，令人感到生命的欢悦。捉在手里，那点轻微的挣扎搔挠，使人心中怦怦然，胸口痒痒的。

余大房何以生意最好？因为有一个余老五。余老五是这行的状元。余老五何以是状元？他炕出来的鸡跟别家的摆在一起，来买的人一定买余老五炕出的鸡，他的鸡特别大。刚刚出炕的小鸡照理是一般大小，上戥子称，分量差不多，但是看上去，他的小鸡要大一圈！那就好看多了，当然有人买。怎么能大一圈呢？他让小鸡的绒毛都出足了。鸡蛋下了炕，几十个时辰。可以出炕了，别的师傅都不敢等到最后的限度，生怕火功水气错一点，一炕蛋整个的废了，还是稳一点。想等，没那个胆量。余老五总要多等一个半个时辰。这一个半个时辰是最吃紧的时候，半个多月的功夫就要在这一会见分晓。余老五也疲倦到了极点，然而他比平常更警醒，更敏锐。他完全变了一个人。眼睛塌陷了，连颜色都变了，眼睛的光彩近乎疯狂。脾气也大了，动不动就恼怒，简直碰他不得，专断极了，顽固极了。很奇怪，他这时倒不走近火炕一步，只是半倚半靠在小床上抽烟，一句话也不说。木床、棉絮，一切都准备好了。小徒弟不放心，轻轻来问一句："起了吧？"摇摇头。——"起了罢？"还是摇摇头，只管抽他的烟。这一会正是小鸡放绒毛的时候。这是神圣的一刻。忽而作然而起："起！"徒弟们赶紧一窝蜂似的取出来，简直是才放上床，小鸡就啾啾啾啾纷纷出来了。余老五自掌炕以来，从未误过一回事，同行中无不赞叹佩服。道理是谁也知道的，可是别人得不到他那种坚定不移的信心。这是才分，是学问，强求不来。

余老五炕小鸭亦类此出色。至于照蛋、煨火，是尤其余事了。

因此他才配提了紫砂茶壶到处闲聊，除了掌炕，一事不管。人说不是他吃老板，是老板吃着他。没有余老五，余大房就不成其为余大房了。没有余大房，余老五仍是一个余老五。什么时候，他前脚跨出那个大门，后脚就有人替他把那把紫砂壶接过去。每一家炕房随时都在等着他。每年都有人来跟他谈的，他都用种种方法回绝了。后来实在麻烦不过，他就半开玩笑似的说："对不起，老板连坟地都给我看好了！"

父亲说，后来余大房当真在泰山庙后，离炕房不远处，给他找了一块坟地。附近有一片短松林，我们小时常上那里放风筝。蚕豆花开得闹嚷嚷的，斑鸠在叫。

余老五高高大大，方肩膀，方下巴，到处方。陆长庚瘦瘦小小，小头，小脸。八字眉。小小的眼睛，不停地眨动。嘴唇秀小微薄而柔软。他是一个农民，举止言词都像一个农民，安分，卑屈。他的眼睛比一般农民要少一点惊惶，但带着更深的绝望。他不像余五那样有酒有饭，有寄托，有保障。他是个倒霉的人。他的脸小，可是脸上的纹路比余老五杂乱，写出更多的人性。他有太多没有说出来的俏皮笑话，太多没有浪费的风情，他没有爱抚，没有安慰，没有吐气扬眉，没有……他是个很聪明的人，乡下的活计没有哪一件难得倒他。许多活计，他看一看就会，想一想就明白。他是窑庄一带的能人，是这一带茶坊酒肆、豆棚瓜架的一个点缀，一个谈话的题目。可是他的运气不好，干什么都不成功。日子越过越穷，他也就变得自暴自弃，变得懒散了。他好喝酒，好赌钱，像一个不得意的才子一样，潦倒了。我父亲知道他的本事，完全是偶然；他表演了那么一回，也是偶然！

母亲故世之后，父亲觉得很寂寞无聊。母亲葬在窑庄。窑庄有我们的一块地。这块地一直没有收成，沙性很重，种稻种麦，都不相宜，只能种一点豆子，长草。北乡这种瘦地很多，叫做“草田”。父亲想把它开辟成一个小小农场，试种果树、棉花。把庄房收回来，略事装修，他平日就住在那边，逢年过节才回家。我那时才六岁，由一个老奶妈带着，在舅舅家住。有时老奶妈送我到窑庄来住几天。我很少下乡，很喜欢到窑庄来。

我又来了！父亲正在接枝。用来削切枝条的，正是这把拾掇鸭肫的角柄小刀。这把刀用了这么多年了，还是刀刃若新发于硎。正在这时，一个长工跑来了：

“三爷，鸭都丢了！”

佃户和长工一向都叫我父亲为“三爷”。

“怎么都丢了？”

这一带多河沟港汊，出细鱼细虾，是个适于养鸭的地方。有好几家养过鸭。这块地上的老佃户叫倪二，父亲原说留他。他不干，他不相信从来没有结过一个棉桃的地方会长出棉花。他要退租。退租怎么维生？他要养鸭。从来没有养过鸭，这怎么行？他说他帮过人，懂得一点。没有本钱，没有本钱想跟三爷借。父亲觉得让他种了多年草田，应该借给他钱。不过很替他担心。父亲也托他买了一百只小鸭，由他代养。事发生后，他居然把一趟鸭养得不坏。棉花也长出来了。

“倪二，你不相信我种得出棉花，我也不相信你养得好鸭子。现在地里一朵一朵白的，那是什么？”

“是棉花。河里一只一只肥的，是——鸭子！”

每天早晚，站在庄头，在沉沉雾霭，淡淡金光中，可以看到他喳喳叱叱赶着一大群鸭子经过荡口，父亲常常要摇头：

“还是不成，不‘像’！这些鸭跟他还不熟。照说，都就要卖了，那根赶鸭用的篙子就不大动了，可你看他那忙乎劲儿！”

倪二没有听见父亲说什么，但是远远地看到（或感觉到）父亲在摇头，他不服，他舞着竹篙，说：“三爷，您看！”

他的意思是说：就要到八月中秋了，这群鸭子就可以赶到南京或镇江的鸭市上变钱。今年鸡鸭好行市。到那时三爷才佩服倪二，知道倪二为什么要改行养鸭！

放鸭是很苦的事。问放鸭人，顶苦的是什么？“冷清”。放鸭和种地不一样。种地不是一个人，撒种、车水、薅草、打场，有歌声，有锣鼓，呼吸着人的气息。养鸭是一种游离，一种放逐，一种流浪。一大清早，天才露白，撑一个浅扁小船，仅容一人，叫做“鸭撇子”，手里一根竹篙，篙头系着一把稻草或破蒲扇，就离开村庄，到茫茫的水里去了。一去一天，到天擦黑了，才回来。下雨天穿蓑衣，太阳大戴个笠子，天凉了多带一件衣服。“连一个说话的人都没有。”远远地，偶尔可以听到远远地一两声人声，可是眼前只是一群扁毛畜生。有人爱跟牛、羊、猪说话。牛羊也懂人话。要跟鸭子谈谈心可是很困难。这些东西只会呱呱地叫，不停地用它的扁嘴呷喋呷喋地吃。

可是，鸭子肥了，倪二喜欢。

前两天倪二说，要把鸭子赶去卖了。他算了算，刨去行佣、卡钱，连底三倍利。就要赶，问父亲那一百只鸭怎么说，是不是一起卖。今天早上，父亲想起留三十只送人，叫一个长工到荡里去告诉倪二。

“鸭都丢了！”

倪二说要去卖鸭，父亲问他要不要请一个赶过鸭的行家帮一帮，怕他一个人应付不了。运鸭，不像运鸡。鸡是装了笼的。运鸭，还是一只小船，船上装着一大卷鸭圈，干粮，简单的行李，人在船，鸭在水，一路迤迤逦逦地走。鸭子路上要吃活食，小鱼小虾，运到了，才不落膘掉斤两，精神好看。指挥鸭阵，划撑小船，全凭一根篙子。一程十天半月。经过长江大浪，也只是一根竹篙。晚上，找一个沙洲歇一歇，这赶鸭是个险事，不是外行冒充得来的。

“不要！”

他怕父亲再建议他请人帮忙，留下三十只鸭，偷偷地一早把鸭赶过荡，准备过白莲湖，沿澧河，过江。

长工一到荡口，问人：

“倪二呢？”

“倪二在白莲湖里。你赶快去看看。叫三爷也去看看。一趟鸭子全散了！”

“散了”，就是鸭子不服从指挥，各自为政，四散逃窜，钻进芦丛里去了，而且再也不出来。这种事过去也发生过。白莲湖是一口不大的湖，离窑庄不远。出菱，出藕，藕肥白少渣。三五八集期，父亲也带我去过。湖边港汊甚多，密密地长着芦苇。新芦苇很高了，黑森森的。莲蓬已经采过了，荷叶的颜色也发黑了。人过时常有翠鸟冲出，翠绿的一闪，快如疾箭。

小船浮在岸边，竹篙横在船上，倪二呢？坐在一家晒谷场的石辘轴上，手里的瓦块毡帽攥成了一团，额头上破了一块皮。几个人围着他。他好像老了十年。他疲倦了。一清早到现在，现在已经是下午了，他跟鸭子奋斗了半日。他一定还没有吃过饭。他的饭在一个布口袋里，——一袋老锅巴。他木然地坐着，一动不动，不时把脑袋抖一抖，到像受了震动。——他的脖子里有好多道深沟，一方格，一方格的。颜色真红，好像烧焦了似的。老那么坐着，脚恐怕要麻了。他的脚显出一股傻相。

父亲叫他：

“倪二。”

他像个孩子似的哭起来。

怎么办呢？

围着的人说：

“去找陆长庚，他有法子。”

“哎，除非陆长庚。”

“只有老陆，陆鸭。”

陆长庚在哪里？

“多半在桥头茶馆。”

桥头有个茶馆，是为鲜货行客人、蛋行客人、陆陈行客人谈生意而设的。区里、县里来了什么大人物，也请在这里歇脚。卖清茶，也代卖纸烟、针线、香烛纸马、鸡蛋糕、芝麻饼、七厘散、紫金锭、菜种、草鞋、写契的契纸、小绿颖毛笔、金不换黑墨、何通记纸牌……总而言之，日用所需，应有尽有。这茶馆照例又是闲散无事人聚赌耍钱的地方。茶馆里备有一副麻将牌（这副麻将牌丢了一张红中，是后配的），一副牌九。推牌九时下旁注的比坐下拿牌的多，站在后面呼吆喝六，呐喊助威。船从桥头过，远远地就看到一堆兴奋忘形的人头人手。船过去，还听得吼叫：“七七八八——不要九！”——“天地遇虎头，越大越封侯！”常在后面斜着头看人赌钱的，有人指给我们看过，就是陆长庚，这一带放鸭的第一把手，诨号陆鸭，说他跟鸭子能通话，他自己就是一只成了精的老鸭。——瘦瘦小小，神情总是在发愁。他已经多年不养鸭了，现在见到鸭就怕。

“不要你多，十五块洋钱。”

赌钱的人听到这个数目都捏着牌回过头来：十五块！十五块在从前很是一个数目了。他们看看倪二，又看看陆长庚。这时牌九桌上最大的赌注是一吊钱三三四，天之九吃三道。

说了半天，讲定了，十块钱。他不慌不忙，看一家地扛通吃，红了一庄，方去。

“把鸭圈拿好。倪二，赶鸭子进圈，你会的？我把鸭子吆上来，你就赶。鸭子在水里好弄，上了岸，七零八落的不好捉。”

这十块钱赚得太不费力了！拈起那根篙子（还是那根篙，他拈在手里就是样儿），把船撑到湖心，人仆在船上，把篙子平着，在水上扑打了一气，嘴里啧啧啧咕咕咕不知道叫点什么，赫！——都来了！鸭子四面八方，从芦苇缝里，好像来争抢什么东西似的，拼命地拍着翅膀，挺着脖子，一起奔向他那里小船的四围来。本来平静辽阔的湖面，骤然热闹起来，一湖都是鸭子。不知道为什么，高兴极了，喜欢极了，放开喉咙大叫：“呱呱呱呱呱……”不停地把头没进水里，爪子伸出水面乱划，翻来翻去，像一个一个小疯子。岸上人看到这情形都忍不住大笑起来。倪二也抹着鼻涕笑了。看看差不多到齐了，篙子一抬，嘴里曼声唱着，鸭子马上又安静了，文文雅雅，摆摆摇摇，向岸边游来，舒闲整齐有致。兵法：用兵第一贵“和”。这个“和”字用来形容这些鸭子，真是再恰当不过了。他唱的不知是什么，仿佛鸭子都爱听，听得很入神，真怪！

这个人真是有点魔法。

“一共多少只？”

“三百多。”

“三百多少？”

“三百四十二。”

他拣一个高处，四面一望。

“你数数。大概不差了。——嗨！你这里头怎么来了一只老鸭？”

“没有，都是当年的。”

“是哪家养的老鸭教你裹来了！”

倪二分辩。分辩也没用。他一伸手捞住了。

“它屁股一撅，就知道。新鸭子拉稀屎，过了一年的，才硬。鸭肠子搭头的那儿有一个小箍道，老鸭子就长老了。你看看！裹了人家的老鸭还不知道，就知道多了一只！”

倪二只好笑。

“我不要你多，只要两只。送不送由你。”

怎么小气，也没法不送他。他已经到鸭圈子提了两只，一手一只，拎了一拎。

“多重？”

他问人。

“你说多重？”

人问他。

“六斤四，——这一只，多一两，六斤五。这一趟里顶肥的两只。”

“不相信。一两之差也分得出，就凭手拎一拎？”

“不相信？不相信拿秤来称。称得不对，两只鸭算你的；对了，今天晚上上你家喝酒。”

到茶馆里借了秤来，称出来，一点都不错。

“拎都不用拎，凭眼睛，说得出这一趟鸭一个一个多重。不过先得大叫一声。鸭身上有毛，毛蓬松着看不出来，得惊它一惊。一惊，鸭毛就紧了，贴在身上了，这就看得哪只肥，哪只瘦。晚上喝酒了，茶馆里会。不让你费事，鸭杀好。”

他刀也不用，一指头往鸭子三岔骨处一捣，两只鸭挣扎都不挣扎，就死了。

“杀的鸭子不好吃。鸭子要吃呛血的，肉才不老。”

什么事都轻描淡写，毫不装腔作势。说话自然也流露出得意，可是得意中又还有一种对于自己的嘲讽。这是一点本事。可是人最好没有这点本事。他正因为有这些本事，才种种不如别人。他放过多年鸭，到头来连本钱都蚀光了。鸭瘟。鸭子瘟起来不得了。只要看见一只鸭子摇头，就完了。这不像鸡。鸡瘟还有救，灌一点胡椒、香油，能保住几只。鸭，一个摇头，个个摇头，不大一会，都不动了。好几次，一趟鸭子放到荡里，回来时就剩自己一个人了。看着死，毫无办法。他发誓，从此不再养鸭。

“倪老二，你不要肉疼，十块钱不白要你的，我给你送到。今天晚了，你把鸭圈起来过一夜。明天一早我来。三爷，十块钱赶一趟鸭，不算顶贵噢？”

他知道这十块钱将由谁来出。

当然，第二天大早来时他仍是一个陆长庚：一夜“七戳五在手”，输得光光的。

“没有！还剩一块！”

这两个老人怎么会到这个地方来呢？他们的光景过得怎么样了呢？

（选自江苏文艺出版社《汪曾祺文集·小说卷》）

读后思考：

余老五和陆长庚各有什么突出特点？

余老五和陆长庚各自属于扁平人物还是圆形人物？

从人物性格上，在这两个人物中你更喜欢谁？为什么？

从塑造手法上，在这两个人物中你更喜欢谁？为什么？

请找出你认为塑造余老五或陆长庚最生动的一笔，并做分析。

白先勇，1937年生于广西，国民党高级将领白崇禧之子，毕业于台湾大学外文系。在大学求学期间，白先勇积极投身文学创作，参与创办《现代文学》杂志，并发表多篇小说而崭露头角。白先勇运用西方现代派文学技法写中国当代故事极为成功，代表作品有《谪仙记》《游园惊梦》《永远的尹雪艳》等。

金大班的最后一夜

白先勇

当台北市的闹区西门町一带华灯四起的时分，夜巴黎舞厅的楼梯上便响起了一阵杂沓的高跟鞋声，由金大班领队，身后跟着十来个打扮得衣着入时的舞娘，绰绰约约的登上了舞厅的二楼来，才到楼门口，金大班便看见夜巴黎的经理童得怀从里面窜了出来，一脸急得焦黄，搓手搓脚的朝她嚷道：

“金大班，你们一餐饭下来，天都快亮喽。客人们等不住，有几位早走掉啦。”

“哟，急什么？这不是都来了吗？”金大班笑盈盈的答道。“小姐们孝敬我，个个争着和我喝双杯，我敢不生受她们的吗？”金大班穿了一件黑纱金丝相间的紧身旗袍，一个大道士髻梳得乌光水滑的高耸在头顶上；耳坠、项链、手串、发针，金碧辉煌的挂满了一身，她脸上早已酒意盎然，连眼皮盖都泛了红。

“你们闹酒我还管得着吗？夜巴黎的生意总还得做呀！”童经理犹自不停的埋怨着。

金大班听见了这句话，且在舞厅门口煞住了脚，让那群咭咭呱呱的舞娘鱼贯而入走进了舞厅后，她才一只手撑在门柱上，把她那只鳄鱼皮皮包往肩上一搭，一眼便睨住了童经理，脸上似笑非笑的开言道：

“童大经理，你这一箩筐话是顶真说的呢，还是闹着玩，若是闹着玩的，便罢了。若是认起真来，今天夜晚我倒要和你把这笔账给算算。你们夜巴黎要做生意吗？”金大班打鼻子眼里冷笑了声。“莫怪我讲句居功的话：这五六年来，夜巴黎不靠了我玉观音金兆丽这块老牌子，就撑得起今天这个场面了？华都的台柱小如意萧红美是谁给挖来的？华侨那对姊妹花绿牡丹粉牡丹难道又是你童大经理搬来的吗？天天来报到的这起大头里，少说也有一半是我的老相识，人家来夜巴黎花钞票，倒是捧你童某人的场来的呢！再说，我的薪水，你们只算到昨天。今天最后一夜，我来，是人情；不来，是本份。我说句你不爱听的话：我金兆丽在上海百乐门下海的时候，只怕你童某人连舞厅门槛还没跨过呢。舞场里的规矩，哪里用得着你这位夜巴黎的大经理来教导了？”

金大班连珠炮似的把这番话抖了出来，也不等童经理答腔，径自把舞厅那扇玻璃门一摔开，一双三寸高的高跟鞋跺得通天价响，摇摇摆摆便走了进去。才一进门，便有几处客人朝她摇着手，一叠声的“金大班”叫了起来。金大班也没看清谁是谁，先把嘴一咧，一只鳄鱼皮皮包在空中乱挥了两下，便向化妆室里溜了进去。

娘个冬采！金大班走进化妆室把手皮包豁啷一声摔到了化妆台上，一屁股便坐在一面大化妆镜前，狠狠的啐了一口。好个没见过世面的赤佬！左一个夜巴黎，右一个夜巴黎。说起来不好听，百乐门里那间厕所只怕比夜巴黎的舞池还宽敞些呢，童得怀那副脸嘴在百乐门掏粪坑未必有他的份。金大班打开了一瓶巴黎之夜，往头上身上乱洒了一阵，然后对着那面镜子一面端详着发起怔来。真正霉头触足，眼看明天就要做老板娘了，还要受这种烂污瘪三一顿鸟气。金大班禁不住摇着头颇带感慨的吁了一口气。在风月场中打了二十年的滚，才找到个户头，也就算她金兆丽少了点能耐了。当年百乐门的丁香美人任黛黛下嫁棉纱大王潘老头儿潘金荣的时候，她还刻薄过人家：我们细丁香好本事，钓到一头千年大金龟。其实潘老头儿在她金兆丽身上不知下过多少功夫，花的钱恐怕金山都打得起一座了。那时嫌人家老，又嫌人家有狐臭，才一脚踢给了任黛黛。她曾经对那些姊妹淘夸下海口：我才没有你们那样饿嫁，个个去捧块棺材板。可是那天在台北碰到任黛黛，坐在她男人开的那个富春楼绸缎庄里，风风光光，赫然是老板娘的模样，一个细丁香发福得两只膀子上的肥肉吊到了柜台上，摇着柄檀香扇，对她说道：玉观音，你这位观音大士还在苦海里普度众生吗？她还能说什么？只得牙痒痒的让那个刁妇把便宜捞了回去。多走了二十年的远路，如此下场，也就算不得什么轰烈了。只有像萧红美她们那种眼浅的小婊子才会捧着杯酒来对她说：到底我们大姐是领班，先中头彩。陈老板，少说些，也有两巴掌吧？刚才在状元楼，夜巴黎里那一起小娼妇，个个眼红得要掉下口水来了似的，把个陈发荣不知说成了什么稀罕物儿了。也难怪，那起小娼妇哪里见过从前那种日子？那种架势？当年在上海，拜倒她玉观音裙下，像陈发荣那点根基的人，扳起脚趾头来还数不完呢！两个巴掌是没有的事，她老早托人在新加坡打听得清清楚楚了：一个小橡胶厂，两栋老房子，前房老婆的儿女也早分了家。她私自估了一下，三四百万的家当总还少不了。这且不说，试了他这个把月，除了年纪大些，顶上无毛，出手有点抠扒，却也还是个实心人。那种台山乡下出来的，在南洋苦了一辈子，怎能怪他把钱看得天那么大？可是阳明山庄那幢八十万的别墅，一买下来，就过到了她金兆丽的名下。这么个土佬儿，竟也肯为她一掷千金，也就十分难为了他了。至于年纪哩，金大班凑近了那面大化妆镜，把嘴巴使劲一咧，她那张涂得浓脂艳粉的脸蛋儿，眼角子上突然便现出了几把鱼尾巴来。四十岁的女人，还由得你理论别人的年纪吗？饶着像陈发荣那么个六十大几的老头儿，她还不知在他身上做了多少手脚呢。这个把月来，在宜香美容院就不知花了多少冤枉钱。拉面皮、扯眉毛——脸上就没剩下一块肉没受过罪。每次和陈老头儿出去的时候，竟像是披枷带锁，上法场似的，勒肚子束腰，假屁股假奶，大七月里，绑得那一身的家私——金大班在小肚子上猛抓了两下——发得她一肚皮成饼成饼的热痱子，奇痒难耐。这还在其次，当陈老头儿没头没脸问起她贵庚几何的当儿，她还不得不装出一副小娘姨的腔调，矫情的捏起鼻子反问他：你猜？三十岁？娘个冬采！只有男人才瞎了眼睛。金大班不由得噗嗤的笑出了声音来。哄他三十五，他竟吓得嘴巴张起茶杯口那么大，好像撞见了鬼似的。瞧他那副模样，大概除了他那个种田的黄脸婆，一辈子也没近过别的女人。来到台北一见到她，七魂先走了三魂，迷得无可无不可的。可是凭他怎样，到底年纪一大把了。金大班把腰一挺，一双奶子便高高的耸了起来。收拾起这么个老头儿来，只怕连手指头儿也不必翘一下哩。

金大班打开了她的皮包，掏出了一盒美国骆驼牌香烟点上一支，狠狠的抽了两口，才对着镜子若有所悟的点了一下头，难怪她从前那些姐妹淘个个都去捧块棺材板，原来却也有这等好处，省却了多少麻烦。年纪轻的男人，哪里肯这么安分？哪次秦雄下船回来，不闹得她周身发疼的？她老老实实告诉他：她是四十靠边的人了，比他大六七岁呢，哪里还有精神来和他穷纠缠？偏他娘的，秦雄说他就喜欢比他年纪大的女人，解事体，懂温存。他到底要什么？要个妈吗？秦雄倒是对她说过：他从小便死了娘，在海上漂泊了一辈子也没给人疼过。说实话，他待她那份真也比对亲娘还要孝敬。哪怕他跑到世界那个角落头，总要寄些玩意儿回来给她：香港的开什米毛衣，日本的和服绣花睡袍，泰国的丝绸：啰啰嗦嗦，从来没有断过；而且一个礼拜一封信，密密匝匝十几张信纸，也不知是从什么尺牍抄下来的：“兆丽吾爱”——没的肉麻！他本人倒是个痴心汉子，只是不大会表情罢了。有一次，他回来，喝了点酒，一把抱住她，痛哭流涕。一个彪形大汉，竟倒在她怀中哭得像个小儿似的。为了什么呢？原来他在日本，一时寂寞，去睡了一个日本婆，他觉得对不起她，心里难过。这真正从何说起？他把她当成什么了？还是个十来岁的女学生，头一次谈恋爱吗？他兴冲冲的掏出他的银行存折给她看，他已经攒了七万块钱了，再等五年——五年，我的娘——等他在船上再做五年大副，他就回台北来，买房子讨她做老婆。她对他苦笑了一下，没有告诉他，她在百乐门走红的时候，一夜转出来的台子钱恐怕还不止那点。五年——再过五年她都好做他的祖奶奶了。要是十年前——金大班又猛吸了一口烟，颇带惆怅的思量道——要是十年前她碰见秦雄那么个痴心汉子，也许她真的就嫁了。十年前她金银财宝还一大堆，那时她也存心在找一个对她真心真意的人。上一次秦雄出海，她一时兴起，到基隆去送他上船，码头上站满了那些船员的女人，船走了，一个个泪眼汪汪，望着海水都掉了魂似的。她心中不由得倒抽了一口冷气，这次她下嫁陈发荣，秦雄那里她连信也没去一封。秦雄不能怨她绝情，她还能像那些女人那样等掉了魂去吗？四十岁的女人不能等。四十岁的女人没有工夫谈恋爱。四十岁的女人——连真正的男人都可以不要了。那么，四十岁的女人到底要什么呢？金大班把一截香烟屁股按熄在烟缸里，思索了片刻，突然她抬起头来，对着镜子歹恶的笑了起来。她要一个像任黛黛那样的绸缎庄，当然要比她那个大一倍，就开在她富春楼的正对面，先把价钱杀成八成，让那个贫嘴薄舌的刁妇也尝尝厉害，知道我玉观音金兆丽不是随便招惹得的。

“大姐——”

化妆室的门打开了，一个年轻的舞娘走了进来向金大班叫道。金大班正在用粉扑扑着面，她并没回过头去，从镜子里，她看见那是朱凤。半年前朱凤才从苗栗到台北，她原是个采茶娘，老子是酒鬼，后娘又不容，逼了出来。刚来夜巴黎，朱凤穿上高跟鞋，竟像踩高跷似的。不到一个礼拜，便把客人得罪了。童得怀劈头一阵臭骂，当场就要赶出去。金大班看见朱凤吓得抖索索，缩在一角，像只小兔儿似的，话都说不出来。她实在憎恶童得怀那副穷凶极恶的模样，一赌气，便把朱凤截了下来。她对童得怀拍起胸口说过：一个月内，朱凤红不起来，薪水由她金兆丽来赔。她在朱凤身上确实费了一番心思，舞场里的十八般武艺她都一一传授给她，而且还百般替她拉拢客人。朱凤也还争气，半年下来，虽然轮不上头牌，一晚上却也有十来张转台票子了。

"怎么了，红舞女？今晚转了几张台子了？"金大班看见朱凤进来，黯然坐在她身边，没有做声，便逗她问道。刚才在状元楼的酒席上，朱凤一句话也没说，眼皮盖一直红红的，金大班知道，朱凤平日依赖她惯了，这一走，自然有些慌张。

"大姐——"

朱凤隔了半晌又颤声叫道。金大班这才察觉朱凤的神色有异。她赶紧转过身，朝着朱凤身上，狠狠的打量了一下，刹那间，她恍然大悟起来。

"遭了毒手了吧？"金大班冷冷问道。

近两三个月，有一个在台湾大学念书的香港侨生，夜夜来捧朱凤的场，那个小广仔长得也颇风流，金大班冷眼看去，朱凤竟是十分动心的样子。她三番四次警告过她：阔大少跑舞场，是玩票，认起真来，吃亏的总还是舞女。朱凤一直笑着，没肯承认，原来却瞒着她干下了风流的勾当，金大班朝着朱凤的肚子盯了一眼，难怪这个小娼妇勒了肚兜也要现原形了。

"人呢？"

"回香港去了。"朱凤低下了头，吞吞吐吐的答道。

“留下了东西没有？”金大班又追逼了一句，朱凤使劲的摇了几下头，没有做声。金大班突然觉得一腔怒火给勾了起来，这种没耳性的小婊子，自然是让人家吃的了。她倒不是为着朱凤可惜，她是为着自己花在朱凤身上那番心血白白糟蹋了，实在气不忿。好不容易，把这么个乡下土豆儿脱胎换骨，调理得水葱儿似的，眼看着就要大红大紫起来了，连万国的陈胖婆儿陈大班都跑来向她打听过朱凤的身价。她拉起朱凤的耳朵，咬着牙齿对她说：再忍一下，你出头的日子就到了。玩是玩，耍是耍，货腰娘第一大忌是让人家睡大肚皮。舞客里哪个不是狼心狗肺？哪怕你红遍了半边天，一知道你给人睡坏了，一个个都捏起鼻子鬼一样的跑了，就好像你身上沾了鸡屎似的。

“哦——”金大班冷笑了一下，把个粉扑往台上猛一砸，说道，“你倒大方！人家把你睡大了肚子，拍拍屁股溜了，你连他鸟毛也没抓住半根！”

“他说他回香港一找到事，就汇钱来。”朱凤低着头，两手搓弄着手绢子，开始嘤嘤的抽泣起来。

“你还在做你娘的春秋大梦呢！”金大班霍然立了起来，走到朱凤身边，狠狠啐了一口，“你明明把条大鱼放走了，还抓得回来？既没有那种捉男人的屄本事，裤腰带就该扎紧些呀。现在让人家种下了祸根子，跑来这里一把鼻涕，一把眼泪——哪一点叫我瞧得上？平时我教你的话都听到哪里去了。那个小王八想开溜吗？厕所里的来沙水你不会捧起来当着他灌下去？”金大班擂近了朱凤的耳根子喝问道。

“那种东西——”朱凤往后闪了一下，嘴唇哆嗦起来，“怕痛啊——。”

“哦——怕痛呢！”金大班这下再也耐不住了，她一手扳起了朱凤的下巴，一手便戳到了她眉心上，“怕痛？怕痛为什么不滚回你苗栗家里当小姐去？要来这种地方让人家搂腰摸屁股？怕痛？到街上去卖家伙的日子都有你的份呢！”

朱凤双手掩起面，失声痛哭起来。金大班也不去理睬她，径自点了根香烟猛抽起来，她在室内踱了两转，然后突然走到朱凤面前，对她说道：

“你明天到我那里来，我带你去把你肚子里那块东西打掉。”

“啊——”朱凤抬头惊叫了一声。

金大班看见她死命的用双手把她那微微隆起的肚子护住，一脸抽搐着，白得像张纸一样。金大班不由得怔住了，她站在朱凤面前，默默的端详着她，她看见朱凤那双眼睛凶光闪闪，竟充满了怨毒，好像一只刚赖抱的小母鸡准备和偷它鸡蛋的人拼命了似的。她爱上了他了，金大班暗暗叹息着，要是这个小婊子真的爱上了那个小王八，那就没法了。这起还没尝过人生三昧的小娼妇们，凭你说烂了舌头，她们未必听得入耳。连她自己那一次呢，她替月如怀了孕，姆妈和阿哥一个人揪住她一只膀子，要把她扛出去打胎。她捧住肚子满地打滚，对他们抢天呼地的哭道：要除掉她肚子里那块肉吗？除非先拿条绳子来把她勒死。姆妈好狠心，到底在面里暗下了一把药，把个已经成了形的男胎给打了下来。一辈子，只有那一次，她真的萌了短见：吞金、上吊、吃老鼠药、跳苏州河——偏他娘的，总也死不去。姆妈天天劝她：阿媛，你是聪明人。人家官家大少，独儿独子，哪里肯让你毁了前程去？你们这种卖腰的，日后拖着个无父无姓的野种，谁要你？姆妈的话也不能说没有道理。自从月如那个大官老子，派了几个卫士来，把月如从他们徐家汇那间小窝巢里绑走了以后，她就知道，今生今世，休想再见她那个小爱人的面了。不过那时她还年轻，一样也有许多傻念头。她要替她那个学生爱人生一个儿子，一辈子守住那个小孽障，哪怕街头讨饭也是心甘情愿的。难道卖腰的就不是人吗？那颗心一样也是肉做的呢。何况又是很标致的大学生。像朱凤这种刚下海的雏儿，有几个守得住的？

“拿去吧，”金大班把右手无名指上一只一克拉半的火油大钻戒卸了下来，掷到了朱凤怀里，“值得五百美金，够你和你肚子里那个小孽种过个一年半载的了，生了下来，你也不必回到这个地方来。这口饭，不是你吃得下的。”

金大班说着便把化妆室的门一摔开，朱凤追在后面叫了几声她也没有答理，径自踩着高跟鞋便摇了出去。外面舞池里老早挤满了人，雾一般的冷气中，闪着红红绿绿的灯光，乐队正在敲打得十分热闹，舞池中一对对都像扭股糖儿似的粘在了一起摇来晃去。金大班走过一个台子，一把便让一个舞客捞住了，她回头看时，原来是大华纺织厂的董事长周富瑞，专来捧小如意萧红美的。

“金大班，求求你做件好事。红美今夜的脾气不大好，恐怕要劳动你去请请才肯转过来。”周富瑞捏住金大班的膀子，一脸焦灼的说道。

“那也要看你周董事长怎么请我呢。”金大班笑道。

“你和陈老板的喜事——十桌酒席，怎样？”

“闲话一句！”金大班伸出手来和周富瑞重重握了一下，便摇到了萧红美那边，在她身旁坐下，对她悄悄说道：

“转完这一桌，过去吧。人家已经等掉魂了。”

“管他呢，”萧红美正在和桌子上几个人调笑，她头也不回就驳回道，“他的钞票又比别人的多值几文吗？你去跟他说：新加坡的蒙娜正在等他去吃消夜呢！”

“哦，原来是打翻了醋罐子。”金大班笑道。

“呸，他也配？”萧红美尖起鼻子冷笑了一声。

金大班凑近萧红美耳朵对她说道：

“看在大姐脸上，人家要送我十桌酒席呢。”

“原来你和他暗地里勾上了，”萧红美转过头来笑道，“干嘛你不去陪他？”

金大班且不答腔，乜斜了眼睛瞅着萧红美，一把两只手便抓到了萧红美的奶子上，吓得萧红美鸡猫子鬼叫乱躲起来，惹得桌上的客人都笑了。萧红美忙讨了饶，和金大班咬耳说道：

“那么你要对那个姓周的讲明白，他今夜完全沾了你的光，我可是没有放饶他。你金大姐是过来人，‘打铁趁热’这句话不会不懂，等到凉了，那块铁还扳得动吗？”

金大班倚在舞池边的一根柱子上，一面用牙签剔着牙齿，一面看着小如意萧红美妖妖娆娆的便走到了周富瑞那边桌子去。萧红美穿了一件石榴红的透空纱旗袍，两筒雪白滚圆的膀子连肩带臂肉颤颤的便露在了外面，那一身的风情，别说男人见了要起火，就是女人见了也得动三分心呢。何况她又是个头一等难缠的刁妇，心黑手辣，耍了这些年，就没见她栽过一次筋斗。那个姓周的，在她身上少说些也贴了十把二十万了，还不知道连她的骚舐着了没有？这才是做头牌舞女的材料，金大班心中暗暗赞叹道，朱凤那块软皮糖只有替她拾鞋子的份，虽然说萧红美比起她玉观音金兆丽在上海百乐门时代的那种风头，还差了一大截，可是台北这一些舞厅里论起来，她小如意也是个拔尖货了。当年数遍了上海十里洋场，大概只有米高梅五虎将中的老大吴喜奎还能和她唱个对台。人家都说她们两人是九天妖女白虎星转世，来到黄浦滩头扰乱人间的；可是她偏偏却和吴喜奎那只母大虫结成了小姊妹，两个人晚上转完台子便到惠而康去吃炸子鸡，对扳着指头来较量，那个的大头耍得多，耍得狠，耍得漂亮。伤风败德的事，那几年真干了不少，不晓得害了多少人，为着她玉观音妻离子散，家破人亡。后来吴喜奎抽身得早，不声不响便嫁了个生意人。她那时还直纳闷，觉得冷清了许多。来到台北，她到中和乡去看吴喜奎，没料到当年那只张牙舞爪的母大虫，竟改头换面，成了个大佛婆。吴喜奎家中设了个佛堂，里面供了两尊翡翠罗汉，她家里人说她终年吃素念经，连半步佛堂都不肯出。吴喜奎见了她，眼睛也不抬一下，摇着个头，叹道：啧，啧，阿丽，侬还在那种地方惹是非吓。听得她不由心中一寒。到底还是她们乖觉，一个个鬼赶似的都嫁了人，成了正果。只剩下她玉观音孤鬼一个，在那孽海里东飘西荡，一蹉跎便是二十年。偏他娘的，她又没有吴喜奎那种慧根。西天是别想上了，难道她也去学吴喜奎起个佛堂，里面真的去供尊玉观音不成？作了一辈子的孽，没有玷辱了那些菩萨老爷！她是横了心了，等到两足一伸，便到那十八层地狱去尝尝那上刀山下油锅的滋味去。

“金大班——”

金大班转过头去，她看见原来靠近乐队那边有一台桌子上，来了一群小伙子，正在向她招手乱嚷，金大班认得那是一群在洋机关做事的浮滑少年，身上有两文，一个个骨子里都在透着骚气。金大班照样也一咧嘴，风风标标的便摇了过去。

“金大班，”一个叫小蔡的一把便将金大班的手捏住笑嘻嘻的对她说道，“你明天要做老板娘了，我们小马说他还没吃着你炖的鸡呢。”说着桌子上那群小伙子都怪笑了起来。

“是吗？”金大班笑盈盈的答道，一屁股便坐到了小蔡两只大腿中间，使劲的磨了两下，一只手勾到小蔡脖子上，说道：“我还没宰你这头小童子鸡，哪里来的鸡炖给他吃？”说着她另一只手暗伸下去在小蔡的大腿上狠命一捏，捏得小蔡尖叫了起来。正当小蔡两只手要不规矩的时候，金大班霍然跳起身来，推开他笑道：“别跟我闹，你们的老相好来了，没的教她们笑我‘老牛吃嫩草’。”

说着几个转台子的舞女已经过来了，一个照面便让那群小伙子搂到了舞池子中，贴起面婆娑起来。

“喂，小白脸，你的老相好呢？”

金大班正要走开的时候，却发现座上还有一个年轻男人没有招人伴舞。

“我不大会跳，我是来看他们的。”那个年轻男人嚎嚅的答道。

金大班不由得煞住了脚，朝他上下打量了一下，也不过是个二十上下的小伙子，恐怕还是个在大学里念书的学生，穿戴得倒十分整齐，一套沙市井的浅灰西装，配着根红条子领带，清清爽爽的，周身都露着怯态，一望便知是头一次到舞场来打野的嫩脚色。金大班向他伸出了手，笑盈盈的说道：

“我们这里不许白看的呢，今晚我来倒贴你吧。”

说着金大班便把那个忸怩的年轻男人拉到了舞池里去。乐队正在奏着《小亲亲》，是一支慢四步。台上绿牡丹粉牡丹两姊妹穿得一红一绿，互相搂着腰，妖妖娆娆的在唱着：

你呀你是我的小亲亲，

为什么你总对我冷冰冰？

金大班借着舞池边的柱灯，微仰着头，端详起那个年轻的男人来。她发觉原来他竟长得眉清目秀，趣青的须毛都还没有长老，头上的长发梳得十分妥帖，透着一阵阵贝林的甜香。他并不敢贴近她身体，只稍稍搂着她的腰肢，生硬的走着。走了几步，便踢到了她的高跟鞋，他惶恐的抬起头，腼腆的对她笑着，一直含糊的对她说着对不起，雪白的脸上一下子通红了起来。金大班对他笑了一下，很感兴味的瞅着他，大概只有第一次到舞场来的嫩脚色才会脸红，到舞场来寻欢竟也会红脸——大概她就是爱上了会红脸的男人。那晚月如第一次到百乐门去，和她跳舞的时候，羞得连头都不抬起来，脸上一阵又一阵的泛着红晕。当晚她便把他带回了家里去，当她发觉他还是一个童男子的时候，她把他的头紧紧的搂进她怀里，贴在她赤裸的胸房上，两行热泪，突的涌了下来。那时她心中充满了感激和疼怜，得到了那样一个羞赧的男人的童贞。一刹那，她觉得她在别的男人身上所受的玷辱和亵渎，都随着她的泪水流走了一般。她一向都觉得男人的身体又脏又丑又臭，她和许多男人同过床，每次她都是偏过头去，把眼睛紧紧闭上的。可是那晚当月如睡熟了以后，她爬了起来，跪在床边，借着月光，痴痴的看着床上那个赤裸的男人。月光照到了他青白的胸膛和纤秀的腰肢上，她好像头一次真正看到了一个赤裸的男体一般，那一刻她才了悟原来一个女人对一个男人的肉体，竟也会那样发狂般的痴恋起来的。当她把滚热的面腮轻轻的偎贴到月如冰凉的脚背上时，她又禁不住默默的哭泣起来了。

“这个舞我不会跳了。”那个年轻的男人说道。他停了下来，尴尬的望着金大班，乐队刚换了一支曲子。

金大班凝望了他片刻，终于温柔的笑了起来，说道：

“不要紧，这是三步，最容易，你跟着我，我来替你数拍子。”

说完她便把那个年轻的男人搂进了怀里，面腮贴近了他的耳朵，轻轻的。柔柔的数着：

一二三——

一二三——

（选自花城出版社·白先勇《白先勇文集》）

读后思考：

总体而言，金大班是个怎样的人？作家对她持有怎样的态度？

你能否为金大班撰写一个人物小传？

金大班是扁平人物还是圆形人物呢？为什么？

细读金大班对朱凤的态度，你有什么感悟？

白先勇的同学欧阳子曾用“平行”来评价白先勇的小说特色，你能否找到？

小说的情节

小说的情节和语言，这两者是小说的建筑材料。

——王安忆

情节借由内在因果律的裁夺而规避掉它无法与时间作等速再现的角力，叙事艺术开始有它自己的时间，打造符合于作品自身的计时器，拥有了丈量万物的新尺度。

——张大春

情节是“小说三要素”之一。

虽然说到小说，人们的第一反应可能是它所塑造的人物，但让小说保持长久印象的还是它各种各样的情节，并且人物也是在情节的发展中才不断完善的。如果说人物是结晶，那么情节就是蕴含结晶的矿脉了。

情节多种多样，各具特色。中国传统小说一向特别重视情节，这和评话讲故事的传统是分不开的，我们可以称之为“重情节小说”，有的跌宕起伏、一波三折，让人欲罢不能，但也许过于借助巧合——比如武侠小说；有的戛然而止、出乎意料，让人意外连连——比如带有“欧·亨利式结尾”的小说；有的从悬念开始，如层层剥笋，步步递进，令人应接不暇——比如公案小说；当然，也有的则平淡无奇，波澜不惊，每每在你疑惑是小说还是散文时让你体会“真水无香”的妙处——比如采用了“意识流”的小说，我们也可以称之为“轻情节”小说。

无论是重是轻，情节都是小说的脊椎，让它挺立于文学之林。

重点阅读：王安忆《闺中》、尤凤伟《晒画》

推荐阅读：叶弥《猛虎》、刘庆邦《别让我再哭了》、迟子建《草原》

王安忆，1954年生于江苏，次年迁至上海，曾经当过知识青年赴安徽五河插队落户，后考入徐州文工团工作并开始创作小说，1985年凭借着在“寻根文学”中独树一帜的小说《小鲍庄》崭露头角，之后佳作不断，上海与女性构成了王安忆创作的招牌，代表作品有《长恨歌》《流逝》《荒山之恋》《酒徒》等。

闺　中

王安忆

时间似乎是从她身上滑过去的，没有留下痕迹。你猜不出她的年龄，她看上去还像是在妙龄。纤细的身体，光洁白皙的脸，五官的轮廓很清晰。重要的是在表情，她的脸保有着一种少女的微嗔微喜的神情。她的嘴形两头微有些翘，眼梢也有些翘，这是保有这种表情的原因之一。几乎没有皱纹，连笑起来，皮肤也是平整的，眼角这儿有一点纹路，可因为眼梢是弯曲翘起的，反延长了眼线，更显出妩媚。总之，她在外形上没有一点老，不是老，甚至不是成熟，只是成长的意思。但是，你却不放心，或者说不相信，她就真的是妙龄。不知道是在什么地方，一点一点地渗出着岁月。而且，一旦渗出，就是一片。在这纤细、光滑和精致的表面之下，有一些凝结的，越来越硬实的东西，怎么说呢？什么都没有变，但含量却在增加，积累。谁知道呢？也许，到了某种程度，就会改变外形。所以，人们都说她年轻，其实，话里面，底下的意思是，当然，她并不是个年轻女人了。

你还是猜不出她的年龄，不好猜。总归是，也显然是，已过了婚龄，而且过了蛮久。因为什么？因为纯，没有情欲的痕迹。而这纯里面，依然是凝结的，越来越硬实的东西。没有阅历的空洞的时间，压缩在一起，质地似乎更加密实。所以不是真正的少女的纯，少女的纯，倒是有些杂芜的，挤着些混杂的未明的经验，疙里疙瘩。那过了年限的纯，则是凝固了的，多少，有那么一点，像化石。这一种固定的年轻的容额，甚至比某种苍老还能看出岁月。那些苍老的面容，一般会有着波动的因素，就是活力，它侵蚀和改变着肌肉，纹路，皮质的成分与形状。也许，当然，会有些丑，可是却由此具存了活泼的性格。这种性格里永远包含着青春的特质。青春，因为活动与不安的内质，外都常常会是扭曲，歪斜，粗糙。

所以，你并不能说她没有度过岁月，只是，岁月从她身上滑过去了。她长是长了，却没有长大。看她歪着头，翘着小指，拈了一片什么零食，橘瓣还是香蕉干，往撅起的嘴里送去时，你看到的还是一个小女孩的形状。还有，她对你一笑，眼角与嘴角一起弯上去的时候，至多也只是个十来岁的小女孩。她的头发很黑，没有一根白发，柔软地直抵腰际，在发根处松松系一条手帕。这就显得略大一些了，是个少女，有些旧式的。大约二十年前，小户人家女儿的装束。户内与户外之间，弄堂里，或临街的门前。一半是慵懒，一半是刻意为之的装扮。所以，是少女，却是二十年前的少女。倘要出门了，她便要在手帕、折扇、耳朵后边，点几点香水。若是花露水，那就是三十年、四十年前的少女了。没那么久远，是国际香型的，于是，时间就又回来了点。她出席较为隆重的场合，身穿一袭黑丝绒的旗袍，高跟鞋将她原本娇小的身体托高了，变得修长。一条暗红桃花的丝质披肩，手上握一个小小的镶珠子的小包，简直是转世的淑女。可巧合上了当今的时尚，岁月拉开的距离又闭上缝了。就是这样，她在时间里周游得开，顺势而行，不是那种不甘心的性格，硬挣的。要是硬挣，就又要留下痕迹了。所以，又像是她，从时间里滑了过去。

她就这样和顺，一点不抵抗，所以没有一点时间的擦痕。可她也不是像森林的睡美人，睡过来的，她也是从世事里走过来的呢！上学，从小学到中学，“文化大革命”中毕业，待业，然后工作，在一家幼儿园里做会计。几个时段加起来，算一算，大致可晓得她的年龄然而，谁又相信呢？年龄不是开玩笑的，今年和去年就不一样，到底是几十年的时间啊！人们当面不问，背后互相打听：她有多大了？要是恰巧被她听见，她便回过头，莞尔一笑：老太婆啦！她的笑和“老太婆”那么的不符，不自然，可其中又有些什么，令你不得不信。说实在的，这两者在一起，有一点，一点森然。事情总是有些怪异。到了这样的境地，似乎不再是年轻不年轻、好看不好看的问题，而是另一种，另一种什么呢？不知道。

谁也不了解她的生活，这不了解不是因为她的生活究竟有多么复杂，恰好相反，是过分的简单，简单到人们不了解了。她从来只跟着一个人生活，就是她的母亲。她的父亲是谁？是去世还是离开，离开又是在了哪里？谁也不知道，也不发问。在那个年代，也就是五十年代开初，许多家庭都是一半一半的。大概也是和时代有关系，处在变革的时日，一下子掐了头去了尾。那万家灯火的格子里，有多少缺父少母的，小孩子懵懵懂懂地，一日一日长成大人，有几个没事找事，想起来追踪寻迹的？有个母亲，母亲呢？有个女儿，应当说是个不错的组合，简单，稳定，和平，幼有所养、老有所靠。没有夫妻间的龃龉，兄弟的争夺，母女的关系，又有些像姊妹，特别好做伴。这城市的街头巷里，你看熙来攘往的人多，其实彼此并不知根底，且都有自家的隐衷。所以，挤挤碰碰的底下，是私密的生活。做朋友的，多是自家人，姐妹啦，姑嫂啦，舅甥啦，当然，还有母女。

她的母亲。看上去可真像她的姐妹。和她一样，是娇小的身材，眉眼也是俏的那一种，肤色白皙。穿着打扮，也很俏。并且同样显得年轻，可是，究竟是出了限度，那种时间积压成的凝结硬实的内核、达到一定程度，还是从内都促变了外形。这表现为外形上有一种“收缩”的趋向。不是“瘦”，也不是“起皱”，依然是光洁整齐的，只是光度不够了，暗，因为质地起了变化。再有，母亲到底比她多了阅历，不说别的，单只是结婚，生育，婚姻的某一种变故，总归改变了时间的空洞性质，留下了烙印。因此，她的神情就要比女儿多一种世故，多一点终于过来了的轻松，自得。这一点多出的东西，很微妙地使她比女儿生动少许。所以，甚至，她还要比女儿略微显得好看。然而，终究是，母女都一样的，遗传而来，淡泊的性格，经历的烙印比起一般人来，平服得多。单个看，她是老太婆，那种“小老太婆”，俊俏的活泼的小老太婆。与女儿合起来看，就像姐妹。

她们母女连穿扮都差不多。她小时候，母亲就将她往淑女里打扮，留长头发，挽起来，蝴蝶结系成一个垂臀的样子。穿织锦缎面装袖盘纽的骆驼毛棉袄，是母亲裁下的零头料做的。底下是母亲穿旧的舍味呢西裤，掉头翻身改制的长裤，裤口略紧，盖一点黑牛皮，鞋口镶一周假灰鼠毛的皮鞋。母女一同走出，是一大一小两个淑女。她长大些，到了十三四岁的光景，就和母亲一样身高，有了些主意。于是母女一同上绸布店剪衣料，七算八算，买回来套裁。有现成的，两人就买得略有些差别，但还是属一派风格的。这时期里，她的穿着不免是老气的，因是往母亲的年龄上靠，是成年女子的格调。甚至到了青春的年华，她依然老气。那是在“文化大革命”的日子里，街上的流行是那一派的，工农化的草莽气，多少有些戏剧化，其实和今天的潮流倒相合了，就是另类，宽裤腿，拦腰一根宽皮带，女孩子爱穿男式军装，从风纪扣开始，一扣到底。她们母女，简直就像上世代的遗民，关在她们的亭子间里，将裤腿略略放开，放足规定的六寸。又将衬衫上的一些蕾丝与绣花拆去。让旧时的衣装，至少去除了腐朽的特征。但她们还是在暗处想办法。

那时节，悄然中传播着许多种毛线的钩法、花色，比如说，阿尔巴尼亚花。回到家中，将这间双亭子间的门一关、母女脱了外套，显出颜色鲜亮、样式别致的毛衣。两人的年龄都模糊掉了，你说她们很艳丽，是两个佳人，可却是落后的，不是本时代的人。尤其是她，本来是她的时代，她不跟上，反是退回去。这时节，她高中毕业了，应该是上山下乡，可这是母女俩连考虑都不考虑的。学校，里弄，也看是寡母孤女，拆散她们于情于理不合，并不来认真动员，最终归入待分配的一档。反正，母亲有工作，在区饮食公司做出纳。从来都是一个人工资两个人花，并不觉着有什么负担。待分配的日子里，母女迷上了钩花边。每人每季度配给一张线票，每张线票可供买四团棉线。她们用鱼票、肉票、蛋票甚至粮票，去向人家换来线票。好在她们都是食量很小的人，也没有太强的口舌之欲。买来棉线，钩成茶巾，桌布，沙发巾，手套。花边的花样也是在悄然中流传着。她还用全黑的线钓了一件上衣，跨袖较宽，青果领，不系扣，春秋季节。可罩在衬衫外边，黑的镂空里透出衬衫的花色，在那年代、称得上是华丽了。不安的、骚动的青春期，便在这乱世的安怡中平静度过了，留下来的是满屋子镂空花的棉线饰物。一眼看过去，有一种缭乱与繁华。但因为都是白色的，所以又归于纯净。后来，她进了一家街道的幼儿园，巧得很，也和她母亲一样，做财会。这已是“文化大革命”的后期，七十年代中期，街上的流行趋向回归，有了日常生活的面貌。而她呢，也已是真正的成年女子。她的衣着就不再显得老气，而是正好。她的风格是保守中略带花哨，比如，冬春交接的时节，她穿一件藕荷色花呢的外套，领口里围一条红绿浑花的丝巾，海军呢西裤，短丁字黑牛皮鞋。头发是编两条辫子，再用一个有机玻璃发卡，卡在一起。这时候，风气还比较严谨，但不像前些年紧张，这样有些市民气的装束，却变得新派起来。

她和她母亲，在这年头，很点缀了这城市的街景呢！她母亲基本和她一样，只是发型不同，是将头发编一条辫子，她们母女都是留长发的，编一条辫子，沿了额际盘一周，用卡子别住。等到七十年代末期，风气开放，她母亲便在脑后盘一个髻，用黑线发网兜住；她呢，则将头发打散，束一把马尾。此时，她的年龄开始赶上她的衣着，并且有超出的趋向。不过，她们母女所倾心的这一派衣着，足够一个漫长时期用的。就像戏曲行当里的青衣、从年少到年长，只要性情无大变，使可用一种扮相。她倒反要比过去显年轻了。随风气大变，她们也增添了一种装扮，就是化妆。最初，她们是互相给对方化，手练熟了，才自己给自己化。她们各自对一面镜子，那种老式的三门镜的梳妆桌，她们各对了一面，匀了粉底，描了眉毛，再画眼线，将眼梢略往上挑一挑。嘴是小嘴，嘴角也要挑一挑。最后，扑粉定妆。此时，裙子也兴起来了。她们都爱穿裙子，长裙，几乎抵脚背的。冬天时，便是呢裙，裙子下是矮靴，套住里面的锦毛裤的裤管。等天鹅绒连裤袜兴起时，才改了穿法。裙子比裤子好配衣服多了，各色羊毛衫，长短外套，而且，更有端淑的气质。外面是长大衣，立领的。装扮好了，走下楼，出门，跳舞去。

她们多半去的舞厅是那种街道，或者破产工厂办的中老年人舞厅。票价便宜，风气也正派规矩。还有，就是母女俩单位里举办的联谊性质的舞会。也规矩，没什么乱七八糟的人和事。她们谁也不带舞伴，就自己跳。她们彼此配合很和谐，各种舞步都会跳。当然，有时候，也会有人分别请她们跳一圈，那种中老年人舞厅里，常常卧虎藏龙，有一些真正的绅士呢！他们走到母亲或者女儿跟前，微微一躬身，似乎屈了屈膝，其实并没有，然后接过她们中的一只手，悄无声息地滑入了舞场。这些舞场大多是水泥地坪，但被鞋底也磨得够平了。这母女俩的身子都很轻，很好带，在绅士的引领下，翩翩舞着，舞过一曲，回过来，还是两人，面对面地舞，舞到最后一曲，也不顶晚的，十点半或者十一点。两人穿上外衣，出门去，沿小街或者弄堂，左兜右绕地，回了家。

她们住在一条旧里中的一间亭子间。这是一间双亭子间，比通常的，层与层之间，那朝北的一小间要大出几乎一倍，有两扇并排的北窗和一间对天井的后窗。她从出生起便在这里生活，从来未曾离开过。卫生间是与二楼人家合用；厨房呢，就在门外，楼梯拐角处安一只俗称乌龟头的煤气单灶，烧水起炊。母女两人的家，照理是寒素了，可因为有一堂花梨木的西式家具，满满的，倒还行。再铺上盖上那年头钩成的织品，堆纱叠绉的，有一种闺中的绢阁气。母女二人生活久了，就都有些洁癖，将十二三平方米一间屋揩拭得纤尘不染。那斑驳脱落的墙皮里面，门和窗都朽得快散架了，谁能想到，嵌着一格小天地呢？夏天用的蒲扇，细麻绳滚的边，又有劈薄劈细的蔑条一团一团绕住扇柄，挽一截丝绳的那种，收拾好，挂在大衣橱的橱门后头的钩上，一般是挂男人的帽子或者领带的。冬天的热水袋，套了花零头布缝的套子，收拾好了、收在五斗橱最下面一格抽屉里。放在一起的有一听旧衣服上拆下的纽扣，一捆绒线针，一个巧克力铁盒。盒里是各色各样，用空的香水瓶，没什么用处，却舍不得扔；还是三四张，非常难得的贺年卡，来自某位疏远的亲戚手中，似乎是心血来潮地寄出一张，以后就再没想起来寄了。每年大扫除，都要思忖一遍，要不要处理，却又推给了下一年。将抽屉里垫的纸换上新的，再又一件件放好。铺抽屉的纸，以往是用旧报纸，都说旧报纸上的油墨味驱蛀虫。可渐渐地，想不起缘由了，又有了更加硬挺光滑的年历纸，便改了习惯。一格一格抽屉换了纸，最后换到颁顶广的橱顶上放了两把算盘，是母女俩的吃饭家什，也是玩具。晚饭以后，那时也没有电视，一人一把，比赛打“九九令”，就是“一二三四五六七八九”加九遍“一二三四五六七八九”看谁打得快而且打得对。两个人六个手指拨着无数个算盘珠子，不说看，听起来也好听极了。后来，算盘换了电子计算机，用不上了，这游戏还又持续了一段，渐渐也停息下来，不玩了，看电视呢！算盘就到了橱顶上。所以，还是有变迁，只是和缓，平顺，不是惊涛骇浪的革命。

不过，她们的家倒也不是听起来的那么清寂，有一些常客呢！有一位母亲的老朋友，还沾着点亲，母亲喊他芸兄，她则叫芸舅舅。住在浦东，那时候的浦东，说话都有着口音的。来时总带些甜芦粟，老或嫩的菱角，自家蒸的糕，有时礼重，会是一只嘴脚蜡黄的母鸡。母亲呢，云片糕，鸡仔饼，两斤白蛋糕，定要让出空的袋子再满着回去。坐下来、叙叙旧，无非是那一年，谁家大殓时的一场火烛；董家渡路上，人扮鬼骗人钱财，某家一位嫂嫂被吓死。听起来都像是小道新闻，街头巷尾纷传的，只不过被他们说得煞有介事。因为多少年听下来了，那里面的阴惨气氛早已褪尽，变得颇为平常。这个芸舅舅，在她待分配时，为她介绍过一门亲事。一个技术员，比她年长五岁，浦东本地人，家有本地房子，三上三下一栋楼。照理是不错，那时她又看不到什么前途。可单为了家住浦东这一条，她便应允不了。她自小在这城市的西区长大，西区虽然繁华，可她住的只是陈旧里弄的一间朝北小屋，冬寒夏热，台风季节，还要漏雨。是她住惯了的，几站路远的地区她都感到陌生。中学时，有几次下乡三秋劳动，去的是奉贤、松江和北新泾。每一次去，她母亲都要给她带上一包内裤和一包别针，内裤和别针的数目是根据天数来的。倘是十四大、那就是十四份。母亲要她将每天换下的内裤，全都放在里边，四边裹起，然后钉上别针，带回家来洗。乡下的河浜水里，不晓得有几千种、几万种的细菌和腌臜。为了这回做亲没做成的事情，母亲多少与芸舅舅生了芥蒂，以内芸舅舅是将女儿当作嫁不出去的老姑娘。岂不知，有多少待业在家的女孩子向往这样一门亲事。所以，那浦东人很快就找到了对象，比她低两届，还是大户人家出身，也是不愿去插队落户，硬留在了上海。当芸舅舅来说这件事时，母亲与她只是笑笑，并无芸舅舅所期待的惋惜之意。

常客里还有两三个她小学和中学时的同学。均是那类中等资质的女生，性情与她接近，颇为淡泊的。但她们在一起，亦有着她们的乐趣。说说其他女生的是非，里巷间的传闻，一同到附近电影院看一场电影，最好是悲剧性的，一同流几滴泪。走出电影院时，天色已经暗下来，街灯亮了几盏，就有着人是物非的心情。待走过一条马路，现实才又回到眼前。分了手，走进弄内，到了后门，看见楼上亭子间北窗里的灯光，透过挑花窗帘，一眼一眼的影。银幕上的戏剧，陡地跳远了。女生和女生，总是要露些私心里的话。在那些等待分配方案的日子里，她们已是十八、十九的人，终身大事谁能不想？谁又能说呢？要说就说别人家的事，比如，某某学校里有一个女生，竟然和先生搞上了，怀了孕，用白布条缠着，有一次在操场打篮球，有同学说你怎么胖了？她便大怒，骂她同学浑说。又比如，某某弄内一对姐妹，同时喜欢她们的一位表哥，三个人同出同进，那表哥委实决定不下，就与另一个女同学结了婚。这些事情有点英国奥斯汀小说的味道。再染上些街头谣言的俚俗气。在她们的窃窃私语底下，是一种犯忌的害怕又兴奋的心情。但那似乎是比银幕上的悲剧离她更远的故事。电影中的人和事，至少还和她的审美活动有着关联，而那些，却是一点关系也没有的。她的生活中，绝然不可能发生这样的事，那都是一些极其可怕，类似疾病一样的灾祸，而她的生活却是安全的。这几位常客相继离去，有一位去了安徽插队落户；一位分到工厂，三班倒的生活，已无暇这样清闲的闺中生活；另一位，与她一样，因心脏三度杂音待分配，还与她来往了一阵子，钩花边就是她带到这个家庭里来的。她们头碰头地钩着各色花样，照理是会有极密的友情，但因为都是这样平淡的经历和生活，因为封闭，精神上多少是贫乏的，没有多少可供交心的谈资。所以，也仅是闲聊与编织而已。此时节，连电影都没有了。不久，这位女生有了男友，渐渐地不来了。

待她就业以后，又有过一两个同事关系不错。但到了这样的年龄阶段，关系已经很难深入了。早说过，她并不是那一种性格热情的人。所以，这一两个同事，也不过停留在一般的交往上。尽管，其中一个，曾想把自己的小叔子介绍给她，她也真去见了一面。星期天的公园里，到处是闹喳喳的小孩，两人沿了水泥甬道，走了几圈，之间的距离始终保持着再站一个人的宽度。不晓得那人看她没有，她可是没看他，只看见他穿了一双黑色系带三接头的牛皮鞋，鞋帮里的卡普隆丝袜很服帖，没有一点抽丝。那人说了些什么，好像是关于他的工作，他在一家冶金厂做仪表工，说的那些均是她不懂的，可她一点也不觉得乏味。有个人在边上，有一点聒噪，也不错。其实，这时她是有些想嫁人了。可是，回到家中，与母亲细细一分析，觉着与同事做妯娌有诸般麻烦、还是不要的好，便回绝了。这样的事还有过几回，总有些热心好管闲事的人。其时，她已过了比较恰当的婚龄，就好像脱掉一班车，错过了一批配对的对象，介绍过来的人，不是有这般不足，就是有那般遗憾，终不能叫她满意。她虽然心下是有些想成家，却并不迫切，甚至不是那么有意识。真要她成家，说不定还会有惧意呢！再过几年，就连心底下，那点不自觉的想头，也没有了。

生活，也像温和的水流一样，从她身上滑过去了所有的能够激起冲力的泄涡，暗流，都绕过她，兀自向前去。她就像那种最小最小的小女孩，与母亲睡在一张床上。床是双人床，四尺半宽，两人都是小巧的个子，占不了地方。甚至几十年来，连棕绷都没有松。仅有过一次还是两次，母亲喊住一个从门前过去的修棕绷的乡下人，上来添了几绺棕绳，略紧了紧。床罩原先是那种泡泡纱，红蓝黄条纹的，后来换成白府绸底上，缝制着一个个红草莓的一床。岁月好像没向前走，而是倒回去，回到童稚的时代里。由于定时给家具打蜡，这套花梨木家什还像新的，散发着幽暗的光。并且，如今又开始流行红木家具款式，维多利亚风格，有着繁复的雕花与纹饰，于是，合上了时尚的脚步。那些披挂的镂花纱巾，年代更近，当然没有走样，还用着。有新添量的，一个电冰箱。把手上套了豆绿色、红莓花的布饰，给这女人气的房间又添一成闺阁风。电视机是近年来换代较为频繁的，开始是黑白十二英寸，后来是彩色十四英寸，新近又变为纯平二十五英寸。频道总是调到港台言情系列剧上面，吃过晚饭，收拾过碗筷，母女俩各做完各的事情，时间差不多到了，戏剧便接着上一回的往下走。也叹息，也流泪，可终是隔岸观火。她们的生活，是那样节制，消耗极少，所以，没什么损缺。

她每早起床，母亲已烧好早饭，也是简单清淡的：泡饭，腐乳，自家做的笋豆。她洗了脸，梳了头，此时，光还在前面。她们的亭子间在阴面，梳妆桌又是放在两扇北窗之间，那一面墙下，受不到光，镜里就是暗的，也好，镜子里的她，真是年轻，还是二八年华：肌肤莹润，头发漆黑，眼睛在深幽处闪光。梳洗中，泡饭也凉了二成，盛在金边细瓷碗里。那也是多少年用下来的，现在很难看见这样款式的碗呢！要有，也是仿旧的，做得又不像，或者是瓷粗，碗口不圆，或者就是奇贵，奇豪华，盛宴上做排场的，金杯玉盏。哪有那时的家常日用式的精致。吃道早饭，走下楼去，上班了。很幸运的，她们这条旧里，几次从新规划的地盘边擦肩而过，四周都起了新楼，路也拓宽了，可这一截弄堂还在。弄里的人是换了不少，尤其是像她这一般年龄的，或嫁人，或换房买房，走了大半。有一些老人还在，因原来就是老，现在不过更老，所以模样并无甚改变。看见她，还是喊她妹妹。小孩子不像以往那么多了，每户门里都可拥出一群。现在是一个两个，平时也看不见人，只是一早一晚，从天井四周的窗里，传出大人吵骂孩子，或者孩子哭闹大人的声音。偶有一声婴儿的啼哭，会觉着稀奇。再过过，那啼哭听不见了，竟在咿呀学话了。

她上班乘的车，倒是改了几次线路。本来在弄前不远的大马路上乘，后来改到了后边转弯的小马路，再后来，干脆没了，要乘另一路，中间需换乘。再然后，就可搭地铁了。她走入宽阔明亮的地铁通道，等着车厢风驰电掣地迎面而来，停在站台边上，也感受到时代的进步，心里生出激昂的情感。然而，很快，不久，她也视为自然，甚至有些想不起，有地铁之前，这条街道是什么面目。那些挤挤挨挨的小店铺，住家，小学校，嘈杂腌臜的弄口，一并消失在径直的马路上了，就好像从来也没有存在过。过去南货店，烟纸店里的桃板、盐金枣、烤扁橄榄，现在全集中到大型或小型的自选商场。于是，那些细碎的挑选与计算的乐趣，被批发采办式的购买吞没了。一开始也觉着没了手势，但也是很快，不久，她也习惯了，从货架上整包整包地拿取，反有着富足的感觉。所以，她虽然不是进取的那类性格，但倒也不是纠缠着过去不放，她是生活在现在的人，没有过去，也没有将来，只有现在是真实的。这是她的顺从，里面却也藏着些积极的意思。

她所供职的单位，幼儿园，换过几处场地，有过一次还是两次兼并。因为独生子女政策，孩子越来越少，最后，大约是三年前，她所在的幼儿园，改为养老院。不过，她总是做会计。这个职业在这十多年里变成热门的了，甚至许多受过高等教育的女孩，还去夜校读会计，为领取上岗证书。但她们向往的多是那些独资与合资公司，像她这样，一个小小的街道幼儿园的会计职位，也是没有人与她争抢的。她的账向来做得认真仔细，从不出差错，簿面也很整洁。她的职业生涯相当平静，没有遇过一点点风险。非要说有，那么就算有过两次吧：一次是，也是同一区域某一家街道幼儿园的会计，据说还是从著名的立信会计学校分来的，为讨她男朋友欢心，竟然从孩子的伙食费中，贪污了十七万元，最后被判死刑。这件事在她们幼教系统相当震动，她明知道自己不可能去犯这滔天大罪，但免不了的，也有一点紧张。谁知道呢？说不定，自己还不知道，就做下了错账。但她究竟不是个神经过敏的人，这一点紧张一掠而过了。又一次是从报纸上读到，目下有统计说，患性病人群里的百分之十是财会人员，因为经常与各种票据接触。而票据，尤其是钞票，是流通最为广泛的东西，带有着无数病菌，这使她大大地惊恐了，但这条报道同时还说，洗手可杜绝传染源。从此，她只要摸过票据，就要洗手。便前便后，饭前饭后，都要洗手。这一次危机，便又平安度过。

就这样，临到退休。这是一次严峻的年龄的警示，警示人们时间已到了某一个限度，生活也随即进入某种阶段。可对她，却并不那么严重，母亲的退休生活，早已给她做了示范。母亲是在她工作的第二年退休的，这反使母女俩都感到轻松。再不用两人一早挤在梳妆桌前梳头理妆；吃过早饭的碗来不及洗，扣在锅里，也顾不得埋汰；下班回到家停不下来，就要烧饭炒菜，从早到晚在紧急慌忙中度过。母亲退休后，每天比她早起一小时，头也梳过，早饭也烧好，中午晚上的菜都已经买好。待她走后，打扫了房间，还有余暇去公园坐坐，晒一会儿太阳。中午饭后，可睡个午觉，把早上欠的一小时觉补回来。待她回家，饭菜正好热腾腾地上桌。在公园里，母亲结识了些也是退休的女人，其中一个，喜欢唱越剧。那公园也有意思，专有一个越剧角，唱生的，唱旦的，外加琴师，上午聚在一起唱。另有两个，专练木兰剑，很热心地教她。所以，母亲在公园里也很忙碌。要练木兰剑，还听越剧。接着，就有个丧偶的退休教师钟情她。母亲节那一日，给她送了一大束玫瑰花。这一天，她捧着玫瑰花走进弄堂回家，脸上的表情又尴尬又有点甜蜜，真有几分像少女了。为了这，她不再去公园。不久，那公园也被一家房产商占了一多半面积，拆除围墙，成了街心绿地。而她呢，又找到另一个去处，那就是礼拜堂。在一名邻居的劝说下，母亲信了基督教，每个礼拜日上午去做礼拜。同时呢，因为唱赞美诗的缘故，喜欢上了唱歌。当然，母亲的性格是要比女儿开放些，倒不是因为多些什么见识，反是因为有着孩童气。而她，虽然比较封闭，但有了母亲的引领，她也能走到新的生活里去。这一点，她不愁。

退休之前，单位安排她参加区工会组织的旅游，去湖南张家界。这于她们母女都是件大事情。她们中的任何一人都不曾离开过这个城市，说起来叫人不相信。向来以为只有乡间的农人，才过着不出远门的生活，其实，这城市里的人也是，甚至更有可能，因为他们连农人对外面世界的好奇心也没有的。他们以为在这城市以外的任何生活，都是不堪的。不过，时代到底在变，许多新鲜的事物在进入眼界，比如，旅游，她们虽然不是那种热情的人，却也不是没兴致。倘若说有机会，一起去看一看，玩一玩，有什么不好？又不是去谋生计。电视、报刊，旅行社的广告，将许多遥远陌生的地方，推近了，不再是那么偏僻可怖。这一切，都在无形中改变着保守市民对世界的看法。

早好几日，她们母女便开始了兴奋不安的准备。她们首先考虑到的是卫生的问题。母亲买来酒精棉球，一次性湿餐巾，纸巾，卷筒纸是折成一小叠一小叠，分别装在小号保鲜塑料袋里，为防止交叉污染，同时还备了消毒用的滴露。其次是饮食，主要是饼干和熟泡面，万一遇到她不吃的东西，可供果腹。她不吃的东西很多：羊肉，牛肉，辣椒，蒜，芫荽，萝卜，花椒，鸡蛋里的蛋黄。倘若吃得不干净，不要紧，带了大量的黄连素呢！穿，主要以防寒保暖为主。虽然是初秋的季节，但棉毛衫裤，羊毛衫，风衣，都是要带的。想到出门难免是要徒步或者爬山，所以特为去买了一双旅游鞋。这双旅游鞋可说是她们母女衣装上的一个突破，它带来了运动的气息，使她们的绢阁风中，忽有了一点现代的格调。最后，她们不免要考虑同行的伙伴。她们都是随和的人，重视与人的相处。况且出门在外，更需要互相照应，联络好感情。于是，她们共同去超市采买来一大堆零食：加应子，台湾话梅，山楂片，旺旺雪米饼，果仁巧克力。然后，再拆装成小包，在已经装满的旅行袋里，这个角落塞一点，那个缝缝塞一点，竟也全都装进了。这样，她的行李就变得极多，而且重。那天上火车时，母女俩，又差了芸舅舅。此时，芸舅舅已是个老头，头顶心秃了一片，劲道还是有的，一手一个大包。母女俩则各自提了零碎东西，跟在后面。到了火车上，她一人的行李就要占一排行李架。同行的人都是各单位凑拢来，本不认识，可因为要做伴走这一程，再加上是出游的心情，都很热情地过来相帮，没人说扫兴的话。母亲便也放了心，赶紧让她分给大家零食吃。这样，刚上架的行李就又要拖下来，又放得散，等找到几包吃食。列车员已经在叫送客下车了。一边分食，一边告辞，慌慌乱乱的，车就动了，倒冲淡了母女辞别的情绪，没有发生叫人尴尬的场面。

旅途中的卫生状况要比想象中的好。她们运气不错，搭了一列新客车，地毯，卧具，窗帘，都是新的，连列车员的制服都是新款。坐在窗明几净的车厢里，大家很快相熟起来。出门在外，摆脱了诸般杂事，心情是轻松的，说话和听话都格外的有兴致，常常爆发出笑声。他们这一行一共有十来个人，女的正好是六个，睡一格硬卧。到了地方，倘是三人一间客房，分两半，两人一间则分三对，并且自动结好了对子。与她结对子的是工会组织旅游的工作人员，小洪，不到三十岁，小孩已经会走。她似乎很博得小洪的好感，小洪主动要与她住一间屋。倘若是三人间，那再增出的一个则叫秀萍，区级劳动模范，某居委会的主任，不过四十岁，看上去可要比她苍老得多。在一伙伴中间，再有了两个更贴近的伴，同进同出，心下便觉安定许多。在火车上第一顿饭是各家特带来的吃食聚在一起，相当丰富。火腿肠，茶叶蛋、半只电烤鸡，蛋糕，汉堡包，熟泡面，各色水果，饮料。第二顿饭则分成小拨，几个男士结伴去餐厅，几个留下等卖盒饭的过来。女同胞呢，将没吃完的东西接着吃完，小洪却什么也没吃，爬到上铺睡觉了，人们就说她是想儿子了。车厢的灯亮了，窗外是夜色，更显得里面温馨。她是绝少有离家在外过夜的经历，觉着简直换了人间。她坐在铺上，望着窗外黑漆漆的旷野，偶尔，一串灯光穿行而过。等到了一个站，灯光便稠密，甚至有些璀璨。车停下来，站台上有人向车门聚拢，带了些紧张急骤的气氛。售货车从窗下推过，对比之下，显得悠闲。她被照顾睡在下铺，因她是这一批人中，唯一一个临近退休的，尽管看上去，似乎与小洪差不多。她这一晚睡得不怎么踏实，凡到一个站，她都会醒转来，凑在车窗往外看。夜半时分，车站上却灯火通明，那么多人在活动着，下车，上车。多么活跃的夜啊！就在这时睡时醒中间，她离开上海越来越远，开始了她的旅行生活。

她比她自己以为的，更能够适应环境。湖南地界的气候很潮湿，洗出的衣服两天也干不了，就又要上路了，身上就总是黏潮着。有几次，她以为她要生病了，结果却并没有。倒是小洪水土不服，身上起了疹子，肠胃也乱了。到头来，她竟还要照顾小洪。吃的东西，多是放辣椒。暖锅里，浮着几个鲜红的辣椒，先还不觉得，越到后来越辣。然后就学乖了，一端上锅，立即救火似的把辣椒打捞出来，但总有打捞不净的，也由它煮了。到后几日，她竟发现自己其实能吃辣，还觉着下饭得很。有一回，吃一种肉，事先并不知道是什么肉，过后老板才告知是乌龟肉。想想有些怪异，可吃已经吃了，又能怎么样？下一次，再遇到乌龟肉，因是开了戒的，便也吃了。她也很会走路，人灵巧，身子轻，她比几个男士爬山还省力。她都没穿那双旅游鞋，穿着觉得不像，不如穿惯常穿的，半高跟，船形，浅棕色的皮鞋，也没觉着有什么不方便。在猛峒河上，还乘竹排来着。几个女同胞，手拉着手，抱成一团，由门口竹排乘水势上下激荡，咯咯地笑到身子发软。山水都是如画的，人不再是自己了，而是画中人。

她最喜欢的是每一个景点的旅游品。东西其实都差不多，可她始终有兴趣一个摊位一个摊位看过来，挑选，还价。这些制作粗劣，构想又很平庸的小东西，在她眼里却无比有趣。她实在是没有什么见识的。大约是和一个村姑的眼界差不了多少。很快，她买的小东西，已经将吃去的零食腾出的空填满了。看和买的时候，倘摊主是女人，就话多些，会问她从什么地方来、做什么工作、小孩子有几个、多大了。开始，她如实回答没有结婚，可渐渐地。她有了顾虑，便改了口、含糊说在上海呢！遇到认真的，好说闲话的，就再要问个究竟，一个呢还是两个，男还是女，几岁？她只得笑笑，转身离去。再往后，她变得泼辣了一些，会得与她们瞎话，调侃。有时说是男孩，有时说是女孩，有时说是一个，有时说是两个，年龄嘛，有时是上幼儿园，有时则是上大学。人们听到此处，就又不相信了，紧着问她究竟有多大岁数。这回她照实说了，人们更不信了，再要问，还是方才的回答。一来二去的，她开始有些喜欢这样的闲扯，有时还会故意提起话头。比如看到小孩，就问那母亲，孩子有多大了，以后到哪里去读书？人们便也会反过来问她。只有一次，一个女人聊多了，指了他们一伙中的男士问：哪一个是她男人？到底是没有过婚姻的，脸皮薄，抗不住这样的玩笑，尴尬了，落荒而逃。

从猛峒河下来，到了一个叫做王村的地方。原本是个偏僻的村寨，后来因一部电影选中做了外景，变得有名起来。村寨里，以电影中的人名、地名、场景、情节，开了饭店和景点，另外，又增添了几项民俗内容的表演：唱歌、对歌、舞路、赛龙舟、求雨拜神的祭祈仪式等等。这王村是傍了猛峒河，远处是黛色的山影，水碧清，树碧绿。当年想也是依了水道，是个繁荣昌盛的要镇。镇上的民居，多是青砖黑瓦，高墙厚壁。楚地的风尚是旖旎妩媚，很有一些蛊惑气。有一个女人，抱一个至多一岁多点的女娃娃，站在门前看热闹。那女娃娃戴一顶麒麟样的小帽，唇红红的，眼黑黑的，忽然对他们做了一个眼神。那眼神分明是成年女子的，眼梢飞了起来，领上显出一个笑靥，含着暧昧的情调，怪异得很，她心里不由一惊。

青砖地的街前，吊脚楼上，演出的是从恋爱到婚娶的礼俗。几个男女少年，看起来不像职业歌舞演员，动作歌唱小是受过训练的那种，都欠协调和婉转。神情也有些拘谨，反不及街上自由行走的山民那样活泼，可却有一种别样的好看与好听。女孩子均长得水灵，眼睛亮亮的，不自在的底下，藏着早熟的风情，想来小时候都是女娃娃那样的小妖。男孩子个头比较小，精瘦，不像女孩子那样出挑。却心智很深的样子，与女孩子一对眼，就好像有千言万语传了过去。唱的虽然听不懂，声腔又直，鼓和乐也没有调准，可却有拍有点，很是流利。男女孩子先是行歌坐乐，唱着唱着互相抛起绣球，接着便成双成对，携起手来。再上来个丑婆婆，男小孩扮的，表示是媒人，再喝酒，唱酒歌，显然是求婚宴。但唱着唱着并没有唱拢，而是情绪激烈，剑拔弩张地紧张起来。最后，不知从哪里抬出一顶花斩，从楼上行下来，走入游客中间。一个女孩子用普通话宣布：男方要抢亲了！

花轿抬入人头攒动的街里，节目到了最高潮。人群顿时纷攘起来，挤挨着闪开一条道。那花轿结绸披彩，红彤彤的一顶，由四个着绿的男孩子扛在肩上，前面四个穿粉的女孩领着，晃晃悠悠地走在人群里。后面是喇叭笛子，吹得一片喜气。天上也忽起了祥云，浮在黛色的山峦顶上，水里过来几片舟筏，又有客来了。女孩们的脸上浮起了笑靥，比方才唱和舞时自在得多。显然这也是她们最喜欢的一幕，带着些恶作剧，又带着些私心里对将来的向往。她们左右巡查着，看谁能扮作新娘的角色，眼睛从熙攘的人群中扫过，走出了半条街。女子们都尖声叫着笑着，从她们身边让开，唯恐被她们拉上轿。其实呢？又都有点想头。她们只是笑着、并不伫步，直至走到她跟前。那四个女孩儿忽然一对眼神，齐步站住，那四个男孩也随即停下，将轿子放落地，等着。四双手一齐过来捉住她，不容她叫出声，变戏法似的变出一件红袍子，兜头一裹，塞进花轿，抬起就走。这一回，四男四女是小跑着过街，身后的喇叭也吹得更烈。人们都在拍手、喊叫，尤其与她同来的一伙，将巴掌都拍红了。他们心里都惊异，她不是最年轻，亦不是最俊俏，可这些人怎么就一眼看出她是未出阁的女儿家？

那男女少年拥着花轿，小跑着又绕了青石板街一圈，回到拉她上轿的地方，才停下来，将她从轿中放出来。被红绸衣映的，还是笑的，她脸红彤彤的。小洪和秀萍她们将她抢回来，扒下绸衣，扔还给孩子们。她笑得身子都软了，什么话也说不出来，心怦怦地跳。鼓乐声渐渐远了，息了，人群也散去，欢腾声息下来，她还在笑着。同伴们也在笑，前后拥着她。这一时，她做了他们中间的明星，她都无从应付，就只有笑，清寂下来的青石板街上兀自响着她的笑声。这寨子，要没了这些游客和旅游节目，还是相当安静的。他们都能听见自己的脚步声，在石板街上清脆地响。她笑了一会儿，忽感到疲倦，陡地收起笑声，眼睛就潮了。

（选自上海文艺出版社·王安忆《伴你同行》）

读后思考：

这是一篇小说还是散文或者其他？请谈谈你的看法。

王安忆还有《黑弄堂》等和本文很类似的作品，请比较阅读提取共性。

这部作品的情节是一波三折还是平铺直叙？

这部作品通篇只有第三人称，这和其情节结构有何呼应？

你有没有注意，这部作品却在不经意间为一代中国城市人或者女性立传？

尤凤伟，1943 年生于山东，1976 年开始发表作品，尤其敢于表现“题材禁区”，比如反映日占区农民生活境况的《生存》、反映“土改”的《小灯》、反映“反右斗争”的《中国一九五七》(修订本名为《沧海客》) 都是能体现他悲悯情怀的力作。

晒　画

尤凤伟

山居图章樟兄补壁辛卯冬月坧泉于云涧斋

该题款包含的信息为：画者坧泉于云涧斋作《山居图》，赠与一个叫章樟的人。一目了然。

这位坧泉画家退后一步端详着刚画毕的山水画作，脸上露出一丝欣意，遂搁笔用印。

出门前，坧泉抬眼望望窗外，对取衣帽的老伴说句：天好，把画晒晒。老伴没应声，只像他一样把眼转向窗外。天空晴朗。

坧泉随本市一伙知名画家外出参加笔会。活动程式为：主办方（买家）把画家（卖方）接过去，作画、宴请，然后画家留画作，主办方付“润笔”，笔会宣告圆满结束。说起来，这类盛行于当下画界的笔会坧泉参加得并不多，不为别的，只为尚欠名气，难以进入组织者的视野。这回是某画家因故缺席，与他相熟的艺术馆馆员章樟向本次笔会主持冯老力荐，坧泉方得以加入。擅长花鸟的章樟对他的泼墨山水甚为赞赏，私下里不断为他不被圈内接纳鸣不平。可以说，章樟是他心存感激且愿与其交往的圈内人。

在临时布置成画室的会议室里，华腾地产的韩总与画家一行见了面，冯老一一介绍，介绍到谁，韩总便对其合掌点头道声久仰大名，也并非场面客套，来者在电视、报纸都不乏出头露面，即使算不上声名远播，也算混个脸熟。及至介绍到坧泉，韩总望着他稍稍打了个眼，又照样说句久仰大名，即使再迟钝的人，也会从这吊诡的停顿里体会出其中意味，坧泉本人有种被掌掴的感觉，额头沁出一层细汗。

寒暄过后，开始作画了。纸墨主办方已提前备好，由工作人员帮画家铺于长桌上。当画家们噼里啪啦从包里拿出作画家什，室内便人静，一派肃穆气氛。

进入创作，坧泉努力驱除适才的难堪不快。有句话叫忍辱负重，这当是无名之辈经常面对的纠结，于怀不得。他先画了两个“斗方”，一幅《牧牛图》，一幅《双荷图》，看看觉得意趣俱在，然后开始画他拿手的泼墨山水。大写意不仅是技法，更多是意境，从古至今的画人都孜孜不倦以求生机，石泉亦是。只是他有些“出格”的画法不断遭人诟病，有说是缺少基本功的一味“乱弄”，也有说是对张大千的拙劣模仿。他当然不予认同。一是自己的基本功扎实，干“细活”不逊于任何人；至于模仿，倒是张大千早被徐悲鸿称为“五百年来造假第一人”，自己真要模仿个什么人，也不会选中张大师呀。他心里清楚，自己是受中学美术老师吴其治启蒙，习学泼墨技法，而吴老师心中之师为傅抱石，故章樟看出其一脉相承。只因已故去的吴老师一直默默无闻，人们才没有挂连到他。当为无名之悲哀。

这幅《山高水长》很快作毕。说山，只是一道顶天立地的悬崖，通体墨透。说水，只是从崖边斜插下来的一道水流，黑中托出的一道羊肠样的白线。他觉得气势意蕴俱显，足可交差。他侧目看看两边，其他人尚未有竣工迹象，仍埋头精工细作。韩总一干人分散各处观赏，居冯老身后者多，足见对这位画坛大佬之推崇。

当最终大家放下笔来，韩总向大家道了辛苦、感谢，又提出求合作山水，说此画今后就挂在会议室里，作为“镇室之宝”。这要求并不过分。于是，一张一丈余长的大纸便铺上台面，浩气顿生，不由让人想起那句“一张白纸可以画最新最美的图画”的名言。

这时场面便微妙起来，画家自觉向后撤步，有的撤到了墙根。所谓合作，并非悉数参与，画山水，由善山水者为，画花鸟，由善花鸟者为，当然最后如数签名。这时章樟踱到坧泉身后，悄声说句：坧泉兄，说句公道话，今天由你“开笔”才是。他不予置评，说句：你要的二龙山带来了，走时给你。章樟说好。章樟所说的“开笔”指合作一幅画作先由某人落下第一笔，有“剪彩”的意味。此人如有底气且技法对路，便一笔定乾坤勾勒出大的章法走向，后者则添砖加瓦，以成其作。一般说来，当由最具权威者担纲。所谓权威，不见得看艺术造诣，更多看官职，还有名望。由此而论，本次笔会“开笔”非冯老莫属，章樟抬举坧泉，坧泉也晓得并非是他的誉词，比较符合实际。只说冯老，虽说也以山水见长，也写意，但一般的小写意与真正的狂放写意却不是一回事。若让他在丈余长的大纸上一笔勾勒出其山脉大势，只恐气魄不逮。而坧泉，则完全不成问题。当然这些只能在心里想想，说出口那可犯大忌，要引人口诛笔伐的。

冯老还算是个忠厚长者，谦逊了一番，然后凝神提笔在纸上奋力一挥，众人一齐鼓掌。

随后就由冯老点将，从来者中挑出几位善山水的画家上阵。当中没有坧泉。

中午宴请，席间热闹得很，话题流转犹如蒙太奇般，一会儿是社会上五花八门的传闻、段子，一会儿又转到画界本身的一些是是非非、趣闻逸事。比如某名画家流水作业创作模式是耶非耶；比如某些名家的画拍出天价，实耶虚耶，等等。当然也涉及目前国画创作的种种现状。坧泉不大说话，听，也走神，想到刚才“合作”的那幅被韩总赞为佳作的《云山雾罩》，就觉得滑稽可笑。

话题不知怎么又转到已故画家李可染身上，由李可染的逆光山水又谈及他的两位老师齐白石与黄宾虹对他的影响。对此坧泉并不以为然，在他看来，李可染最大的受益来自于他的启蒙老师钱食芝，只是当代已没有多少人记得画出著名《四季屏》的钱大师了。

这当儿，兜里的手机响了，坧泉离席到走廊里接听，是老伴，说晾在院子里的画丢了好几张。他问是不是叫风吹跑了。老伴说哪有风，他说那就是叫人拿去了，算了算了，就把电话挂了。

回到家，见老伴将收回的画叠好，堆在他的画案上。他问老伴丢了几张有没有数。老伴说晾出去五十五张，收回五十张，不就是丢了五张吗？他嗯了声，说丢就丢了吧，有人喜欢挂挂也不是坏事。他嘴里这么说，心里也是这么想的，他一向并不把自己的画看得有多“金贵”，也不张罗着卖，觉得与其卖不上个价，还不如留着压箱底。只因家住楼房底层，潮湿，需不时拿出去晾晒，所谓晾晒，自不敢去照大太阳，那会使画作失色，只在阴处让风吹脱湿气而已。把艺术品随便往冬青上一搭，说起来有失雅观，自己不当什么，别人也就不当什么，来个顺手牵羊也在情理之中。

老伴说：已经报警了。

坧泉没听清。

老伴又说了一遍：报警了。

坧泉这遭听清楚了，连连摇头说：胡整胡整，多大的事，还报警，吃饱了撑的。

老伴说：我也这么觉得，可越东……

越东？

老伴就说了报警过程：在给坧泉打电话不久，坧泉的学生高越东来了，听到画失窃的事，二话没说就要打110，老伴拿不准，问要不要问问你老师？越东说事明摆着，根本不用，就把电话打了。

越东他人呢？坧泉问。

让派出所叫去了，说做什么笔录。

坧泉犯了一会儿怔，说句：过几天去旧货市场买个樟木箱子，画就不用来回搬弄了。

中午多喝了几杯，坧泉上床睡了一大觉，醒来听见老伴和越东的说话声，便起身来到客厅，听两人说的是越东筹备结婚的事。女方小秦来过几回，也跟着越东叫老师、师娘，他们对小秦印象不错，觉得配越东足够。

坧泉望着越东说：你也太着急了，报啥个警哩？

越东说：报警是正当防卫。

坧泉说：让人知道了笑话。

越东问：笑话啥？

坧泉说：咱的画，还没到那个份儿上，弄得兴师动众……越东自然懂得老师的意思，反驳说：老师的画，怎么不到那个份儿上？懂画的人都有数，只因为……坧泉自然也晓得越东后面省略的是什么意思，可越东是只知其一，不知其二，世界上没有绝对公平的事，就说每年的艺考，从几千人中取几十名，这几十名就是其中最优秀的？不见得。再说画家这行当，爆大名的就是真正的艺术大师？也是不见得。还有，一张画卖几百万几千万道理何在？问题在于，这就是现实。是谁也拗不过来的现实。

他说：越东别想得太多，赶快给派出所打电话，这事让他们别管了。

撤了？越东问。

撤了。

越东还要分辩，让垢泉用手止住。

越东甚不情愿地打这个电话，虽听不见对方说什么，可从越东的话里能听出事没谈拢。

果然，越东挂了电话说：不行了，人家说已经立了案，报了分局，这事停不下来。

坧泉不说话了。

越东安慰说：老师，这事你别太放在心上，咱的画是有价值的。偷，就是取人财物，犯法，应受处罚。

老伴附和：就是嘛，画值钱不值钱都不是潮水潮上来的，点灯熬油……

行了！坧泉把她喝住。

越东吐吐舌头，按计划晚上要跟老师学画，见老师为这事情绪不佳，便知趣地告辞。坧泉也没留。

后来几天，坧泉心里总有些忐忑，分明不像丢了东西，倒像自己做了回贼。

“案发”第四天，派出所来了电话，让坧泉去一趟。他走在路上还寻思争取把案子撤了。进了门，人家就让他看监控录像。场景熟悉，是从自家楼前摄向对面的绿化带，冬青墙上搭晒着一幅幅水墨画，虽看不清细部，他也晓得这是自己的作品。很快，一个穿蓝工装的半老男人走进画面，又径直走到“画廊”前，四下看，然后快速从中选了几张，叠巴叠巴装进工装口袋里，随之转过身走出画面。

他“哦”了一声。

你认识他吗？陪他看录像的那个尖下巴警察问。

嗯，认识。

他是谁？

老邱。

哪个老邱？

物业的老邱。

你认准了？

他点点头。

行了。几个警察互相看看露出释然的神情。倒没再问别的，叫他回了。

回到家，他告诉老伴，事儿是老邱干的。

老邱？扫楼道的那老邱？

他没回答，只在心里寻思：这老邱也真是，喜欢画，上门讨张就是，也不会不给，干吗要这样？这么想时，老邱那一抻一抻的水蛇腰以及那瘦削的刀把脸便浮现在眼前。老邱来物业干活好多年了，管打扫卫生以及修剪苗圃，后来老伴也来了，带来一个三四岁很皮实的小孙子，据说儿子和媳妇离了婚，孙子留下了，由他老两口照顾。刚从乡下出来的孩子混在小区里一般大的孩子中间很扎眼，小脸黑红黑红，穿戴也土气，可小身板结实，大冬天不戴帽子，在风雪飘飞的院子里跑来跑去，每当有人提醒别把小孩冻感冒了，老邱总是笑呵呵地说不怕不怕，习惯了。也有住户把自家孩子穿剩下的衣服送他，他总是千恩万谢。无论怎么说，老邱都是个老实人，与小偷不搭界，可……坧泉不住地摇头。

这可咋好哩？老伴犯起愁来：不会把他抓起来吧？

坧泉陡然想起什么。看着老伴说：你下去找找老邱，叫他上来一趟，对了，叫他把画带着。

老伴晓得他心里是怎么想的，把画题上款，就是送，不算偷了，这办法好，遂赶紧出门。

没过多会儿老伴一脸懊丧地回来了，告诉坧泉，老邱回老家过年了。

坧泉一脸的无奈。

可不是，再过两天就是阴历小年了。

那天章樟来电话，说弄了点纸，送过来，忙年，不进家了，让坧泉到楼下等他。

坧泉心里挺高兴，作为业余画家，用纸常捉襟见肘，也都知道，因此来求画的人总是多带几张纸，以充“润笔”，自然也不能解决大问题，倒是“资源丰富”的章樟成了坚强后盾。

远远看到章樟那辆灰色帕萨特驶来，坧泉心中突然生出一个念想：刚遇上的糗事不妨让他帮帮忙，他交际广，和公安也熟，让他从中协调协调，把老邱托出来。

于是，车停下，他打开车门，坐到副驾驶位上，把事一说，章樟先是笑了，说蹊跷事一桩啊，又说应该没问题吧，你等我电话。他是了解章樟的，这人靠谱，办事举重若轻，他说没问题就没问题，坧泉就宽了心。

回到家，老伴说儿子从深圳来电话，讲不能回家过年了，小孩的姥姥病了，一家三口要赶去郑州探望，就在那里过年。他没吱声，心想不回来就不回来，少些事还能静下心多画几张画。

老伴又告诉他派出所来过电话。

他一下子紧张起来，问：说什么？

老伴说：通知咱，案子破了。

破了？他吃了一惊，这么快啊。

老伴说：盗画的就是老邱，已经从老家抓回来了。

刹那间坧泉全身僵住，舌头也僵：你、你说……老伴又重复一遍刚才的话。

良久，坧泉才缓过神来，想了想，把刚脱下的鞋又穿上，反身下楼，一溜小跑来到一街之隔的派出所。进门碰上那个尖下巴小警察，小警察正站在亲民台前和里面的女户警说话，认出他后欢快地说：老先生祝贺你，案子破了，嫌犯已抓捕，只是画只追回三张，另两张叫他卖了。

坧泉急问：老邱他人呢？

小警察拉他到会客区的沙发上坐下，说嫌犯关着。

坧泉说：我想见见。

小警察回答：这怕不行。

坧泉问：为什么？

小警察晃晃脑袋：不合规定，再说见也白搭，他交代那两张画在集上卖了，无法追回。

坧泉一时不知说什么。

小警察含笑望着他，说：以前不知道，原来老先生是名画家啊。

坧泉不接茬，问：你们想把老邱咋样？

小警察的脸笑开了，说看你问的，不是我们想把他咋样，而是法院，案子最终由法院判。

坧泉问：能判刑吗？

小警察说这恐怕得看案值了。

坧泉迷惑了：案值？

小警察说：就是被盗的画值多少钱，依本案情况，恐怕嫌犯凶多吉少。

坧泉一惊：为啥？

小警察眼里露出崇拜的神情，说老先生的画每尺过万……坧泉意识到这过万数字是越东报案时胡写上去的，便解释：没有没有，没那么高的。

小警察说画值多少，最终得请专门鉴定师来鉴定。

听到这个，坧泉略微放了心，他心里有数，自己的画从未卖上价钱，不信鉴定师能凭空往上抬。

小警察说：很希望能得到老先生的墨宝。

坧泉回句：行。

小警察连忙道谢。

坧泉想想问：啥时能放老邱呢？

小警察说：拘留是有时限的，下一步是逮捕还是释放，还得看鉴定结果。

坧泉问：年前没问题吧？

小警察说很难讲。

坧泉有些急：可老邱要过年呀。

小警察眼望着坧泉说：老先生作为原告能替被告着想，难得哩。不过，案子已到分局，我们不大好操作，唯一办法是让所长去找上面催……坧泉说：我见见所长。

小警察说所长出差了，两三天回，回来给你打个电话。

坧泉默默点了下头。

小警察把坧泉送出门，在坧泉耳边悄声说句：下次来，画，给所长也带一张。

回到家，坧泉似乎有所安心，因为按小警察所说分析，老邱不至于判刑，再请所长到上面说说，加快节奏，回家过年应当不成问题。

就在坧泉去派出所为老邱说事的当晚，章樟打来电话，耳机里声音嘈杂，一听就知是在酒场上，甚至从章樟的声音里能闻到满嘴酒气。他说现在是和报社文化部唐主任在一起。坧泉“嗯”了声，唐在搞活动时见过，但不熟，耳机里变得安静，他知道章樟从房间里出来了，章樟的口吻变得神秘，说坧泉兄你有好事了。他想，是不是老邱的事说成了？似乎不像，遂问句：啥好事？章樟说在电话里一句两句说不清，要不你赶过来吧。坧泉犹豫起来，赶半截子酒场是有失身份的。那头的章樟当然会想到这个，说坧泉兄就别在意了，除了唐主任，还有北京来的一位大腕。大腕今天看到你的两幅作品，赞赏不已，想推一推你，也有些具体想法，你过来认识认识，再把事合计合计……坧泉听着听着身上不由发起热来，他明白这事确是一件“好事”，不仅对他，对任何一个尚未出头的从艺者都是梦寐以求的，机会既然来了，有什么理由拒之不受呢？

坧泉出门，打了个出租车赶到章樟所在的酒店。

进了大门，坧泉一眼便看见章樟站在大厅等他，章樟迎上前，还不同寻常地伸手与他握握，轻声说来了就好，来了就好，却不把他往房间里引，握住他的手继续说：坧泉兄难得的好机会啊，刘大师你是知道的，在画界那是一言九鼎，资源也厚，做事游刃有余。他赏识你的画，也有做回伯乐的心，就能把你成全了。坧泉问：那我该咋样说呢？章樟说你啥也不用说，喝酒，刘海量，让他喝怂了，你的任务就完成了。坧泉面呈难色说：我的酒量你是知道的……章樟打断说，别说量不量的，这非喝不可的酒，哪能不喝呢？说着拉起坧泉进到房间里。

回到家已很晚，坧泉醉得一塌糊涂，倒下便呼呼睡去，这在坧泉很少有，弄得老伴都很慌，不知到底发生了什么事。

其实坧泉也不知道，半夜醒来后，脑瓜里一片迷茫：和什么人一起喝的酒？说了些什么话？自己怎么回到家？想着想着又迷糊过去了。

再一觉就睡到窗子发亮，这是平时出门锻炼的钟点，他想起身，却行动不听指挥，身子沉沉的，动弹不得，只是脑子清亮些了，像风吹走了里面的阴霾，渐渐记起昨晚的事。对了，是一个很豪华的宴会厅，顶灯像一棵倒悬的树，谁做东？当是唐主任。主客自是坐唐右手那位穿唐装、富态、印堂发亮的京城大腕，当然没人直呼大腕，而是称刘院长或刘主编。再就是唐手下的一干记者编辑，再就是章樟……让他没想到的是他的学生越东也在场。

吃早饭，一碗小米粥下肚，坧泉完全酒消了，已能够回忆起昨晚事的经过。正如开始章樟在电话中所讲，大佬刘院长应公安局的邀请为一件涉案文物做鉴定，这中间看到派出所送去他那里的两幅画作，评价极高，说有两个想不到，一是想不到地方上竟如此藏龙卧虎，再是想不到一个有如此艺术造诣的人被冷落，不为人知。坧泉很激动也相信这位刘院长不是有意吹捧，以他的身份没有这个必要，另外从他对具体画作客观到位的评说显出他有极高的鉴赏水平。首先，从宏观上，刘认为他的山水画呈出一种苍茫虚远的宏大境界，具古人“念天地之悠悠，独怆然而涕下”的笔意，观之让人震撼、感动；在用笔着墨上，刘认为其技法虚实相生，画面墨色迷蒙，浑然沉着，自然物象或现或隐，呈茫茫渺渺之状，颇有天地玄黄、宇宙洪荒的初始混沌之态；特别在画作的用光上，刘更是赞不绝口，说在通篇的墨色中，忽然在或远或近或高或低出现一道或几道既现且隐的白光，这白光又像是自然山水中升腾的一股弥漫之气，体现出大千世界无限丰富的景象，从而完成了画家对大自然的深切观照……坧泉觉得刘是真正读懂了自己的画作。

对了，后来就说到更实质方面，即如何把他“推到中国画坛应有的位置”上去。一番议论之后，渐渐形成以刘院长与唐主任的意见为主导的操作意向：首先以这桩画作失窃案为契机，报纸网络，广而告之；然后由唐主任在他的“艺海觅珍”栏目拿出一个整版做大型专访，配发画作：再由章樟以群艺馆的名义搞一次大型画展。北京方面，刘院长也在自己的画刊做一个专栏，刊出画作以及由他本人撰写的评论，同时以画院的名义为坧泉做一个画展。当然这一切活动都要邀请地方和京城的新闻界跟踪报道……最后好像是唐主任说了句：坧泉兄行了，这遭行了，任何画家入了刘院长法眼，想不火都难哩。

坧泉想到这里，不由热血奔腾，额头上的血管突突突地跳，他担心情绪的起伏会引起中风什么的，便起身把窗子打开，一阵夹着雪花的寒风迎面扑来，把他的脸打得生疼，但他并不回避，极目远望，他看到远处那座被画过多少遍的浮山已裹上一层银装。他突然觉得，此时的大山正如自己此时的处境，被遮蔽，藏而不露，而一俟春暖雪融，便会显出自己的“庐山真面目”，他庆幸自己终于要有出头之日了。

坧泉尽力压抑着心中的激动，开始铺纸作画，是送刘院长的。本来家里的存画很多，选一张满意的题上款即可。可他执意要为刘院长新画一张，一是体现自己的感激之情，另外想努力画出一张满意之作。对了，就画窗外风雪迷蒙的浮山，以泼墨画雪景堪为一绝，可尽显笔墨功夫。对了，名字就叫《雪藏》。他觉得其中的含义刘院长一定会懂的。

画为知己者作。

这时，有一个陌生电话打进来，讲起话来才对上号，原来是唐主任手下的毛记者，昨晚也在酒场，算是认识的。小毛说做专访的事唐主任交给了他，想采访一下，不知老师什么时候方便。坧泉心里不免一暖，刚议的事，人家便雷厉风行啊。便说，我不忙，随时都行。

放下电话，学生越东兴冲冲进门，连声说恭贺老师恭贺老师。他晓得恭贺的是什么意思，没吱声。曾隐约听到越东意欲换师的传闻，似乎是与唐主任私人关系甚好的李颂，昨晚酒桌上见越东与李颂同时出现似乎就印证了这一点。坧泉略略有些不快，遂提笔作画。

越东的兴致依然不减，说：有言塞翁失马，焉知祸福，老师的画被盗，最终倒成就一件好事。

坧泉停下笔来，越东的话让他兀然记起丢画的事。说起来，这事一直纠结着他，为此还去派出所为老邱开脱，可这么一件重要事情怎么一下子就忘到九霄云外了呢？莫非是让昨晚的事冲昏了头脑？他不愿承认，可又不得不承认，许多事能骗得了别人却骗不了自己。

越东又说：早知道这样，当初应该将画值报得更高些才是。

坧泉问：怎么说？

越东说：明摆着嘛，案子一破，报上一登，老师的身价就扶摇直上了。

坧泉不用想也晓得越东说得很实在，可由此给老邱带来的又是什么呢？是更严厉的处罚啊。想到这他的心不由疼了一下。他看着越东说：这事，还得酌量酌量……越东似乎猜出老师的心思，赶紧打断说：老师这事你可不能意气用事，机会难得，多少人想还找不着茬口呢，何况咱是真丢了画，刘院长对你的画评价那么高，从真正的艺术价值上说，一尺报三万五万完全可以。

坧泉没回声，心里却泛出一种很酸楚的滋味，这滋味只有像他这般总不得志的人才体味得到。文艺界是个十分势利的地方，其状甚于官场，所以才有那么多人为出人头地而不择手段，而自己，虽然一直备受冷落，却从未做过有失人格的事，这也是自己可聊以自慰的地方。只是眼下，用越东的话说是“机会难得”，要是白白放过去，也对不住这么多年自己所受的屈辱啊！要知道，如能一步迈上这个台阶，那就……可是，老邱……他却要给自己当垫脚石了，这成吗？老邱进去了，他家的日子咋过呢？

问题是老邱是确有过错的，干吗悄没声拿别人的画呢？画就是钱啊，不就有人把画家画画说成是印钱吗？最近有报道说张大千的一张画拍了两个亿，这画谁要偷去，是要用命去抵。

不说什么张大千、齐白石，也不说什么潘天寿、徐悲鸿，只说自己，画了一辈子的画，虽说没画出名堂，可艺术上是货真价实的，不然又怎能人刘院长的法眼？论卖价，越东所说的三万五万并不为过的……要按这个价码算，老邱的确不能回家过年了。

这能怪别人吗？现在不是很流行一句“人得替自己的行为负责”的话吗？可他还有个孙子，想到这儿，眼前便现出那个光着头在雪地里奔跑的小男孩……他叹了口气，又摇了摇头，晓得自己进入了一个怪圈。

晚饭坧泉吃了几口，便撂下筷，坐在沙发上看电视，屏幕上的人动来动去，至于演的什么，一概不晓。

甚至连门铃响也未听到。

来人是老邱的老伴，让坧泉两口子着实吃了一惊，却也能猜到这女人来做什么。

果然，老邱的女人声泪俱下地替她男人告罪求饶，说："老东西"一时糊涂犯了错，打他骂他罚他都应该，可千万不能让他去坐牢。他一走，小孙子就没人养活了。

不待坧泉两口子作出反应，那女人把带来的地瓜花生芋头等农产品放在地上，然后又从怀里掏出一个大信封，双手恭恭敬敬递给坧泉，哽咽着说坧老师俺知道你的画金贵，可让"老东西"贱卖了，钱还不起，你看能不能用这顶一顶？

坧泉迟疑地接过，先看信封，上印"牟西县姜家镇完全小学校"字样，又从里面掏出那"顶一顶"之物，展开，见是两幅国画，他眼前端的一亮，随之便认真地端详起来：上面的一幅画的是山水，画名竟然就叫《山水》，一道浓黑长满林木的山梁在画面中呈S状，上接云端，下接溪流，宛若一条逶迤隆起的龙身，气势壮阔，而山梁折腰处所形成的两处"留白"，更显虚中有实，无中生有，可谓自然天成。坧泉看出，画者对笔墨的运用，并不执着于中国画传统技法的规范与格式，而是以气使笔，以情运墨，挥洒自如，尽现泼墨山水的水染墨笔，具杳渺幽冥之艺术追求。另一张是一幅写意花鸟，名曰《芦雁图》，打眼一看，画中有边寿民的影子，再看又有江寒汀的踪迹，于是他就晓得画者是对大师进行了认真的学习又另辟蹊径。正如一位李姓大师所讲：用最大的功夫打进去，用最大的功夫打出去。就是说，其笔墨形式、艺术技巧源自古人先贤，又远离其文人的儒雅、闲适与古意，彰显出现代花鸟精神。这幅《芦雁图》虚实相间，意境幽远，雁在水中栖，无水见水，芦在空中摇，无天见天。老到中见出童真，简约中见出洒脱……看完这两幅画，坧泉默然不语，赏画他不是外行，也不存门户之见，十分客观地说，画者是一个高人，在自己熟知的圈子里当无人可及，那幅泼墨山水起码是在自己之上，而那幅花鸟章樟亦只能望其项背……老邱女人迸着哭腔，小心翼翼问：老师，你看这画顶不顶得成？

坧泉心中自有答案，却不便道出，他再看看画，没见到题款，遂问：这画，谁画的?

是完小的王老师，俺儿跟他念过书，老邱女人回答，停停又说，是这么回事，那天王老师到俺村走亲戚，听说“老东西”犯了事，回去让人送过来这画……坧泉问：这画，是……王老师画的?

老邱女人点点头。

坧泉问：王老师画画多久了?

老邱女人说：好像从小就画。

坧泉又问：老师是谁?

老邱女人摇摇头。

坧泉再问：王老师在你们那儿是不是很有名?

老邱女人摇摇头，说：有啥个名，退休就在家里种地，也养蚕……坧泉问：种地，养蚕？不画画了?

老邱女人说：先得养家糊口。要是过年过节，有人要，也画……坧泉眼前就现出想象中的那个乡村画家王老师：小个儿，干瘦，花白头发，清亮的眼光透出隐隐的儒雅……老邱女人哽咽地说：王老师是好人啊。

坧泉的心被刺了一下，想：说王老师是好人，不就等于说自己是孬人吗？这是他所不能接受的，在漫漫人生中，做好人不做坏人恰恰是他对自己不含糊的告诫，且努力身体力行。而唯在老邱这码事上，自己像中了邪魔般，要不是王老师的“横空出世”，或许真的就将老邱当成自己“向上”的垫脚石了。王老师在关键时刻给了自己一击，他端的有些后怕，也不胜感慨：同样是一画作，自己的与王老师的，两者竟充当了两极角色，一为加害，一为救赎。呜呼，他从未细想所谓的“艺术”，竟然会有如此迥异的面孔与心意。

坧泉长叹一声，多年压抑在胸中的积气亦一丝一丝从口中吐出，一度含糊不清的东西亦一下子变得敞亮通透……这晚，章樟设宴为刘院长饯行，为免于尴尬他没叫坧泉参加，可话还是免不了说到，他说大伙，特别是刘院长为坧泉的一番“打造”设计，恐怕是做不下去，要无功而返了。刘院长问怎么？章樟就把坧泉去公安局把他的画的画值从后面割去两个零，一万变成一百的事说了。唐主任补充说案值达不到立案标准，案子就不成立了。章樟接着说：案子撤了，见不了报，原计划唐主任担纲的宣传就没了由头，没了这个由头，后面的一干事也就不能顺理成章，难做了。嗨，这个坧泉……章樟不胜惋惜，众人亦然，刘院长沉吟一下，缓缓说：其实这个结果我倒是料到了的。这话让满桌的人俱惊，眼光一齐望着他看，寻求答案。刘院长说下去：我看过他的画。一人问：看过画又怎样？刘院长说从画看出了这个结果。在座的人面面相觑。倒是唐主任笑了起来，问句：有言文如其人，当是画也如其人？刘院长说当然当然。只是这话说起来顺口，却未见得晓其真意。唐主任说愿闻其详。刘院长说本人亦才疏学浅不得要领，不妨就借用一位大师说过的话吧，他说：“物在灵府，不在耳目，故得于心，应于手。”相由心生，画亦如此。

于是大家就笑，似懂非懂地点着头。

（选自海豚出版社・尤凤伟《凤伟六短篇》）

读后思考：

这篇小说的情节有何特点？

你有没有料想到最后坧泉老先生的弃案？是不是非常出人意料？

这篇小说为什么没有详写王老师呢？

你能理解为什么坧泉老先生最后弃案吗？

王安忆《闺中》和尤凤伟《晒画》代表了小说情节的两端，你更青睐哪一种？

小说的细节

情节的编制者期望我们要长记性，我们则期望他有始有终，有伏线就必有照应。

——福斯特

小说的内容越是进入细节，便越是调慢了叙述的时钟，甚至使之趋近静止。换言之：细节是调整小说叙述速度的枢纽。

看似无意义亦无价值的生活细节（打翻汤碗，烫手不觉），开始和小说角色的内在（个性、性格、气质或心理状态）无所不能地发生联系。

——张大春

现代的审美习惯是，偏好那些不声不响却能“告密”的细节。

——伍德

如果说情节是小说的骨架，那么细节就是一根根骨刺了。就像骨刺会让人疼痛一样，正是小说里的细节让人惦记。

细节真是太重要了，它对于小说、作者和读者都至关重要：小说正是借着一个个细节让自己独一无二，跃然纸上；作者和读者则利用细节展开“智力竞赛”，一个个细节就是作者对期待中理想读者的测试与期待，合格的读者则借着辨认品味出一个个细节向作者展示自己“棋逢对手”。

细节可以不起眼，但必须传神，有画龙当先点睛之妙；细节可以很大众，但必须妥帖，有钟情正在我辈之效。

重点阅读：余华《鲜血梅花》、刘震云《口信》

推荐阅读：须一瓜《在水仙花心起舞》、林白《丹娅（原名〈英雄〉）》

余华，1960年生于浙江，中学毕业后当过牙医，最后弃医从文，成为二十世纪八十年代中国“先锋文学”最重要的作家之一，其作品具有强烈的人道主义关怀，叙述纯净，经常打破日常语言秩序而形成一个自足的话语系统；代表作品《许三观卖血记》、《活着》均在海内外取得极大影响，由后者改编的电影更是取得世界级声望。

鲜血梅花

余　华

一

一代宗师阮进武死于两名武林黑道人物之手，已是十五年前的依稀往事。在阮进武之子阮海阔五岁的记忆里，天空飘满了血腥的树叶。

阮进武之妻已经丧失了昔日的俏丽，白发像杂草一样在她的头颅上茁壮成长。经过十五年的风吹雨打，手持一把天下无敌梅花剑的阮进武，飘荡在武林中的威风如其妻子的俏丽一样荡然无存了。然而在当今一代叱咤江湖的少年英雄里，有关梅花剑的传说却经久不衰。

一旦梅花剑沾满鲜血，只须轻轻一挥，鲜血便如梅花般飘离剑身。只留一滴永久盘踞剑上，状若一朵袖珍梅花。梅花剑几代相传，传至阮进武手中，已有七十九朵鲜血梅花。阮进武横行江湖二十年，在剑上增添二十朵梅花。梅花剑一旦出鞘，血光四射。

阮进武在十五年前神秘死去，作为一个难解之谜，在他妻子心中一直盘踞至今。那一日的黑夜寂静无声，她在一片月光照耀下昏睡不醒，那时候她的丈夫在屋外的野草丛里悄然死去了。在此后的日子里，她将丈夫生前的仇敌在内心——罗列出来，其结果却是一片茫然。

在阮进武生前的最后一年里，有几个明亮的清晨，她推开屋门，看到了在阳光里闪烁的尸体。她全然不觉丈夫曾在深夜离床出屋与刺客舞剑争生。事实上在那个时候，她已经隐约预感到丈夫躺在阳光下闪烁不止的情形。这情形在十五年前那个宁静之晨栩栩如生地来到了。阮进武仰躺在那堆枯黄的野草丛里，舒展的四肢暗示着某种无可奈何。他的双眼生长出两把黑柄的匕首。近旁一棵萧条的树木飘下的几张树叶，在他头颅的两侧随风波动，树叶沾满鲜血。后来，她看到儿子阮海阔捡起了那几张树叶。

阮海阔以树根延伸的速度成长起来，十五年后他的躯体开始微微飘逸出阮进武的气息。

然而阮进武生前的威武却早已化为尘土，并未寄托到阮海阔的血液里。阮海阔朝着他母亲所希望的相反方向成长，在他二十岁的今天，他的躯体被永久地固定了下来。因此，当这位虚弱不堪的青年男子出现在他母亲眼前时，她恍恍惚惚体会到了惨不忍睹。但是十五年的忍受已经不能继续延长，她感到让阮海阔上路的时候应该来到了。

在这个晨光飘洒的时刻，她首次用自己的目光抚摸儿子，用一种过去的声音向他讲述十五年前的这个时候，他的父亲躺在野草丛里死去了，她说：

“我没有看到他的眼睛。”

她经过十五年时间的推测，依然无法确知凶手是谁。

“但是你可以去找两个人。”

她所说的这两个人，曾于二十年前在华山脚下与阮进武高歌比剑，也是阮进武威武一生唯一没有击败过的两名武林高手。他们中间任何一个都会告诉阮海阔杀父仇人是谁。

“一个叫青云道长，一个叫白雨潇。”

青云道长和白雨潇如今也已深居简出，远离武林的是是非非。尽管如此，历年来留存于武林中的许多难解之谜，在他俩眼中如一潭清水一样清晰可见。

阮海阔在母亲的声音里端坐不动，他知道接下去将会出现什么，因此几条灰白的大道和几条翠得有些发黑的河流，开始隐约呈现出来。母亲的身影在这个虚幻的背景前移动着，然后当年与父亲一起风流武林的梅花剑，像是河面上的一根树干一样漂了过来。阮海阔在接过梅花剑的时候，触摸到母亲冰凉的手指。

母亲告诉他：剑上已有九十九朵鲜血梅花。他希望杀夫仇人的血能在这剑身上开放出一朵新鲜的梅花。

阮海阔肩背梅花剑，走出茅屋。一轮红日在遥远的天空里漂浮而出，无比空虚的蓝色笼罩着他的视野。置身其下，使他感到自己像一只灰黑的麻雀独自前飞。

在他走上大道时，不由回头一望。于是看到刚才离开的茅屋出现了与红日一般的颜色。

红色的火焰贴着茅屋在晨风里翩翩起舞。在茅屋背后的天空中，一堆早霞也在熊熊燃烧。

阮海阔那么看着，恍恍惚惚觉得茅屋的燃烧是天空里掉落的一片早霞。阮海阔听到了茅屋破碎时分裂的响声，于是看到了如水珠般四溅的火星。然后那堆火轰然倒塌，像水一样在地上洋溢开去。

阮海阔转身沿着大道往前走去，他感到自己跨出去的脚被晨风吹得飘飘悠悠。大道在前面虚无地延伸。母亲自焚而死的用意，他深刻地领悟到了。

在此后漫长的岁月里，已无他的栖身之处。

没有半点武艺的阮海阔，肩背名扬天下的梅花剑，去寻找十五年前的杀父仇人。

二

母亲死前道出的那两个名字，在阮海阔后来无边无际的寻找途中，如山谷里的回声一般空空荡荡。母亲死前并未指出这两人现在何处，只是点明他俩存在于世这个事实。因此阮海阔行走在江河群山，集镇村庄之中的寻找，便显得十分渺小和虚无。然而正是这样的寻找，使阮海阔前行的道路出现无比广阔的前景，支持着他一日紧接一日的漫游。

阮海阔在母亲自焚之后踏上的那条大道，一直弯弯曲曲延伸了十多里，然后被一条河流阻断。阮海阔在走过木桥，来到河流对岸时，已经忘记了自己所去的方向，从那一刻以后，方向不再指导着他。他像是飘在大地上的风一样，随意地往前行走。他经过的无数村庄与集镇，尽管有着百般姿态，然而它们以同样的颜色的树木，同样形状的房屋组成，同样的街道上走着同样的人。因此阮海阔一旦走入某个村庄或集镇，就如同走入了一种回忆。

这种漫游持续了一年多以后，阮海阔在某一日傍晚时分来到了一个十字路口。十字路口的出现，在他的漫游里已经重复了无数次。寻找青云道长和白雨潇，在这里呈现出几种可能。然而在阮海阔绵绵不绝的漫游途中，十字路口并不比单纯往前的大道显示出几分犹豫。

此刻的十字路口在傍晚里接近了他。他看到前方起伏的群山，落日的光芒从波浪般连结的山峰上放射出来，呈现一道山道般狭长的辉煌。而横在前方的那条大道所指示的两端，却是一片片荒凉的泥土，霞光落在上面，显得十分粗糙。因此他在接近十字路口的时候，内心已经选择了一直往前的方向。正是一直以来类似于这样的选择，使他在一年多以后，来到了这里。

然而当他完成了对十字路口的选择以后很久，他才蓦然发现自己已经远离了那落日照耀下的群山。出现了这样一个事实，他并没有按照自己事前设计的那样一直往前，而是在十字路口处往右走上了那条指示着荒凉的大道。那时候落日已经消失，天空出现一片灰白的颜色。当他回首眺望时，十字路口显得含含糊糊，然后他转回身继续在这条大道上往前走去。在他重新回想刚才走到十字路口处的情景时，那一段经历却如同不曾有过一样，他的回想在那里变成了一段空白。

他的行走无法在黑夜到来后终止，因为刚才的错觉，使他走上了一条没有飘扬过炊烟的道路。直到很久以后，一座低矮的茅屋才远远地出现，里面的烛光摇摇晃晃地透露出来，使他内心出现一片午后的阳光。他在接近茅屋的时候，渐渐嗅到了一阵阵草木的艳香。那气息飘飘而来，如晨雾般弥漫在茅屋四周。

他走到茅屋门前，伫立片刻，里面没有点滴动静。他回首望了望无边的荒凉，便举起手指叩响了屋门。

屋门立即发出一声如人惊讶的叫唤，一个艳丽无比的女子站在门内。如此突然的出现，使他一时间不知所措。他觉得这女子仿佛早已守候在门后。

然而那女子却是落落大方，似乎一眼看出了他的来意，也不等他说话，便问他是否想在此借宿。

他没有说话，只是随着女子步入屋内，在烛光闪烁的案前落座。借着昏暗的烛光，他细细端详眼前这位女子，依稀觉得这女子脸上有着一层厚厚的胭脂。胭脂使她此刻呈现在脸上的迷人微笑有些虚幻。

然后他发现女子已经消失，他丝毫没有觉察到她消失的过程。然而不久之后他听到了女子在里屋上床时的响声，仿佛树枝在风中摇动一样的响声。

女子在里屋问他：

“你将去何处？”

那声音虽只是一墙之隔，却显得十分遥远。声音唤起了母亲自焚时茅屋燃烧的情景，以及他踏上大道后感受到的凉风。那一日清晨的风，似乎正吹着此刻这间深夜的茅屋。

他告诉她：

“去找青云道长和白雨潇。”

于是女子轻轻坐起，对阮海阔说：

“若你找到青云道长，替我打听一个名叫刘天的人，不知他现在何处？你就说是胭脂女求教于他。”

阮海阔答应了一声，女子复又躺下。良久，她又询问了一声：

“记住了？”

“记住了。”阮海阔回答。

女子始才安心睡去。阮海阔一直端坐到烛光熄灭。不久之后黎明便铺展而来。阮海阔悄然出门，此刻屋外晨光飘洒，他看到茅屋四周尽是些奇花异草，在清晨潮湿的风里散发着阵阵异香。

阮海阔踏上了昨日离开的大道，回顾昨夜过来的路，仍是无比荒凉。而另一端不远处却出现了一条翠绿的河流，河面上漂浮着丝丝霞光。阮海阔走向了河流。

多日以后，当阮海阔重新回想那一夜与胭脂女相遇的情形，已经恍若隔世。阮海阔虽是武林英雄后代，然而十五年以来从未染指江湖，所以也就不曾听闻胭脂女的大名。胭脂女是天下第二毒王，满身涂满了剧毒的花粉，一旦花粉洋溢开来，一丈之内的人便中毒身亡。故而那一夜胭脂女躲入里屋与阮海阔说话。

三

阮海阔离开胭脂女以后，继续漫游在江河大道之上，群山村庄之中。如一张漂浮在水上的树叶，不由自主地随波逐流。然而在不知不觉中，阮海阔开始接近黑针大侠了。

黑针大侠在武林里的名声，飘扬在胭脂女附近，已在江湖上威武了十来年。他是使暗器的一流高手。尤其是在黑夜里，每发必中。暗器便是他一头黑发，黑发一旦脱离头颅就坚硬如一根黑针。在黑夜里射出时没有丝毫光亮。黑针大侠闯荡江湖多年，因此头上的黑发开始显出了荒凉的景致。

阮海阔无尽的行走，在他离开胭脂女多月以后，出现在了某一个喧闹的集镇的街市上。

那已是傍晚时刻，一直指引着他向前的大道，在集镇的近旁伸向了另一个方向。如果不是傍晚的来临，阮海阔便会继续遵照大道的指引，往另一个方向走去。然而傍晚改变了他的意愿，使他走入了集镇。他知道自己翌日清晨以后，会重新踏上这条大道。

阮海阔行走在街上，由于长久的疲倦，使他觉得自己如一件衣服一样飘在喧闹的人声中。因此当他走入一家客店之后不久，便在附近楼台上几位歌妓轻声细语般的歌声里沉沉睡去了。

在黎明来到之前，阮海阔像是窗户被风吹开一样苏醒过来。那时候月光透过窗棂流淌在他的床上，户外寂静无声。阮海阔睁眼躺了良久，后来听到了几声马嘶。马嘶声使他眼前呈现出了夜晚离开的那条大道。大道延伸时茫然若失的情景，使他坐了起来，又使他离开了客店。

事实上，在月光照耀下的阮海阔，离开集镇以后并没有踏上昨日的大道，而是被一条河流旁的小路招引了过去。他沿着那条波光闪闪的河流走入了黎明，这才发现自己身在何处，而在此之前，他似乎以为自己一直走在昨日继续下去的大道上。

那时候一座村庄在前面的黎明里安详地期待着他。阮海阔朝村庄走去。村口有一口被青苔包围的井和一棵榆树，还有一个人坐在榆树下。

坐在树下那人在阮海阔走近以后，似看非看地注视着他。

阮海阔一直走到井旁，井水宁静地制造出了另一张阮海阔的脸。阮海阔提起井边的木桶，向自己的脸扔了下去。他听到了井水如惊弓之鸟般四溅的声响。他将木桶提上来时，他的脸在木桶里接近了他。阮海阔喝下几口如清晨般凉爽的井水，随后听到树下那人说话的声音：

“你出来很久了吧？”

阮海阔转身望去，那人正无声地望着他。仿佛刚才的声音不是从那里飘出。阮海阔将目光移开，这时那声音又响了起来：

“你去何处？”

阮海阔继续将目光飘到那人身上，他看到清晨的红日使眼前这棵树和这个人散发出闪闪红光。声音唤起了他对青云道长和白雨潇虚无缥缈的寻找。阮海阔告诉他：

“去找青云道长和白雨潇。”

这时那人站立起来，他向阮海阔走来时，显示了他高大的身材。但是阮海阔却注意到了他头颅上荒凉的黑发。他走到阮海阔身前，用一种不容争辩的声音说：

“你找到青云道长，就说我黑针大侠向他打听一个名叫李东的人，我想知道他现在何处。”

阮海阔微微点了点头，说：

“知道了。”

阮海阔走下井台，走上了刚才的小路。小路在潮湿的清晨里十分犹豫地向前伸长，阮海阔走在上面，耳边重新响起多月前胭脂女的话语。胭脂女的话语与刚才黑针大侠所说的，像是两片碰在一起的树叶一样，在他前行的路上响着同样的声音。

四

阮海阔在时隔半年以后，在一条飘着枯树叶子的江旁与白雨潇相遇。

那时候阮海阔漫无目标的行走刚刚脱离大道，来到江边。

渡船已在江心摇摇晃晃地漂浮，江面上升腾着一层薄薄的水气。

一位身穿白袍，手持一柄长剑的老人正穿过无数枯树向他走来。老人的脚步看去十分有力，可走来时却没有点滴声响，仿佛双脚并未着地。老人的白发白须迎风微微飘起，飘到了阮海阔身旁。

渡船已经靠上了对岸，有三个行人走了上去。然后渡船开始往这边漂浮而来。

白雨潇站在阮海阔身后，看到了插在他背后的梅花剑。黝黑的剑柄和作为背景波动的江水同时进入白雨潇的视野，勾起无数往事，而正在接近的渡船，开始隐约呈现出阮进武二十年前在华山脚下的英姿。

渡船靠岸以后，阮海阔先一步跨入船内，船剧烈地摇晃起来，可当白雨潇跨上去后，船便如岸上的磐石一样平稳了。

船开始向江心渡去。

虽然江水急涌而来，拍得船舷水珠四溅，可坐在船内的阮海阔却感到自己仿佛是坐在岸上一样。故而刚才伫立岸边看渡船摇晃而去的情景，此刻回想起来觉得十分虚幻。阮海阔看着江岸慢慢退去，却没有发现白雨潇正以同样的目光注视着他。

白雨潇十分轻易地从阮海阔身上找到了二十年前的阮进武。但是阮海阔毕竟不是阮进武。阮海阔脸上丝毫没有阮进武的威武自信，他虚弱不堪又茫然若失地望着江水滚滚流去。

渡船来到江心时，白雨潇询问阮海阔：

“你背后的可是梅花剑?”

阮海阔回过头来望着白雨潇，他答：

“是梅花剑。”

白雨潇又问：“是你父亲留下的？”

阮海阔想起了母亲将梅花剑递过来时的情景，这情景在此刻江面的水汽里若隐若现。他点了点头。

白雨潇望了望急流而去的江水，再问：

“你在找什么人吧？”

阮海阔告诉他：

“找青云道长。”

阮海阔的回答显然偏离了母亲死前所说的话，他没有说到白雨潇，事实上他在半年前离开黑针大侠以后，因为胭脂女和黑针大侠委托之言里没有白雨潇，白雨潇的名字便开始在他的漫游里渐渐消散。

白雨潇不再说话，他的目光从阮海阔身上移开，望着正在来到的江岸。待船靠岸后，他与阮海阔一起上了岸，又一起走上了一条大道。然后白雨潇径自走去了。而阮海阔则走向了大道的另一端。

曾经携手共游江湖的青云道长和白雨潇，在五年前已经反目为敌，这在武林里早已是众所周知。

五

与白雨潇在那条江边偶然相遇之事，在阮海阔此后半年的空空荡荡的漫游途中，总是时隐时现。然而阮海阔无法想到这位举止非凡的老人便是白雨潇。只是难以忘记他身穿白袍潇潇而去的情景。那时候阮海阔已经与他背道而去，一次偶然的回首，他看到老人白色的身影走向青蓝色的天空，那时田野一望无际，巨大而又空虚的天空使老人走去的身影显得十分渺小。

多月之后，因为过度的劳累与总是折磨着他的饥饿，使他病倒在长江北岸的一座群山环抱的集镇里。那时他已经来到一条蜿蜒伸展的河流旁，一座木桥卧在河流之上。他尽管虚弱不堪，可还是踏上了木桥，但是在木桥中央他突然跪倒了，很久之后都无法爬起来，只能看着河水长长流去。直到黄昏来临，他才站立起来，黄昏使他重新走入集镇。

他在客店的竹床上躺下以后，屋外就雨声四起。他躺了三天，雨也持续了三天。他听着河水流动的声音越来越响亮。

他感到水声流得十分遥远，仿佛水声是他的脚步一样正在远去。于是他时时感到自己并未卧床不起，而是继续着由来已久的漫游。

雨在第四日清晨蓦然终止，缠绕着他的疾病也在这日清晨消散。阮海阔便继续上路。但是连续三日的大雨已经冲走了那座木桥，阮海阔无法按照病倒前的设想走到河流的对岸。

他在木桥消失的地方站立良久，看着路在那滔滔的河流对岸如何伸入了群山。他无法走过去，于是便沿着河流走去。他觉得自己会遇上一座木桥的。

然而阮海阔行走了半日，虽然遇到几条延伸过来的路，可都在河边突然断去，然后又在河对岸伸展出来。他觉得自己永远难以踏上对岸的路。这个时候，一座残缺不全的庙宇开始出现。庙宇四周树木参天，阮海阔穿过杂草和乱石，走入了庙宇。

阮海阔置身于千疮百孔的庙宇之中，看到阳光从四周与顶端的裂口倾泻进来，形成无数杂乱无章的光柱。他那么站了一会以后，听到一个如钟声一样的声音：

“阮进武是你什么人？”

声音在庙宇里发出了嗡嗡的回音。阮海阔环顾四周，他的目光被光柱破坏，无法看到光柱之外。

“是我父亲。”阮海阔回答。

声音变成了河水流动似的笑声，然后又问：

“你身后的可是梅花剑？”

“是梅花剑。”

声音说：“二十年前阮进武手持梅花剑来到华山脚下……”声音突然终止，良久才继续下去，“你离家已有多久了？”

阮海阔没有回答。

声音又问：“你为何离家？”

阮海阔说：“我在找青云道长。”

声音这次成为风吹树叶般的笑声，随后告诉阮海阔：

“我就是青云道长。”

胭脂女和黑针大侠委托之言此刻在阮海阔内心清晰响起。于是他说：

“胭脂女打听一个名叫刘天的人，不知这个人现在何处？”

青云道长沉吟片刻，然后才说：

“刘天七年前已去云南，不过现在他已走出云南，正往华山而去，参加十年一次的华山剑会。”

阮海阔在心里重复一遍后，又问：

“李东现在何处？黑针大侠向你打听。”

“李东七年前去了广西，他此刻也正往华山而去。”

母亲死前的声音此刻才在阮海阔内心浮现出来。当他准备询问十五年前的杀父仇人是谁时，青云道长却说：

“我只回答两个问题。”

然后阮海阔听到一道风声从庙宇里飘出，风声穿过无数树叶后销声匿迹了。他知道青云道长已经离去，但他还是站立了很久，然后才走出庙宇。

阮海阔继续沿着河流行走，白雨潇的名字在消失了很长一段时间后，重又来到。阮海阔在河旁行走半日后，一条大道在前方出现，于是他放弃了越过河流的设想，走上了大道。

开始了对白雨潇的寻找。

六

阮海阔对白雨潇的寻找，是他漫无目标漂泊之旅的无限延长。此刻青云道长在他内心如一道烟一样消失了。而胭脂女和黑针大侠委托之事虽已完成，可在他后来的漫游途中，却如云中之月一样若有若无。尽管胭脂女和黑针大侠的模糊形象，会偶尔地出现在道路的前方。

但他们的居住之处，阮海阔早已遗忘。因此他们像白雨潇一样显得虚无缥缈。

然而阮海阔毫无目的地漂泊，却在暗中开始接近黑针大侠了。他身不由己的行走进行到这一日傍晚时，来到了黑针大侠居住的村口。

这一日傍晚的情景与他初次来到的清晨似乎毫无二致，黑针大侠那时正坐在那棵古老的榆树下，落日的光芒和作为背景的晚霞使阮海阔感到无比温暖。这时候他已经知道来到了何处。他如上次一样走上了井台，提起井旁的木桶扔入井内，提上来以后喝下一口冰凉的井水，井水使他感受到了正在来临的黑夜。然后他回头注视着黑针大侠，他后到黑针大侠也正望着自己，于是他说：

“我找到青云道长了。”

他看到黑针大侠脸上出现了迷惑的神色，显然黑针大侠已将阮海阔彻底遗忘，就像阮海阔遗忘他的居住之处一样。阮海阔继续说：

“李东已经离开广西，正往华山而去。”

黑针大侠始才省悟过来，他突然仰脸大笑。笑声使榆树的树叶纷纷飘落。笑毕，黑针大侠站起走入了近旁的一间茅屋。不久他背着包袱走了出来，步到阮海阔身旁时略略停顿了一下，说：

“你就在此住下吧。”

说罢，他疾步而去。

阮海阔看着他的身影在那条小路的护送下，进入了沉沉而来的夜色，然后他才回身走入黑针大侠的茅屋。

七

阮海阔在离开黑针大侠茅屋约十来天后，一种奇怪的感觉使他隐约感到自己正离胭脂女越来越近。事实上他已不由自主地走上了那条指示着荒凉的大道。他在无知的行走中与黑针大侠重新相遇以后，依然是无知的行走使他接近了胭脂女。

那是中午的时刻，很久以前在黑夜里行走过的这条大道，现在以灿烂的姿态迎接了他。

然而阳光的明媚无法掩饰道路伸展时的荒凉。阮海阔依稀回想起很久以前这条大道的黑暗情景。

不久之后他嗅到了阵阵异香，那时他已看到了远处的茅屋。他明白自己已经来到了何处。当他来到茅屋近前时，那一日清晨曾经向他招展过的奇花异草，在此刻中午阳光的照耀下，使他感到一种难以承受的热烈。

胭脂女伫立在花草之中，她的容颜比那个夜晚所见更为艳丽。奇花异草的簇拥，使她全身五彩缤纷。她看着阮海阔走来，如同看着一条河流来。

阮海阔没有走到她身旁，她异样的微笑使他在不远处无法举步向前。他告诉她：

“刘天现在正走在去华山的路上，他已经离开云南。”

胭脂女听后嫣然一笑，然后扭身走出花草，走入茅屋。她拖在地上的影子如一股水一样流入了茅屋。

阮海阔站了一会，胭脂女进去以后并没有立刻出来。于是他转身离去了。

八

阮海阔对白雨潇的寻找，在后来又继续了三年。在三年空虚的漂泊之后，这一日由于过度的劳累，他在一条大道中央的凉亭里席地而睡。

在阮海阔沉睡之时，一个白须白袍的老人飘然而至。他朝阮海阔看了很久，从此刻放在地上的梅花剑，他辨认出了这位沉睡的男子便是多年前曾经相遇过的阮进武之子。于是他蹲下身去拿起了梅花剑。

梅花剑的离去，使阮海阔蓦然醒来。他第二次与白雨潇相遇就这样实现了。

白雨潇微微一笑，问："还没有找到青云道长？"

这话唤起了阮海阔十分遥远的记忆，事实上在这三年对白雨潇空荡荡的寻找里，已经完全抹去了青云道长。

阮海阔说：

"我在找白雨潇。"

"你已经找到白雨潇了，我就是。"

阮海阔低头沉吟了片刻，他依稀感到那种毫无目标的美妙漂泊行将结束。接下去他要寻找的将是十五年前的杀父仇人。也就是说他将去寻找自己如何去死。

但是他还是说：

"我想知道杀死我父亲的人。"

白雨潇听后再次微微一笑，告诉他：

"你的杀父仇敌是两个人。一个叫刘天，一个叫李东。他们三年前在去华山的路上，分别死在胭脂女和黑针大侠之手。"

阮海阔感到内心一片混乱。他看着白雨潇将梅花剑举到眼前，将剑从鞘内抽出。在亭外辉煌阳光的衬托下，他看到剑身上有九十九朵斑斑锈迹。

白雨潇离去以后，阮海阔依旧坐在凉亭之内，面壁思索起很久以前离家出门时的情景。

他闭上双目以后，看到自己在轮廓模糊的群山江河、村庄集镇之间漫游。那个遥远的傍晚他如何莫名其妙地走上了那条通往胭脂女的荒凉大道，以及后来在那个黎明之前他神秘地醒来，再度违背自己的意愿而走近了黑针大侠。他与白雨潇初次相遇在那条滚滚而去的江边，却又神秘地错开。在那个群山环抱的集镇里，那场病和那场雨同时进行了三天，然后木桥被冲走了，他无法走向对岸，却走向了青云道长。后来他那漫无目标的漫游，竟迅速地将他带到了黑针大侠的村口和胭脂女的花草旁。三年之后，他在这里与白雨潇再次相遇。现在白雨潇已经离去了。

（选自上海文艺出版社·余华《鲜血梅花》）

读后思考：

乍看之下，这部小说似乎是武侠小说，但确实如此吗？

你认为这是一部“复仇小说”或“成长小说”吗？为什么？

阮海阔的杀父仇人究竟是谁？你是否相信最后白雨潇的解释？为什么？

这部小说有没有打动你的细节呢？是什么？请说说你的看法。

刘震云，1958年生于河南，毕业于北京大学中文系，其创作坚持平民立场，用简洁直接的白描手法关注历史、权力和民生问题，被认为是“新写实主义”作家群的旗手，而其如树枝般蔓延的小说结构堪称最大特色，其代表作品有《一句顶一万句》、《我叫刘跃进》等。

口 信

刘震云

一

一九二七年，严老有让贩驴的老崔往口外捎了一个口信。

口外离山西严家庄两千多里。口外本来指内蒙，但在一九二七年的山西，却指河北张家口。严老有的大儿子严白孩在口外劁牲口。

严老有在严家庄给东家老万家当佃户。虽然是佃户，但嘴爱说话，见人爱搭腔，显得朋友多。一九二三年，严白孩十四岁时，严老有让他跟宋家庄的木匠老宋学徒。严老有跟老宋是熟人。虽然是熟人，但拜师时，送了老宋半腔羊。一年下来，严白孩能打小板凳了。但这年夏天，严白孩却撇下老宋，跟阉猪劁牲口的老周跑了。严老有虽然跟老周也熟，但严老有认为，木匠是个正经营生，阉猪劁牲口见人说不出口。严老有想将严白孩捉回来，送给老宋。老宋却说：

“算了，他坐不住。”

严老有将严白孩捉了回来，绑在家里的条凳上，一绑五天。第六天，将老宋叫来，指着条凳上的严白孩说：

“坐得住呀。”

没想到严白孩在条凳上说：

“爹，我跟师傅不对脾气，没话。”

严老有兜头扇了他一巴掌：

“那你跟一个劁猪的就有话了？”

严白孩：

“我跟他也没话，但我爱听猪叫。”

接着扯着脖子在那里学猪被阉时的声音：

“吱——吱——”

严老有叹了一口气，搓着手对老宋说：

“这畜生忒不着调！”

老宋在门框上“啪啪”敲了两下烟袋锅，站起身要走。严老有又将二儿子严黑孩拉到老宋面前，严黑孩比严白孩小一岁。严老有指着严黑孩对老宋说：

“要不你把他领走吧，这孩憨。”

严白孩跑的时候老宋没急，刚才严白孩学猪叫时他也没急，现在急了：

“憨就能当木匠了？你以为木匠都憨？”

瞪了严老有一眼，蹶蹶地走了。

阉猪劁牲口的老周胆大。周围村庄的猪阉完，牲口劁完，他突发奇想，要去口外；山西的毛驴都是从口外贩来的，想着那里牲口多，劁牲口有营生。严白孩跟老周去口外的头天晚上，他以为他娘会哭，他爹会将他绑在条凳上。没想到他娘没哭，他爹也没绑他。他娘在麻油灯下计算到口外的路程。突然一声惊叫：

“两千多里，一天走七十，得一个多月。”

不为严白孩，为这路程，哭了。严老有在门框上“啪啪”地磕着烟袋锅：

“口外，脸生面不熟啊。”

严白孩：

“头两天不熟，挨脚就熟了。”

严老有：

“那就死在外边吧。从今往后，咱俩不算爷俩，再见着，顶多算一个熟人。”

严白孩随老周去了口外。一去三年，没有音信。想着严白孩已经十八岁了。严白孩走后的第二年，严老有将严黑孩送给魏家庄做豆腐的老魏当徒弟。严黑孩虽然人憨，但心里明白着呢。学做豆腐三年出师，但严黑孩一年半就自己回家开了豆腐坊。一个十六七岁的孩子，挑着豆腐挑子，顺着山梁沿村喊：

“打豆腐——”

“严家庄的豆腐——”

一九二六年和一九二七年，晋东南风调雨顺。严老有给东家老万家种地，严黑孩挑担卖豆腐，两年下来，家里竟积了五十银子。父子俩合计，翻拆了三间西房。看着新房新院，严老有说：

“我靠！”

这年秋天，同是老万家佃户的老马得肺气肿噎死了。老马一辈子不爱说话，生前除了爱喝酒，冬闲还爱到镇上看人斗蛐蛐。看着看着自己也斗上了。最后弄得跟蛐蛐比跟人近。家里一顶破毡帽，也拿到镇上当赌注。死后连棺材钱都没留下。老婆孩子，准备裹条席把他埋了，严老有出了两块大洋，给老马买了一副薄板棺材。老马老婆没说什么，东家老万感动了。老万把严老有叫过去问：

“你跟老马也是朋友哇？”

严老有：

“不是呀，他活的时候毒，俺俩不对脾气。”

老万：

“不对脾气，你还给他买棺材？”

严老有：

“兔死狐悲，一块扛了十几年活，不是朋友，也是朋友了。”

老万拍着脑袋想，点了点头。将账房先生叫来，让拿出五块光洋，给老马办丧事。出殡那天，酒席摆了四桌。东家老万亲自来吊了唁。老马生前虽无人缘，死后却极尽哀荣。出殡那天晚上，老马老婆来找严老有。老马老婆是个麻子。老马老婆：

“老严，棺材一入土，我才知道，我成了寡妇。”

严老有见她提棺材，忙说：

“千万别提钱的事，东家那里也别提，都是朋友。”

老马老婆：

“是老马朋友，再答应他老婆一件事。”

严老有：

“你说。”

老马老婆：

“大姑娘十六了，到你家做媳妇。”

严老有一愣。

老马老婆：

“我脸上麻，姑娘脸上不麻。”

老马老婆走后，严老有老婆笑了：

“两块大洋，买个媳妇儿，值。”

严老有兜头啐了老婆一脸唾沫：

“她这是送媳妇儿吗？她把全家都送来了！”

又摇头：

“老马一辈子没心眼，我也小瞧他老婆了。”

又看刚翻拆的西厢房：

“全是老马老婆的意思，现在是十月，离腊月剩两个月，年关前把喜事办了。”喜事办可以，但喜事办给谁，严老有却有些犹豫。从年龄讲，应该办给严白孩，可他现在在口外；从对家里的贡献讲，应该办给严黑孩，西厢房有一半是豆腐钱。严黑孩这些天也有些骚动。这天五更鸡叫，严老有起身去茅房，发现院里月光下有一个人影，忽高忽低，把严老有吓了一跳。走近看，原来是严黑孩，正一个人在那里练拜天地。磨房里，小毛驴正一声不吭地拉着石磨，在磨豆子。他不拜天地严老有觉得应该先给他娶媳妇，他私下一练严老有火了。严老有上去踢了他一脚：

“王八蛋，大麦先熟，还是小麦先熟？”

遂决定先给严白孩娶亲。可严白孩在口外，两千多里，怎么告诉他呢？正巧第二天村里路过一个驴贩子。驴贩子是河南人，姓崔，带一个伙计，要到口外贩牲口，路过严家庄，天晚了，在村里打尖歇宿，住在东家老万的牲口棚里。晚上，严老有到东家牲口棚去看老崔。揣了一方豆腐，拿了两根葱，提了半瓦罐红薯干烧酒。驴贩子老崔的伙计在牲口棚支了几块砖，上边放了一口锅，下边烧着火，正从口袋里倒出两捧米煮饭。地上铺着稻草，稻草上铺着铺盖，老崔正躺在草铺上，手扣着后脑勺看槽上的牲口吃草。他的头一转，严老有发现他长着一对招风耳。给东家喂牲口的叫老吴，老吴是个哑巴，平日讨厌严老有的嘴老在说，看严老有进来，瞪了严老有一眼，扔下拌料棍走了出去。严老有也没介意。倒是驴贩子老崔看到严老有进来，手里提着吃物，吃了一惊，从草铺上坐起身，端详严老有半天，说：

“不熟。”

严老有：

“我这人好朋友。”

老崔晃着招风耳笑了，指着做饭的伙计：

“这是小刘。”

小刘是个矮矬子，脑袋圆乎乎的，对严老有一笑。看上去倒是个憨厚孩子。严老有让小刘将豆腐加小葱拌了拌，拿过两只小碗，就在草铺上与老崔喝酒。酒过三巡，严老有开始说话：

“听说大哥要到口外贩驴？”

老崔点点头。

严老有：

“既然是去口外，小弟有一事相求。”

老崔止住他：

“先别说这些，请问大哥属什么？”

严老有：

“属龙。”

老崔：

“你属龙，我才属鸡，你是大哥。”

严老有笑了：

“既然是老弟，就算当哥的求你一件事。”

老崔：

“好说。是不是想捎回来两头毛驴？”

严老有摇摇头：

“不捎毛驴，就是想捎一口信。”

老崔：

“啥口信？”

严老有：

“我那不成气的大孩，在口外劁牲口，老弟到口外遇到他，让他赶紧回来。十八了，该成家了。”

老崔笑了：

“原来就是这事，好说。”

这时做饭的小刘插言：

“口外可大了，哪里正好遇到他？”

严老有对老崔作揖：

“那就麻烦老弟寻摸寻摸，事很急呀！”

伙计小刘又要说什么，老崔用手止住小刘，对严老有说：

“一下找不着令郎，我可以先找山西口音；找着一个山西人，就找着了所有的山西人。好说。”

严老有敬了老崔一碗酒：

“一看兄弟就是常在外边混的人，比当哥的有见识。他叫严白孩，左眼角有一大痦子。”

老崔：

“什么时候让他回来？”

严老有：

“年关之前，一定要赶回家，女方等着。”

老崔将一碗酒一口喝下去：

“放心，绝误不了事。”

严老有也将一碗酒一口喝干：

“再路过严家庄，这里就有你一个家。”

这天晚上，严老有和老崔都喝大了。这房给闹的。

二

老崔家住河南济源府。老崔他爷是种地的，老崔他爹是个卖盐的，到了老崔，开始贩毛驴。老崔贩毛驴不是独本生意，他有两个好朋友，一个老蒋，一个老邢，三人合股，由老崔来跑腾。由河南到口外，走走停停，去时两个多月，来时赶着牲口慢，得三个多月；一年十二个月，也就能跑两趟。伙计小刘是老蒋一个表侄，跟老崔学贩驴已经两年了。老崔原来是个爱说爱笑的人，但常年在外贩驴，就顾不了家。有一年年关回来，老婆早跟一个货郎跑了。虽然老蒋老邢又共同给他张罗了一个老婆，新娶的比跑的还年轻，但从此有人的时候老崔也说笑，没人的时候爱一个人闷着头想心事。老邢对老崔说：

"要不你歇两年，我来跑吧。"

老崔：

"还是我跑吧，惯了。路上还好些，老待在家里，更闷。"

老崔今年四十一岁。人一过四十，性子就变坦了。伙计小刘才十七岁，性子急。两人赶路的时候，老崔爱半下午就歇宿，小刘爱催着再赶一程：

"太阳还老高呢。"

有时赶着赶着天黑了，前不着村，后不着店，又冷又饿，没个去处，老崔就骂小刘：

"你爹死了，急着奔丧！"

小刘便笑：

"叔，夜里出路！"

第二天一早，老崔和小刘告别严家庄。老崔肩上搭着褡裢，小刘肩上扛着铺盖和小米，严老有又送他们到十里之外。过了一道山梁，前边就是长治境，老崔对严老有说：

“大哥，回去吧。”

严老有学着文词儿：

“前边山高路远，兄弟多保重。”

将一坨豆腐交给小刘，又嘱咐老崔：

“你侄子那事，千万别忘了。”

老崔：

“放心，年关之前，一定让他回来。”

那时中国农村还不兴握手，两人在山梁上，对着拜了两拜。看着老崔和小刘向山下走去，越走越远，一直到变成两个小黑点，严老有才返回严家庄。

老崔和小刘继续往口外赶路。走走停停，一天能赶八九十里。十天之后，到了阳泉府。这时老崔开始拉肚子。说不上是小刘做饭手脚不干净，还是路上受了风寒，还是水土不服。住店之后，老崔骂小刘：

“日你娘，饭都做不干净，还学做生意？”

小刘伸着脖子在那里分辩：

“米在河里淘了五遍！”

又说：

“咱俩吃的是一样的饭，我怎么不拉稀？”

老崔火了：

“就算这次干净，上次在洪洞，粥里吃出一个老鼠，你怎么说？”

小刘噘着嘴不再说话。老崔以为肚子拉上一两泡也就过去了，没想到当夜起来八次。每次绞着腿赶到茅房，刚一蹲下，下边像水一样“哗啦”就下来了。第二天早起便四肢无力，头冒金星。只好停在了阳泉府，住在店里将息。小刘上街给他抓了一服中药，借店里的药吊子给老崔煎。药吃下去，拉稀倒是止住了，又开始心口疼。又抓药治心口疼。心口疼好了，又开始打摆子，身上一阵热一阵冷。热的时候像进了蒸笼，冷的时候像掉到了冰窖里。又抓药治打摆子。好多年不得病，这次都结伴来齐了。左病右病，在阳泉府盘桓了半个月。光药钱和店钱，花去五块大洋。单是得病没有什么，病总有好的那一天，老崔还可以和伙计小刘继续上路，但这天夜里，出了大事，几个强盗从墙头翻进来，拿着杀猪刀，将店里的客人洗劫了。强盗都用黑布蒙着脸，高高低低，看不清面目。偶尔说话，似乎是榆次口音。老崔褡裢里有二百块光洋，是去口外贩驴的本钱，白天搭在肩上，夜里睡觉枕在头下，须臾也不离身，也被强盗搜了出来。老崔顾不上打摆子，一边喊小刘，一边起身与强盗厮拽，被一个强盗一棒子打在头上，晕倒炕上。等他醒来，发现强盗不但抢走了贩驴的本钱，而且将伙计小刘也绑走了。客店的主人，站在地上筛糠。虽然第二天也到府衙报了官，但强盗来去无踪，只听出一个口音，一时三刻案子哪里破得了？两百块大洋，三十四毛驴呀，老崔浑身一阵阵出汗，倒是打摆子一下全好了。做生意钱被盗了，本钱又不是他一个人的，回河南老家如何向老蒋老邢交代？钱丢了还是小事，连伙计小刘都被人绑走了，小刘家里向他要人，老崔到哪里找去？从府衙回到店里，店主又掰着指头向他分析，这个小刘，表面憨厚，眼睛却爱骨碌碌乱转，看出很有心眼，这些天他趁着师傅病了，四处乱跑，说不定是他和强盗串通，将师傅的本钱抢了去，也未可知。老崔觉得他分析得也有道理。同时也怀疑这个店主不是好人，是他和强盗串通也料不定。店不能久住，就是这个道理。但这只是猜测，没有抓住谁的把柄，说也是白说，想也是白想。昨天还有二百大洋在身，转眼间身无分文。出门在外，举目无亲，老崔神情恍惚，在阳泉府大街上乱转。转着转着出了城，来到山脚下汾河边。汾河水“哗哗”地流着。老崔想着有家难回，有国难投，第一个老婆，本来挺说得着，也跟货郎跑了，便解开裤腰带，搭在一棵歪脖子槐树上。着树上的腰带想了想，踢开脚下的石块，身子便吊在了树上。

等老崔醒来，首先闻到了一股酒味。睁开眼睛，头开始发胀。打量四周，原来是个做酒的烧锅店，一些伙计光着屁股在捣酒糟，自己就躺在这热腾腾的酒糟上。一个胖乎乎的圆脸老头，在笑眯眯地看他。见他醒来，脸贴上来问：

“是哪里的客呀？”

老崔觉得嘴里干，像起火，嗓子也哑得说不出话来。圆脸老头让伙计端来一碗水，让老崔喝。老崔“咕咚”“咕咚”喝完水，喘了一口气，终于说出话来：

“河南。”

圆脸老头：

“客有什么想不开的事呀？”

旁边一伙计插话：

“亏俺掌柜的马车从河边过。如果再晚到一袋烟工夫，你正跟阎王爷聊话呢。”

老崔便将自己怎么贩驴，怎么到了阳泉，怎么得病，怎么在店里遇上强盗，怎么丢了本钱，丢了伙计小刘，一五一十向圆脸老头说了。说着说着，伤心地哭了。圆脸老头安慰他：

“天无绝人之路，钱是人挣的。”

老崔：

“可我现在身无分文，没法再贩驴了。”

又说：

“伙计也丢了，老家也没脸回了。”

圆脸老头定睛看老崔，看后说：

“看你的长相，像个老实人，那就先留在我这儿吧。以后的事，咱再慢慢想法子。”

老崔看看四周：

“可我就会贩驴，不会做酒。”

圆脸老头：

“世上只有不学的人，没有学不会的事。”

老崔摇头：

“可我人财两空，心里七上八下，没心学呀。”

圆脸老头点点头，想了一下问：

“那你除了贩驴，还干过什么呀？”

老崔想了想，说：

“贩驴之前，在镇上饭馆里帮过后厨。”

圆脸老头：

“那也好，就留到我这烧锅给伙计们做饭吧。”

从此老崔留到阳泉府一家烧锅上做饭。这家烧锅的掌柜姓祝。头两个月老崔仍神情恍惚，菜不是做咸了，就是做淡了；馒头不是碱大了，就是面没开发酸了。伙计们都埋怨祝掌柜。祝掌柜倒没说什么。两个月过去，丢钱丢人的事渐渐淡了，老崔又成了老崔，饭菜终于做出些味道来了。这时老崔发现自己已经不是过去的老崔，好像变了一个人。既不想家，也不想老婆，觉得过去一趟趟到口外贩驴，已经是很遥远的事了；想起过去贩驴，就好像听书说别人的事情。贩驴风餐露宿，现在烧锅做饭风吹不着，雨打不着，老崔觉得自己已经在这里做了好多年饭。到了年底，伙计们都说，做饭的河南老崔，有些胖了。老崔不好意思地笑了。

转眼到了第二年春天。二月二，龙抬头，阳泉府来了一台戏班子，唱的是蒲剧。烧锅的掌柜老祝爱听蒲剧，便留戏班子夜里睡在烧锅的酒糟房。晚上无事，老崔也随掌柜和伙计们去跑马场听戏。但老崔是河南人，对哼哼呀呀的山西蒲剧一句也听不懂。看着祝掌柜坐在太师椅里张着大嘴和胖脸笑，老崔看戏不笑，看着自己的掌柜笑了。看完戏回来，祝掌柜天天让老崔给戏班子烧一大锅面片汤，嘱咐多加醋和姜丝。戏班子吃饭的时候，老崔用围裙擦着手，看他们脸上还没洗去的油彩。戏班子有一个打鼓的老头叫老胡，疤瘌头，山东菏泽人，几天下来，和老崔混熟了，两人很说得来。老胡过去贩过茶叶，十年前折了本，流落到山西，年轻时在村里玩过社火，便来戏班子打鼓，与老崔的身世也有些接近。酒糟房四处透风，夜里睡觉有些冷，老崔便邀打鼓的老胡，和自己一块睡到做饭的后厨。这里有做饭烧火的余烬，吸气没那么凉。两人躺在铺上聊天，能聊到五更鸡叫。聊也没什么出奇处，就是聊些过去家里的人，做生意路途上遇到的事。到了五更鸡叫，老胡说：

"兄弟，睡吧？"

老崔：

"哥，睡吧。"

两人便睡了。

戏班子在阳泉府唱了小半个月。半个月之后，戏班子要走了，去忻州接着唱。老崔一直把戏班子送到阳泉城外的河边。老胡背着鼓对老崔说：

"兄弟，回去吧。"

又用戏里的文词说：

"送君千里，终须一别。"

不知怎么，老崔鼻子一酸，竟哭了：

"哥，真想跟你去打鼓。"

老胡：

"打鼓哪如做饭呀，这饥一顿饱一顿的。"

老崔：

“哥，忻州唱完，还去哪里？”

老胡：

“看班主的意思，这一猛子扎下去，怕是要去口外呀。”

一听口外，老崔突然想起一件事，就是去年贩驴时，路过严家庄，严家庄的严老有托他往口外捎一个口信。在严家庄的时候，严老有夜里提酒让他喝，两人谈得也很投机。老崔便把这口信的事向老胡说了一遍，让老胡到口外之后，想办法找到严白孩，让他赶快回严家庄。老崔：

“朋友之托，这都第二年了，不知是不是误了人家的事。我是走不下去了，你去口外，千万别忘了。”

老胡：

“放心，兄弟的事，就是我的事。”

老崔：

“记着，他叫严白孩，劁牲口的，晋南口音，左眼角有一大痦子。”

三

老胡今年四十八岁。属虎。小时候头上长过秃疮，落下疤瘌头。老胡一辈子事情做得很杂，当过挑夫，赶过牲口，吹过糖人，卖过茶叶，跑的地方很多，最后落个打鼓。打鼓有十年了，人也快五十了，老胡不想再改行了。戏班的班主叫老包，比老胡大六岁，长着一张瓦刀脸，整天阴沉着，不爱说话，但一说话就像吃了枪药。戏班子里的大大小小，全被他说了个遍。但老包很少说老胡，因老胡是个老人了。老人的意思，一是在戏班子待得时间长，资格老；二是小五十的人，在一九二八年的中国，已经算是老头了。老胡打着鼓，整天听戏，但他并不喜欢戏文；因是山东人，像阳泉做饭的朋友老崔一样，也不喜欢蒲剧哼哼呀呀的唱腔。他与老崔不同的是，老崔对蒲剧整个不喜欢，老胡打着鼓，不喜唱腔，却喜欢蒲剧的道白。道白也不是全喜欢，只喜欢一句，是一脸胡须的老生说的。别人遇到急事，发了脾气，老生颤巍巍地摇着头也摇着手走过来说：

“慢来呀——慢来慢来——”

戏班子离开阳泉府，到了榆次府；离开榆次府，到了太原府。太原府地界大，停了二十五天。离开太原府，到了五台县。在五台县，戏班子碰到另一个唱蒲剧的名旦信春燕。班主老包过去和信春燕见过。信春燕与原来的班主发生了矛盾，便想与老包的戏班子搭班唱戏。过去老包的戏班子没有名角，就是一个草台班子，现在见信春燕要来，老包的脸上，历史上第一次露出了笑容。信春燕来了之后，戏班子就不是过去的戏班子了，戏班子所有的人，身份好像都长了一截。昨天戏院的座只能上四成，第二天就开始场场爆满。过去不会唱的戏，现在也会唱了。但打鼓的老胡，并没有听出信春燕唱得有什么出奇之处，只是觉得她的嗓子比别的女人更尖细。但打板的老李说，就是这尖细，对于蒲剧主贵，就像一根钢丝，别人挑不上去的唱腔，她给挑了上去；别人能挑上去擦根火柴的工夫，她能挑上去一袋烟工夫。由于有了信春燕，戏班子便往前走不动了，光在五台县，就唱了一个月。好像在这里常年唱下去，也不会断生意。唱了《红楼》唱《西厢》，唱了《胭脂泪》又唱《贵妃泪》，唱了《梁山伯与祝英台》，也唱了《白蛇传》……让老胡不满的是，过去戏班子也唱武生和老生戏，唱老生戏才有“慢来呀——慢来慢来——”，信春燕一来，全成了坤戏。但老胡不满顶什么用呢？架不住听戏的喜欢。

春去夏来，戏班子终于离开了五台县，老胡也在五台县待烦了，来到了繁峙县。在繁峙县唱《思凡》时，出了一件事。台上嫦娥思过凡，从天上到了人间，中间有一个过场，王母娘娘派兵来抓嫦娥。王母娘娘势力大，兵且得过一阵呢，同时也让嫦娥歇歇。这时老胡感到尿憋了，托身边的老李一边打板，一边随着过场的板胡替他打鼓，自己起身到台后撒尿。繁峙县穷，没有戏院，戏台搭在城外的野地里，四周围着幕布卖票。老胡掀开幕布来到野外，头顶的月亮好大。身上都是汗，风一吹，夏天里，老胡竟打了一个寒颤。抖抖肩膀，信步往前走，来到一丛野棵子前，掏出自己的家伙撒尿。撒完尿，正要往回走，突然听到另一丛野棵子后边有响动。老胡冷眼觑去，月光下，露出一团红红绿绿的衣服。再定睛看，似是信春燕扮的嫦娥。十年之前，老胡还在卖茶叶，有过老婆；老婆死后，十年没接触过女人。现在也是一念之差，身体里像有一股热辣在涌动，人竟不由自主凑了上去。凑上去之后，隔着野棵子什么也没看见，只是听到撒尿的"哗哗"声。倒是信春燕突然提裤子起身，与老胡打了个照面，把老胡吓了一跳。如果事情到此为止，大家都是唱戏的，也就心照不宣，各人走各人的路。信春燕进戏班子两个月了，和老胡并没有说过一句话。巧就巧在敲锣的老杜也趁着过场出来撒尿，看到信春燕与老胡对面站着，以为发生了什么，惊叫一声。信春燕这时脸上就挂不住，兜头扇了老胡一巴掌，哭着跑回到唱戏的灯光处。

当晚的《思凡》还是唱完了。但唱完戏之后，戏班子里所有的人，不管是唱花旦的还是唱老旦的，唱小生的还是唱老生的，打板的还是吹笙的，都知道老胡偷看了信春燕撒尿。半夜吃过面片汤，大家都到后台睡觉去了，班主老包将老胡叫到了前台。老包倒没有说什么，只是阴沉着脸看老胡。老胡的脸一赤二白的，噘着嘴向老包解释：

"什么都没看见。"

老包不说话。老胡：

"要不我走得了。"

老包噘着牙花子：

"为了一泡尿，多不值当！"

后半夜，大家睡熟了，老胡悄悄收拾一下自己的铺盖，趁着月亮落下去离开了戏班子。走了一里路，转头往回看，看到戏台子上还挂着一盏孤零零的马灯，老胡不禁哭了。

老胡离开戏班子之后，又从繁峙县回到了五台县，开始重操旧业，在山上当挑夫。从山下到山上，挑煤，挑柴，也挑菜和米面。主家让挑什么就挑什么。但小五十的人了，已经不比当年。身边的年轻人一趟挑两个时辰，老胡得四个时辰。年轻人挑到山上还嬉笑打闹，老胡累得一个人坐在山石上喘气。但一个月下来，也就习惯了。就是不爱说话。跟谁都说不来。也不知该说什么。

这天将一担米挑到山上，碰到一个蹲在路边看脚病起鸡眼的野郎中。一块岩石上，挂着一块白布，上边画了一只大脚；地上也摊了一块白布，上边扔着许多起下的人的肉丁，都已经干瘪变黑了，乱豆似的。不碰到起鸡眼的老胡没觉得什么，一遇到起鸡眼的突然感到自己的脚疼。脱下鞋一看，两脚密密麻麻，全是鸡眼。全是两个月挑东西挑的。老胡将扁担竖到山岩旁，坐到郎中对面，将两只大脚伸了过去。野郎中起一个鸡眼，老胡咧一下嘴。最后竟起下三十二个鸡眼。一个鸡眼十文钱，三十二个鸡眼三百二十钱。交钱时老胡才发现，原来起鸡眼的是个六指。起鸡眼时他低着头，收钱时仰起脸，脸倒清秀。听他一说话，老胡乐了，原来也是个山东人。老胡两个月没有说话了，这时笑着问：

“兄弟是山东哪儿人呀？”

那个起鸡眼的也听出了老胡的口音，也笑了：

“泰安府。”

老胡：

“我是菏泽府。兄弟怎么到这儿来了？”

起鸡眼的说：

“山西人爱乱跑，脚上鸡眼多。”

老胡“扑哧”笑了。又问：

“兄弟接着要到哪儿去呀？”

起鸡眼的：

“想去口外，那里的人赶牲灵，想着鸡眼更多。”

这时老胡突然想起一件事，年初随戏班子到阳泉，烧锅上做饭的河南老崔，托他往口外捎一个口信。在阳泉的时候，两人睡到烧锅后厨，夜里有说不完的话。自己走走停停，现在又出了变故，流落到五台县。便将这口信的事对起鸡眼的说了，让他到了口外，将口信捎给朋友的朋友的儿子严白孩。说完又不放心，又说：

“如果是别人，我就不麻烦了，咱们是老乡。”

这时他看出起鸡眼的在想，似乎有些不乐意，便掏出一块大洋，还是在戏班子时分的红，一直带在身上，摆到了地上的白布上：

“知道是头一回见面，不该麻烦你。”

又用戏里的文词说：

“但朋友之托，重于泰山。”

也是指起鸡眼的家是泰安的意思。起鸡眼的倒有些不好意思，看着地上的大洋，红着脸说：

“不就是一句话的事吗，还用老兄破费？”

但也不将钱还给老胡，看着钱又想。老胡便知道他是一个小心眼的人。但越是这样的人，老胡越是放心。又叮嘱道：

“他叫严白孩，劁牲口的，晋南口音，左眼角有一个大痦子。见到人，赶紧让他回家。”

这时起鸡眼的抬头：

“到底他家出了什么事，让他回去？”

老胡这时倒愣了。拍脑袋想想，几个月过去，阳泉做饭的老崔给他说的事由，竟想不起来。最后拍了一下巴掌：

“反正他家有事，让他回去。”

又说：

“别管什么事，回去要紧。”

这时突然想起什么，问：

“聊了半天，还不知道兄弟的大名，兄弟贵姓呀？”

起鸡眼的：

“好说，小弟姓罗，就叫我小罗好了。”

四

小罗今年三十二岁。鸡眼已起了二十一年。他爹就是个起鸡眼的。二十世纪上半叶，中国人出门主要靠走路，起鸡眼不怕没饭吃。何况泰安临着泰山，大家爬山，起鸡眼便在泰安成了一个行业。但泰安起鸡眼的太多了，小罗十一岁就跟他爹出门在外。五年前小罗他爹得了哮喘病，出不来门，小罗便开始一个人闯荡江湖。小罗已经有五个孩子。家里老老小小，吃饭全靠小罗一个人。小罗他爹年轻的时候，是个急脾气，心眼又小，屁大一点的事，到了他那里，就跟火烧着房子一样。后来的哮喘病就是自己给自己气出来的。小罗老被他爹的急脾气压着，遇事爱慌，一个事得想半天，生怕走错一步。加上右手上有一根六指，出门起鸡眼又靠手，起鸡眼不胆怯，见人胆怯。起鸡眼时忘了手，起过鸡眼爱将一双手掩到袖筒里。

小罗收下老胡一块大洋，心里记下给严白孩捎口信的事，但他并没有急着去口外，又在五台县起了半个月鸡眼。离开五台县，到了浑源县。离开浑源县，到了大同府。离开大同府，到了阳高县。逢县停一个月，逢府停两个月。等离开山西境，已是半年之后。与老胡在五台县见面时地里正在收秋，出了山西，天上已飘起了雪花。一出山西到了长城外，风显得特别硬。到了长城外，又在怀安县盘桓半个月。蹲在大街上起鸡眼，清水鼻涕一滴滴落到手上。年关之前，终于到了张家口。到了张家口头半个月，小罗起着鸡眼，把五台县老胡让他捎口信的事给忘了。还是年关盘账，从一堆银元里，突然看到一个“袁大头”的鼻子被磨平了，才想起这块大洋的来历，是在山西五台县起鸡眼时，一个叫老胡的山东老乡给的。当时收下这块大洋，夜里拿到店里看，一方面看到磨平鼻子的袁大头有些好笑，另一方面觉得捎一口信也收钱，心里有些不忍，还想第二天再见到老胡时还给他。但第二天再到脚夫挑担的山道上摆摊，再没有遇到老胡。从上次见到老胡到现在，已经大半年了，也不知那个仅见过一面的疤瘌头老乡怎么样了。同时想起老胡拜托他的事，是让给一个叫严白孩的劁牲口的操晋南口音的左眼角有一大痦子的人捎句话，他家里出了事，让他赶紧回家。不想起这一块大洋之托小罗没什么，突然想起来心里倒有些不安。第二天再上街起鸡眼，便留神操晋南口音、左眼角有个大痦子、腰里挂劁牲口家伙的人。接下来一个月，操晋南口音的人碰到过，左眼角有大痦子的人碰到过，腰里挂劁牲口家伙的人也碰到过，但哪一个都不是严白孩。单个特征处处有，三个特征凑到一处就难了。也有意四处打听，但不是缺东，就是缺西，没有一个完整类似老胡说的人。不用心去做这事还好，用心去做这事还没做成，白白收了老胡一块大洋，小罗就觉得对不起人。这天收摊回到店里，一个人坐在炕上想心思。店主是个驼背老头，正好进来送洗脚水，看他呆着个脸，便说：

“看来今天生意不顺。”

小罗袖着手摇摇头。

驼背老头：

“要不就是离家时间长了，有些想家。”

小罗又摇摇头。

驼背老头提着冒热气的水壶：

“那为嘛呢？”

小罗便将怎么在五台县起鸡眼，怎么遇到山东老乡老胡，怎么让他往口外捎口信，怎么收下人家一块大洋，怎么在口外找了一个月还没有找到人，收了钱，又没有给朋友办成事，于是心里忧愁。驼背老头听完倒笑了：

“茫茫人海，哪里就一下碰上了？”

小罗：

“话是这么说，但答应过人家呀！”

驼背老头：

“只要有这个心，一时三刻，不管找着找不着，都算对得起朋友了。”

小罗觉得驼背老头说得也有道理，点了点头，用老头送的热水烫了烫脚，倒在炕上便睡着了。接下来两个月，小罗仍然留心，但仍然没有找到严白孩。这时才知道给人捎个口信也不是件容易的事。上西天取经难，原来捎句平常话也难。同时心也渐渐放慢了。

转眼冬去春来，小罗给人起着鸡眼，看着口外街上来往不断的毛驴和骆驼度日。端午节那天，小罗突然有些想家。想着这一趟出来，也一年有余，家里老婆孩子不知怎么样了，得了哮喘病的爹也不知怎么样了。一年之中，十文钱十文钱凑起来，也赚了三十二块大洋，老带在身上也不便，便想明天离开口外，回一趟山东老家。又想着今天是端午节，在山东老家，端午节吃面不吃粽子；穷年不穷节，到了傍晚，小罗便不想回店里自己煮饭，欲在外边饭馆给自己过一个节。在街上边走边找，饭馆不是贵了，就是贱了，一直信步走到西关，看到一家面馆价钱还合适，便走了进去。不进饭馆小罗想吃面，进了饭馆才知道还不如回店里自己煮米。原来今天逢节，出门做生意的人都这么想，饭馆里拥满各地口音的人。各地口音的人都坐在桌前叫面。小罗想拔腿就走，但又想既然来了，回去又后悔，便在一张桌前坐下，报了一碗羊肉面，大碗，红汤，耐心等着。等面的时候又趴在桌上想心思。想着回家之后，跟爹商量商量，再次出门起鸡眼，把自己的大儿子带上。大儿子今年也十一岁了。出来学不学手艺还在其次，关键是出门在外，爷俩儿能做个伴。白天一块起鸡眼，夜里住在店里能说话。逢年过节，再一块吃顿饭。不像现在一个人，除了起鸡眼跟客人说话，跟自己人一年说不上一句话。想着想着，过了一炷香工夫，小罗的面上来了。小罗抬起头，发现桌子对面又坐上几个新来的客人。小罗也没在意，低头看自己的面。虽然等了一炷香工夫，但面做得还地道，红汤，绿菜，葱丝，姜丝，上边摆着五六片肥汪汪的羊肉。钱没有白花。小罗停下自己的心思，开始埋头专心吃面。吃着吃着，忽听对面一声猛喊：

“我靠，掌柜的，俺的面哩？”

小罗吓了一跳，仰起头，看对面坐着的三个客人中，一个青壮男人在那里发怒。发怒倒没什么，但他忘了同一张桌子上，小罗正在吃面，喊完，用手猛拍了一下桌子，一下将小罗的一碗面震得离桌子好高，又落到桌子上。面碗被震倒没什么，问题是那碗面的热汤，一下溅了小罗一脸。小罗觉得脸上一阵热辣。小罗平时性子蔫，现在不由忘了，不顾擦脸上的油汁，指着那拍桌的人：

“你叫面我不管，怎么溅了俺一脸？”

三个客人中，有一个是老年人，忙对小罗作揖：

“听口音是山东人吧？对不住二哥，他脾气暴，一急起来忘了。”

小罗听这话说得有理，又看老年人懂山东礼节，叫“二哥”不叫“大哥”，“大哥”指窝囊废武大郎，“二哥”指好汉武松，便不再理会，擦了擦自己的脸，准备接下来吃面。没想到拍桌子的青壮年不买账，推了那老年人一把：

“山东人怎么了？俺们前后脚到，上他的面，不上俺的面，俺就要拍！”

说着又要拍桌子，小罗慌忙往后躲闪，知道自己遇到了愣头青。想与他理会，看看自己身子单薄，只好忍气吞声，端起面准备到另外一桌再吃。临离开之前，又看了那青壮年一眼。青壮年愣着眼也看他：

“怎么的，还不服气？”

小罗摇摇头，端面离去。这时突然想起什么，又扭身看，原来那人操晋南口音，长脸，左眼角有一大痦子，腰里挂着一套叮哩当啷的劁牲口家伙。小罗不禁倒喘一口气，接着将一碗面“通”地顿在桌子上。碗里的面汁，又溅了那青壮年一脸。那青壮年以为他在挑衅，抄起屁股下的条凳就要砸向小罗。小罗当头一声断喝：

“严白孩！”

那青壮年手中的条凳停在空中，整个人愣在那里，脸上的面汁顺着脸颊一滴滴往下流。半天愣愣地问：

“你咋知道俺的名哩？”

小罗又拍了一下桌子：

“俺找了你快一年了！”

接着坐下来，对面其他两个客人也加入进来，小罗激动起来有些语无伦次，不知从哪里说起，只好从五台县起鸡眼说起，怎么碰上挑夫老胡，老胡又怎么在别的地方碰上别的人，一趟下来，总而言之，这么多人给严白孩捎了一个口信，严白孩老家家里出了事，让他赶紧回家。小罗不说这些还没什么，一说这些，严白孩从愣头青一下变成了面瓜。接着这个面瓜非常紧张，追着小罗问：

“家里出了事，出了什么事？”

小罗开始低头想，想不出来严白孩家出了什么事。不但想不出出了什么事，也想不出去年在山西五台县是老胡把事由忘了，还是老胡没忘，自己在脑袋里装了快一年给装忘了。但他不敢说自己忘了，只好说：

“让我捎信的是老胡，老胡忘了，反正有事。”

严白孩：

“事大吗？”

小罗拍着巴掌：

“你想啊，如果事情不大，能让你接到信，就赶紧回去吗？”

严白孩越听越紧张：

“是不是俺爹死了？”

小罗在那里想：

“把不准。”

接着令小罗没有想到的是，严白孩不顾饭馆里都是吃面的人，突然张着大嘴哭了：

“爹呀——”

又哭：

“当初你不让我到口外，我没听你的话，现在你死了！”

又推身边那老头一把：

“都怪你，是你把我拐出来的，你赔俺爹！”

又抄起条凳要砸那老头。那老头赶紧往桌子底下钻。

五

紧赶慢赶，用了二十天工夫，严白孩从口外赶回到严家庄。一般由口外到严家庄得一个多月，严白孩把三天并成一天，两步并成一步，日夜兼程，只用了二十天。脚上走得都是大泡。不回到严家庄严白孩还心急如焚，等回到严家庄严白孩瘫倒在地上。还不是因为他路上走得急，而是他以为爹已经死了，哭着进了家门，发现他爹正站在院子里，看一个青年用斧头和刨子打小板凳呢。可乍一见，他不认识爹了，爹也不认识他了。爹的头发已经花白；严白孩也从一个孩子，长成了一个青壮年，路上走得急，忘记了刮脸，已经满脸络腮胡子。地上打板凳的是他的三弟严青孩。原来严青孩又跟宋家庄的木匠老宋学徒。家里的房子也变样了。见严白孩心焦，他爹严老有忙帮他卸下铺盖卷，向他解释，给他往口外捎口信让他回来，不为别的，就是觉得他长大成人了，该成亲了；两年多前，和严老有一块给东家老万家当佃户的老马死了，他给老马买了一副棺材，老马老婆便要把姑娘送到严家；一五一十，来龙去脉，给严白孩讲了一遍。严白孩一开始心焦，后来听说让他娶亲，心里也不由一动，觉得自己果然大了，身体内有股热辣在涌动，便问：

“老马他姑娘呢？”

家里人听说严白孩回来了，这时都聚拢来，看严白孩。严老又指了指人群中一个圆脸媳妇。这个圆脸媳妇怀里抱着一个孩子，胸前又扛着大肚子。原来家里等等不见严白孩回来，等等又不见严白孩回来，严老有便让老马家姑娘和严白孩的兄弟严黑孩成亲了。严老有似对不住严白孩地说：

“你想想，都两年多了。”

又说：

“你出门都四五年了。”

严白孩见木已成舟，便说：

“我在家住三天，还折头返回口外。”

严老有止住他：

“等等，还有办法。”

接着将办法说了出来。原来严白孩的三弟严青孩也长到了十七岁，严老有正托人给他提亲。姑娘是朱家庄给财主老温家推磨的老朱的女儿。说起来老朱的女儿也不是姑娘了，虽然十六，但是个寡妇。说起来也不是寡妇，她去年嫁给了杨家庄做醋的老杨的儿子。那时中国人结婚早，老杨的儿子比她还小，只有十四岁，说起来还是两个孩子。但老杨的儿子嫌老朱的女儿脚大。上个世纪二三十年代，中国还兴女人脚小。夜里，老杨的儿子老用玻璃

（那时玻璃刚刚传到晋南）碴子划她的脚，她的脚被划成一道道血口子，往下流血。回娘家走亲的时候，娘看女儿走路有些瘸，嫁的时候不瘸，怎么回来就瘸了？盘问半天，女儿才哭着说出了真情。老朱是个窝囊废，除了会给财主推磨，不会别的，但老朱的弟弟是个烈性子，秋天爱扛着猎枪到棉花地打兔子，现在看到侄女受苦，便聚集十几个人，扛着猎枪，到杨家庄把老杨家十几个醋缸砸了；然后要了一纸休书，与杨家断了亲，姑娘便寡居在家。严老有和推磨的老朱也是好朋友。一次赶集碰上，老朱说起姑娘的事，对严老有说：

“俺妮除了脚大，性儿温顺着呢。”

严老有便知老朱有意。回来与老婆商量，老婆却有些犹豫：

“那妮儿我前年赶集时见过，见人不会说话，一头黄毛，不知道是不是傻。”

又说：

“再说她脚恁大，又不是白薯，无法用刀再削回去。”

又说：

“再说又是寡妇，像尿罐一样，别人都用过了。”

严老有照老婆脸上啐了一口：

“不爱说话怎么了？话能顶个球用！我话说了一辈子，不还是给人扛活？”

又说：

“脚大怎么了？脚大能干活。你倒脚小，连个尿盆都端不起。”

又说：

“寡妇怎么了？寡妇经过事，说话知道深浅，不像你，一张嘴就是个二百五。”

严老有遂拍了板，托媒人去老朱家提亲，欲将老朱寡居的女儿说给三儿子严青孩。现在见严白孩回来，便临时改主意，想让严白孩加个塞，把严青孩往后放一放。严白孩听说是个寡妇，心中不悦。严青孩听说本来是自己的媳妇，现在要改嫁严白孩，夜里扒着门框哭了。

严老有上去踢了他一脚：

“王八蛋，大麦先熟，还是小麦先熟?”

一九二九年阴历七月初六，严白孩与朱家庄老朱的女儿成亲。

出嫁的时候，老朱卖了自己的羊皮袄，给女儿打了一个金镏子。当时叫镏子，现在叫戒指。

姑娘嫁给严白孩的第二年，她爹夜里推磨中了风，得了伤寒，死了。

三十年后，这姑娘成了严守一他奶。又四十六年后，严守一他奶去世，严守一跟她再说不上话。

（选自北京燕山出版社·刘震云《世纪文学六十家·刘震云精选集》）

读后思考：

你是否觉得这篇小说结构散漫？为什么？

这篇小说是由一系列巧合的细节构成的，这种结构的特色在哪里？

细节在这篇小说里起了什么作用？

在这篇小说中，细节是如何为情节服务的？

你觉得这部小说的主旨可能是什么？

小说的真实与荒诞

灵魂的深度真实——这是现实主义小说真实的最高境界。

——阎连科

当小说被写得中规中矩的时候，当小说应该反映现实生活的时候，当小说只能阐扬人性世情的时候，当小说必须吻合理论规范的时候，当小说不再发明另类知识、冒犯公设禁忌的时候，当小说有序而不乱的时候，小说爱好者或许连那轻盈的迷惑也死了，小说也就死了。

小说不应该是现实的索隐图，即使是，也只能是一幅非常不清楚、不准确的索隐图。在那混沌茫昧的地带，作者戏弄读者，而读者则于小说中测验了自己对世界的信任能力。

——张大春

小说的真实，我们并不陌生。

一直以来，我们偏爱现实主义小说，尤其是批判现实主义小说，曾几何时，我们曾被教导着误以为这就是小说的全部。

当然，事实并非如此。

即使是现实主义小说也有层次之分。阎连科就精细地区分了控构真实、世相真实、生命真实和灵魂真实四个级别。只可惜，够得上灵魂真实的杰作并不多，更多的则是被权力强迫的控构真实。可这样的“真实”还真实吗?

即使是达到了灵魂真实，就没有其他路径了吗？无论是尼采的“上帝死了”还是加缪对西西弗斯神话的解读都为我们揭示了这个世界日益弥漫不可避免的荒诞气息——也许，只有理解了这一层，我们才能对真实有更深的理解？

所幸，在这一方面，荒诞派的小说一直都做得不错。

重点阅读：阎连科《黑猪毛，白猪毛》、莫言《月光斩》

推荐阅读：鲁迅《铸剑》、王小波《红拂夜奔》、王朔《千万别把我当人》

阎连科，1958 年生于河南，毕业于河南大学政教系，被誉为“荒诞现实主义大师”，曾获得 2014 年度卡夫卡文学奖。阎连科非常关注这个剧变的时代里农村和农民的境况，运用自己提出的“神实主义”坚持书写，贡献了《日光流年》《受活》《丁庄梦》等一批力作。

黑猪毛，白猪毛

阎连科

（一）

春天本该是春天的味道，如花的草的，蓝蓝浅浅的，悠忽地飘散。或者，绿绿的，浓浓的，郁香儿扑鼻，似着深巷里的酒呢。可是，落日时分，吴家坡人却闻到一股血味，红红淋淋，腥浓着，从梁道上飘散下来，紫褐色，一团一团，像一片春日绿林里夹裹着几棵秋季的柿树哩。谁说，你们闻，啥味儿？把夜饭端到村口饭场吃着的人们，便都在半空凝住手中的饭碗，抬起头，吸着鼻子，也就一股脑儿，闻到了那股血味。

——李屠户家里又杀猪了。

静一阵，有人这样说了一句，人们就又开始吃着喝着。谁都知道，明儿是三月底，本月的最后一个集日，屠户家里当然是要杀猪赶集呢。不过，往常的集日，李屠户都是起早宰杀，日出上路，当天到镇上卖售新鲜。为啥今儿要在黄昏宰杀？为啥今儿的血味要比往日刺鼻？村人们都没有去过多思想。仲春到了，小麦从冬眠中睡醒过来，哗哗啦啦长着，草呢，也相跟着疯生疯长。要锄地，要施肥，田头有水的还要灌浇，各家都忙得如蚂蚁搬家，谁能过多地顾上谁哩。

饭场是在村头。李屠户家住在梁上，住在梁上大道的旁边，旁边是一个丁字路口。既然已经弃田从商，终归与梁道靠近好些；虽然是屠宰生意，也要图求一个运输便利。图求邻村有了红白喜事，寻上门来让替宰一头一条，也都有着许多便利。为着便利，为着兴隆，李屠户也就从村落搬到梁上去了。盖了两层瓦楼，围了一所砖院，楼下屠宰，兼卖一些杂货、吃食、炒菜；楼上住人，又辟出两间做了客房。路过的行人，腿脚累了，不想走了，便坐在楼下吃些杂碎下酒，喝得摇摇摆摆上楼。来天日出，酒醒了，乏困去了，付了店钱、饭钱上路。

别看那两间客房简陋，一张床，一张桌子，一个十五瓦的灯泡，停电了是半根蜡烛，可县委书记还在那房里睡过一夜。有人说，是车抛锚了，书记不得不在那儿屈宿一觉。可李屠户说，说那话的人是在放屁，也不想想，司机敢让书记的车抛锚吗？说县委赵书记之所以要在他那儿屈尊一夜，就是为了到百姓家里问问致富景况，和他李屠户扯拉扯拉。无论如何，县委赵书记是在那儿睡了一夜。这一睡，李家的生意竟相跟着旺盛起来。两间客房的东屋，桌、床、被褥、脸盆、拖鞋，都是赵书记用过的纪念物，妥善擦洗保存，又仍给客人用着，于是，那间客房从每夜十元的价费涨到了十五元。行人也都长有凡贱之心，价格涨了，因为县委书记住过，也都偏要到那屋里去睡。有跑长途运输的司机，竟连三赶四，踩着油门不松，也就是为了去那东屋睡上一觉。当然，李屠户家里的杂碎肉香，杜康酒里又不兑水，也是吴家坡人有目共睹的实情。现今，李屠户家生发出啥儿惊天的事情，村人们也都不会惊乍，连县委书记都果真在那儿睡过，哪还会有啥儿事情在那梁道边上不会发生哩。集日到了，把本该下夜更时屠宰的猪挪移到头天黄昏起刀，让春日夕阳里有一股血腥味儿，这又算啥稀罕事儿呢？杀了，宰了，把两扇猪肉展在屠案上，淋上清水，用塑料薄膜盖上，来日去卖又有谁能看出它不是新鲜的猪肉呢？

人们依然在饭场上吃饭，依然扯西拉东。有人饭碗空了，起身回去盛着；有人不想回去，就差儿娃回去一趟。儿娃哩，又刚刚端着饭碗从家里出来，便对父母哼哼哈哈，他们便一脸挂了不悦，骂着儿娃的不孝，说养你长大，连让回家盛碗汤饭你都懒得起动，早知这样，倒不如不生你还好。做儿娃的觉得委屈，因为并没说不去，只是因了犹豫，父母就当众破口骂了，于是便顶撞起来，说谁让你生我了？谁让你生我了？父亲或母亲被问得哑言，就从坐着的屁股下面抽出鞋来，一下掷了过去，弄得饭场上飘满鞋灰，许多人赶快把饭碗护在胸下。就在这饭场上闹得尘土飞扬的时候，饭场外有了一声断喝，叫着说吵啥哩？有啥好吵哩？父母让你们儿娃回家盛一碗汤饭错了吗？

饭场上哐的一下安静了。做儿娃的感着理屈，不再说啥了。

村人们目沿着断喝，都朝村口通往梁道的方向望过去，原来是屠户李星从梁上回村了。

刘根宝从饭场上回到家里，就像从宽展自由的田野进了考场，怯怯的，有些不安。爹已经吃过饭了，正在院里抽烟，明明灭灭，在暮黑中闪烁着光色。娘正在灶房洗整，锅碗相撞的声音淹在洗涮的水里，听起来清脆潮润。根宝一脚踏进灶房，把还有半碗饭的瓷碗推在灶台角上，想说啥儿，却只是望了望娘，便又勾着头从灶房走了出来。

他蹲在了爹的面前。

爹说，有事？

他说，没啥事。

爹说，有事你就说吧。

他说，爹，我想去蹲监。

做爹的愣了一下。从猛一吸亮的烟光中，能看见老人的脸上有些僵硬，表情哩，像一块原本柔和的杂色面，忽然变成了生硬的石头面。他把烟袋从嘴里拔下，盯着儿子，像盯着素昧平生来问路的陌生人一样。

爹说，根宝，你说啥儿？

儿子根宝就又瞅了一眼父亲。因着夜色，看不清父亲这时脸上的惊异有多厚多重，多少斤两，只是看见有一团漆黑，像树桩样竖在那儿，僵在那儿。因为看不清楚，他也就索性不再看了，脱掉一只鞋子，坐在父亲面前，两只胳膊架在膝上，双手相互抠着，像剥着啥豆子，没有立马回答爹的问话。

爹又问，你刚才说啥呀？根宝。

根宝说，爹，我想和你打个商量，如果你和娘同意，我想替人去住几天监狱。

爹吼着说，妈的，疯了？

根宝把头勾得更为低些，说，爹，我这不是和你商量嘛？

爹顿一会儿，又问，替谁？

根宝说，替镇长。

爹抬起了头，替谁呀？

根宝说，替镇长。

爹笑了，冷讥地道，镇长用你去替？

根宝说，刚刚在饭场，李屠户说了，说今儿落日时候，镇长开着小车从梁上走过，撞死了一个年轻人哩，张寨村的，二十余岁。说镇长撞死了人镇长应该负责呢；可镇长是镇长，谁能让镇长负责哦，于是哟，就得有人去县交通队替着镇长认个错，说人是我撞的，是我在李屠户家酒喝多了，开着拖拉机出门撞上的。后边的事，就啥儿甭管了，镇长都有安排哩。说事情的尾末已经搞清，就是赔张寨的死人家里一些钱。钱当然是由镇长支出的。然后，然后哩，就是谁说是谁撞死了人，谁就到公安局的班房里宿上十天半个月。

月亮已经升了上来。吴家坡在月光中静得如没有村落一样，能清晰地听见村街上走动的脚步声，踢里踢踏，由西往东，渐次地远了。消失着到了李屠户家那儿了。娘好像把根宝说的缘缘由由全都听得十分明了了，她没有立马接话儿，不知从哪儿端出一小筐儿花生，端过一张凳子，把凳子放在男人和儿娃中间，把那一筐儿花生放在凳子上边。而后她就随地坐在花生筐前，望望儿娃，又瞅瞅男人，长长地叹了口气，走进了他们父子深深的沉默内。

（二）

说起来，根宝已经二十九岁，二十九岁还没有找到媳妇成家，这在吴家坡也仅是刘家一户。缘由呢？不光是因为家穷，现如今不是哩，是在极早的年月里，各家都已盖起了瓦屋，只他们刘家还住着草房院落；再者，还因为根宝的怯弱老实，连自家田里的庄稼被牲畜啃了，举起了铁锨，联想到牲畜也有着主人，竟就不敢落将下去，只能将铁锨缓慢地收回。这样的人，窝囊哩，谁肯嫁哟。照说，早先时候，有过几门亲事，女方都是到家里看看，二话不说，也就一一荒芜掉了，无花无果。待转眼到了今日的年龄，没想到竟连二婚的女人也难碰到。半年前，有亲戚介绍了一个寡妇过来婚面，先不说对方长得丑俊，也才二十六岁，竟带着两个孩娃。根宝原是不同意这门婚配，可亲戚却说，同不同意，见面了再说。于是也就见了，想不到她一见面劈头便问，你就弟兄一个？

他说，我是独子。

她说，同姓家族村里多吗？

他说，村里就我们一家刘姓。

她说，有没有亲戚是村里乡里干部？

他摇了一下头儿。

她便生着风声，一下从凳子站了起来，愤愤地说，那你让我跑十几里路来和你见面干啥？媒人没和你说我原来的男人是因为和人争水浇地，争人家不过，被人打了一顿，回家上吊死了？没说我不图钱不图财，就图嫁个有势力的男人，不说欺负别人，至少也不受人欺负。女人这样说着，就转身从根宝家里出来，走出屋门，到院落里左右看看，又猛地回身盯着根宝，说今天正好是集日，我跑十二三里路来。和你谋婚，来让你看我，耽误我整整一天工夫。这一天工夫，我到镇上卖菜卖瓜，卖啥都能挣上七八十块钱。可是今儿，是你把我误了。我不要你赔我七八十块钱，可你总得赔我五十块钱吧？

根宝怔着问，你说啥儿？

女人说，你误我一天工夫，该赔我五十块钱哩。

根宝低声咬牙，说，你咋能这样不要脸哩？

女人说，我是不要脸，要么你打我一顿我走，要么你赔我五十块钱我走；你要不打我赔我，我就在这院里叫唤，说你一见我就摸我拉我。

没有奈何，根宝只好返身回屋取了一张五十元的钞票，塞到她的手里说，走吧你，以后你再也别从我们吴家坡的村头走过。

女人接过了那钱，看看说，你要敢动手打我一个耳光，我就嫁给你。

根宝说，走呀，钱给你了，你走呀。

女人说，你要敢对我又踢又打，我把我的两个娃儿送给别人嫁给你。

根宝说，你有病哩，你神经有病了，去县医院看看病嘛。

女人把那五十块钱朝根宝面前一扔，就走了。走了几步又回头说，没有腰骨的男人，谁嫁给你，谁一辈子保准受人欺负不尽呢。

实在说，没人欺负根宝一家人，可就是因为他家单门独院，没有家族，没有亲戚，竟就让根宝娶不上一门媳妇来。二十九岁了，一转眼就是三十岁，就是人的一半生命了。将近三十岁还没有成家立业，这不光让根宝在村里做人抬不起头，也让父母深怀着一层内疚哩，永远觉得对不住了儿娃呢。

根宝爹又吸了一袋烟，再装上，没有点，放在脚边，不知为啥就抓了一把花生剥起来。他剥着花生，却不吃，借着月色，看看面前勾头坐在鞋上的儿娃，像一团包袱软软地浮在地上；看看那说要翻盖却总也缺钱翻盖的草屋，矮矮的，塌塌的，房坡上还有两个欲塌欲陷的深草坑，在月色里像被人打开的墓穴。还有那没有门窗的灶房，灶房门口破了的水缸，这些都被月光照得亮白清楚。身边的那个猪圈，泥墙，框门，石槽，倒是结实完整，可不知因了啥呢，总不能养成猪。喂猪猪死，养羊羊灭，后来把它做了鸡圈，鸡们倒都生长得壮实，可是，可是呢，母鸡们都是三天、五天才生一个鸡蛋，哪怕是夏天的生蛋旺季，也没有一只鸡两天生上一蛋的，更不消说如别户人家一样，一天一蛋，甚或一只鸡一天生两蛋或两天生三蛋。这就是刘家的日子。根宝爹像看透了这样的日子一样，把目光从月光中抽了回来，吃了手里的花生，说跑油了，不香。老伴说吃吧，这也是宝他舅今儿路过梁上捎来的。根宝爹就又抓了一把花生，在手里剥得哗哩哗啦，说都吃呀，根宝。

根宝说，我不吃。

爹说，你咋知道替镇长顶罪至多是到监狱住上十天半个月？

根宝说，李屠户说的。

爹问，李屠户听谁说的？

根宝说，他啥儿不知道？镇长就是在他门前撞死了人，县委书记都在他家睡过哩。

娘问，替人家住监，住完了咋办？

爹说，歇歇嘴吧，女人家哩。住完了咋办？你想咋办就咋办。谁让他是镇长，谁让他让我们孩娃去顶监。

然后，爹就回过头来，望着儿娃说，根宝，你真的想去就去吧，去跟李屠户说一声，说你愿意替镇长去蹲监。说记住，李屠户叫李星，你就叫他李星叔，千万别当面还屠户、屠户地叫。

这时候，月亮升到当头了，院落里愈发明亮着，连地上爬着的蛐蛐欢叫时张扬的翅膀都闪着银白白的光。根宝从地上站起出门时，娘从后边抓了一把花生追上他，说你吃着去吧，没跑油，还香哩。根宝把娘的手推到一边，说我不吃，也就出门去了，和出行上路一样，没有回头。可没有回头，他听见身后剥花生的声音，在月色里像谁在水里淘洗啥儿般，淋淋哗哗，脆亮亮的，还是有几分让人留恋的亲切呢。

李屠户家里忙哟。院落里扯加了两个二百瓦的灯泡，把清明清明的月亮挤逼得没了踪迹。不知远处的一家矿上要贺庆啥儿，冷不丁，来人让他连夜赶杀几头肥猪，加之明儿正集日，又不能怠慢了在集市上总去他的挂架上割肉的老主顾，于是，李屠户除了原来的屠案，又摘下门板，新架了一副屠板。自己宰，还又从外村找了两个小伙子帮衬着。每帮他宰一头猪，他给人家十块工时费。

院落里满是集合着的人，有矿上的工人，有村里看热闹的孩娃，还有连夜把生猪拉到李屠户家等着他过秤买猪的邻村庄户。根宝从村里出来，一听到屠案上红血淋淋的尖叫，身上抖了一下，像冷一样，可他很快就把自己控制住了，不再抖了。说到底，是杀猪，又不是杀人。踏进李屠户家那两扇能开进汽车的院落大门时，已经有两扇猪肉挂在了棚架下，赤背的李屠户正舀着清水往扇肉上浇洗，一瓢一瓢，泼上去，淋下来，红艳艳的血水流过一片水泥地，从一条水沟流到李家房后了。

（三）

一世界都是生血的腥鲜味。帮衬的那两个小伙子，一个在院落角上正烧着一口大锅的开水烫猪毛，一个正在一个屠架上用一个铁片剐着剩猪毛。猪毛味有些腥臭，像火烤了兽皮一样怪诞难闻。李屠户家一年四季都有这样的味。根宝不知道为啥在这样的气味里，县委书记会在这儿住一夜。可县委书记是真的住了一夜哩。迎面楼上二楼靠南的两间客房，东屋门口清清白白挂了一个招牌，上写着：县委赵书记曾在此住宿。借着灯光，根宝看那招牌时，他看见西客房的门口也新挂了一个招牌，上写着：县里马县长曾在此住宿。根宝有些糊涂，他不知道县长何时也在此住过，可他想那是一定住过的，没住过李屠户不会挂那么一个招牌儿。

看看招牌，根宝从人缝挤到了李屠户的身后，他等李屠户把一扇猪肉淋净了，轻声叫了一声李叔。

李屠户没有回头，他用手抹掉肩上的血水珠，用胳膊擦掉额门上的汗，到另一扇红血猪肉下边，又一瓢瓢舀水浇起来。虽然没有回头，他却听到了有人叫他。他舀着清水说，是根宝吧？

根宝说，哎，是我，李叔。

李屠户把一瓢水泼到那扇猪肚里面——

是想替一下镇长顶罪吧？多好的机会，别人烧香都求不到。

血水溅到了根宝脸上，他朝后退了一步——

跟我爹商量过了，我愿意。

李屠户又舀一瓢清水浇上去——

不是你愿意就能去了的。先到屋里等着吧。

到了李屠户家平常客人吃饭的那一间餐厅里，根宝才看见那儿已经坐了三个村人了。一个是村西的吴柱子，四十来岁，媳妇领着孩娃和人私奔了，就在邻村一个村干部的弟弟家窝藏着，死活不回来，他就只好独自过着日子了；另一个是村南的赵瘸子，日子原本鼓鼓胀胀不错哩，可烧的砖窑塌了，人便瘸了，日子也就塌陷了，眼下还欠着信用社一大笔贷款的债。还有一个，是村里的李庆，在镇上有生意，家里还买有一辆嘎斯汽车跑运输。根宝知道柱子、瘸子是想和自己一样，图求去替镇长住几天监，一个想请镇长帮着把自家媳妇要回来；另一个，寄望帮了镇长，也许信用社的贷款便不消再还了。他不知道李庆谋图三二四五啥儿哩，竟也端端地和瘸子、柱子围在那一张饭桌前。于是，待根宝走进来，他们都望着根宝时，根宝把目光落在了小他一岁的李庆身上。

李庆像抢了别人的东西一样，不好意思地把头勾下去，说我弟今年就师范毕业了，想请镇长安排他回到镇上教书哩。

柱子冷了一眼李庆说，你好了还想好。

李庆把头勾得更低了，脸红得如门外地上的血。

这当儿，瘸子也乜着李庆的脸，说，你走吧，让我们和根宝争这机会还差不多。

李庆没有走，又抬起头讪讪地笑了笑。

根宝坐在了那张空凳上。这是一张四方桌，先前都叫八仙桌，现在学着城里人的腔调就都叫它餐桌了。屋子也叫餐厅了。餐厅也就十几平方米大，摆了粮、面、油和七七八八的一些杂货物，在外面空着的地方摆了这张餐桌。因为不是掏钱吃餐饭，桌上有个铝茶壶，但没有人会来给他们倒上水。桌子的上方是灯泡，苍蝇和小蛾在灯泡周围舞蹈着，舞累了，蛾子竟敢落在灯泡上歇脚儿，而苍蝇就只敢落在他们身上和那油腻的桌面上喘着粗气儿。

屋外又有了一阵猪叫声，粗粝而骇人，像山外火车道上的汽笛叫，只是比那汽笛短促些，也比那汽笛混杂些。夹杂有猪的喘息和人的乱哄哄的声音。这样过了一阵，便突然安静了。不消说是利刃从猪的脖下捅进脏腑了。剩下的就是李屠户指挥着说把这头抬去煺毛、把那头挂起来开膛的指令声，还有人们这条肥、那头瘦的议论声。屋子里有些热。忙着挣钱的李屠户，顾不上进来指着哪个人说令一句，喂，你去替镇长顶个罪，再指着剩下的，说你们三个就算了那样的话。也许，李屠户并不知该把这样一件好事留给谁，所以他才只顾杀猪，不管屋里的根宝、柱子、瘸子和李庆。屠户的媳妇和孩娃们都在楼上看电视，从电视机中传来的武打声像从房顶落下的砖头和瓦片。根宝抬头朝天花板上看了看，其余三个人也都跟着抬头看了看。

李庆说，半夜了。

柱子说，着急了你先走。

李庆说，我不急，等到天亮我也等。

瘸子看看李庆，又扭头盯着根宝，说，兄弟，其实你犯不上和我们一样儿，没成家，又有文化，真替镇长蹲了监，名声坏了，以后还咋儿成家哩?

根宝想说啥，可一时又找不到合适的话，正急时，李庆倒替他回答了。李庆说，真替上镇长了，也就成家了。根宝有些感激地望了望李庆，李庆又朝他点了一下头。因为李庆和屠户是本家，他在李屠户家里便显得自由些，这里转转，那里看看，还到楼上看了一会儿电视，回来时还顺脚到李屠户那儿催了一下他李叔，说让李叔赶快定一下由谁明儿去顶替镇长的罪。可等他兜了一大圈儿回来时，他却进门说，李叔忙，他让我们四个自个儿选定一个去替镇长的人。自个儿选？选谁呢？当然无法选，谁也不会同意谁。于是哩，四个人就又相互望一望，看谁脸上都没有退让的意思儿，就各自把头扭到一边去了。

时间如牛蹄一样一踢一踏走过去。夜已经深得如一眼干枯无底的井。他们就这么干干坐熬着，直到楼上的电视不响了，李屠户一连杀了五头猪，柱子和瘸子都趴在桌子沿边睡一觉儿，根宝以为李屠户压根儿把他们几个忘记了，他想去问李屠户一声到底让不让他去顶镇长的罪，叫了他就去，不叫了他也死心回家睡觉时，忽然有人砰砰砰地敲响了餐厅的门。

他们都惊醒过来把目光旋到门口上。

叫醒他们的不是李屠户，而是帮李屠户杀猪的一个小伙子。他是用杀猪的刀把敲的门，刀刃上的鲜猪血被震得如软豆腐一样掉在门口脚地上。看几个人都醒了，他把手里备好的四个纸团扔到了桌子上，说下夜一时了，李叔说让你们别等了，这是四个阄儿，其中有一个阄儿里包了一根黑猪毛，另外三个都是白猪毛，你们谁抓了黑猪毛谁就去做镇长的恩人，谁抓住了白猪毛你们谁就没有当镇长恩人的命。然后，说完了，他就站在灯光下，看着那四个阄儿，也看着那四个人。

忽然间这四个人都没有瞌睡了。原来谁去替镇长顶罪做恩人那么大的一件事情都包在那四个阄儿里。阄儿纸是一个一分为四的烟盒纸，红红花花的，有些喜庆吉祥色，可毕竟四个里边有三个包的都是白猪毛。把目光收回来盯在桌面的四个阄儿上，他们各自把眼睁得又亮又大，可就是没人先自起手去抓一个阄儿。

小伙子说，抓吧，抓完就睡了。你们还有抓阄儿的命，我和李叔商量了一夜想去蹲蹲监，李叔说我不是吴家坡的人，不光不让去，还连阄儿都不让我抓哩。

（四）

李庆望着小伙子说，你这不是讥弄我们几个吧？

小伙子说，有半点讥弄，我就是你们四个的孙娃儿。说我想去镇政府那儿租几间房子做门市，可死活轮不到咱乡下人的手，你说我要能替镇长去住半月监，我在镇上还有啥儿生意做不成？我还用见了收税的像孙子一样四处乱跑吗？说你们快抓呀，你们一抓完我就去杀猪了。

李庆无言了，便首先从桌上捏了一个纸阄儿。

于是都捏了。

根宝把桌上最后剩的一个捏到了手。他准备打开时，因为手有些抖，出了一手汗，也就打开得慢了些，所以还未及他把阄儿全打开，便听到柱子扑哧一声笑了笑，说我这儿是根黑猪毛，合该我媳妇、孩娃还回到我家里。说完他就把阄儿纸摆到桌子的正中间，大家一看，也果真是根黑猪毛，一寸长，发着光、麦芒一样尖尖刺刺地躺在阄儿纸里，而且还从那黑猪毛上发出一丝腥臭淡淡的膻味儿。

小伙子立在门口说，好事有主了，你去当镇长的恩人，大家都回家睡去吧。

瘸子看看手里的一根白猪毛，说他妈的，还不如早点回家睡觉哩。就把阄儿和猪毛扔掉了。

李庆看了一眼桌上的黑猪毛，没说话就先自离开走掉了，出门时他朝门框上狠狠地踢了一脚。

于是都走了。根宝从李屠户家走出来，又回身望了一眼写着县长、书记在此宿过的招牌，想去和李屠户打声招呼，可看他正忙着在取一头猪的五花内脏，且又是背对着院门这边儿，便不言声儿从李屠户家大门出来了。

外边梁道上有凉爽爽的风。远处田里麦苗的青气一下迎面飘过来，他长长地吸了一口气，身上连一点瞌睡也没了。

回到家里时，爹娘居然都不在。根宝一进院子里，可又闻到了一院油馍味。再一看屋里正间的一张凳子上，放着一个蓝包袱。他先到屋里把那包袱打开来，果然竟和他心里猜想的一模一样，是娘为他明儿出门去做镇长的恩人准备的衣物、行李啥儿的，裤子、衬衣、鞋袜，怕他半月回不来，连夏天的汗衫和短裤都替他准备到包裹里边了。而且，包裹里还有一双千层底儿布鞋和三双新从哪儿买的解放鞋。他不知道娘为啥要给他准备那么多的鞋，不要说他已经不能去替镇长顶罪了，就是命中有喜真去了，十天、二十天也就回来了，哪能用上那么多的鞋子哩。

夜已深得没有底了，除了从梁上李屠户家间或传来的猪叫声，村子里连月光游移的声响都没了。包裹里新鞋老衣那半腐的肥皂香味和鞋底上的粮面糨糊的甘气，在屋子里散散淡淡地飘。根宝在那包裹前站了一会儿，又从屋里出来，到灶房的案前立着不动了。娘已经把他出门前的干粮全都备好了。油烙馍，葱花和香油的味道像流水一样，从案桌上哗哗淌到地上。每个油馍都烙得和鏊子一样大，然后十字儿切开，一圆变四块，统共十二块油烙馍叠在案面桌的正中央。

望着油烙馍，根宝竟哭了。

从灶房出来，他又立在院落里，朝柱子家住的村西那儿久远地望着，便看见睡了的吴家坡村，一片新房瓦屋，在月光中一律都是蓝莹莹的光，只有他家这方院落，沉湮在高大的瓦屋下，像一大片旺草地上的一簇干死的草。根宝的心里有些哀，他把目光收回来，刚好看见东邻的嫂子半夜三更中，竟风风火火地卷进了大门里，说根宝兄弟呀，我在那边听到你这边的响动了。说急死人了呢，你爹你娘都在我家里。说合着你命好，我表妹离婚了，今儿来看我，一听说你要去替镇长蹲监狱，再一说你还没结婚，她就同意了。说我俩在你家等你到半夜，你没回来，我们走了你就回来了。说你爹、你娘把她送回到我家和我表妹有说不完的话。说你赶快到我家和我表妹见见吧，人长得那个水嫩和没结过婚的闺女一模一样。说走呀根宝，还不赶快去？你愣着干啥哩？

东邻的嫂子是四十里外的镇上人，细苗灵巧，人儿好看，因为看上她男人会做生意就屈驾从镇上嫁到了吴家坡。她读过书，会说话，能把不好看的衣裳穿出样子来。她知道她有吴家坡人没有的好资质，所以对谁说话都没有商量的味，都像小学的老师教着学生孩娃的啥儿样。月亮已经走移到了山梁那边，朦胧像灰布一样罩在院落里。根宝看不清邻居嫂子的脸，只看见她一连声地说着时，舞动的双手像风中摇摆着的杨柳枝。这时候，这个深夜的当儿里，她说完了就拉着他的手要往她的家里去，他便感到她手上的细软温热像棉花一样裹着他的手指头。他闻到了她头发上的女人味，像在酷冷的冬天忽然飘来了一股夏天的麦香味，身上燥热的激动一下都马队般奔到了他头上。他听到他满头满脑都是嗡啦嗡啦响，努力朝后挣脱着嫂子的手，想对她说我不能去替镇长蹲狱了，那个阄儿让柱子抓到了，可说出口的话却是，嫂子，你别拉我哩。

嫂子说，咋儿了？你不愿意娶我表妹？

他说，我是去蹲监，又不是啥好事。

嫂子说，你是去替镇长蹲监哩。

他说，这一蹲可不一定真的是十天、二十天，人都轧死了，说不定要蹲半年、一年哩。

嫂子立在朦胧的夜里就笑了，说你看见包袱里那三双解放鞋了吧？那是我表妹连夜到邻村供销点里给你买的哩，她说蹲监狱的人都得去烧砖，说到机砖厂劳改特别费鞋子，说一去劳改最少是一年。

他说，那要劳改二三年哩？

嫂子说，我表妹是个重情的人，因为她男人进城里总是找小姐，是因为男人对她不忠她才离的婚。说我表妹不怕男人蹲监狱，就怕男人们有钱进城住宾馆，洗澡堂。

他说，嫂子，既然是这样，你就对我说，我到你家见了人家先说啥？

嫂子说，你把你娘烙的葱花油馍拿几块，说半夜了，你是过去给她送点儿夜饭。

然后，嫂子就走了。走得轻快，像草地里跳着的羊。根宝在院里看着东邻的嫂子走出大门，又回头吩咐他说，你快些，再磨蹭一会儿天便亮了呢，随后，她就融进夜色里了。

根宝没有照嫂子说的那样回身进灶房去拿油烙馍。他在原地站一会儿，想一阵，便跟着嫂子的脚步出门了。他没有去东邻嫂子家，而是往右一转朝村西走去了。他去了住在村西的柱子家。柱子家也是一个瓦房院，连门楼儿都是砖瓦结构的，高高大大，一看便知是一户殷实人家哩。虽然是殷实人家，可媳妇还是跟着外人私奔了。那男人不光是木匠，还是一个村支书的亲弟哩。根宝到柱子家门前时，惊起了好几响胡同里的狗吠声，待他把脚步止在瓦房的门楼下，狗吠也便无声无息了。隔着门缝，他看见柱子家正房还有电灯光。自然哩，他还没有睡。明儿吃过早饭就要跟着李屠户到镇上面见镇长了。见了镇长就该乘车去县里面见公安了。然后，就会被拘留起来住进监狱等着审判了，就要很多日子不能回家了。柱子不消说得连夜把他蹲监的行李准备准备哩。

根宝轻轻地敲了几下柱子家的门。

（五）

门是榆木板，碰上去的指关节就如敲在了石面上。在月落以后的黑色里，那干硬硬的响声如小石子一样飞在村街的房檐下。声音响进去，没有从柱子家响出回应来，只有狗吠在村里回荡着。

根宝又用力敲了几下门。

柱子回应了——谁？

根宝说，是我，柱子哥。

柱子问，根宝呀，有啥事？

根宝说，你开一下门，我有话跟你说。

柱子从屋里出来开门了。他到大门前先拉亮了门楼下的灯，然后哗的一下把双扇大门打开了。

门一开，根宝就扑通一下跪在柱子面前。

柱子忙朝后退一步，说，根宝，你要干啥儿？你这是干啥儿？

根宝说，柱子哥，你让我去替镇长蹲监吧，你好歹成过一次家，知道做男人是啥儿滋味哩，可我根宝立马就是三十岁，还不知道当男人到底啥味儿。你让我去替镇长蹲监狱，镇长肯定得问我家里有啥困难事，我对他说的第一件事，就是让他把你媳妇和孩娃送回家里来好不好？

柱子盯着灯光下的根宝不说话。

根宝便朝柱子磕了一个头，说，柱子哥，算我求你了好不好？

柱子说，我让你去了，你会替我在镇长面前说话吗？

根宝说，我要不先把你的难处说出来，不让镇长把你媳妇和孩娃讨回来，我根宝就是你柱子哥的重孙子。

柱子说，那你起来吧。

根宝便又向柱子连磕了三个响头才起来了。

匆匆忙忙一夜过去了。

来日早升的日头在仲春里光辉得四野流金，山脉间的田地、岭梁、树木和村落都在日光中透发着亮色。吴家坡在这个春日早晨醒来时，谁都知道根宝家里有了喜事了。根宝要去替镇长住狱了。包裹已经捆起来，被褥也都叠好用绳子系了哩，白面油烙的葱花饼也装进了干粮袋子里。

根宝要做镇长的恩人了。

他喝了一碗蜀黍片儿汤，吃了咸菜和油馍，提着行李出门上路时，看见大门外有许多的村人们。李庆、瘸子、柱子、东邻的哥嫂，还有嫂的表妹。昨儿他们连夜订了婚配，她说你去十天半月肯定回不来，说你就是去住一年、两年我都会等你。然后，她就又一早跟在表姐身后来送他。村人们大都还不知道她是他的媳妇了，只把她当作是跟着表姐来看热闹的人。爹在他身后提着铺和盖，像儿娃出门做大事儿一样，满脸的喜庆和自豪。他把烟袋丢到家里了，特意吸了带着过滤嘴儿的纸香烟，可又不是真的吸，仅就是燃了让一丝青烟在他嘴前袅袅地升起来。娘手里提的是根宝的干粮袋，一出门看见东邻嫂的表妹子，她便一脸灿然地朝人家走过去。根宝没有听见娘和人家说了啥，只看见两个人说了两句话，嫂的表妹竟从娘的手里要过干粮袋儿提在手里边，又如过桥时搀扶老人一样扶住了娘。在这送行的人群里，她就像一朵盛开在夏时草坡上的花，因为也是镇上的人，家里和镇政府仅隔着一堵墙，儿娃时端着饭碗还常跑到镇政府的院落里，加之她和她表姐的见识是一般的多，穿戴、言说、行止，和吴家坡人有着无数的差别与异样，所以她搀扶着娘的胳膊时，看见的人便心中清明了，眼里更加有了一种惊羡的光。门前的人群原本也就十几个，可待根宝一家走出来，站在那儿和人们说了几句话，转眼间人群就是一片了。有的人正要下地去，听说根宝要去做镇长恩人了，也就慌忙过来道着喜，送送行。说根宝兄弟，奔着前程了，千万别忘了你哥啊。根宝就把目光从自己那香熟发光的对象身上收回来，笑着说奔啥儿前程哩，是去替人家蹲监呢。那人就又说，替谁呀？是替镇长哩，你是镇长的救命恩人呢，还以为你哥我不知道你有多大前程嘛。

根宝就只笑不说了。

根宝就这么在送行的人群中慢慢行走着。前面是人，后边也是人，说笑和脚步的声音如秋风落叶般响。爹在他的身后，有人去他手里要那行李提，他说不用不用却又松了手。而后从裤口袋里摸出一包烟，拆开来，一根接一根地朝着人们递。人家不接了他便朝人家的嘴里塞。根宝很想朝柱子走近些，柱子和李庆、瘸子他们好像没昨夜命运相争的事儿一样，一团和气地挤在路边上，可人群围得紧，又都要争着和他说话儿，他就只能隔着人群和柱子他们招着手，点着头，表白着自己的歉意和感激。村里是许多年月都没有这样送行的喜庆繁闹了，就是偶尔哪年谁家的孩娃参军入伍也没有这么张扬过，排场过，可今儿的根宝竟获着了这份排场和张扬。他心满意足地朝村口走动着，到饭场那儿立下来，扬着手，连声说着都回吧，回去吧，我是去蹲监，又不是去当兵。然而无论他如何地解释着说，人们还是不肯立住去送他的脚。

人们都簇拥着他往梁上李屠户家门前走去。

李屠户已经在梁上的日光里朝着这边人群招了手。招了手，根宝脚下的步子就快了。可根宝的脚步越快，李屠户却越发地招着手，似乎还把双手喇叭在嘴上，大声地唤了啥，因为远，没能听清楚，人们就猜他是让根宝快一些。

根宝便提着行李小步跑起来，他不想让李屠户在梁上等的时候太久。然而在他丢开人群朝着梁上跑去时，李屠户身边那个昨夜儿帮他屠宰的小伙子却从梁上跑下来。两个人相向地跑，近了时，小伙子就立在路边的一块石头上，可着嗓子叫唤着，说刘根宝，李叔不让你再来了，说镇长一早从镇上捎来了话，说不用人去替他顶罪了。

根宝淡了脚步站下了，像电线杆一样栽在路中央，望着那个小伙子，唤着，问道，你说啥？天呀你说啥？

小伙子大声说，不用你去了，说镇长轧死人的那家父母通情达理呢，压根儿没有怪镇长，也不去告镇长，人家还不要镇长赔啥儿钱，说只要镇长答应把死人的弟弟认做镇长的干儿就完啦——这一回，小伙子说的根宝全都听清了。他立在那儿脚跟有些软，努力把一身的力气全都用到脚脖上，使自己不至于突然瘫下去。然后把目光投到山梁上，他看见李屠户在梁道边上正指派着几个人往一辆车上装着鲜猪肉，背对着他，舞之又蹈之，肩膀和门板一样宽，有力得没法说。

紧随着他，村里送行的人们也都说说笑笑跟近了，像一个人拉着一辆大车爬到了半坡上。根宝很想让李屠户或者跑来唤话的小伙把说过的话，朝着村人们再清清白白地述说一遍儿，他就又慢慢朝着梁道走了过去。

日头又升高了些，艳红艳红哩。

（选自云南人民出版社·阎连科《阎连科短篇小说精选》）

读后思考：

《黑猪毛，白猪毛》讲了一个怎样的故事？

根宝为什么肯帮村长顶罪？它折射了怎样的现实？

你认为这篇小说的荒诞之处在哪里呢？

这篇小说绝大部分都是真实的，荒诞部分起到了什么作用？

用荒诞手法表现如此现实的主题，在效果上有何独到之处？

莫言，原名管谟业，1955年生于山东，毕业于北京师范大学。莫言在上世纪八十年代以一系列乡土作品崛起，当时被归类为“寻根文学”作家，但莫言并不以此限制自己的写作，而是大胆借鉴西方现代派文学，贡献了《酒国》《红高粱家族》《牛》等杰作。2012年，莫言因为“将魔幻现实主义与民间故事、历史与当代社会融合在一起”而获得诺贝尔文学奖。

月光斩

莫　言

在县文化局工作的表弟给我发来邮件说，表哥，最近县里发生了一件大事，请看附件。

八月七日上午八点。县委办公大楼五层保密室。机要员小冯，是你的老同学冯国庆的二女儿。小冯刚上班，提着热水瓶想去打开水，听到窗户外乌鸦噪叫，探头外望，发现那棵最高的雪松顶梢悬挂着一个黑乎乎的东西。起初以为是乌鸦们在此筑了巢，心中有几分丧气，继而又见那些乌鸦竟像不畏生死的斗士轮番向那黑物攻击，心中诧异，定睛细看，是一颗人头，随即发出一声尖叫，热水瓶掉在地上，竟然没碎，也是奇迹。正在整理文件的小许——她是你老战友的三女儿——跑到窗前往外看，发出更为夸张的尖叫。几分钟后，县委大楼朝南的窗户全部打开，县委大院乱成一个如被火燎的马蜂窝。

虽然人头已被乌鸦啄得千疮百孔，但人们还是辨认出那是县委刘副书记的面孔。他面色惨白，愈显得精心染过的头发漆黑如墨。他的眼睛已被乌鸦啄瘪，看不到他的眼神了，因此也就无法想象他临终时刻是惊惧还是愤怒，是浑然无觉还是早有准备。有人道：不一定是乌鸦所毁，很可能是罪犯所为，因为据说西方已经可以用一种特殊技术，从死者的视网膜提取信息，然后输入电脑，显示出罪犯的形象。由此判断，罪犯是一个对犯罪学相当了解的高智商者，绝不是一般的坏人。又有人说，罪犯将人头悬挂在县委大院，显然有杀鸡儆猴之意，带有明显的政治意图，因此可以排除一般的情杀或图财害命。刘副书记是组织部长提起来的，主管干部提拔任用多年，少言寡语，为人谨慎，有良好的口碑，究竟是什么人，将这样一个好干部残忍杀害？闻风而至的县公安局几乎所有的警车发出的刺耳尖啸把所有人的声音都淹没了。县消防中队的一辆救火车开进大院，竖起云梯，一个身穿杏黄色防护服的消防员爬上去，展开一块红绸，将人头小心翼翼地包起来。乌鸦愤怒地对他发起冲击，他举起一条胳膊护住面颊，用另一条胳膊夹着人头，迅速地爬下来。

人头被一个着白大褂的法医接过去，小心地托着，钻进警车，鸣着笛，转着灯，开走。市里的警车与市委领导的车也赶到了，大院里无处停车，就停在了大楼前的永安大街上。县里的防暴警察和武警中队的官兵已经在大道上排开人墙，封锁了道路，成群结队的行人和自行车被封堵，形成了两个乌压压的人团，万头攒动、人声如潮。警察用电动喇叭喊话，命令人们绕道而行，但人们却一个劲地往前挤，直至公安局的马副政委对天鸣枪示警，人们才恋恋不舍地散去。

警笛声停止，但车顶上的警灯还在把一束束令人心寒的光芒扫来扫去。县委大楼上所有的窗户都遵命关闭，但许多人的目光还是不由自主地往外斜，即使他们目不斜视地盯着书本、文件或是压在玻璃板下的照片，但他们的脑海里，还是……好了，表哥，我不想对你描绘刘副书记遇难后发生在县委大楼的事了，从表面上看，已经没有什么异常，常委们躲在五楼小会议室里开紧急会议，各办公室里的人们以比平日里严肃得多的态度工作，小头头们抓住一点鸡毛蒜皮的小事严厉地训斥部下，而部下也带着痛不欲生的表情承认错误。当然，每个人心中的想法，就只可意会不可言传了。

很快就传来了消息，说在县城唯一的那家三星级饭店的一个豪华套间里，发现了刘副书记的尸体。尸体穿着深蓝色的西服，脖子上扎着紫红色的领带，端坐在沙发上，只要安上一个头就可以做报告。清扫房间的服务员怔了半天，才发现客人是无头的。奇怪的是，竟然没有一点血迹，米黄色的化纤地毯像是刚刚用强力吸尘器吸过一样，连一点灰尘都没有。断头处，仿佛用烙铁烙过一样平整——也有人说仿佛用速冻技术处理过一样平整。房间里没有任何的搏斗痕迹和罪犯留下的蛛丝马迹。这样的现场，令县里和市里那些刑警挠头不止。下午，省公安厅的破案专家飞车赶来。他们看了现场，研究了被分成两截的遗体，也感到大惑不解。问题的焦点集中在：刘副书记的血流到哪里去了？罪犯使用什么样的凶器才能干出这样干净利索的活儿？

当省、市、县的破案专家绞尽脑汁思索时候，一个传说，像风一样吹遍了县城的每一个角落，连永安大街上那两处爱民工程、外面用绿色马赛克里面用白色马赛克贴了墙面的公共厕所也没漏过——厕所尿池子上方白色的马赛克墙壁上，有人——也许是鬼——用彩笔写上了三个大字：月光斩——当然这传说也从县城波及乡村，甚至传到了外县、外省、外国。那三个字，每个都有足球般大，字迹稚拙，乍一看颇似顽皮儿童的涂鸦，但仔细研究，又像一个很有书法根基的人在扮嫩。

何为月光斩？人们马上就想到了一部香港拍摄的电视连续剧的名字，剧中有个人物，手持一把寒光闪闪的宝刀，专拣明月皎皎之夜杀人。但传说中的月光斩与这部香港电视剧毫无关系。传说里说——

一九五八年，大炼钢铁的时候，城关公社的一群机关干部，突发奇想，冲到新建的县火葬场，要用那台新安装的化尸炉炼钢。火葬场技术员向这些人解释，说化尸炉跟炼钢炉根本不是一种构造，但那批执拗的干部，任火葬场技术员磨得嘴唇起泡也不动摇。说他们去国营天河洼农场请来两位右派，帮助改造化入炉。这两位右派，一位名叫任你行，一位名叫令狐退。任你行原是钢铁厂的副总工程师，在苏联留过学，获得过副博士学位；令狐退原是省冶金学校副校长，留德归来的材料学专家。这是两个真正的专家，与当时那拨子建土炉子炼钢的人有天壤之别。如果不划成右派，我们这个小县城用八抬大轿也请不来他们，但成了右派后，一请就把他们请来了。这样两个人，别说是把化尸炉改成炼钢炉，给他们个尿罐，也能改造成可以熔化黄金的坩埚。这个由化尸炉改造成的炼钢炉，炼出了一块纯蓝的钢，就像国王的妃子抱了铜柱而受孕产下来的那块铁一样玄妙。他们往炼钢炉里投进去一百多个破旧的日本钢盔、五十多口铁锅、一万多个从棺材上起出来的铁钉，还有一千多枚罗汉钱，但出钢时只流出不满的一勺钢水。这是真正的金属的精华，七道凌厉的蓝光直冲云霄，有七颗流星沿着蓝光落到钢水勺里。它们在降落时，金光与蓝光剧烈摩擦，放射出刺目的强光，并散发出浓烈得让人昏迷的烧冰的香气——把冰凌放在火上烧，这是我们那里的坏小孩常玩的游戏——我知道这样写有悖物理学原理，但这是传说，姑妄言之姑妄听之。七星落入钢水勺后，正好齐平勺沿，那两个右派中的一个，可能是令狐退，也可能是任你行，亲手端着钢水勺子，浇灌到早就准备好的长条形钢锭模子里，他们准备了一百多个模子，但只灌了半个模子。这块钢——姑称为钢吧——在模子里冷却了，炼钢炉里的火也熄灭了，只有邻近火葬场的人民医院里那个土高炉还冒着火苗子。不久，人民医院的土高炉也灭了。此时，天上一轮明月，放射着浅蓝的光辉，那块钢，在模子里放出幽蓝的光芒，令在场的人心中都滋生出了庄严、神圣的感情。至于这块奇异的蓝钢的下落，有许多种说法，但每一种说法，都无从调查，因为那些炼钢的人大半作古，活着的人，只能提供一些含糊的证词，如果沿着这些证词调查，那就如同太阳的光线一样，射向四面八方，有的变成植物，有的变成气体，有的变成人类无法认识的物质。

但很快又有一个令人振奋的传说出现。

县城东门外，原有个东关村，村里有户铁匠，姓李，李铁匠六十丧妻，三个儿子，陆续成人，都无妻室，跟着父亲打铁为生。父子都是文盲，春节时，请村里一位曾经当过私塾先生的人写对联，那人好谑，提笔写道：一门四光棍，父子八大锤。横批不合规矩，只有三个字：硬碰硬。此联大为有名，县城的人都知道。新的传说与这户铁匠有关。

说“文化大革命”期间的一个傍晚，铁匠炉封了火，苞米粥的香气弥漫全室。铁匠们的饭量极大，一个比笆斗还大的双耳锅吊在铁匠炉上方，锅里的金黄的粥倒出来足有一桶。兄弟三个围着锅站立每人捧着一个粗大碗，喝得十分香甜。满室粥响，夹杂着老铁匠的哼哼。老铁匠病了，缩在墙角的地铺上，盖着一张烂羊皮。炉里飘游不定的蓝色火苗不时照亮老铁匠铜色的干巴脸，然后便敛了，房子又沉入黑暗。心比较细的老三嘴里有粥，含含糊糊地问：爹，你还是喝一碗吧，人是铁，饭是钢，一顿不吃饿得慌！老铁匠咳嗽一阵，喘息着问：粮食市上的苞米，涨到多少钱一斤啦？老大瓮声瓮气地说：管他多少钱一斤，水涨船高，粮食价涨，咱的工钱也跟着涨。老二道：这年头，还不知怎么闹腾呢，吃了今日就别去管明日啦！老铁匠喘息着说：今晚上加班，把“井冈山”红卫兵那批扎枪头子打出来，收一笔钱准备着，世道乱了，好往关外逃。三儿子道：你以为关外就不乱了吗？你没听到大喇叭里吆喝？五湖四海一片红啦！爷们儿正说着，喝着，听着县城里传出来的阵阵呐喊和火车的凄厉笛声，感受着火车进站时引起的地皮震颤，就有一个人影轻悄悄地，犹如一匹金钱豹子闪了进来。正好又有一个罂粟花般大小的蓝色火苗从封住的火炉上飘起来，悬浮着，久久不逝，照亮了来者。

那是一个年约十五六岁的姑娘，身穿一套草绿色的仿制军装，腰里扎着一条奇宽的牛皮腰带，使她的身材显得有几分英武。她头上扎着两根小辫，浓眉大眼，蒜头鼻子，长嘴厚唇，有点儿傻气。当然，她的胳膊上还套着一个红色的袖标。最重要的是，她怀里抱着一个黑色的包裹，看上去十分沉重，不知道里边是什么东西。

铁匠兄弟都是正当盛年的光棍，来者虽是一个小丫头，但毕竟是女性，所以他们都用热情的眼光上下打量着她，姑娘把怀中的包裹扔在地上，发出沉闷的响声，使地皮都颤抖。你是“井冈山”的吗？老三说，你们那批扎枪明天才能打出来。老二道：回去告诉你们的头头，一手交钱，一手交货！老大道：苞米涨价了，煤也涨价了，我们的扎枪头也涨了，每个两块！姑娘直起腰，把双手的拇指与食指插进腰带，捋捋衣服，又往下抻抻衣角，挺起胸膛，冷冷地说：我既不是“井冈山”的，也不是“东方红”的，我是“独立大队”。老三笑道：蒙谁呀？县城里根本就没有这么个红卫兵组织。姑娘道：我不跟你们废话，我有一块好钢，请你们帮我打一把刀。老三道：什么好钢，拿出来瞧瞧。于是，姑娘蹲在地上，解开地上的包裹。先是一层黑布，继是一层蓝布，然后是一层红布，最后是一层白布。当那层白布解开时，炉子上方那个飘游的火苗像胆怯的小鼠一般，倏地钻进了煤堆。被烟熏火燎得黝黑的铁匠铺子，顿时被一种幽蓝的光芒照亮，四面的墙壁和房顶，仿佛都刷了一层明亮的釉彩，焕发出动人的光芒。铁匠兄弟们都忘记了喝粥，捧着碗，张大嘴，眼睛直愣愣地瞪着那块钢。那块钢，安静地躺在白布上，仿佛一条远古时代的鱼，女孩伸出一个手指，轻轻地触摸了一下那块钢，然后疾速缩回，仿佛那块钢奇冷又仿佛那块钢奇热。她用挑战的口吻说：看到了吧？就是这样一块钢，我想请你们打一把刀，样子我也带来了，但不知你们有没有这个本事。她说着，从衣兜里摸出一张折叠成儿童玩的纸炮形状的纸片，展开，举给就近的老三：就照着这样子打。老三接过纸片，借着那钢的光，看着纸上的图。那是一把古老样式的刀，刀把是个圆环，刀背弧线流畅，宛如妙龄女子的腰背，刀尖与刀背吻合部形成一个钝角，刀刃线条凸起，犹如鱼的肚腹。这样的刀，倒也不难锻打，老三说着，将纸片递给老二，老二看罢，又递给老大。老大道：不知这位姑娘能出多少加工费？姑娘冷笑一声，道：只要你们能将这块钢，锻打成这样一把刀，加工费吗，要多少就是多少。老大知道：小姑娘，别说大话，你爹不是银行行长，即便你爹是银行行长，那些钱也不是你们家的对不对？告诉你，我打铁三十年了，我爹打铁六十年了，什么样的钢没见过？什么样铁没砸过？你想用这块抹了一层荧光粉的铁来糊弄我们吗？姑娘冷笑着，一探身夺回纸片，装进衣兜，然后便蹲下，包裹那块蓝钢。这时，一直缩在墙角的老铁匠气喘吁吁地说：姑娘，慢着点包裹。老三，扶我起来，让我见识见识。老三上前，扶起老铁匠，颤颤巍巍地过来，一低头，眼睛里立即生出光彩，脸上的肌肉也猛然紧张起来，仿佛片刻之间变成了另外的一个人。他蹲下，抬头看看姑娘，低头看看蓝钢；抬头，低头；抬，低。然后伸手触了一下蓝钢。然后又触了一下。又触。每一下都像蜻蜓点水。然后，站起来，双手抱拳，作一个长揖，小心翼翼地说：姑娘，儿子们出语无状，多有得罪。我们是些土铁匠，锻打个锨、镢、镰、锄，混碗苞谷粥糊口罢了。这样的宝物，您还是另请高明吧。姑娘叹一口气，说：都说李铁匠家祖上是为康熙大帝打过屠龙宝刀的御用铁匠，原来不过尔尔。说罢，用无比失望的眼光扫视了一遍铁匠父子，蹲下身，包裹起那钢，艰难地抱起，趔趔趄趄向外走去。房子里顿时又沉入黑暗，那蓝色火苗浮起，照耀着铁匠父子的脸，犹如四尊尴尬的泥神。姑娘的身影，犹如金钱豹子，即将在门口消失那一刹那，老铁匠用悲凉的声音问：姑娘，你到哪里去？——我把这块钢，扔到南湾里去，让它沉没到淤泥中，永远不见天日——回来，姑娘，老铁匠说，这是我的命，逃是逃不过的。——你决定要征服它了吗？姑娘的身影又如金钱豹子，一闪便回到了铁匠炉旁。她的目光里闪烁着惊喜，道，我知道你不会放过它的，一个好铁匠，总是盼望着这样的钢出世，然后，用奇特的方式，使它服从自己的意志，变成一把宝刀。老铁匠脱下身上的破褂子，露出瘦骨嶙峋的胸膛，从水桶里舀起一瓢冷水，咕咕地灌下去，然后一抹嘴，腰板挺直，仿佛年轻了二十岁，或者三十岁，雄赳赳地说：儿子们，生起火来！！！生起火来啊升起来火！！生起火来！

老铁匠的二儿子用铁钩子捅开煤壳，拉动风箱，呱嗒呱嗒，白烟上冲，直冲房顶，火星四窜，火苗紧接着出现。老铁匠从姑娘怀中接过那包裹，放在屋子正北方向的祖先牌位前，跪地，行三跪九叩之大礼。礼毕，将包裹解开，悲切切地说：列祖列宗，保佑吧！祝毕，将右手中指塞进嘴巴，咬破，在那蓝光的映照下他的血也成了蓝色，滴滴下落到那钢上，先发出叮叮咚咚的声响，仿佛珍珠落到冰上，然后又咬破左手中指，将血滴上去，又发出滋滋啦啦的声响，仿佛那钢是灼热的。铁匠的儿子们嗅到了古怪的香气，与那用荷叶包裹着的人血馒头放至灶火烧烤时的香气颇为接近。血祭完毕，那钢的蓝色浅了，淡了，不似初时那坚硬与凌厉，增添了些许温柔，与深秋时节的满月光辉有几分相似。然后，也不包扎手指，搬起那钢，如抱着一个五世单传的婴孩，塞进了熊熊的炉火之中。

用了比烧透一般钢铁十倍的时间，才将那块蓝钢烧透。当爷儿们把那蓝钢用头号大钳抬到铁砧子上时，铁匠铺里变成了一个冰一样透明的世界，屋子里的人和物，都仿佛远古时的物体，被凝固在一块浅蓝的琥珀里。此时，只有凝神观察，才能看到那鱼一样形状的钢，活泼泼地躺在砧子上，浑身抖动不止，不知是痛苦还是兴奋。老铁匠操着小锤，与其说是打，毋宁说是抚摸了一下那蓝钢，三个如狼似虎的儿子，各操着十八磅的大锤，各打了一锤。接下来，老铁匠的小锤便如鸡啄米一样迅疾地敲打下去，三个儿子手中的大锤，挟带着狂热与激昂，如同奔驰中的烈马之蹄，迅速无比但又节点分明地砸下去。奇怪的是竟然没有声音。往常这父子四人打铁发出的声响半条街上都能听到，连火车的汽笛声都被盖住，但现在，这锻打，这劳动，剧烈之极，但墙角上蟋蟀的鸣叫都声声入耳，让人感觉到深秋之悲凉，生命之短暂。那个小姑娘呢？那个姑娘缩在墙角里，双手捧着腮，眯缝着眼睛，犹如食后蹲在大树上休息的金钱豹子。奇怪的是如此猛烈的锻打，竟然没有半点的火星溅出，往常这父子四人打铁时，火星四溅，碰到墙壁反弹回来，发出扑簌簌的声响，远远看过来，宛如礼花绽放。这样的锻打持续了足有半个时辰。三个儿子身上热气腾腾，犹如三根刚从油锅里夹出来的油条，但那老铁匠，却连一滴汗珠都没流。老铁匠手中的小锤慢了下来，儿子们手中的大锤跟着慢下来。小锤更慢了，东一下，西一下，宛如一只吃饱了的鸡，在米堆里拣虫吃。老铁匠歪着头，眯着眼，神情和姿态都与一只黑色的老公鸡相似。更慢了。当当，小锤声；哐哐，大锤声。当，哐，当，哐。小锤扔在地上，站立着，柄儿摇晃，终于静止。三个儿子如同三株朽木，瘫倒在地上，只有老铁匠还站着。炉子里的火半明半暗，蓝色的火苗柔软无力，犹如微风中的丝绸。老铁匠头顶光秃，嘴角下垂，脖子上老皮垂挂，仿佛老了二十岁，或者三十岁。他勉强站着，用目光招呼着那个小姑娘。小姑娘畏畏缩缩地走到铁砧子前，先看了一眼铁匠，然后低头看砧子。她又抬起头看老铁匠，满脸疑惑。无怪她疑惑，因为那砧子上似乎什么都没有，好像那块奇异的蓝钢，被铁匠父子们打成了空气，或者打成了光，涂抹到这房间里的所有物体上，连人的皮肤上、头发上、眼睫毛上，都涂抹的有。老铁匠眼睛半睁着，可见疲劳已使他的眼皮没了力气，声音细弱，如同蚊虫哼哼，非侧耳屏气难以听到。但姑娘分明是听到了。她把右手中指塞进嘴巴，一口咬破，血珠滴落，举到砧子上。一股碧绿的烟雾腾起，房子里溢散开用灶火烧烤用荷叶包裹着的用人血蘸过的馒头的气味。与此同时，那把刀的形状便在砧子上渐渐地显现出来。大约有一米长、最宽处约有二十厘米，完全符合那张纸片上的形状。她又把左手的中指咬破，血珠滴落，举到刀上，叮叮咚咚，如同珍珠落在冰上。与此同时，那刀的形状又渐渐朦胧了，犹如雾里看花，水中望月，隔着玻璃看沐浴的美人。

你把它拿走吧。说完这句话，老铁匠往后便倒，随即停止了呼吸。

你把它拿走吧。说完这句话，老铁匠的大儿子随即停止了呼吸。

你把它拿走吧。说完这句话，老铁匠的二儿子随即停止了呼吸。

你把它拿走吧。老铁匠的小儿子说。

姑娘抓起那把刀，犹如捏着一段月光，对铁匠的小儿子说：你跟我一起走。

这两个年轻人，女的提着刀，男的空着手，走出铁匠铺子，走上街道，走出东关村，进入原野，消逝在蓝色的月光之中。

这把刀的名字叫“月光斩”。

只有用“月光斩”砍人首级，才能滴血不出，才能溅在如熨过的“的确良”布料一样平滑。

但不久又有一个传说出来，传说说：身首分离的刘副书记，其实是一个塑料模特，不知道是哪个恶作剧的家伙，或者是哪个被刘副书记扇过耳光的坏蛋，制造了这样一出闹剧。尽管是闹剧，但造成了极为恶劣的政治影响，对刘副书记的名誉也有毁灭性的伤害，而且还造成了难以估量的经济损失，那么多的警车，那么多的警察、武警，那么多的官员，都投入到破案中去，车辆磨损、汽油耗费、工资、差旅费……嗨！

为了挽回影响，县委、县政府在人民广场举行篝火晚会，庆祝中秋佳节，电视台直播。人们从电视里看到，刘副书记先讲话，后唱京戏，又与女青年跳舞。无论是讲话、唱戏，还是跳舞，他的脸上都带着微笑，非常有亲和力，非常平静，仿佛什么事情都没有发生过。

看完了附件，我给表弟回复邮件：表弟如晤，久未通信，十分想念。姑姑好吗？姑夫好吗？建国表哥好吗？青青表妹好吗？你在县城工作，要经常回老家看看，姑姑姑夫年纪大了，多多保重。你若回去，一定代我去眉间尺的坟前烧两百纸钱。遇见韦小宝的后人，一定要礼貌周全——宁得罪君子，不得罪小人，这是古训，不可违背。一转眼间你也快三十岁了，婚姻问题要赶快解决，天涯何处无芳草？不必死缠着小龙女不放，我看那个还珠格格就不错，野是野了点，但毕竟是金枝玉叶，跟她成了亲，对你的仕途大为有利，赶快定下来，万勿二心不定，是为至嘱。

（选自北京燕山出版社·莫言《世纪文学六十家·莫言精选集》）

读后思考：

关于“月光斩”的诸多传说究竟是真实的还是编造的？

这篇小说可谓是虚实结合——那么哪些是虚的、哪些是实的你能辨认吗？

在那些荒诞的情节里却蕴含着真实，你能还原历史的真相吗？

这篇小说有调侃武侠小说之处，你能否找出？为什么要这样安排？

有人认为这是一篇反腐小说，你的看法呢？

小说的象征

一部真正的小说应该无处不洋溢着象征，即我们寓居世界方式的象征，我们理解世界并且与世界打交道的方式的象征。

——余华

象征和文学艺术密不可分，小说自然也不例外。

在文网严密、禁锢思想的时代，是象征让良知尚存的小说逃过一劫，为人类保留接近真相的可能；但也会有人以莫须有的象征让并未微言大义的小说万劫不复，从此被打上“禁书”的烙印。

但无论如何，正是象征让小说有了超越现实的可能，而伴随着象征，许多新奇的手法因此得以发明出来，它们协同象征丰富了小说情节和叙述的可能性；并且，不同于诗歌、散文等其他文学样式，小说的篇幅又能让象征产生“集聚效应”，这也在一定程度上产生了目不暇接的现代派小说。

读小说，确实是要体会其象征之用更审视其象征之美。

重点阅读：苏童《独立纵队》、毕飞宇《地球上的王家庄》

推荐阅读：施蛰存《春阳》、穆时英《上海的狐步舞》、阿城《棋王》

苏童，原名童忠贵，1963年生于江苏，毕业于北京师范大学中文系，从上世纪八十年代起开始发表作品，擅长用先锋派技巧尤其是意象表现中国传统，被誉为“能在语言中创造世界的作家”；代表作品有《我妻妾成群》《香椿树街故事》《枫杨树山歌》等。

独立纵队

苏　童

上　部

小堂告诉他表哥，他所以在香椿树街成为光杆司令，主要是处于一个不利的地形。这都要怪他家的房子不前不后，不东不西，孤单单地坐落在化工厂的边门旁，干脆他要是住在化工厂里也行，可他偏偏就住在外面，这样他既不是化工厂宿舍楼的孩子，也不是葵花里千勇他们那一伙的，他就只有一个人。表哥安慰他说，别怕，有人欺负你找我。小堂那天跟着表哥在游泳池学游泳，他看着表哥雪白的细瘦的大腿，迟疑了一会儿，说，我对千勇的哥哥提过你的名字，他说他不认识你。表哥有点尴尬，说，谁要他认识我？我是西大街独立纵队的。他看看小堂，突然嘻地一笑，说，你也是独立纵队嘛，回去就告诉他们，谁也别来惹你，你是香椿树街独立纵队的司令员。

小堂在西大街他姑妈家住了一夜，第二天他提着一只西瓜回到了香椿树街。才离开了一天，街道就显得陌生了，桥下水果店的柜台后面出现了一个年轻的从未见过的女店员，她不知在和什么人说话，一边说一边咯咯地放肆地笑着，有个男的半蹲在装满毛桃的箩筐旁边，屁股向大街的方向翘着，小堂看见那个女店员突然挥手在那个屁股上打了一巴掌，啪地一响，小堂忍不住笑出了声，他发现柜台后面的人抬头向他这里张望，就扭过脸快步跑过了水果店。小堂扭着脸笑，他的这种怪模样引起了丰收的注意，丰收正守着他奶奶的凉茶摊子，他惊讶地看着小堂和他手里的西瓜，你脑子坏啦？丰收冲着小堂骂，走路还咧着个嘴笑，偷西瓜啦？小堂指了指水果店，一时不知该怎么描述水果店的事情，就简单地说，打屁股！丰收却仍然瞪着小堂：脑子坏了？丰收虽然以前跟着千勇，但现在千勇把他开除了，小堂现在不怕他，他对丰收说，我的脸归我使用，要笑要哭随我的便，关你屁事！丰收被小堂这句话震住了，他嘴里咦咦地叫了几声，猛地眼睛一亮，对小堂说，你他妈的别神气，千勇要找你算账！小堂这时候已经走到浴室门口了，小堂的脚步应声停顿下来，他站在浴室门口，回头向丰收望了一眼，又望了一眼，丰收埋下脑袋看起了连环画，他看不清他脸上的表情，因此无法判断丰收的话是真是假。小堂环顾着正午时分空寂的街道，一种非凡的勇气从天而降，小堂突然向丰收叫喊了一声，我谁也不怕，我是独立纵队的！

临近葵花里的时候，小堂听见了一阵熟悉的喧闹声，那种声音由哑铃、石锁落地的声音和男孩们起哄吵闹的声音组成，小堂听见一个男孩尖叫着，开除，开除他！那是千勇的声音。小堂有点心神不定，他看见葵花里的门口有两个男孩守着，一左一右，像是两个哨兵。小堂知道他们确实是千勇的哨兵。葵花里的门上现在有一行字：出入葵花里请出示通行证。那行歪歪扭扭的字当然是出自千勇之手。千勇的哥哥千刚是香椿树街青年的领袖人物，千勇就狗仗人势称王称霸，谁都知道千勇狗屁不如，可谁都知道千刚厉害，所以男孩子们就投靠了千勇，他们觉得投靠了千勇就是投靠了千刚。小堂远远地看见豁嘴叼着香烟走进葵花里，并没有出示什么通行证，豁嘴是千刚的朋友，他不用遵守千勇的规定。小堂知道那种画在硬纸板上的通行证只是针对他们这一拨男孩的，他也知道街上有好多男孩向千勇交了一块钱，得到了那张通行证。丰收曾经问他有没有买葵花里的通行证，小堂说，买它干什么？谁要到葵花里去？去那儿就是看千刚他们练身体，又不让你练，有什么用？小堂现在想起了这件事，他猜丰收一定去向千勇检举了，如果千勇真的要找他算账，一定与这件事有关。

小堂走过了葵花里的大门洞，两个哨兵都比小堂小，其中一个不时地擤着鼻涕，小堂不怕他们。他用眼角的余光向里面瞄了一下，看见千刚他们围着满地的哑铃和石锁，每个人都光裸着上身，露出结实的肌肉。他没有看见千勇和他的一帮狗腿子。小堂提着西瓜匆匆地走过葵花里，将装西瓜的网线袋从右手换到了左手。冷不防地他听见了千勇的声音，把他拦住，把他拦住！小堂感觉到从身后卷过来一阵风，一眨眼，千勇和烂泥他们就堵在他面前了。

小堂惊慌地靠到墙上，看着千勇，他看见千勇手里甩着一根链条锁，千勇的额头上长了个热疖，上面涂着紫药水。小堂意识到自己的惊慌会带来什么样的后果，他极力摆出一种轻松的姿态，说，你玩链条锁呀？

千勇却不吃这一套，他始终用挑衅的目光瞪着小堂，说，你是化工厂的人吧？是你不让丰收来买通行证的吧，你说要玩去化工厂和宋文他们玩，是你说的吧？

小堂惊叫起来，没有，我没说过，是丰收造谣！丰收一贯造谣，你是知道的，他的嘴巴全世界最烂！

千勇冷笑了一声，说，那你的嘴巴就干净了？你们化工厂的人嘴巴才是全世界最烂的，你们不是说要消灭葵花里吗？来呀，来消灭啊，什么本事也没有，鸡蛋还想碰石头，哪天我把你们化工厂孩子的嘴全部用大便堵起来，看你们还嘴硬！烂泥在旁边帮腔说，哪天我带一颗炸弹去你们化工厂，不消一秒钟，你们化工厂就报废了！

我不是化工厂的！小堂一着急就口不择言了，他说，你们的眼睛长到屁股上去了？我住在化工厂隔壁，不在化工厂里面。我跟宋文他们没有关系！

住在化工厂隔壁就等于住化工厂，你一定是宋文的奸细。千勇仍然气势汹汹瞪着小堂，他用链条锁的锁头在小堂的下巴上蹭了一下，说，给我从实招来，你是不是宋文的奸细？烂泥这时候在旁边提醒千勇，烂泥说，千勇，他刚才说你眼睛长屁股上啊。

小堂一直注意着千勇的链条锁，他知道链条锁能把人的脑袋砸一个窟窿。小堂放下西瓜，将千勇的链条锁往旁边推，他说，我骗你是小狗，我从来不跟宋文他们玩，我瞧不上他们。

烂泥先叫起来，花言巧语，骗人！那你今天交代清楚，你为什么不买我们的通行证？你自己不买，还劝丰收也不买。你还是一个教书（唆）犯！

小堂不看烂泥，他一直用诚恳的目光看着千勇，他说，我没钱，我妈妈从来不给我一分钱。丰收有钱，他帮他奶奶卖凉茶，有好多钱。

千勇嗤地一笑，说，你是猪脑子呀？谁的钱是爹妈给的？都是从家里偷出来的嘛。你不会从家里偷啊？

我外公天天在家。小堂说，我没机会偷他们的钱。

千勇似乎有点相信小堂的说法了，他把链条锁卷起来放在裤袋里，他的目光落在小堂的西瓜上。一只西瓜折合一块钱。千勇突然说，你要不要用西瓜换通行证，随便你，我不强迫你。烂泥在一边补充说，给你一个机会，这是考验你，你放聪明一点。

小堂咬着嘴唇，他的脑袋扭来扭去的，斜着眼睛向哪儿张望着，大约过了一分钟，他说，好吧，你先把通行证给我。千勇从裤袋里掏他的通行证时，小堂的一句话让千勇恼羞成怒，小堂说，这只西瓜一块五毛钱，你还要补我五毛钱。千勇就举起拳头对准了小堂，他说，你敢跟我要五毛钱？你吃了豹子胆啦！

小堂是个识时务的男孩，他后来没再坚持要那五毛钱。他把通行证放进衬衣口袋就往前走了。离开香椿树街才一天的时间，街道和街上的人群就显出几分陌生，有些人哭丧着个脸，好像家里死了人，有的人表情鬼鬼祟祟，好像刚刚写了反动标语。小堂现在空着手，一只西瓜换了一张葵花里的通行证，这笔交易是否合算，小堂现在还无法估算。

下　部

正午时分，一些搬运工人顶着毒辣的阳光从化工厂的边门里推出一车车的樟脑，一路小跑着向河运码头冲去。樟脑刺鼻的气味钻出麻袋，荡漾在香椿树树街上，小堂在床上迷迷糊糊地睡着，两只手轮流驱赶着樟脑的气味，没有什么作用，小堂的午睡就这样被樟脑剥夺了。

小堂记得他做了一个梦，但是却想不起具体的梦境了，唯一记得的是一面火红的旗帜，旗帜上写着四个字：独立纵队。小堂放不下这个梦，他在房间里苦思冥想，仍然不能把那个神奇的梦拼接起来，小堂干脆找出一件旧背心，用钢笔在上面写了四个大字：独立纵队。他把背心穿在身上，背对着镜子照那四个字，手写的字无论多好都没有印出来的威风，你要是穿着它出去，别人会笑话的。小堂在镜子前忙了半天，最终还是把那件背心换下来了。

小堂的外公还在竹制的躺椅上打呼噜，躺椅正对着大门外的街道，加上外公睡觉的时候有一只眼睛总是半睁着，看上去他仍然饶有兴味地监视着街上的行人。小堂走到门边，听见外公的呼噜突然卡住了，他下意识地往后面缩了一下，回头一看，外公还在睡，小堂注意到外公宽大的裤衩起了不该有的褶皱，他的干瘪的睾丸部分又露在外面了。小堂担心门外的路人会看见它，又不想为这事叫醒外公，俗话说急中生智，小堂一着急就到筷桶里拿了一双筷子，小心地提着筷子替外公把裤衩整理好了。外公翻了个身，对小堂的做法一点也不领情，他说，不准出去，小心他们又欺负你。然后就又打开了呼噜。

小堂倚着门，看着那些搬运工人在烈日下的劳动。两个食堂的师傅抬着一桶什么东西来到厂门口，小堂知道那是提供给搬运工的冰冻绿豆汤。小堂认识那个胖的食堂师傅，他从厨房里拿了一只碗，匆匆地跑过去，把碗塞给胖师傅。但胖师傅却把碗推开了，对小堂不耐烦地说，剩下了才能给你。小堂觉得没面子，但他还是耐心地站在一边等。他看见宋文的自行车突然从大街上拐了进来，自行车后面坐着小北京。他们跳下了车，两个人看上去都是满头大汗的，小北京的右手不知什么时候上了石膏夹板，看上去就像《红灯记》中的王连举。小堂以前总是主动地招呼宋文，而宋文对他一向是爱理不理的，这次不同了，小堂反剪着手拿着他的碗，一条腿还满不在乎地抖动着。小堂想他何苦总是去拍他们的马屁，当你成为独立纵队后是不需要同党的，可是世界上的事情就是奇怪，宋文从来都不爱搭理小堂，那天却忽然向小堂招了招手，用一种非常亲切的口气说，小堂你跟我们来！

小堂意外地看着宋文，他把手里的碗扣在头上，又拿下来，嘴里咕哝道，来干什么？你们请我吃冷饮吗？

小北京说，让你来你就来。我们那里冷饮多的是，没人吃。

宋文说，来呀，我有事要问你。

小堂犹豫了一下，还是尾随着他们走进了化工厂的边门。他们经过仓库，向宿舍区走去。小堂始终和宋文他们保持着一米左右的距离。小堂一路走一路问，找我干什么？那天厂里放电影，我让你们带我进去，你们不理我，现在找我干什么？小北京回过头皱着眉头，说，啰嗦什么？你是妇女呀？有事就是有事，没事找你干什么！小堂站住了，他看着宋文把自行车放进了车棚，小堂抬头看了看车棚上方的三层楼楼房，那就是化工厂的宿舍，小堂知道宋文家住二楼，小北京就住一楼。小堂想起宋文家的那台电视机，不知道白天有没有节目，他就提示性地说，宋文，去你家玩吧。宋文锁好了自行车，将带有金鱼形坠子的自行车钥匙摊在手上，转了一下，然后他对小堂说，跟我们来。

宿舍楼里光线很暗，楼梯上堆满了各家的杂物。小堂把碗放在谁家的纸箱上，空着手跟宋文他们往楼上走。他们走过了二楼，小堂说，不对，你们去哪里？宋文说，去我们司令部，司令部在三楼。小堂一下就愣在楼梯上了，你们也有司令部了？我怎么不知道呢？小北京回过头瞪着他，说，你别装蒜，我们早就有司令部，你是来过的。小堂这下明白了，他知道小北京指的是一间废弃的厕所，那间厕所下水道坏了，被宿舍里的人封起来，当了储藏间，去年有一天宋文在杂货店买了六只拖把，小堂正好路过那里，是他帮宋文把其中三只拖把送到那间旧厕所去的。

小堂是被宋文推进旧厕所里面的，这一瞬间他后悔了，他知道上当了，可后悔有什么用？他看见储藏间里有五六个男孩等在那里，他们是在等着宋文和小北京，不，小堂其实已经意识到他们是在等他，他看见了墙上用墨水写的标语：叛徒沈小堂公审大会。沈小堂这三个字就像街上布告栏里的杀人犯的名字，被谁用红墨水打了个叉叉。小堂发出了一声狂叫，他拼命想挣脱宋文的两只手，但里面的化工厂的孩子一拥而上，有个戴眼镜的孩子用一团线塞进了小堂的嘴里。小堂的眼泪一下就涌了出来，他不知道这件事情发生的前因后果，惊慌之中他只是一遍遍地尖叫着，你们弄错了，我不是叛徒！小堂知道他们听不清自己的声音，但他还是尖叫着，你们别胡闹，我不是叛徒！

是宋文把小堂嘴里的线团掏出来的，宋文对他的人说，我们要听他坦白，不能堵他的嘴。宋文又对小堂说，你给我放老实点，你要是再敢乱叫乱喊的，我就用樟脑丸塞你的嘴。宋文从一只塑料袋里拿出几颗樟脑，让小堂看，他说，你是知道的，吃下樟脑丸你就变成一个白痴了，你说，你还叫不叫了？小堂大口地喘着粗气，他说，我不叫了，可你们不能冤枉人，为什么把我当叛徒？为什么开我的公审大会？你们先要向我说清楚。

宋文向其他男孩看了看，表示审问开始了。宋文清了清喉咙，说，坦白从宽抗拒从严，你要老实交代，第一个问题，昨天一天你去哪里了？

小堂说，我去我姑妈家了。夜里就住在她家。你们管得太宽了，我不能去我姑妈家吗？

你还嘴犟？小北京几乎是扑过来，用左手点着小堂衬衣的口袋里，他说，这是什么？掏出来给大家看，掏出来就真相大白了，什么姑妈不姑妈的，你是跑到葵花里去告密了！

旁边有人抢先替小堂掏出了那张硬纸板，是千勇手写的葵花里的通行证。那个男孩怪腔怪调地念着：葵花里通行证。有效期一九七四年八月。过期失效。小堂这时有点明白他的处境了，小堂又大叫起来，是他要给我的，不是我向他要的。

宋文说，那不说明什么问题，你有葵花里的通行证，就证明你当了叛徒。证据确在（凿），你还狡辩什么，你还想富于（负隅）顽抗？

小堂一急眼泪又不听话地流了出来，他说，什么呀？你们连什么是叛徒都弄不清楚，还在公审叛徒呢。我不是你们一伙的，你们从来不跟我一起玩，我怎么是你们的叛徒呢？你们这是乱扣帽子。

宋文无疑对小堂的抗辩是有准备的，他说，我就知道你会这样洗清自己的罪名，你说你不是我们的人，那我问你，你住在化工厂隔壁不会错吧？葵花里离你家有三百多米呢，你去投靠他们，就是对我们司令部的出卖，出卖就是叛徒！

小堂不停地摇头，他说，你说什么呀，我怎么出卖你们了？你们从来不搭理我，你们整天干什么我一点也不知道，怎么出卖你们？我没有你们的情报呀。

小北京站在一边怒视着小堂说，还在装蒜，你怎么没有情报？天天在厂门口东张西望的，不是刺探情报是干什么？我问你，你有没有把我们司令部的名单交给千勇？

小堂的眼泪止不住地流出来，他说，什么名单？我根本不知道你们有多少人，你们化工厂的人都不爱搭理我呀。

宋文说，我们不搭理你，你就可以当叛徒了？嘿，你当叛徒倒当出个理由了。我看你就是对我们化工厂司令部怀恨在心，所以当了叛徒，对不对？

小堂先是点头，很快他意识到不该这么诚实地对待宋文的审问，于是他又摇头，他说，反正我不是叛徒，我从来不是你们这一帮的，我也不是千勇他们那一帮的，我怎么会是叛徒？

宋文似乎对小堂的这番辩解很感兴趣，他瞪着小堂，你说什么？你不是我们这一帮的，你又不是千勇他们的人，那你是哪一帮的？

小堂迟疑了一会儿，小堂的脑袋痛苦地垂下来，轻声而坚决地说，我是独立纵队。

废弃的厕所里顿时骚动起来，所有的男孩都对小堂的供词表现出某种好奇和热情，小北京过来托着小堂的下巴说，你说你是独立纵队的？快说，你有几个人？都是谁在你的独立纵队里？

小堂沉默着，他不想回答。小堂这时不再哭了，勇气和豪情突然赶走了心中的恐惧，独立纵队——对这个番号的热爱使小堂的眼中掠过一道明亮的光芒，他抹抹额头上的汗，又撩起衬衣擦干了眼睛，看着化工厂的孩子一个个围过来，小堂猛地大叫一声，你们都是笨蛋，独立纵队只有一个人，就是我一个人！

小堂为他突如其来的勇气付出了代价，宋文他们先是愣怔着，很快他们被小堂激怒了，他们认为小堂在耍弄他们。小北京说，揍他，这个叛徒，胆敢耍弄我们，狠狠地揍他！不知是谁的声音在小堂的身后一遍遍地重复着：严刑拷打，严刑拷打！小堂转过脸想寻找那个声音的来源，可是宋文一把揪住了他的头发，宋文的表情很严峻，他说，快招，你的独立纵队到底有多少人？你不老实我就把你吊起来了！小堂的脑袋在宋文的手中沉浮，小堂说，你别抓我头发，你抓我头发也一样，我就一个人，一个人也可以成立独立纵队，你们懂不懂？宋文这时猛地松开了手，将小堂撞到墙上，他拍了拍手上的头屑，说，拿绳子来，把这个叛徒吊起来！

他们将小堂悬吊在横跨空中的水管上。小堂的脚一开始还蹬踢着，一开始他觉得身子的坠落使他疼痛难忍，渐渐地就觉得他是在向屋顶上浮升了，他看见化工厂的男孩们围着他嚷嚷着，挥舞着手臂、鞋底还有拖把。在半空中小堂的恐惧感奇异地消失了，他听不见他们的声音了，耳边涌动的是一种类似风吹红旗的声音。他看见了那面红旗，他看见了红旗下排列整齐的队伍，是他的队伍。他看见一条巨大的横幅，横幅上写着威风凛凛的四个大字：独立纵队。小堂在这个瞬间清晰地重温了中午午睡时的梦境，这是他的独立纵队。这就是他的队伍。这就是他的人马。小堂热泪盈眶。小堂的脸俯向他的队伍，露出了狂喜的笑容。小堂被缚的身子开始在男孩们的头顶上向上腾跃，宋文他们有点惊愕地仰望着小堂，他们注意到他的手臂，主要是他的手臂在绳索中挣扎上升，一次次地挥举，小北京叫起来，他要喊口号，快把他的嘴堵住！

他们从拖把上拽下了一些布条，他们手忙脚乱地用布条往小堂的嘴里塞，但是小堂的欢呼声已经喷薄而出，小堂的欢呼声已经尖利而响亮地在废弃的厕所里回荡起来：独立纵队成立啦纵队成立啦成立啦……

（选自上海文艺出版社·苏童《香椿树街故事》）

读后思考：

小堂是个怎样的人物？请予以评价。

为何小堂会被孤立而矢志不渝？

在这篇小说里，你发现多少可能的象征？

有评论认为，小堂的遭遇就是中国知识分子的遭遇，你同意否？

也有评论认为，这是一篇写独立精神在中国的遭遇的小说，你同意否？

毕飞宇，1964年生于江苏，毕业于扬州大学中文系。毕业后做过老师，又当过编辑，最终以作家为业，小说散文皆有可观，有“写女性心理最好的男作家”之美誉；代表作品有《玉米》《青衣》《推拿》等。

地球上的王家庄

毕飞宇

我还是更喜欢鸭子，它们一共有八十六只。队长把这些鸭子统统交给了我。队长强调说：“八十六，你数好了，只许多，不许少。”我没法数。并不是我不识数，如果有时间，我可以从一数到一千。但是我数不清这群鸭子。它们不停地动，没有一只鸭子肯老老实实地待上一分钟。我数过一次，八十六只鸭子被我数到了一百零二。数字是不可靠的，数字是死的，但鸭是活的。所以数字永远大于鸭子。

每天天一亮我就要去放鸭子。我把八十六只也可能是一百零二只鸭子赶到河里，再沿河赶到乌金荡。乌金荡是一个好地方，它就在我们村子的最东边，那是一片特别阔大的水面，可是水很浅，水底长满了水韭菜。因为水浅，乌金荡的水面波澜不惊，水韭菜长长的叶子安安静静地竖在那儿，一条一条的，借助于水的浮力亭亭玉立。水下没有风，风不吹，所以草不动。

水下的世界是鸭子的天堂。水底下有数不清的草虾、罗汉鱼。那都是一览无遗的。鸭子们一到乌金荡就迫不及待了，它们的屁股对着天，脖子伸得很长，全力以赴，在水的下面狼吞虎咽。为什么鸭子要长一只长长的脖子?原因就在这里。鱼就没有脖子，螃蟹没有，虾也没有。水底下的动物没有一样用得着脖子，张着嘴就可以了。最极端的例子要数河蚌，它们的身体就是一张嘴，上嘴唇、下嘴唇、舌头，没了。水下的世界是一个饭来张口的世界。

乌金荡同样也是我的天堂。我划着一条小舢板，滑行在水面上。水的上面有一个完整的世界。无聊的时候我会像鸭子一样，一个猛子扎到水的下面去，睁开眼睛，在水韭菜的中间鱼翔浅底。那个世界是水做的，空气一样清澈，空气一样透明。我们在空气中呼吸，而那些鱼在水中呼吸，它们吸进去的是水，呼出来的同样是水。不过有一点是不一样的，如果我们哭了，我们的悲伤会变成泪水，顺着我们的面颊向下流淌。可是鱼虾们不一样，它们的泪水是一串又一串的气泡，由下往上，在水平面上变成一个又一个水花。当我停留于水面上的时候，我觉得我飘浮在遥不可及的高空。我是一只光秃秃的鸟，我还是一朵皮包骨头的云。

我已经八周岁了。按理说我不应当在这个时候放鸭子。我应当坐在教室里，听老师们讲刘胡兰的故事、雷锋的故事。可是我不能。我要等到十周岁才能走进学校。我们公社有规定，孩子们十岁上学，十五岁毕业，一毕业就是一个壮劳力。公社的书记说了，学制“缩短”了，教育“革命”了。革命是不能拖的，要快，最好比铡刀还要快，“咔嚓”一下就见分晓。

但父亲对黑夜的兴趣越来越浓了。父亲每天都在等待，他在等待天黑。那些日子父亲突然迷上了宇宙了。夜深人静的时候，他喜欢黑咕隆咚地和那些远方的星星们待在一起。父亲站在田埂上，一手拿着手电，一手拿着书，那本《宇宙里有些什么》是他前些日子从县城里带回来的。整个晚上父亲都要仰着他的脖子，独自面对那些星空。看到要紧的地方，父亲便低下脑袋，打开手电，翻几页书，父亲的举动充满了神秘性，他的行动使我相信，宇宙只存在于夜间。天一亮，东方红、太阳升，这时候宇宙其实就没了。只剩下满世界的猪与猪，狗与狗，人与人。

父亲是一个寡言的人。我们很难听到他说起一个完整的句子。父亲说得最多的只有两句话，“是”，或者“不是”。对父亲来说，他需要回答的其实也只有两个问题，是，或者不是。其余的时间他都沉默。父亲在沉默的夏夜迷恋上了宇宙，可能也就是那些星星。星空浩瀚无边，满天的星光却没有能够照亮大地。它们是银灰色的，熠熠生辉，宇宙却是一片漆黑。我从来不认为那些星星是有用的。即使有少数的几颗稍微偏红，可我坚持它们百无一用。宇宙只是太阳，在太阳面前，宇宙永远是附带的，次要的，黑灯瞎火的。

父亲在夜里把眼睛睁得很大，一到了白天，父亲全蔫了。除了吃饭，他的嘴也永远紧闭着。当然，还有吸烟。父亲吸的是烟锅。父亲光着背脊蹲在田埂上吸旱烟的时候，看上去完全就是一个庄稼人了。然而，父亲偶尔也会吸一根纸烟。父亲吸纸烟的时候十分陌生，反而更像他自己。他端端正正地坐在天井里，跷着腿，指头又长又白，纸烟被他的指头夹在中间，安安静静地冒着蓝烟，烟雾散缭了，缭绕在他的额头上方。父亲的手真是一个奇迹，晒不黑，透过皮肤我可以看见天蓝色的血管。父亲全身的皮肤都是黑糊糊的。然而，他手上的皮肤拒绝了阳光。相同的状况还有他的屁股。在父亲洗澡的时候，他的屁股是那样地醒目，呈现出裤衩的模样，白而发亮，傲岸得很，洋溢出一种冥顽不化的气质。父亲的身上永远有两块异己的部分，手，还有屁股。

父亲的眼睛在大白天里蔫得很，偶尔睁大了，那也是白的多，黑的少。

北京的一位女诗人有一首诗，她说："黑夜给了你一双黑色的眼睛，你却用它来翻白眼。"我觉得女诗人说得好。我有一千个理由相信，她描述的是我的父亲。

父亲是从县城带回了《宇宙里有些什么》，同时还带回了一张《世界地图》。世界地图被父亲贴在堂屋的山墙上。谁也没有料到，这张《世界地图》在王家庄闹起了相当大的动静。大约在吃过晚饭之后，我的家里挤满了人，主要是年轻人，一起看世界来了。人们不说话，我也不说话。但是，这一点都不妨碍我们对这个世界的基本认识：世界是沿着"中国"这个中心辐射开去的，宛如一个面疙瘩，有人用擀面杖把它压扁了，它只能花花绿绿地向四周延伸，由此派生出七个大洲、四个大洋。中国对世界所做出的贡献，《世界地图》上已经是一览无遗。

《世界地图》同时修正了我们关于世界的一个错误看法。关于世界，王家庄的人们一直认为，世界是一个正方形的平面，以王家庄作为中心，朝着东南西北四个方向纵情延伸。现在看起来不对。世界的开阔程度远远超出了我们的预知，也不呈正方，而是椭圆形的。地图上左右两侧的巨大括弧彻底说明了这个问题。

看完了地图我们就一起离开了我们的家。我们来到了大队部的门口，按照年龄段很自然地分成了几个不同的小组。我们开始讨论。概括起来说有这样的几点：第一，世界究竟有多大？到底有几个王家？地图上什么都有，甚至连美帝、苏修都有，为什么反而没有我们王家庄？王家庄所有的人都知道王家庄在哪儿，地图它凭什么忽视了我们？这个问题我们完全有必要向大队的党支部反映一下。第二，这一点是王爱国提出来的，王爱国说，如果我们像挖井那样不停地往下挖，不停地挖，我们会挖到什么地方呢？世界一定有一个基础，这个是肯定的。可它在哪里呢？是什么托起了我们？是什么支撑了我们？如果支撑我们的那个东西没有了，我们会掉到什么地方去这个问题吸引了所有的人。人们聚拢在一起，显然，开始担忧了。我们不能不对这个问题表示我们深切的关注。当然，答案是没有的。因为没有答案，我们的脸庞才格外地凝重，可以说暮色苍茫。还是王爱国首先打破了沉默，提出了一个更令人害怕的问题：第三，如果我们出门，一直往前走，一定会走到世界的尽头，白天还好，万一是夜里，一脚下去，我们肯定会掉进无底的深渊。那个深渊无疑是一个无底洞，这就是说，我们掉下去之后，既不会被摔死，也不会被淹死，我们只能不停地坠落，一直坠落，永远坠落。王爱国的话深深吸引了我们，我们感受到了恐惧，无边的恐惧，无尽无止的恐惧。因为恐惧，我们紧紧地挨在一起。但是，王爱国的话立即受到了质疑。王爱贫马上说，这是不可能的。王爱贫说，他看地图看得非常仔细，世界的尽头并不是在陆地，只不过是海洋，并没有路，我们是不会走到那里去的。王爱贫补充说，地图上清清楚楚，世界的左边是大西洋，右边也是大西洋，我们怎么能走到大西洋里去呢？王爱贫言之有理。听了他的话我们都松了一口气，同时心存感激。然而，王爱国立即反驳了。王爱国说，假如我们坐的是船呢？王爱国的话又把我们甩进了无底的深渊。形势相当严峻，可以说危在旦夕。是啊，假如我们坐的是船呢。假如我们坐的是船，永远坠落的将不只是我们，还得加上一条小舢板。这个损失将是无法弥补的。我们几个岁数小的一起低下了脑袋。说实话，我们已经不敢再听了。就在这个最紧要的关头，还是王爱贫挺身而出了。王爱贫没有正面反击王爱国，而是直接给了我们一个结论：“这是不可能的。”王爱国说：“为什么不可能？”王爱贫笑一笑，说，如果船掉下去了，“那么请问，满世界的水都淌到了哪里？”

满世界的水都淌到了哪里？

我们看了看身后的鲤鱼河。水依然在河里，并没有插上翅膀，并没有咆哮而去，安静得像口井。我们看到了希望，心安理得。我们坚信，有水在，就有我们在。王爱贫挽救了我们，同时挽救了世界。我们都一起看着王爱贫，心中充满爱戴与崇敬。他为这个世界立下了不朽的功勋。

但是，我还是不放心。或者说，我还是有疑问，在大西洋的边缘，满世界的水怎么就没有淌走呢？究竟是什么力量维护了大西洋？我突然想起了《世界地图》。可以肯定，世界最初的形状一定还是正正方方的，大西洋的边沿原来肯定是直线。地图上的巨大外弧线只能说明一个问题，那是被海水撑的：像一张弓，弯过来了，充满了张力，充满了崩溃的危险性。然而，它终究没有崩溃。这是一种奇异的力量，不可思议的力量，我们不敢承认的力量。然而，是一种存在的力量。

我们完全可以设想，大西洋的边沿一旦决口了，海水会像天上的流星，消失在无边的黑暗中。水都是手拉手的，它们只认识缺口，满世界的水都会被缺口吸光，我们王家庄鲤鱼河的水也会奔涌而去。到那时，神秘的河床无疑会袒露在我们的面前，河床上到处都是水草、鱼虾、蟹、河蚌、黄鳝、船、鸭子，也许我们家的码头上还会出现我去年掉进河里的五分钱的硬币。可是，五分钱能把满世界的水重新买回来么？用不了两天这个世界就臭气熏天了。我傻在那里，我的心像夏夜里的宇宙，一颗星就是一个窟窿。

我没有回家，直接找到了我的父亲。我要在父亲那里找到安全，找到答案。父亲站在田埂上，一手拿着书，一手拿着手电，仰着头，一心没有二用。满天的星光，交相辉映，全世界只剩下我和我的父亲。我说："爸爸。"父亲没有理我。过了好半天，父亲说："我们来看看大熊座。这是摇光，这是开阳，依次是玉衡、天权，天玑、天璇、天枢，北斗七星就是它们。儿子，我们现在沿着天璇和天枢五倍远的距离，喏，这个，最亮的一颗。"父亲一边说一边打开了他手里的手电，夜空立即出现了一根笔直的光柱，银灰色的，消失在遥不可及的宇宙边缘。父亲说："看见了吗？这就是北斗。"我看不见。我没有耐心关心这个问题。我说："王家庄到底在哪里？"父亲说：

“我们在地球上。地球也是宇宙里的一颗星。”我仰起头，看着夜空。我一定要从宇宙中找到地球，看地球在哪里闪烁。我从父亲的手上接过手电，到处照，到处找。星光灿烂，但没有一处是手电的反光。没有了反光手电也就彻底失去了意义。我急了，说：“地球在哪里？”父亲笑了。父亲的笑声里有难得的幸福，像星星的光芒，有一点柔弱，有一点勉强。父亲摸了摸我的头，说：“回去睡吧。”我说：“地球在哪里？”父亲说：“地球是不能用眼睛去找的，要用你的脚。”父亲对着漆黑的四周看了几眼，用手掸了掸身边的萤火虫，犹豫半天，说：“我们不说地球上的事。”我把手电塞到父亲的手上，掉头就走。走到很远的地方，对着父亲的方向我大骂了一声：“都说你是神经病！”我坐在小舢板上，八十六只也可能是一百零二只鸭子围绕在我的四周，它们全力以赴地吃，全力以赴地喝，它们完全不能理会我内心的担忧。万里无云，宇宙已经没有了，天上只有一颗太阳。乌金荡的水把天上的阳光反弹回来了，照耀在我的身上。我的身上布满了水锈，水锈是黑色的，闪闪烁烁。然而，这丝毫不能说明我的内心通体透亮。乌金荡里只有我，以及我的八十六只也可能是一百零二只鸭子。我承认我有点恐惧。因为我在水里，我在船上。我非常担心乌金荡的水流动起来，我担心它们向着远方不要命地呼啸。对于水，我是知道的，它们一旦流动起来了，眨眼的工夫就会变成一条滑溜溜的黄鳝，你怎么用力都抓不住它们。最后，你只能看着它们远去，两手空空。

这一切都是《世界地图》闹的。可是我不打算抱怨《世界地图》什么。即使没有那张该死的地图，世界该是什么样一定还是什么样。危险的确是存在的。我甚至恨起了我的父亲，人间的麻烦是如此巨大，你不问不管，你去操宇宙那份心做什么？北斗星再亮只是夜空的一块疤，它永远不可能变成集体的财产，永远不可能变成第八十七只或第一百零三只鸭子。甚至不可能变成第八十七或第一百零三粒芝麻。

然而，危险在任何时候都是有诱惑力的。它使我陷入了无休无止的想象。我的思绪沿着乌金荡的水面疯狂地向前逼进，风驰电掣，一直来到了大西洋。大西洋很大，比乌金荡和大纵湖还要大，突然，海水拐了一个九十度的弯，笔直地俯冲下去。这时候你当然渴望变成一只鸟，你沿着大西洋的剖面，也就是世界的边沿垂直而下，你看见了带鱼、梭子蟹、海豚、剑吻鲨、乌贼、海鳗，它们在大西洋的深处很自得地沉浮。它们游弋在世界的边缘，企图冲出来。可是，世界的边沿挡住了它们，冲进来的鱼"当"地一下，被反弹回去了，就像教室里的麻雀被玻璃反弹回去一样。基于此，我发现，世界的边沿一定是被一种类似于玻璃的物质固定住的。这种物质像玻璃一样透明，玻璃一样密不透风。可以肯定，这种物质是冰。是冰挡住了海水的出路。是冰保持了世界的稳固格局。

我拿起竹篙，一把拍在了水面上。水面上"啪"的一声，鸭子们伸长了脖子，拼命地向前逃窜，我要带着我的鸭子，一起到世界的边缘走一走，看一看。

我把鸭子赶出乌金荡，来到了大纵湖。大纵湖一望无际，我坚信，穿过大纵湖，只要再越过太平洋，我就可以抵达大西洋了。

我没有能够穿越大纵湖，事实上，进入大纵湖不久我就彻底迷失了方向。我满怀斗志，满怀激情，就是找不到方向：望着茫茫的湖水，我喘着粗气，斗志与激情一落千丈。

我是第二天下午被两位社员用另外一条小舢板拖回来的。鸭子没有了。这一次不成功的探险损失惨重，它使我们第二生产队永远失去了八十六只也可能是一百零二只鸭子。两位社员没有把我交给我的父亲，直接把我交给了队长。队长伸出一只手，提起我的耳朵，把我拽到了大队部。大队书记在那儿，父亲也在那儿。父亲无比谦卑，正在给所有的人敬烟，给所有的人点烟。父亲一看见我立即走了上来，厉声问："鸭子呢?"我用力睁开眼，说："掉下去了。"父亲看了看队长，又看了看大队支书，大声说："掉到哪里去了"我说："掉下去了，还在往下掉。"父亲仔细望着我，摸了摸我的脑门。父亲的手很白，冰凉的。父亲掴了我一个大嘴巴。我在倒地的同时就睡着了。听村子里的人说，倒地之后我的父亲还在我的身上踢了一脚，告诉大队支书说我有神经病。后来王家庄的人一直喊我神经病。"神经病"从此成了我的名字。我非常高兴。它至少说明了一点，我八岁的那一年就和我的父亲平起平坐了。

（选自重庆出版社·毕飞宇《相爱的日子》）

读后思考：

《世界地图》有何象征？父亲深夜望星空有何象征？

我赶着鸭子去大西洋这个情节究竟是荒诞还是有寓意？

这篇小说又有何寓意？

有没有发现，其实我和父亲的遭遇是类似的，这又有什么象征？

这篇小说里的人名很有特色，有何象征意义？

小说的叙事

叙事本就是荒唐之举，企图把毫无次序可言的现实以循序渐进的方式呈现出来。

——伊格尔顿

当我们把这个过去世界的一些事实，通过时间的重新排列，如果能够同时排列出几种新的顺序关系（这是不成问题的），那么就将出现几种不同的新意义。所以说，时间的意义在于它随时都可以重新结构世界，也就是说世界在时间的每一次重新结构之后，都将出现新的姿态。

——余华

优秀的作家都精通此道，他们总是不断地破坏已经合法化的叙述，然后在其废墟上重建新的叙述逻辑。

——布鲁诺·舒尔茨

小说也可以只分成两个部分：说了什么和怎么说的，前者就是情节，后者则关乎叙事。

中国传统小说因为话本的因素而有“讲故事”的传统，所以一向特别重视情节，所谓“好的开头就成功了一半”就是这种思路的产物，但也有为了过于追求情节的新奇而失之于刻意、斧凿的弊病。其实何必如此？为什么不在叙事上下功夫呢？即使情节相似，不同的排列会呈现出不同的色彩和趣味来——其价值不亚于创新。古罗马诗人马提亚尔说“回忆过去的生活，无异于再活一次”就是这个意思。

其实，叙事早就成为一门独立的学科了：这就是叙事学。我们所熟悉的顺叙、倒叙、插叙、第一人称、第二人称、第三人称就属于其基本范畴，但除此之外，更有预叙、全知视角、限知视角等——你不想了解一下吗？

也正因为叙事学，肇源于西方的现代派小说才有了可能。

重点阅读：张承志《雪路》、张大春《如果林秀雄》

推荐阅读：韩少功《马桥词典》、李锐《无风之树》、张炜《九月寓言》、马原《冈底斯的诱惑》

张承志，1948 年生于北京，1967 年以一名回族知青的身份远赴内蒙古乌珠穆沁插队，成为一户蒙古牧民的养子长达四年，后毕业于中国社会科学院研究生院民族系，师从翁独健先生。张承志的小说具有浓厚的理想主义色彩，雄性阳刚，是中国文坛独特的存在，代表作品有《心灵史》《北方的河》《西省暗杀考》《黄泥小屋》等。

雪　路

张承志

前方一片黑蒙蒙。雪原即使在这样晴朗的夜里，也像弥漫着雪粉一样，什么也分辨不清。他摸着黑，把沙狐皮的帽耳又系了系紧，回头望望白狮那儿，只见一个微微发红的烟头在闪着亮。那小子真能抽，他想。他试探地用脚趾头舐了舐毡筒里垫的马鬃，都冻得梆硬的了。可真冷，他抬眼瞧了瞧那浑沌的夜空，冻得粘在一起的眼睫毛轻微一扯，眼皮随着一疼。那小子真能抽，一直没见他灭了那烟头。这么个抽法，走到陶森泡子得抽他妈两包。尖厉的寒风似乎远了些，隔着皮帽耳，他只听见均匀的呜呜声。他也慢慢地从怀里摸出一支“战斗牌”。我也抽，妈的，早抽光早算。省得看白狮子那副涎皮赖脸地要烟的讨厌相儿。牛车颠簸了一下，他瞟了瞟——眼皮没动，不然结冰的睫毛又要拔掉——驾车的那头大牛，狠狠划了一下火。火苗却被风、被冻透骨头节子的寒气吞熄了。妈的，他又更小心地划了第二根。那伙臭鞑子最喜欢朝人伸手要东西。火苗照亮了袖口补丁上的一层薄冰。他看了看雪地，雪地在夜里是灰黑色的，稍显些暗红。睫毛又被拔了一下，他举起手，用指头贴住眼皮。眼皮不疼了，一点点儿水沾在手上。他放下手臂时觉得胳肢窝那儿似乎开了点儿线，冷飕飕的。他恶狠狠地吐出了第一口烟。烟倏然消失在黑沉沉的夜幕里。

谁都知道白狮子不是好东西。游手好闲，不会抓马，不会放羊，更不用说自己祖传的那些实打实的木匠手艺。牛车真颠，屁股下头那点热乎气儿都晃荡掉了。什么都不会，所以那小子活该夜里雪地里出来拉硝，就像口里那伙子抬大杠、埋死人的下三烂一样。他又吸了一口烟，不，白狮是自个儿争着来干这份鬼都不干的活儿的。听说这小子为来拉这趟硝还跟他哥打了一架。烟已经剩下不长的半截儿了，他开始细细地品尝这暖人的烟味儿。在这种地方混，连个带女人的毡房都没混上，算什么蒙古人。呸——他吐掉燎着嘴唇的烟屁股。没准儿，那小子争着来拉硝，是为着叛他妈的国吧？他懒洋洋地想着，斜靠在车杠上。这雪地迷迷茫茫的、看不清却又使人觉得光溜溜的。得防他一手，陶森硝泡子就在边界线边上，闹个事儿不是玩的。万一那小子一溜大吉——他小子可是熟门熟路，以前因为跑到线儿那边偷过木头，“文化大革命”时落了个“国际小偷”的帽子。想想，国际小偷还有干不出来的事儿么？而且那小子又一没房子二没老婆。

没老婆？还管人家呢，你自己不也他妈没老婆？他烦了，又摸出一支烟卷。这回只划了一根火柴。他听见木头车轮子歪歪斜斜地碾过了一个雪下的獭子坑。前天白海宽回来了，说家乡这阵子娶个媳妇得掏一千——还是丑的。牛车又重重地颠了一下，屁股下头不光跑了热气，而且颠得生疼。这老牛，你他妈的卖的什么傻力气呀！

晃荡了约摸两个钟头了。周围显出不是黑泥巴地而是灰蒙蒙的厚雪地了。在淡淡的暗雪映衬下，他瞅见那头锯了半截角的大黑牛正精神抖擞地大步走着，带劲儿地甩着半截犄角上拴的缰绳。

他不满地瞟了那庞大的黑影一眼——哼，有种你就再快点。拉你上屠宰厂那天，有种你也走这么快。

“十五的月亮升上了天空哟——”没意思。“我的那小花马，哥哥我——”唉，不哼了。如果连这支《小花马》也唱得没味，那就不能再喝了。他闭着眼，只凭这牛车的摇晃，就能猜出这尾车上的红鼻子牛正被拖着跑。狗东西——他恶狠狠地咒着领头车上的丁老壮。你急什么？又不是去找女人。这种夜晚，冷得刺骨但又不刮风。更没有下雪——照理说该去找尼码或者是巴依拉喇嘛家的儿媳妇。不过，那有那的麻烦。还是出来拉硝吧，省得在家里生气。这茫茫的黑夜，茫茫的积雪多让人痛快。牛车可以爱往哪儿去就往哪儿去。只是天冷得受不了——今年冷得太奇怪了。秋天里他就猜到了准会有个难熬的厉害冬天。那时草根上还带着绿色，草尖儿就又白又干，可以一下子折断。他把狼皮垫得舒服些，朝暗夜吹出一个烟圈。慢慢走有多好。这种冬天，又是这种黑夜，无家可归的人最好就是赶夜路。走啊走，天黑黑的，什么也不说，也不想。只管抽着烟。尖锐的风哨在空中掠过，地上却没有起雪——是个好夜，虽然太冷。

丁老壮根本不会赶牛车。汉人会什么？牛车都不会赶。听说这个丁不是汉人，而是，而是什么呢？难道不是蒙古人，还能不是汉人么！他盯着前面五辆勒勒车压出的深雪中的辙迹。能这样赶牛车么？六辆车，一百五十里路，那头锯了角的巨大的黑牛会把后面这五头牛拖得吐出白沫子。等一会儿要教训教训那家伙。漆黑的天上，今晚没有月亮，他懒得去算月亮应当在哪天升起来。他盯着蜿蜒的勒勒车队在大雪原的黑夜里蠕动着，好像也能看见空气的寒冷在缓缓降下。住在哥哥伯依纳的家里真不痛快，他咯咯地咬着牙。昨天嫂子居然不给他烧茶。牛车又蹬蹬地颠蹦起来。笨家伙！狗屎！难道你不会拉住那根绳子吗？“嗬——喂！”他愤愤地朝天吼了一嗓子。用不着欠身起来朝前吼，反正他应该明白我是在教训他。

他又点燃了一支烟。昨天他去赶牛，一天从黑戈壁跑了个来回。回来时牙齿都快冻碎了。而嫂子却只顾在角落里缝花边，她是假装在缝。风呜呜吹着，他觉得腰冻麻了，翻了个身，把烟头叼到嘴角上。

是呗，是呗，他想。拉硝泥也行，打深井也行，就算跑到“一辈子只敢去一趟”的宝格塔去运木头也行。日子总得捱着过。尼玛的蒙古包到底不是你自己的。找她只有等到住进夏营地，毡包连成片，虱子都快活地串门的时候才方便。他讨厌帮哥哥放羊，何况那还是群改良羊，最难看的牲畜。一看它们吃草他就倒胃口。走呗，他慢条斯理地把一支烟接在燃着的烟屁股上。走呗，这么歪歪地倚在勒勒车上，走到天外头、地边上都行。他深深地把烟蒂的辣味吸进肚子里。

现在牛车行驶得均匀了。也许那个家伙，那个丁，听见吆喝学乖了。要不就是勒勒车队已经走完了乃林戈壁那坑洼不平的碱地。估计那打头的大黑牛正摇晃着断犄角，沉着气走呢。走吧，前头是一百里宽的伊和塔拉，这么深的雪，够你走的，他想。

黑夜低低罩着这一望迷蒙的雪原。怎么停下来了？他很奇怪。他听见扑通扑通的毡靴踏碎雪地的声音。“丁！怎么了？”他问。原来丁老壮找不准方向了，让他去坐头车。

狗屎，他暗暗骂道。傲慢地伸伸懒腰，从车上下来。他束束腰带，提起装食物的黄羊皮口袋。他轻蔑地打量了一会儿丁老壮的脸。真是狗屎，他想。他满不在乎地朝头车走去。

他怎么也睡不着。换到尾车上已经抽了三支战斗牌，心神不定，真冷呀，天亮前保准更冷。在这块草地上混可真不是容易的差使。

“喂，白狮子，走迷了吧？”他问。他听见白狮子傲慢地用鼻头哼了一声。“我怎么觉得，觉得咱们朝东扎下去啦？”“你还懂得东呀西的吗？”这小子出口不逊。“汉人嘛，夜里难道还知道什么东呀西的吗？”老子当然知道，老子还知道南北呢，知道你这秃了毛的白狮子，呸，白癞皮狗，心里想往哪儿窜。而且老子也不是汉人，老子是你先人。

“是偏东了……白狮子。咱们得朝左手扳着牛脑袋才能朝北走。”他压住气说。“住嘴！缩住你的舌头！”这小子果然是个下三烂，想找不自在呢——“喂！告诉你，我是怕今儿夜里摸不到陶森的硝泡子。今儿夜里摸不到，明天就装不上硝。”“陶森有你老婆么？嗯？”白狮子居然恶毒地咯咯笑起来。“对啦，有我老婆，那个一条腿的尼玛，还有巴依拉喇嘛家的那个烂鼻头儿媳妇。”他恶狠狠地回敬道。还有几句更上口的词儿，他咽回去了。

他气鼓鼓地回到尾车上，点上一根烟。走你的，有种你就一直这么走。老子陪你上爪哇国也不在乎。不过到了那一步，老子非给你点儿颜色看看。

恐怕是迷了路了。伊和塔拉南部该有一条窄窄的干沟。走了怕有八九个钟点了吧，离开乃林戈壁的碱滩也走了三四个钟点。怎么还不到那条窄窄的干沟呢？那一年，是鸡年吧。他就是在那条干沟里追上了尼玛的棚车。那儿的芦苇密丛丛的。他懊恼地拨拨大黑牛，狗屎，大概真的迷路了。哼，偏东些呢，还是偏西些？他又拨转了牛头的方向。哼，我马上可以找到那丛芦苇和那条小沟。那年尼玛可比今年让他顺心；今年……他盯着黑牛巨大的身躯摇晃着步上一座山梁。咦，这是什么地方？哪儿来的这么一道山梁？他急忙扯转牛头。别让丁老壮发觉，要偷偷地把路找到。他突然想起了黄脸的嫂子。她大概已经快被那条恶狼啃干净了吧。既然他在这一尺多深的雪原上受罪，她为什么不能尝尝挨狼啃的滋味呢？丁，那个汉人总是叨叨什么朝左走，朝左走只有狗屎。

“往左走，白狮子！”他吓了一跳。丁老壮正默默地瞪着他。“缩着舌头，你懂什么左呀右的。”他顺口教训道。“听见没有，往左走！”这家伙火气挺大。我的火气比你还大呢：“听见没有，缩起你的舌头！”他吼道。

我正在考虑乃林戈壁、伊和塔拉、干沟和芦苇、鬼变的山梁。我满脑袋都是左和右，东和西，尼玛和黄脸嫂子，还有该来啃啃你丁老壮的狼。我用你来指手划脚吗？“往左走！”你吼什么？哈，你夺走了牛缰绳？愿牛顶死你——他一声不吭地凶猛地扑向丁老壮。“臭汉人！”他扑了个空。那家伙闪了他一跤，他的手插进深深的雪地，冰凉的雪灌了他一马蹄袖，凉丝丝地粘在热皮肤上。他一甩袖子又扑上去．捉住了丁老壮的衣领。可他也被那家伙抓住了领口。“你敢撕！”他哧哧喘着。“你撕我就撕！”这坏东西不敢撕的，他疾速地想。“放开！”丁老壮叫道。瞧，这汉人害怕冻死，他松开手，放了丁老壮。他脖领子上那双铁钳般的大手也松开了。

他喘着，凶狠地瞪着丁老壮，心里正用各种难听的话骂着。他知道那个犟鬼也一定在肚子里臭骂着他。他俩默默地对峙着。他知道，在这种黑夜和荒漠的雪原上，骂架根本用不着出声。

他猛地看见那锯角大黑牛沉着地卧了下来。他望望白狮。他吃惊地瞪着那黑牛。糟啦，这黑牛是在发脾气。瞧它那斜着的眼睛，可真有点儿怕人。

他和解地抓起铁锹："干脆歇了吧，这牛魔王不好惹呀。"他没等白狮响应，就闷着头开始铲雪。雪块刷刷地投在灰蒙蒙的远处。他慢腾腾地丢掉烟头、提着一柄木锹走近丁老壮。"去、去！连雪也不会铲。难道有用铁锹铲雪的么？"他吭吭干着，看着一块黑黑的冻土地在木锨下露了出来。他瞄了瞄尺寸，在一旁给另一头牛铲着它卧的黑地。已经是下半夜了，睡吧，明天还得和白狮子、和老黑牛，还有这遍野的厚雪费神哪！

唉——这些牛倒比那笨蛋丁老壮聪明。你瞧它们一个个卧进黑地时多快。顺过车来，喂，把车辕搭上。妈的，这简直真像是和白狮子在这野地里搭房子过家家啦。羊圈就是这样，排成队的车，支着挡风的毡。靠南缩着冻得咩咩叫唤的羊。可是这里挡风用的是垫车装硝泥的臭皮子——连羊的福分也没有哟，有的是丁老壮浑身的倒霉气。怎么会不倒霉呢？既然命里注定和这种狗屎一道出门。铺开这条大毡——唉，应了古人"爬冰卧雪"那句话啦。不过拉硝这种苦活可以挣满十个工分，而且一天一夜记两个工。和白癞皮狗干架也值啦——反正记着工哪。钱没有那么容易挣的，得受罪也得出力。要么抡锹，要么打架，反正都是出力气。他心平气和地干着。他不觉用口哨吹起了《小花马》，这个小窝倒是个不坏的家呢！在这儿住着心里痛快——不过得把这犟鬼换成个女人。

他点燃了篝火，把冻得像铁蛋的馍馍煨在红灰里。他摸出一块羊腿骨，在枯黄色的火苗上燎着。"苏武牧羊节不辱。"他听着白狮子的《小花马》，也五音不全地哼了起来。"丁，你这个歌，还挺好听。是个想女人的歌么？""哈，你猜对了。喂，咱们睡吗？"

他抹抹嘴站起来。把那张狼皮垫上，别说睡在冻透的黑草地上，就是睡在陶森泡子的冰面上也不会腰疼。他担心和丁老壮合铺那张狼皮；合铺着、只能横铺着，那就可能冻坏腰。"丁，你睡里面吧，我给你裹。"他客气地建议说。

大毡半铺半盖，睡在里面当然美。不但半边有毡挡严，还能裹得紧。自己裹是裹不紧的，连在蒙古包里睡时他都得靠别人掖皮被。可是，这里面怕是有鬼——白狮这小子可不是好东西。这儿肯定已经在边界边边上，闹不好这小子想溜之大吉呢。反正他当国际小偷时早摸熟了路。“丁，快躺下吧，我给你裹上脚。”他瞟着丁老壮。“不，白狮子，你先躺下吧——我靠外睡。我夜里喜欢起来撒泡尿什么的。”“靠外——可冷哟！”他狡黠地露出笑容。“不怕，光棍抗冻。”他催着白狮先铺自己的褥子。他警惕地看着白狮挟着一块皮子一骨碌卧倒在大毡上，然后迟疑地坐下来。他扯过那半边大毡。他听见蒙在毡子里的那小子又吹起了口哨。

他紧紧挤着丁老壮，在漆黑中褪下皮裤，用裤裆暖着脚。他舒服地打了个大呵欠，吹完了《小花马》最后的一句。“狗屎。”他窃笑道，突然又想到尼玛软和的胳膊。伯依纳哥哥家里的黄脸嫂子忽然又代替了尼玛，他烦躁地哼了一声。他沉沉地睡熟了。

皮裤滑下去了，而皮袍子又卷到膝盖以上。他觉得两膝之间飕飕地走着风。他翻身起来把大毡更紧地压在腿下。没有那飕飕的风了，但肩膀旁边又漏了气。白狮子鼾声如雷。他后悔了——忙着叛国的主儿能这样打呼噜么？如果他是假装，哎，他小子叛哪儿去又关你他妈的什么事呢？冷，冷啊！快冻僵啦。他又翻身起来，更严实地裹了一遍。他折腾了半夜。天明时，他自己也闹不清究竟睡着没睡着。

他蹦起来，顺便踢了丁老壮一脚。他兴高采烈，简直是有点儿得意。他梦见一头饿狼闯进了营盘，又闯进毡包。那可憎的黄脸女人跪着朝他哀告。他奚落够了那个女人才命令狼不啃她。后来他又梦见了巴依拉喇嘛的儿媳妇和尼玛。他不但没冻着，而且过了一个暖烘烘的销魂的夜。

他嘲笑地瞟着丁老壮抽清鼻涕。他听了丁老壮说的几句硬话以后狂笑了一阵。你硬骨头，你好汉，愿你没成个老寒腰。男人没有了腰就像牛没有了角。他朝那不幸锯了角的巨大的黑牛望去——他惊呆了：

他看见锯角黑牛正朝着正东的晨曦缓缓走去。在东方远远的被白雪罩着的丘陵中间，有一凹闪着眩目银光的水泡子。

陶森泡子！他听见丁老壮惊奇的喊叫声，他冷冷地瞧着那家伙脸上那傻憨的惊喜神色。昨夜他俩全错了。他们既没偏东，也没对准伊和塔拉那条干沟。他们窜到西边来啦。他想嘲笑一下丁老壮的那个左呀东的糊涂方向，但又觉得没什么意思。

“我的那小花马，哥哥我骑上了它。姑娘呀——”他牵着勒勒车队朝那冰封的硝池子走去。四野都是茫茫无边的雪原。他满脑子空空的，只觉得满心快活。瞧这锯角黑牛，它大概也睡得很美，瞧它走得多有劲儿。他打了个粗野的呼哨。咦，啊，大黑牛跑起来啦！“站住——”噫！噫！我马上砍下你剩下的半截犄角，“噫——”这雪太深啦，使劲儿追上去！他猛地捉住了车梆，连滚带爬地攀上了牛车。他看见连在车上的牛绳断了，后面的五辆牛车被甩在了后面。让丁老壮去对付那些车吧。哈哈，我先走喽！他怪笑着，朝背后的牛车接连打着尖锐的唿哨。哈，那些牛全疯啦，都撒着蹦子跑起来啦。又断了一根牛绳！嘿，又断了一根！他看着所有牛车都散了编队，争着朝自己追来，他高兴极了，乐得手舞足蹈。

我先去装车，然后我就坐在这黑牛的车上。等往回转去，牛绳还会叭叭地拉断，我就把那傻瓜扔在雪地里自己回家！他得意地盘算着，看着愈来愈近的陶森·宝力格闪闪发光的冰面。

嘻，你小子再猴精也是枉然。他懒洋洋地靠着小红花牛拉的那辆车上，有滋有味地品着烟卷。老子不到，你自己舍得下力气破冰么？看看，你连在哪儿下镐头破冰能挖上好硝也不知道。这里头学问大啦，我的白癞皮狗兄弟。你会看冰纹么？会看硝色么？会挖干的漏稀的么？会卖这股子硬力气么？不会？不会就等着咱爷们。不掏现钱咱还不教你。让你拉一百趟硝还是睁眼瞎子一个。他冷笑着抄起十字镐，走上冻着厚厚冰面的湖。“站过来！白狮子！不要命啦——那块冰薄着哪！”他吼着。他看见白狮子要蛮地一跺脚，咔咔——冰裂开了。“信了吧？那个地方冰最薄，下头硝太热么！”他觉得神气。他笑着看着那小子吓得尖叫着。两腿颤得都不敢迈步。熊包！简直是娘儿们。“笨蛋！跳，跳过来！”他神气地吼着。其实那冰厚着呢，根本塌不下去。吓吓那小子，嘻嘻。他睬也不睬脸如土色的白狮子。走过去，选了一个开刨的地方。他抡起十字镐，一下，两下。他用力翻开冰块，下面是黑油油、热腾腾、臭味呛鼻的硝泥。那硝泥正富有弹性地颤着。这东西可是宝物。羊群吃了抗寒，冬天住土圈掉毛的羊吃了不再掉毛。“快干，”他吩咐着白狮子说。这小子再不冒狂言找别扭啦，干得还真欢。

一车装够了。“白狮，用木锨抹，把车上这硝泥上下四面抹光溜。这东西粘，抹光溜了，走的时候它光打颤，不漏。”他心情蛮好。教训这个横小子，心情当然好。他直起腰，六头牛一动不动地在泡子旁边的芦苇丛里大嚼着枯干的苇杆。饿坏喽，不知重车回去，这些畜生还顶不顶用。装第二车时，他告诉白狮，得少装一点儿，硝泥太沉。接着他声言这个窝子挖得差不多了，他再去选块地方；然后他就在冰面上蹓跶起来，背过身点上一根烟。真像当年批孔会上讲的——劳心者治人。老子轻而易举就整治得你小子服服帖帖的——卖劲儿干吧，老子可要偷个懒，歇一会儿。

他使劲把木锨一摔，木锨把子摔断了。不能让伯依纳和那黄脸女人太舒服了。他想象着兄嫂打量着吃硝的羊群的样子，恨得直咬牙。他大摇大摆地走过一字排开的黑乎乎的硝车，怪声叫起来：“丁，你不给我一根烟么？”

他不情愿地递过一根“战斗牌”。这小子从来这么不要脸。瞧他，又痒痒地来毛病啦。忘了你刚才吓的那副熊样了么？“喂，白狮子，再把硝抹抹光溜。光溜了，走时光颤不漏。”

“我不干。你抹吧。抹了走着光颤不漏。我要抽烟。”他挑衅地朝丁老壮吹了个烟圈。

他灵机一动：“要不，这么着吧，我抹硝，你去抓牛。咱们该套车回去啦。”他看了一眼西边雪原尽头的火烧云。那火烧云被灰沉沉的铅云压得窄窄的。你小子别想闲着，他心想。

他懒洋洋地抡着牛缰绳抽打着芦叶，枯黄的芦叶碎片散落下来。“嘿！丁丁——抹光溜些，光溜的不漏！”他喊道，随后又大笑起来。

他插好铁锹，摊开两臂帮助拦住赶到冰面上的牛。“喔，喔，”他吆喝着，捉住小红花牛的角，套上缰绳。他吹着《小花马》，满不在乎地去握大黑牛的半截断角，“回去时我要坐这头牛拉的车，赶快点，拉断牛缰绳，甩了那狗屎。”他突然瞪圆了眼——那条浑身犹如黑缎的巨大锯角牛甩了甩大脑袋，白狮子像个瘪口袋似的被抡了起来，咚地砸在冰泡子上。他狂怒地咆哮着跳起来，两手像鹰爪一样攫向那对断角。跑？你这畜生哪儿跑！他在光滑的冰面上死死盯着那牛，飞跑起来。“丁，快来！你是木头么？”他老练地“喔喔”着，静静地挪着脚，封住黑牛的去路。这小子连套车都忘啦，真不是东西。毛躁躁地能套住牛么？这牛你又不是不知道，还在四岁那年就戳死了一匹马。糟啦，这黑牛疯啦，不是发点儿普通的牛脾气，看它那红红的眼睛！他迟疑了。完了，抓不住这头牛了，完啦。丁，看你的本事吧！“喔——喔”他和气地开导着那黑牛，一步步逼近着。那匹马死得多惨，就因为和这牛拴在一辆车上，被这家伙在肚子上捅了个拳头大的洞。为这才锯了它的犄角。他猛地抢上一步，闪电般揪住了黑牛的尾巴。这牛疯了。不，这是命里注定的，它不是疯，它专门在今天，在这雪路上等着我。它想把我白狮子冻死饿死在这大雪原上。他看着丁老壮象坐雪橇一样被黑牛拖着在雪里、冰上、芦苇丛中疾速滑行。好粗的尾巴呀，像条蟒蛇似的扭着哪。“白狮子——”他大吼起来。它去年在草场上把一辆灭了火的拖拉机拖着跑了一蹦子呢！他恐怖地盯着那条身躯巨大的黑牛。那牛身上肉腱在跳动，断角在鸣响，浑身闪着耀眼的黑漆漆的光。它在坑咱们哪！“丁——”他绝望地嚎起来。他在黑牛血红的圆眼睛里，看见了一瞥毁灭的、快乐的凶光。这牛魔王跳起舞来啦！“唷……吭……白狮子！”他惨叫着，那黑牛在恣情发泄着兽性，左一蹦子右一蹦子地奔跑着，用粗大的尾巴把他毫不费劲地左一抡，右一摔。他被摔得发晕了。“白狮子——跟它拼啦！咱爷们不在乎——”他嘶声尖叫。他突然感到一股兴奋。“呀——”他怪叫一声，拔出了细长锋利的蒙古刀。“丁——别放手哇！”他嘎嘎大笑起来。一股泪迷住了他的眼睛。他看见白狮子又叫又跳地追上来了。他看见这小子和黑牛并排正跑着，还晃着手里的刀子。他看见丁老壮死死地揪着牛尾巴，像攥着套马竿子不撒手的骑手一样。他紧闭着眼。牛蹄子扬起的雪和土迷住了他的双眼。雪粉、石块、荆棘儿、草棵子呼呼地打着划着他的脸。他跑丢了一只毡靴。咦，我怎么愈跑愈快，愈跑愈有劲呢？他突然觉得这么干比住在黄脸嫂子家快活得多。他的头不知是被牛蹄子还是被石头撞了一下，昏昏沉沉中他听见那小子乱叫着，活像一头白色的狮子。

他看见丁老壮被拖成一个雪人，一条烂口袋，一坨大泥块。“白狮子！”他挣扎着，绝望地大喊了一声。他不顾一切地攫住了半截牛角，并且用身子绊住了牛的前腿。咦，这畜生跑不动啦。他用力腾起身来，用脚撑住一块露出雪地的黑石头。他咧着嘴，狠狠地把刀子刺过牛鼻孔中间的肉膈。黑牛疯狂地直立起来，他再也无力握住那可怕的扭动着的粗尾巴了。他觉得自己像瘫了一样软软地摔倒在雪地上。“啊哈——”他快活地嚷起来。他已经把刀子整个儿捅了出来，刀把上拴的皮条穿在了鲜血淋漓的牛鼻子上。“白狮！有种，好小子！”他晃晃荡荡地站起来。“丁，你，你是好男人数里的！”黑牛正在他骄傲的手里可笑地探出长脖子，疼得吸着鼻子，浑身的黑缎抖动着。他扑打着浑身的泥土、雪块和恶臭的硝泥巴。他看见白狮子眼睛里朝他闪着亲切的光。过来吧，黑牛兄弟。他小心地牵着牛鼻子迈开脚。他觉得脚背痛得钻心。白狮子被牛踏了，他想。他艰难地拖着瘫软的腿走过去，扶住了白狮子。丁老壮软得像——像硝泥巴。“走着光颤不漏。”他莫名其妙地笑了。他倚着他一步步挪动着。白狮这小子脚背跟那牛鼻子一样，淌血呐。“喂，”他说，“扶着我肩膀。”

他看着西天的红霞。茫茫的雪原又平又光滑。他跌跌撞撞地搂抱着丁老壮走着。他瞧见昨夜他们来路上那深深的辙印和毡筒踩出的一串窟窿，歪歪扭扭，像跟跄着一样，伸入看不清的雪原的尽头。

他没有哼那首《小花马》。他默默地靠着丁老壮坐着。勒勒车的颠簸使他心神安宁。这寒冷的夜也使他安宁。巴依拉喇嘛的儿媳妇不会想到他脚背上淌了血。尼玛——昨天听说她正忙着缝出嫁的衣服呢。羊群吃了硝泥巴当然不冷，这东西在这么冷的夜里都不冻。不冻，还一颤一颤的。“光颤不漏。”丁老壮是好男人数里的。这个汉人。“咦，丁，怎么有人说你不是汉人呢？”他摇晃着丁老壮的肩。狗屎，睡着啦。他又想起了伯依纳哥哥、嫂子、该修理一下的鞍子。想到怀里究竟有几块钱，想到该买件衬衫，换掉身上这件黑脏油腻、像雨布一样水也不沾的背心。他又胡乱想到一个个女人。

今天夜里和昨夜一样冷。没有星星，月亮大概还要七八天才能出来。池感到黑暗中似乎也有一层雪原的微微银光。这路真长，他想。两天不知能不能走回家。回了家以后又会去哪儿呢？反正还得走这种雪原上的路。这一天过得够味儿，真想立刻喝一瓶子酒。

浑身像散了架一样累。靠着白狮子的背，打着盹真舒服。老子没睡着，小狮子狗兄弟。老子不是汉人，是回回。白海宽前几天刚从张家口回来，托他办的事儿吹了个屁的了。家乡娶老婆开口就是一千块钱……小生三十五，衣破无人补。这身衣服今天被那个牛魔王拖了个稀巴烂。想起来真后怕。白狮这小子有种，节骨眼儿上真他妈有种！原来还以为他小子打算再去当国际小偷哪——真他妈胡扯。

天黑得赛锅底，地上也是什么都看不见。这地方真宽真大呀，一溜几百几千里的大雪盖平川。冷得连眼睫毛都冻在一块儿了，这算是零下多少度呢？人真行，硬是冻不死。有朝一日抱着个热火炉子养老的时候，谁知道在这条长得没有尽头的雪路上，咱爷们儿受的罪呢？只有白狮子知道。

他摸了摸怀里。唉，就剩一根烟啦。

丁，真想，真想喝它一瓶子！可惜，咱们没揣上一瓶子来呀。这么个夜里，要是能——要是谁给咱们一瓶子——嗯，咱们马上把大黑牛送给他也不在乎。喂，丁，我知道。南边伊和塔拉大队部有一个供销社的小房子。哈哈，白狮子，你想去那儿偷一瓶？不，咱们砸门，砸开门买他一瓶。真的，买他一瓶还不行？要不，咱们去？你说吧，去，可得绕路，绕三十多里路。三十多里，唉，绕三十多里，到了那房子天也亮啦。唉——

白狮子，别想酒啦。酒和老婆一样，不能想。喏，我还剩一根烟。一人一半。给，好好抽吧。

哦，你这烟是什么牌？真香呀。丁，你今天夜里靠里睡吧，咱们把狼皮褥子横着铺上。我有条狼皮褥子。

丁老壮和白狮子下了车。他们检查了一下锯角黑牛的鼻子，又一块儿对着暗夜撒了泡尿。望着南方隐绰的一点儿山影争辩了一会儿。丁老壮说那是什么山，白狮说不是。白狮骂道："狗屎。"丁老壮骂道："白癞皮狗。"他们回到勒勒车队旁边，硝泥巴完好如初。"光颤不漏。"白狮说。丁老壮笑了："你这小子！"他们整理了一下车具，在屁股底下垫上了狼皮，再把烧痛了嘴皮的烟蒂狠狠吸了一口，然后把它扔在雪原上。烟头的小小红光在黑暗中划出了一条弧线。

（勒勒车队蹒跚地、费劲地起动了。车队的影子和它刻下的细细的长线消融在低罩的夜空里和莽莽无边的雪原上。）

（选自山东文艺出版社·张承志《黑骏马》）

读后思考：

这篇小说为什么要用两种字体区分呢？

有评论认为用两种字体区分凸显小说两主角的对抗性，形式与内容相得益彰，你觉得呢？

这篇小说到底有几个视角？说说你的看法。

你能用倒叙的手法重新组织一下这篇小说吗？

你能用第一人称改写这篇小说吗？

张大春，1957年生于台湾，祖籍山东，毕业于台湾辅仁大学中文系，现为著名文化人，兼有作家、书法家、说书人等多重身份；张大春一方面具有深刻的对西方现代派小说的了解——可参见《小说稗类》，一方面又致力于将中国传统说书艺术与之融合而创新路，代表作品有《城邦暴力团》、《大唐李白》等。

如果林秀雄

张大春

如果林秀雄从未出生，符子仙阿吉的门牙不会早早地就摔断掉，媒人婆简罔市也不会被冰糖冬瓜和柿粿噎死，至于灯笼匠叶善嘛——他这门手艺恐怕永远也不会被介绍到日本去。

林秀雄出生那天，五寮村正巧来了一班演布袋戏的人物，他们居然穿着布鞋，打着径长七尺半的大圆伞，还开了一辆会喷黑烟的五轮机踏车。有人从车上沿路吐槟榔水，红腥腥的，每隔百来步就是一摊，一摊摊连接起来看，仿佛有个受伤的人从七峡方面跑来，沿途留下了令人害怕的血迹。戏班子进村的时候，阿吉刚从田里回来，田中央插着青竹竿，竿顶是一把冥纸和一只倒霉的、多话的母鸡头。阿吉忘了自己手上还满沾鸡血，便双手叉腰，拦住机踏车的去路。他略带霸气以及善意地劝告车上的人：不必在五寮停留，这里的人要看戏自己会搬演，外来的任何戏班子在五寮村都会赚没钱。

而且，锣鼓声太吵，会惊到林家和廖家的孕妇。

廖家的孕妇早在母鸡聒噪起来的时候就已经惊到了，妇人从床上跳落地面，学母鸡一样怪叫，胯下崩出半红半紫的血水，和婴儿的一只脚丫。廖家人一句嫌怨话也没说，把昏死在门坎上的妇人抬到靠西一间没有窗户的房子里，拔出死去的胎儿。廖火旺对这种事已经很熟练了——他捧着身体犹有余温的儿子，叫人去抓鸡、叫人去请阿吉、叫人去看看林家那边的孕妇是否安好；他吩咐了好几桩事情，才发现身边那个只会生死胎的老婆已骨碌碌爬坐起来，对着窗外说："鸡仔大小声唤、唤、唤，也没人睬，天光啊呐！"

对于阿吉来说，廖家生死胎的事无疑他是要负责任的。立春那一阵子，前来请符仔的人实在太多了，忙得他昏天黑地，经常出些小错。其中就有一两张安胎符，阿吉没注意，画完之后顺手拿笔头往符脚上敲了几下，这一敲可敲坏了；阿吉望着布袋戏班一路喷黑烟、吐红血、渐渐远去时想：希望只有一张。

没有人知道安胎符出了毛病。自然也没有人知道：林家的小娃娃出世之后，阿吉匆匆忙忙奔向村尾、探看究竟、以致跌断门牙的原因如何。布袋戏班子逐渐消失在发往三块厝的山路上，阿吉稍稍觉得宽心些——至少廖家的女人可以安然睡个午觉了。

林家的孕妇则在午觉时做了一个怪梦，她梦见门户裂开，钟鼓交鸣，七峡一带的溪水涨到堤口，她自己则捧捏着几颗小石子，小石子在掌中碰来撞去、发出磨牙捣米一般的声音。林家三婶跳着双锄头似的扁平大脚，跑去找简罔市圆梦。简罔市正在吞吃着前一天从婚筵上偷留下来的冰糖冬瓜和柿粿，没料到林三婶会突然来访，顿时慌作一团。更令她惊讶的是林三婶叙述了她大嫂的梦境——简罔市活了八十五岁，替人圆过几千个梦，却从来没有一个梦像这个一般；她噎着嗓子、瞪直了眼、指指天公的屁股、脸皮涨红，吐出三个字："贵——贵——贵——"，她的本意是：贵人要出世，但是不应该生在这么没地理的所在。然而话没说完，人就断了气了。

阿吉去通知叶善赶制几个白灯笼的时候，隐约听到两条街外传来新生婴儿的哭声，哭声有点像戏班子里常吹的唢呐，也有点像母鸡的嘶喊，他问叶善："有听到没？"叶善问他："你讲啥？卡大声嘞！"阿吉只好自己歪个头壳再听听，这一回，他又以为听见简罔市说媒时惯有的"咯咯"怪笑，接着，便没前没后地冲了出去。叶善摇摇头，道声："没采！"并且叹了一口气——每当有人来订制白灯笼，他就觉得自己亏欠那死者很多、很多。

如果林秀雄在七岁那年加入了布袋戏班子，他就没有机会每天赤脚走六公里的路到七峡去读小学。那么，戏班子的五轮机踏车会载着他东奔西跑，让他在十岁以前就遍游苗栗以北的大小城乡，并且在十二岁的生日那天从头城的一个妓女身上见识到自己的男性。那个妓女会问他："你几岁？从哪里来的？"林秀雄把槟榔汁吐在床头的脸盆里，望着那一摊滟滟的红色漶染开来，同时想起五年以前他追随槟榔汁的污迹，从五寮一路走到三块厝看布袋戏的情景。那天傍晚大部分的时候秀雄是站在戏台的左侧，有时望望台前，有时望望幕后；在望着台前的时刻，他幻想自己是走麦城的关公，中空的肚腹里迸发着无比惊人的神力，正在作死前剧烈的挣扎。在望着幕后的时刻，他又确信自己的一双手已然伸进关公那中空的肚腹，纵横于七彩霓虹与浓密烟雾之间，使之永远不死。散戏以后，戏班主问他："你几岁？从哪里来的？"十二岁的林秀雄答复那妓女说："麦城。"对方从没听说过麦城这个地方，只好追问："你到底几岁啦？囝仔！""干你娘老鸡歪！比你老爸膏卡老啦！"

林秀雄的爸爸在林秀雄出世后分别在田里和老婆的身上撒了六次种；田里遭过两次台风，林秀雄则有了六个弟弟，其中一个成为廖火旺的儿子，叫廖来发。廖来发满月那天，林秀雄曾经失踪了一下午和一晚上，直到半夜阿吉前往溪边放尿时才回来。林秀雄告诉阿吉：他要去搬布袋戏。阿吉告诉林秀雄的爸爸："你后生要去搬布袋戏。"林秀雄的爸爸先甩了儿子六个耳光，作为迟归的处罚，随即又答应林秀雄的请求。林秀雄在大门口罚跪到天亮，脸上却挂着喜悦的微笑；逢到每一个经过面前的人，他都会扬着声说："阮爸爸叫阮去搬布袋戏！"说时牵动筋脉，脚底仿佛有千百只蚂蚁在啃啮着。

阻止林秀雄再度前往三块厝的是他三婶。她一直相信简罔市死前的遗言，认定这孩子贵、贵、贵；不该只是个走江湖、耍尪仔的角色。她并举证说：阿发出世前几天，阿雄的下门牙脱落，她曾经把那颗门牙丢到屋顶上，"啸——"只有飞上去的声，没有坠落来的声，这团仔的命有多好没人知道，若是跟着野人去学搬戏，显然触犯了天公的好意。林秀雄的爸爸还没来得及辩解，林三婶已自把孩子扶站起来，林秀雄腿软脚麻，挪出一只手来搓着、揉着，却听三婶又扯起尖嗓子道："你看你看你看——土地公搔脚底喂！看你敢作伊行？"

林秀雄的爸爸千得罪、万得罪，却是一个也不敢得罪土地公的。他望着溪对面土堤外的田亩，以沉默向土地公表示改变主意的决心，并且相信土地公会立刻阻止泛着殷红的天边那一场即将来到的风台，好报答他的虔敬。

风台过境之后，林秀雄赤脚朝三块厝相反的方向行去，行经叶善的店门口，叶善问他："要去哪里？""去读册。"他黯然答说。"去哪里？""读——册——啦！"回声在山谷和河堤之间飘来荡去，仿佛无法决定去向的样子。叶善仍旧没听见，暗怪现时的团仔讲话没气力，好像没吃饭。他带着怜伤的神色望向林秀雄的背影，不出几秒钟，却被另一幕景象完全吸引住——就在林秀雄行去的前方，很远很远的天上，正飘飘然坠落着一朵又一朵菇盖般的云彩。它们原先只是一个黑点，在眨眼间便像花一样地绽放开来，变成松泡泡的菇盖。叶善揉了揉眼睛，喃喃念道："干！天公放屁。"

林秀雄也看到了天公放屁的奇景，这使他很快地忘记布袋戏班子的事。

如果林秀雄早几天入学他会被分在甲班，而不是乙班。如果林秀雄念的是甲班，便会交到一个非常要好的朋友，他的名字叫杨春和。杨春和住在五寮和七峡之间的六崁，从小念过村塾，长大后变成非常有名望的写实小说作家。他会把林秀雄和甲班班导李老师之间感人的真人真事写成一部题名为“山中雨露”的小说，并经人改编为电影剧本、搬上银幕（不过，因为“山中雨露”的笔画不好，片商另外给取了个名字，叫“老师带我长大”）。在这部电影中，李老师曾经奋不顾身地跃入溪涧的湍流，救起几乎溺毙的廖来发，又曾再三慷慨解囊，帮助家境贫苦的林秀雄缴交学费、杂费、簿本费、补习费，使得他能够顺利地念全初中、高中以至大学。电影结束的时候，林秀雄、杨春和、廖来发和另外十几个李老师的学生都围绕在李老师的病床前合唱《老师带我长大》的主题曲，人人眼眶中饱含泪水，但是歌声仍高亢激昂。

因为延迟几天入学而被分发到乙班就读的林秀雄运气差一些。上第一节课的时候，班导曾老师向全班介绍这位搭着两串黄鼻涕、光着一双赤脚、头皮上贴了三块疔疮膏药的新同学“林秀雄”，同学们跟着曾老师一齐说：“欢——迎——林——秀——雄——同——学。”但是林秀雄完全听不懂；几个月下来，他才恍然大悟：这种陌生的语言叫“国语”。而在乙班的学生里，只有林秀雄一个人入学之前没听过、也没读过国语。其余的人一旦用国语明白了“天公放屁”的意思，立刻一拥而上，把林秀雄狠狠地揍倒在操场中央，撕破他的制服、扯掉他头皮上的膏药。曾老师在伤处喷洒消炎粉的时候以温柔而不失严厉语气告诫他：“以后不可以再说粗话，更不可以侮辱别人的爸爸——如果人家也侮辱你的爸爸，你一定也会不高兴的，是不是？”林秀雄答：“是。”鼻涕和眼泪一齐喷到曾老师的裙子上。

如果林秀雄读的是甲班，他头皮上的疔疮会在秋天的最后一个礼拜痊愈。那时他和杨春和会以极其愉快的心情互相练习说国语。他们并肩坐在七峡国校朝东的围墙上，望着对面平顶山上一朵一朵开落下来的菇盖云。杨春和说：“降落伞。”“叶善师讲是天公放屁。”尔后隔了许多年，两人这一段对话将被杨春和写进他的小说之中；那部小说主要的内容是叙述一群山里的孩子如何向往及想象山外世界的故事，结构上并不容许作家提国校西邻那个空降部队眷村的情形。

至于林秀雄的爸爸、妈妈和五寮村所有的父老兄弟姊妹们更不可能知道：林秀雄头皮上的疔疮之所以一度恶化、蓄脓，其实是和风台来袭、延误林秀雄报到入学有着密切的关系。他们反而责怪阿吉的符药不灵，真是冤枉到家。阿吉在立冬那天到叶善的店中抱怨，认为村人不再像以往那样听他的话的原因是有一次他在吃饭的时候不小心看了墙上的镜子一眼。叶善依然像以往一样不听他说了些什么，只拿出一盏新糊的纸灯笼给阿吉欣赏，阿吉看了又看，看不出那是灯笼，“真像草菇仔。”阿吉说。

如果林秀雄在十一岁那年遇到土地公，土地公一定会告诉他：“明年莫泅水，也莫看人泅水。”土地公是讲正经的。可是几次在山路上错身而过，两人都没照个面。事后，土地公只好推说这是他和林、廖两家没有福缘。

林秀雄和廖来发作伙去六崁泅水是第二年八月间的事。因为林秀雄从书本上读到一个让他一直难忘、而曾老师也认为那是“非常发人深省”的故事。故事中提到一位伟人视看溪流中的小鱼溯溪上游，终于在不断的挫折中奋斗成功，从而获得了激励一生的启示。对于林秀雄来说，启示就是要去做看看的意思。他带着廖来发一道从六崁逆流向上泅回五寮，溪水忽然地、悄悄地冲松了兄弟俩腰围之间相互牵系的绳索。当林秀雄爬上一座大石，喘息着回头寻望廖来发的时候，廖来发正朝六崁的方向挣舞而去。刹那之间，林秀雄先想起了故事中的小鱼（它们被画家画在课本上的时候没有一只是死的，也没有一只是活的），才扯直了比一根竹筷还长的喉咙大叫：“阿发！阿发！”

从此，七峡到三块厝的人都深信五寮村廖火旺一家绝绝对对是不祥的。人们经过廖家附近时会不知不觉地绕个圈子，时日一久，那个圈子变成一条新路，圈内生起一大片芒草、蒲公英、风信花和羊齿蕨。从廖火旺高龄已达九十岁的祖父母到廖火旺夫妻，每个人出门都要十分谨慎，以免被草丛里的虫蛇惊到；或是在他们钻出草丛的时刻惊到路人。

林秀雄的爸爸被惊过一次，那时他已逐渐淡忘廖来发生命中最后一段时日的长相，以及其他许多更重要的事情。他可以一天之内看三次田水，也可以三个月不上一次果园，但是总不会把巴拉松当成红标米酒喝下去。每次喝醉了，他就让六个儿子一排站好，他会一一询问："你自己讲：是饿死卡好，还是淹死卡好？"他不时会将唾沫喷到儿子们的脸上。林秀雄永远记得：那饱含酒精的唾沫喷上他的粉刺便激出凉杀杀的感觉。孩子们的回答总是一样的："饿死卡好。"至少饿死是死在家里。"饿死也姓林，对不？"林秀雄的爸爸起初这样说。但是林秀雄的粉刺长满一头一脸、甚至蔓延到脖子上来的那天晚上，他的爸爸从外面回来，面色白煞煞，眼中布满血丝，鼻孔喷出酸气，他喘息着叫林秀雄，叫了三次，然后说："我会被廖火旺惊死！"廖火旺突然从草丛里钻出来拦住他只是想打个商量——如果他肯让林秀雄将来生的第一个儿子姓"廖"，或者姓"林廖"的话，溪对面山南保线路以下整整三甲的果园就是林家的了；而且，林秀雄还可以去考初中、将来考高中、考大学、变成状元公的钱都有拍胸脯的廖火旺出。廖火旺同时拍胸脯保证："阿雄今嘛大汉啦，不会再被土地公抱回去饲啊啦！"林秀雄的爸爸将信将疑，回到家里把大儿子叫来摸脖子，摸了很久，才算摸到一块硬硬的糟子角，于是确实林秀雄真的长大了，不怕土地公来抢了。他望着林秀雄，说："简罔市讲得没不对，你是贵人贵事又贵命。"

整整一年又一个月以后，林秀雄终于离开这个小山区，到八仑去念县立初中。行前廖火旺出钱，林家出面子，借用阿吉在土地公庙后面的起神坛办了三桌酒菜，招待五寮村里日已生疏的邻居朋友，说是为阿雄饯行、庆祝。其实没有人不知道：林秀雄的爸爸有酒自己会饮死，也不至于搬出来请客。倒是廖火旺宣布他家即将迎领香火进门才是正经。但是人们仍旧不肯和他太接近。靠他两侧坐的客人都尽量把圆凳子搬远些。

土地公在快要散席的时候才混进醉鬼堆里，拣了个结结实实的鸡头吃。他问叶善："饮酒是为什么？"叶善嫌他讲话时嘴里吃东西、不清不楚没礼貌，连理都没理。

如果林秀雄一直记得小鱼逆水上游和阿发溺水这两件事的关系，他会丧失读书的勇气和意愿。那么，他一辈子考不上初中，却可以每天待在溪对岸山南保线路旁的工寮里，让白蚁和果蝇爬满课本，到时间，廖家妇人自会前来送饭送汤，并拿走应该换洗的衣裤。这种情形将一直维持到他二十岁为止。七峡派出所的警员会在二月初冒着春雨到五寮来，通知林家人说："叫山上那个疯子下来，他要去做兵啊啦！"

于是，林秀雄和杨春和在八仑火车站有再度相逢的机会。不过，两人仍旧不认识——杨春和当时正手捧一本杜斯妥也夫斯基的《地下室手记》专心研读，林秀雄比他高出一个头，大腿有他的腰粗；因此他们谁也看不起谁。

他们有个共同的目的地：十一份的新兵训练中心，然而两人的心情却大不相同。杨春和是相当悲观的，他几乎已经非常清楚地预见到未来两年之中的一切，他将受到纪律的约束、体能的考验、训练的煎熬，以及思想的禁锢，他将极度不快乐，甚至有可能自杀。坐在杨春和邻座的林秀雄却不这么想，他没等火车出站便已呼呼睡着，口水滴落环胸的手臂，再淌向皮带和裤子。梦中他像飞鼠和乌鸦般地飞越山林，奔向一个他从没去过的地方——正因为从没去过，所以无从想象，林秀雄只知那是一片由山青水碧所拼成的空白，他不认识那里的任何人、任何景物，他只认识自己体内爆发着的源源不绝的活力和快乐。

林秀雄睡得太熟，否则他一定会注意到那位在九湾站下车的美丽女子。她穿一袭浅蓝色的纱质洋装，腋下夹着一盒水梨苹果礼盒。礼盒是要送给她在九湾矿区的父母的。这对老夫妻只知道女儿在头城从事美发美容之类的职业，工作辛苦又忙碌，以至于没有时间交男朋友或谈论婚嫁。这位美丽女子当然也不会想到：如果林秀雄在七岁那年参加布袋戏班的话，他们在八年以前就会认识。林秀雄甚至会告诉她一个叫“麦城”的地方，同时用叫骂来隐瞒自己只有十二岁的实情。

林秀雄十三岁那年顺利考上初中之后，使他与杨春和，还有出生九湾的头城妓女不可能在同一节火车厢里相遇。他只比杨春和低一个班次，偶尔在学校公告栏上看见这位学长得到全县作文比赛第一名或佳作奖的消息。他不能在工寮里傻吃闷睡、度过整个青春期；却必须寄宿在八仑地方廖火旺的一个表弟家，害他发育得非常糟，恐怕还没有杨春和的眉毛高。

廖火旺的表弟叫游振隆，开了一家糕饼店。游振隆自制自销的柿粿相当出名，芡粉含量多、黏性特强；上年纪的老大人最爱吃，又很怕吃——不吃嘴会馋，吃了容易噎到。林秀雄睡觉和写功课的地方就在糕饼作坊旁边，那是一间贮藏室，里面有一张三脚床（另一只床脚是个奶油桶）和一张沾满陈年面粉与灰尘混合物的板桌，桌上的日光灯害林秀雄养成了眨眼的毛病。

除了吃饭、上厕所、上学之外，林秀雄几乎从不离开贮藏室，因为那会使游振隆和他的学徒误会他有偷吃糕饼的意思。这样的误会让林秀雄连正餐也不敢多吃，于是人们更有理由怀疑他随时偷吃糕饼，而且吃得很饱。在贮藏室的时间里，林秀雄只能读书、写字、手淫，以及回忆。

他经常想起五寮村和七峡国校，尽量不去想六崁和溪流。通常，清早的天光从高高的窗口斜射到枕头上来的时候，他仿佛已回到往日，独自坐在学校围墙上观看晨曦中飘摇而下的降落伞。“曾老师说那是降落伞，”他对叶善说，“不是放屁。”叶善费尽力气也发不出降落伞三字的正确读音，随即挥挥手，放弃。不过他拿出了十多盏形状有如降落伞的灯笼给林秀雄看，过了片刻，林秀雄才问说："会飞吗？"叶善想了想，指指耳朵，表示听不见也不想听。躺在床上凝望窗口的林秀雄接着又说："会飞才对啊！"

如果林秀雄不是那么惯爱眨眼睛的话，他在初中毕业之后，将以有史以来学科最高分的优异成绩考入空军幼校，从此过着规律、严肃、有保障也保障许多人的生活。他仍将惯于埋首苦读，但是绝少有手淫的机会。他会变得比较合群，完全忘记年幼时沉迷于布袋戏傀儡的愚蠢行径。他学会打桥牌、喝咖啡牛奶，只吃军官俱乐部的牛排，而且能说一口完全不带乡音的国语。

三十岁以前，林秀雄已经拥有单飞五千小时以上的纪录。他也曾担任特种部队的飞行官，驾驶老母鸡在一万二千尺的高度下蛋一样地朝七峡山区抛送无数个降落伞。有时他兴致稍好，会侧过脸去，朝领航员比画比画手指头，说："信不信由你——我老家就在下头。看见没有？河中游，我他妈那倒霉鬼老弟就是在那儿淹死的。"兴致差些，他会在绕行国校上空自言自语地说："我操！那些眷村还没烧掉啊？"

他在三十岁那年成的家，老婆是空军电台的播音员，她热爱咬文嚼字的工作以及杨春和的小说。有一次问起他："杨春和也是七峡国校毕业的哈！看人家，多有名气？"林秀雄嗯了声，说："没听说过。""他写过一篇妓女返乡的小说，后来还被拍成电影，很轰动的。""我没嫖过，可不认识什么妓女。"她老婆一旦开播就收口不住了，说时已找出来那篇题名为"头城到九湾"的小说，一面翻看，一面道："你们乡下真的会把乱叫乱叫的母鸡头砍掉吗？矮——油——""说话客气点！什么'你们'乡下'我们'乡下的？操！"

他驱车带着老婆、孩子回家几趟，路上遇见不少骑着变速单车上下学的孩子，他就说："现在的小鬼多么享福？"他自己的车飞也似的驶入五寮村，在廖火旺家门前加速通过时他会不厌其烦地向老婆、孩子和自己辩解："别给姓廖的碰上。吃他妈三年冷饭要换我儿子的姓去，什么世界？”

世界确实不尽如人意。林秀雄不经意地对空军幼校口试官眨眼睛只是几秒钟的事，对方却判定他仪容不雅，没有资格成为堂堂正正的革命军人。于是，林秀雄只好继续在游振隆的贮藏室里再窝三年。他考上九湾的高中，不得不确立他尔后成为一名学人的前途。

如果林秀雄在几年之后有机会对前来访问的记者谈起高中时代，他会称这三年为他个人的“启蒙阶段”。“在那个阶段，”他扶了扶眼镜，眨眨眼，说：“我强迫自己读了很多书——史学、哲学、社会学、心理学，种种种种；几乎没有什么我不读的书。”他当然不必提及手淫的事（有一次由于动作过于剧烈而崩断了另一只床脚）；他也毋须说明：在“启蒙阶段”，他学会了一套既简单又实用的方法来观察整个世界，尤其是他记忆中的世界。有了这套方法之后，他的记忆不再是片片断断、零零散散的图像和声音，而有了实在的、整体的意义；也惟其因为有了这种实在的、整体的意义，他才记忆得更多。

靠着这套方法，林秀雄在那间小小的贮藏室里向全世界宣战。首先，他斗争自己。他认为：林秀雄的一切早已被这个容纳他的世界决定了。他的所作所为，以及所有的思想，都是这整片山区的产物。他无法挣脱，一如幼小的躯体无法逆流泅泳、降落伞无法飞升一般确定。他只有一种“可能”，那就是他“已经如何”。也正因为这样，他所做的任何事都不是他能负责的，一切皆导因于注定他的世界。

林秀雄是在那次极端剧烈的自我专注行动中悟出这个道理的。他崩断了床脚，发出巨大刺耳的声音，游振隆的学徒推门进来查看，发现林秀雄匍匐在床中央的位置，喘息、抽搐。“安怎啦？”那学徒问。林秀雄脑海中反复叨念念着：床本来就坏去了，床本来就坏去了……嘴里却说：“看啊！你看啊！就是要给你看啊！”他理直气壮的语调把那学徒唬愣住，以为林秀雄只是睡觉翻身时被朽坏的床惊醒，以致非常气恼。他立刻悄悄退了出去，片刻之后，再度敲门进来，手里拎着个奶油桶，脸上赧然地苦笑着。林秀雄这时已整装坐在板桌前，仍未卸下颜面上强逞的怒容，却听对方惶恐地说："失礼，失礼。"

事情过了几天，那学徒早已忘记这次小小的冲突。然而林秀雄已运用记忆的能力逼使自己相信：他之所以崩断床脚，为的就是要人看到（否则，他仍将睡卧在危险不安之中。他甚至忘记自己手淫的情节）。

从此以后，他对任何人、任何事、任何理念或者错误都能如此理直气壮。这方法实在太容易了。"你只要相信'结果就是原因'就对了。"他对自己这样说。林秀雄运用这套方法看叶善时确认：叶善糊白灯笼是因为有人死，有人死叶善才有饭吃。人死是因为好让叶善有饭吃。叶善靠死人而活。原因靠结果而成立。

如果林秀雄没有考上大学，他会在二林的罐头工厂干出纳员，然后当兵。然后回到同一家罐头工厂当会计。他会认识好几个工厂里的女作业员，分别带她们去三块厝采草莓、去头城吃夜市小摊、去任何一个热闹的庙口看布袋戏。在看布袋戏的时候，林秀雄滔滔不绝地发表他那一套辩证的世界观。"你看，是人在玩尪仔，还是尪仔在玩人？""你看，是人在看布袋戏，还是布袋戏在看人？""你看，是我在嚼槟榔，还是槟榔在嚼我？"

他的几个女朋友都曾一度眩惑于这种非常有智能的话题，然而为期不久。有一次他在头城黑虎将军坛旁边的夜街上搂着品管员阿芳谈槟榔与牙齿之间互相嚼咬的关系，阿芳打了两个呵欠之后停下脚步，说："拜托你不要随便吐槟榔汁好不好？""咦——"林秀雄拼命挤眨挤眨眼，说："我不吐，人家扫街的做什么？他没事做，不是饿死了吗？因为有我在吐槟榔汁，别人才有头路，知莫？"说完，他又狠狠吐了一口。

如果林秀雄运气好些，西南风会把这口槟榔汁吹往清洁队员可以清扫的街边。但是西南风晚了一步，槟榔汁洒在一位健壮男士的裤裆上。那人有着来自伞兵部队中队长父亲的优异遗传，曾经在二十年前的一场围殴中随手扯烂林秀雄的上衣，弹弹指头便撕掉三张疔疮药膏。二十年下来，他长得更高、更壮，脾气变得更坏，自然记性变得更糟。他一把揪起这位相逢不相识的老同学，骂道："操你妈瞎了狗眼！"林秀雄抖着声说："不吐到你，你，你怎么可能打我？"对方听不懂他的辩证逻辑，但是讨厌他的态度，直罩罩地一拳捣在他的门面中央，他昏晕过去的刹那间仿佛看见门户裂开，听到钟鼓交鸣的声响，接着，便梦见自己一路口吐鲜血，朝五寮奔去。

幸而林秀雄考上了大学森林系，只在每次期末考之前做类似被人追杀的噩梦。同寝室的人问他："又做噩梦啦？梦见什么？"林秀雄摇晃着昏痛交加的头壳，摸摸旧时生长疔疮的部位，在转瞬间忘记梦的结尾。他只说了他记得的部分："我梦见土地公，叫我不要泅水。"

土地公其实早已忘了林秀雄是何许人也。他在林秀雄做噩梦那天费尽千辛万苦、穿越一大片芒草、蒲公英、风信花和羊齿蕨类的纠缠，来到廖火旺的窗前，警告他说："你家凄惨啦！"

廖火旺转向阿吉求问：土地公究竟有何用意。阿吉忙问："伊生作啥款？""老老的、全身躯拢是花籽、草籽。""对啊啦！"阿吉叫着，顺手翻书册，比着画了一张符，又说："带回去贴，贴在伊和你讲话那个窗头。""伊到底是啥意思哩？""天机！天机！"

林秀雄参加暑期大专青年乡野服务队回到五寮来的那一阵子，天机已经不再是秘密。全村的父老兄弟姊妹们比往年更加热烈地款待服务队，起初林秀雄误会是因为他也身在其中的缘故。过了许多天，当队员们都到溪对岸山的南果去采收芭药、龙眼的时候，林秀雄的五个弟弟排成一排向他报告那个天机：从八仑到三块厝的产业道路要拓宽了，县政府即将收购五寮村口的一大片土地作为工程的中继站，廖家门墙外的荒草原就是中继站的位置。"全村拢足欢喜欸呐。”林秀雄的大弟说。但是林秀雄却有空欢喜的感觉，原来村人的兴高采烈与他或服务队下乡毫无关系；这倒教林秀雄对拓宽路面的事有些不谅解和不愉快了。

廖火旺到林家来走动时也频频表示：土地公说“凄惨”是没错的，拆屋当然凄惨——他一家三代，老人家已经百多岁了，还要搬厝，土地公看了自然心疼。但是阿吉的安宅符更灵，它让县政府出了好价钱，以后全五寮村都在路仔边，地贵房贵人也贵。说到这里，廖火旺偷眼瞄一下林秀雄，问道：“贵命囝仔！啥咪时间娶妻生子啦？”林秀雄没搭理他，径自跨步出门，到空地上作了两次深呼吸，开始反省并决定他在这个村中担任最高级知识分子的角色。

如果林秀雄随随便便让村人的迷信和贪婪来迎接县政府的道路工程人员在五寮砍伐山林老屋，那么他的书就白念了。反过来说，他已经念了这么多书，就不能坐令村人无视于他的存在。事实上就是连叶善也看不见林秀雄了，他积年与白纸白浆为伍，得了一种类似雪盲的眼疾，糊出来的灯笼像一泡泡乱七八糟的云彩。

如果林秀雄抗议县政府施工破坏五寮村生态环境的行动成功，他将成为台北新闻界的英雄，并且成为本村的罪人。

到那个时候，许多传播机构会抢着报道这位年仅二十二岁、身材矮小、其貌不扬，却有着惊人雄辩能力的年轻人的消息。这位年轻的意见领袖在各个报章杂志上陆续发表评论文字，抨击偏远山区民众长期以来用神话自愚、自欺、自利的实况，并将这一切归咎于基层教育工作者和官僚的诡计。“有关单位保留土地公庙却拆除民房，用意在假借敬神的虚矫身段来掩饰他们灌输村民盲目追求功利、追求文明、追求开发建设而不择手段的卑劣思想。”他不止一次地在文章中这样说。通常在书写这段文字的时候，林秀雄的眼皮和笔尖中间会浮现那个沾了一裙子鼻涕的曾老师。他在心里对曾老师表示抱歉，用笔管搔搔消炎粉喷洒过的头皮，然后运用过度激烈手淫的那次悟道所得的严正辩证法则悄声说："我会这样，也是你教的。"

那时曾老师早已他调，正在台北市城中区的某所国校担任教务主任，忙得没有时间阅读教案和课表之外的杂书。即使她看到林秀雄的文章，也不会想起她所教过的五十八个林秀雄之间的任何一人。

五寮村人却从管区警员和县政府建设课帮办的口中听说了林秀雄大骂自家人的事。帮办和警员异口同声地表示：县议会、省议会里一天到晚有人来调查路线规划是否有"图利他人"或"图利某人"的纰漏，搞得工程迟迟不能发包，这都是五寮村那个会写字的大学生害的。"阮家凄惨啊啦！"廖火旺似乎又可以预见村人将罪咎归之于他培养了这样一位状元公的冷景，便头也不回地往草丛里钻，一骨碌朝老屋跑去。草浪推移，顺风朝三块厝的方向倒着，林秀雄的爸爸打着酒嗝说："早知样系安呐生，我就送伊去学布袋戏咯，干！"林三婶不敢再说"贵、贵、贵"，只静默地追忆着简罔市噎死之前的神情。简罔市的神情一直没变，她站在曾经插过母鸡头竹竿的田中央，挣扎着想要把没出口的话说完："贵人不该生在这么没地理的所在。"

"如果五寮一带真是那么一个鄙劣的地方，又怎么培育得出像你这么优秀的人物呢？"那位追问林秀雄学历和经历的文教记者以略带辩证性的质询技巧问道。林秀雄则慨然答说："我对自己目前的成绩并不满意。"

如果林秀雄学会满意自己，他也许不会为整个抗议行动终归于沉寂、无效而黯然神伤。他写了十多篇文章，在系刊和校刊上登出两篇，其余的均遭各大小日晚报和周刊、月刊、双月刊……退回。台北传播界对那条产业道路没有什么兴趣，更不相信拆几栋房子、砍几棵树、铲掉几甲山坡果园就会破坏什么生态环境。他们宁可披露一些符仔仙和灵媒在预言、占卜、解梦、猜奖方面具有奇验的真实事迹。要不，深入报道某个赖五轮机踏车行游四方、终于打入电视频道、成为民俗剧坛巨擘的布袋戏班子的奋斗历史也是不错的。

惟其在写实小说家杨春和的笔下，林秀雄的故事有着壮烈、动人的收场。他描写林秀雄投身溪流，以尸谏来表示人们对他以及对整个山区漠视的不公与不义。在小说的结尾，一位又聋又瞎的灯笼匠在溪边放水灯祭悼死者，水灯从五寮漂至六崁附近的时候，突然被谷底的盘旋气流拔出水面，飞上穹苍。这篇小说被翻译成日文之后，观光团举着一幅幅的小旗子翩然来到五寮，以怀旧兼考古的心情和眼光搜寻着一个文明古国现存的最后传奇。

如果林秀雄从未出生……

（选自广西师范大学出版社·张大春《四喜忧国》）

读后思考：

这部小说通篇都是“如果……”，但它真的只是虚构吗？

小说被普遍认为是虚构的艺术，但这篇小说是否虚构得太明显？

你认为这部小说是探索人的可能性，还是用一种假设的方式展现人的一生？

请仔细分析作家是如何把现实与虚构交叉起来的。

如果用第一人称和倒叙来完成这个故事，会有怎样的风味？来，试试看！

小说的想象

为什么非要故事就发生在真正发生的地方？

——阿来

历史家记录，而小说家必须创造。

——福斯特

根据《人类简史》的作者赫拉利的说法，人类社会之所以能够取得突飞猛进正是因为我们生活在由想象所建构的秩序中：人类的想象力急速奔驰，建立起了地球上前所未有的大型合作网络。

自然，想象力是珍贵的，而文学尤其是诗歌被普遍认为能够提高人类的想象力，但实际上，小说同样能做得很好。而且正因为小说在篇幅上具有无与伦比的优势，因此它可以为一些复杂的、系统的、自洽的想象提供空间。

近代以来，科学兴起，而想象未来的科学将如何改变人类生存的小说也应运而生，这就是“科学幻象小说”；同样，叙事法的发达也使得在经世和娱乐之外单纯为了审美的小说兴起，我们可以称之为“文学幻想小说”。

所幸的是，在这两个领域，有实力的中国作家正在被世界认可。

重点阅读：刘慈欣《西洋》、朱岳《原路追踪》

推荐阅读：朱岳《词隐》、刘慈欣《乡村教师》、郝景芳《北京折叠》、韩松《美女狩猎指南》

刘慈欣，1963年生于北京，毕业于华北水利水电大学，工作后担任山西娘子关电厂计算机工程师，刘慈欣在工作之余坚持科幻小说的创作，其产量之多、质量之高使其获得了“中国当代科幻第一人”的美誉，其代表作“地球往事三部曲”《三体》更于2015年获得世界科幻最高奖的雨果奖。

西 洋

刘慈欣

西元1420年，非洲，索马利亚，摩加迪沙沿海

这是明朝舰队打算到达的最远的地方，永乐皇帝也只让走到这里，现在，二百多只船和两万多人，静静地等待着返航的命令。

郑和沉默地站在“清和”号的舰首，他面前，印度洋笼罩在热带的暴雨中。四周一片雨雾，只有闪电刺破这一片朦胧时，舰队才在青色的电光中显现，“清远”号、“惠康”号、“长宁”号、“安济”号……如同围在旗舰四周纹丝不动的巨大礁石。众多的非洲酋长在船上欢宴三天后已上岸，激越的非洲鼓声从雨中隐隐传来，岸上棕榈林中打鼓的黑人狂舞的身影如暴雨中时隐时现的幽灵。

“该返航了，大人。”副将王景弘低声说。在郑和身后，站着远航统帅部的全体，包括七名四品宦官及许多的将军和文官。

“不，继续向前走。”郑和说。

在统帅部其他人的感觉中，这一刻空气和雨滴都凝固了，“向前?！到哪里?！”

“向前走，看看前面有什么。”

“那有什么用呢？我们已证实建文帝不在海外，他肯定死了；我们也给圣上搞到了足够的珍宝，该回航了。”

“不，如果天圆地方，大海就应有边缘，大明的船队应该航到那里。”郑和的双眼渴望地看着雨雾深处，看着他想象中的海天连线。

“这是违抗圣命，大人！”

“我意已决，不从者可以自己回去，但最多只能带十艘船。”

郑和听到身后有剑出鞘的声音，那是王景弘的卫士的剑；接着有更多的出鞘声，那是郑和卫士的剑，然后一切都沉默着，郑和没有回头。

像来时一样突然，暴雨停了。太阳的光柱刺破云层，天水相连处金光灿烂，显示出无法抗拒的神秘诱惑。

“起航！”郑和大声发令。

西元1420年6月10日，明朝舰队浩浩荡荡，撞开印度洋的滚滚波涛，向好望角驶去。

※※※

西元1997年7月1日，欧洲，北爱尔兰，贝尔法斯特中国国旗降下后，英国国旗在《上帝保佑女王》的乐声中升起，在旗的上缘接触杆顶时，时钟刚刚走过零点，这时，我们在这块土地上已是外国人了。

虽有幸参加交接仪式，我也只能站最后排，所以是最早走出议会大厅的。十五岁的儿子在外面等着我，静静地，我们最后看看北爱尔兰。这是典型的英伦夏夜，潮湿多雾，雾在街灯的黄光中像轻纱般飘过，拂在脸上像毛毛雨。在幽暗的灯光和迷蒙的雾中，贝尔法斯特像一个宁静的欧洲乡村。这是我度过前半生的地方，一小时后我们会带着所有的东西离开，但我带不走自己的童年、青春和梦想，它们将永远留在这块宁静而多雾的土地上。

本来，中英联络组要工作到下世纪初，但我还是说服领导，早早调到新大陆去。表面上我给自己的理由是：对自己的前途来说，早走比晚走好；但内心深处真正的理由是：想尽快远远地离开一起生活了16年的刚刚离婚的前妻，她虽是中国人，但作为领事馆的高级官员，她还要长期留在北爱尔兰。我已没希望留住她，就像中国没有希望留住北爱尔兰一样。好在儿子跟我走。

“是你们丢失了北爱！”儿子愤怒地对我说。在儿子眼里我是国家元首，更准确地说是个不称职的国家元首。他认为我应该把俄罗斯再分成更小些的几个国家；他认为我给贫穷的西欧太多的贷款，却对他们提了太少的要求；他认为许多年前我就不应该让中东的那些恐怖主义国家和亚洲的某些极权主义国家存在下去；特别是北爱问题，他认为我应该以主权换治权，而不是拱手相让……一句话，他认为中国在世界的领导地位正从我手里丢掉，尽管我是个只有副司级的普通外交官。儿子好像浑身都长满了咄咄逼人的精神长矛，这点真像他妈妈，而我的忍让和儒家风度他一点都没继承，反而成了他对我感到失望的原因。他跟我回国不是因为我的原因，而是因为无论如何也不能忍受作为一个外国人生活在北爱尔兰。

一小时后，运送中国最后一批撤离人员的专机把北爱尔兰留在下面的浓雾中，我们在夜色中飞向自己的新生活。

※※※

西元1997年7月1日，欧洲，巴黎

飞往新大陆之前，我们在欧洲大陆短暂停留。在伦敦时，还能感受到英国人庆祝回归的喜庆气氛，但欧洲大陆对此似乎没什么反应。一出北爱尔兰，西欧的其他城市那混乱和贫穷的气息便扑面而来。交通被自行车的洪流所堵塞，空气浑浊。一出巴黎海关，我们便被一大群渴望换到人民币的法国青年围住，好不容易才摆脱他们。同行的其他人还处于“北爱综合征”之中，没精打采地躺在饭店中不出来。

初升的太阳驱散了晨雾，古战场显出一片醉人的绿色。这地方我们不知来过多少次了，特别是在去年，几乎每个星期天我们都要乘英吉利海底隧道列车来一次，每次在这里儿子都要对我进行一番例行的折磨，现在又开始了。像每次一样，他站在纪念碑的底座上，慷慨激昂地背诵起小学的历史课本：“1421 年 8 月，明舰队到达西欧沿海，欧洲惊恐万状……”

“好了，爸爸累了，这次就算了吧。”我不耐烦地打断他。

“不行，春秋时代的夫差身边有一个人时刻提醒他报杀父之仇，你们这些政治家和外交官也需要这么一个人。”

“我们在欧洲和北爱没有杀父之仇，一百年的协定到期了，我们就把北爱还给英国，这是顺理成章的事，谈不上是什么失误或失败。”

儿子不听我这一套，继续他的演讲：“……欧洲惊恐万状。郑和本想象在南洋诸国是一样，同欧洲人友善相待，但他派往欧洲大陆的五位元使者全部被杀，东西方只有一战！罗马教皇马丁五世呼吁四分五裂的封建诸侯联合对敌，还颁布了赦罪法令，凡此时应征入伍的罪犯都可获得赦免。为了给战争筹款，教会出卖神职，甚至把教皇的金冠买给了佛罗伦萨的商人。英法匆匆结束百年战争，结成军事同盟。慑于明舰队的强大，西欧海军不敢出战，欧洲人把胜利的希望寄托在陆战上。1421 年 12 月，明朝军队在加来登陆，十天后兵临巴黎城下。双方在巴黎近郊进行决战。当时欧洲人集结了十万大军，其中有英王亨利五世率领的三万英军，法国勃艮第公爵率领的四万法军和来自德意志神圣罗马帝国的三万条顿骑士团。明军只有二万五千兵力。12

月 20 日清晨，巴黎战役开始。西欧联军统帅部拟以法军和条顿骑士团的重铠步兵攻击明军正面，以英格兰轻骑兵做右翼迂回。日出时分，西欧联军首先发起进攻。欧洲步兵战阵严整，成无数个整齐的方队向前推进。重装步兵的盔甲在朝阳下闪着金银两色的光芒，从明军阵地看去，仿佛是金属的大地在移动，无数的长矛如同大地上的麦田。战鼓声、苏格兰风笛声、士兵们用剑柄有节奏地击打胸甲发出的撞击声渐渐清晰可闻……”

“这样下去我们要误飞机了。”

“……郑和看准了欧军队进攻队形密集死板的特点，把炮兵集中部署在正面。明军迟迟不出击，而是进行了炮兵齐射。在前三次猛烈的齐射中，欧军伤亡惨重，但进攻队形纹丝不乱，方队踏着尸体继续推进。在敌人严整的进攻方队已近在眼前时，郑和沉着地命令进行第四次更为猛烈的炮击。明军的几百门大炮发出雷鸣般的轰响，把暴雨般的弹倾泻到欧洲人密集的方队中，霰弹打在盔甲上，发出一阵哗哗的潮水般的声音。欧军的队形乱了，开始是前一排方队，然后如同推倒了多米诺骨牌，整个阵线大乱起来。郑和这时才命令明军出击，他的数量不多的骑兵以楔形队形攻击欧军正面，向敌阵深处猛插，很快把欧洲步兵阵线切成两半，并集中攻击右翼。这时，迂回的英国骑兵正从右翼方向攻击，却遇上了溃散下来的联军步兵，人马相践，死伤无数……”

“真的该走了，孩子！”

“……战斗一直持续到黄昏，在如血的残阳中，明军才吹响了他们凄厉的号角……巴黎战役，西欧联军大败，十万军队半数被歼，英王亨利五世殒命沙场，上百个公爵伯爵和王室将军阵亡或被俘……巴黎战役之后，西欧难以在短时间内集结起足以对付明军的力量，加上明舰队对西欧沿海特别是英吉利海峡的封锁，以及关于明朝后续舰队正在驰援的传闻，西欧脆弱的抗明联盟瓦解了，以后……”

“以后我都知道，以前的也都知道，你要没完没了，我自己走了，你一个人留在这里与郑和做伴好了。”

我们终于离开了古战场，如果可能再回来，也是很长时间以后了。

※※※

西元1997年7月2日，中国新大陆，纽约

“欢迎到中国新大陆！”海关小姐对我们甜蜜地一笑，我感到了一种回家的温暖，但儿子对回国似乎并没什么感觉。

“明朝船队首航美洲已有五百多年了，他们还把这儿叫新大陆。”他说。

“一种习惯，就像欧洲人仍把中国人叫洋人一样。”

“我们早就该再有一个真正的新大陆了！”

“哪儿？南极洲吗？”

“为什么不行？”

我暗自摇摇头。对儿子性格中这咄咄逼人的进攻性，我已经习惯了，但又时时对此感到一种压力。似乎他妈妈的性格越过大洋通过儿子作用于我，想到这儿，我心中一阵酸楚。

我们驱车赶往联合国总部，很快沿着高速公路一头扎进了纽约的高楼森林。同来自欧洲的每一个人一样，我觉得来到了巨人国，一切都那么大。半小时后我们的车停在了联合国大厦前。

“这就是我下半生工作的地方了。”我指着大厦对儿子说。

“但愿已经十分臃肿的联合国机构不是又增加了一个多余的人，爸爸。”

“哈，我该怎样干和干什么才能不多余呢？”

“至少，由于多了您一个中国人，中国在联合国相应地多一份权威。”

“那又怎么干？”我心不在焉地问，想着是先进去报到呢，还是先去公寓看看新房子。

儿子像往常一样，又向我提了一个只适合于向国家元首提的建议：“联合国离开我们每年一百个亿的会费就运行不下去，想到这点，增加权威就很容易了。”

“住嘴！我警告你，以后我们生活在联合国的环境里，你这种话是很让人讨厌的！”

在联合国大厦前的广场上，有几个人在做政治演讲，他们都穿着分离主义者的蓝色衬衫。每个演讲者前面都有一堆各种肤色的人在听，一个离我们较近的演讲者的话音传到我们耳中。

“……自五百前年明朝覆灭后，新大陆就开始了新文化运动，这以后的几个世纪，我们一直领导着中华文化的走向，而旧大陆只是战战兢兢地跟在我们后面，现在几乎被我们甩开了，他们的悟性比我们要慢半个世纪！而直到现在，他们还以文化宗主自居。事实上，新大陆文化现已发展成为一种全新的文化，它的渊源在旧大陆，但它是一种全新文化！第三点，在经济上，新大陆和旧大陆……”

演讲者是一个大学生模样的瘦弱年轻人。儿子冲上前去，把他从高台上一把揪了下来，“闭起你的狗嘴，你个臭分离分子！”他在儿子的手中挣扎着，眼镜掉到地上摔碎了，“看到北爱的事，你们这些杂种又狂起来了是不是?！记住，北爱是租借地，但新大陆却是我们的国土！”

“新大陆是印第安人的国土，旧大陆先生。”那个年轻人挣脱了儿子的手，冷笑地说。

“你是不是中国人?！”儿子怒视着他说。

“这得由全民公决来决定。”演讲者整整领带，仍不动声色。

“呸！做梦去吧！你们几个兄弟公决不认爹娘，行吗!?”儿子挥着拳头说，我赶紧冲进围观者中把他拉出来。

“爸爸，他们在这儿这么猖狂，你不管吗?！”儿子甩开我的手说。

“我只是个普通外交官，你看看吧，我们管得了吗？”我指指四周那些穿蓝衬衫的人，在这儿他们算文雅，在费城和华盛顿，这些家伙剃了光头，胳膊上裹着带钢刺的护腕，儿子要是在那里这样子可真要遭殃了。

“先生，给您画张像好吗？”一个轻柔的、怯生生的声音从我身后传来。这是一个白人姑娘，像所有欧洲移民一样，她穿着很朴素，手里拿着画板和画笔。

第一眼看到这姑娘瘦弱的身材，我脑海中突然浮现出一幅欧洲古典油画，画面是一个瘫痪的姑娘在草地上的背影，她渴望地看着远处的一所小房子，那房子对于她是那么遥远，那么可望而不可即。更奇怪的，我还想起了前妻，不是由于她们的相像，而是由于她们的差异。这个姑娘在生活中所渴望得到的一切，就像油画中的那所小房子一样，遥远而可望不可即，但像画中的姑娘一样，她仍胆怯地，同时顽强地在这个冷酷的世界上一点点挪动着自己……那画上的姑娘背对着观众，但你能感觉到她渴望而动人的目光，那就是现在这位移民姑娘看着我的目光。我心中突然出现一种多年没出现过的异样的感觉。

“对不起，我们还有事情。”我说。

“很快的先生，真的很快。”姑娘说。

“我们真的要走了，很对不起小姐。”

姑娘还想说什么，儿子把几张钞票朝她扔过去，“你不就是要钱吗？别烦我们，走开！”

姑娘蹲下来，默默地把散落在地上的钱拾起来，然后站起来慢慢走到儿子身边，把钱递还到他面前。

“如果打扰了你们，真对不起。但我想问问年轻的先生，如果……”她停了好一会儿，很艰难地把话说下去，“如果我的皮肤是黄色的，您还会这样对待我吗？”

“你是说我搞种族歧视？”儿子挑衅地看着她。

“向小姐道歉！”我厉声说。

“凭什么？这些年他们像蝗虫一样涌进来，抢走我们的工作。”

“可是，先生，欧洲移民在新大陆只干你们最不愿干的工作，拿最低的工资。”

“但像你这样的，还在红灯区败坏我们的社会风气！”

姑娘吃惊地盯着儿子，羞辱和愤怒使她说不出话来，手里的画具和钱都掉到地上。

我打了儿子一巴掌，这是我第一次打他。

儿子只愣了一秒钟，突然兴奋地抱住我，“哈哈！爸爸，你早就该有这种气魄！这才是你在联合国应该显示的气魄！这是你的一个好开端！”

他这出人意料的反应更令我怒不可遏，“滚，滚得远远的！”我冲他吼到。

“好，我滚。”儿子很高兴地走开了，以为他看到了一个脱胎换骨的新父亲。

走远了还回头对我打招呼：“一个好开端，爸爸！”

我呆呆站在那儿，对自己的失态有些迷惑。除了对儿子失礼的愤怒外，这还同这位姑娘在我心中产生的异样感情有关。我向她深表歉意，并同她一起蹲下来收拾地上的东西。她叫赫尔曼·艾米，英国人，只身来中国新大陆留学，在纽约州立大学学美术。

她昨天刚到这里。

“我儿子是在旧大陆长大的，今年才到新大陆来。在旧大陆的年轻人中，极端民族主义情绪在膨胀，像这里的分离主义一样，简直成了一种公害。”

我把散落在地上的几张画递给她，并注意到了她画夹中的一幅画，画面上有个戴着头灯安全帽，饱经风霜的脸上满是煤灰的男人，他身后是纽约的高楼群。

“我父亲，他是伯明翰的一个矿工。”艾米指着那张画说。

“在画中你让他到了新大陆。”

“是的，这是他永远无法实现的一个愿望。我选择了画画，就是因为画和梦一样，在其中能走进现实中永远无法走进的世界，实现永远无法实现的愿望。”

“你的油画画得很好。”

“但我必须学中国画，这样回到欧洲后才能靠画笔生活。东方的艺术充斥欧洲，那里很少有人对本土艺术感兴趣了。”

“中国画应该到旧大陆去学。”

“那里的签证很难办到，费用也太高。学中国画是为了生活，我最后还是要画油画的，我们的艺术总得有人继承。请您相信，先生，同大多数的英国人不一样，我不是到中国来淘金的。”

“我相信。哦，你到过故宫博物院吗？那里有很多中国画的经典作品。”

“没有，我刚到纽约。”

“那么我带你去，不，我坚持，作为对刚才那件事的道歉。”

同旧大陆一样，新大陆的故宫博物院也在紫禁城中。新大陆的紫禁城皇宫建于明朝中期，位于纽约东南部，它的面积是旧大陆紫禁城的两倍，是一片金碧辉煌的东方宫殿。

明朝有两个皇帝巡视过新大陆，并在这座皇宫中住过。艾米很快发现了这里与旧大陆紫禁城的不同。

“这里只有一道城墙，却有这么多城门，远不像北京的皇宫那么森严。”

“是的，新大陆是一个开放的大陆，几百年来接受着不同文化的八面来风。正因为如此，我们的封建王朝首先在新大陆覆灭。”

“您是说，如果没有新大陆，你们现在还是一个王国？”

"哈哈，这不一定，但至少，明朝不会是最后一个王朝。"

"郑和为振兴大明朝而远航，却把它推向坟墓？"

"历史就这么不可思议。"

我和艾米漫步在古代的皇宫中，人不多，我们的脚声在一个又一个空旷的大厅中回荡，一根根巨大的立柱在朦胧中从我们两侧缓缓移过，好像是在黑暗中俯视着我们的一个个巨人，静静的空气中仿佛游动着神秘的幻影。

我们来到了一个陈列柜前，里面陈列着许多黄得发黑的欧洲中世纪的拉丁文旧书，有荷马史诗，有欧几里得的《几何原理》、亚里士多德的《物理学》，还有柏拉图的《理想国》和但丁的《神曲》……其中很多是 15 世纪欧洲宗教裁判所的禁书。这些都是郑和到达西欧后让翻译给他读过的。

我对艾米说："看，他读的你们的书，从你们那儿得到了很多他没有的东西：他有指南针，却没有远航必需的欧洲精确钟表；他有比你们当时最大的船还大三倍的船，却没有绘制精确海图的技术……特别是基础科学，那时的明朝落后于欧洲，比如在地理学上，中国人仍相信天圆地方的世界。没有你们的科学，或者说没有东西方文化的融合，郑和不会接着向西航行，我们也不会得到美洲。"

"就是说，我们不像自己想象的那样贫乏。我那些自卑的年轻同胞们应该有您这样的老师！"

我们更多谈的还是艺术，看着博物院中那些中国画的珍品，我们谈中国画最古老的源头，谈狂草印象派和空白派在中国的出现和流行，谈欧洲画派复兴的可能……我惊奇地发现我们有那么多的话可谈。

"像您这样正眼看欧洲文化的人不多了，我永远为您祝福，真想让您以后成为看我的画的第一个中国人。"

艾米说这话可能没有别的意思，但我还是有些心跳。

不知过了多久，我们发现刚走进的大厅有些不同，这里灯光很亮，人也很多。古老的大厅正面，放着一个高大的航天器，那是孔子号登月飞船着陆舱的复制品。从大厅高高的顶端射下几道多彩的光柱，聚焦到一个衬着天鹅绒的玻璃柜上，天鹅绒上放着许多大小不一的石块，每块都标着昂贵的价格。这是中国1965年首次登月时，孔子十一号上的宇航员从月球静海带回的岩石标本。

“真美！”艾米感叹。

“可它们只是一些普通的石块。”我说。

“不是的，想想它们来自那么遥远的世界，包含着多少故事。就像我父亲给我的一块晶亮的煤块，它在地层深处睡了上亿年，这是多么长的时间，这段时间中能有多少个人生？这些东西就像凝固了的梦一样。”

“像你这样能看到内在美的姑娘现在真是不多了！”我激动地说。我买了一块很小的岩石标本，上面系着一条银色的链子。岩石的一个切面上还可以看到登月宇航员的签字。我把它送给艾米。她不愿收这样贵重的礼物，可我坚持说这仍表示我对今天不愉快事情的深深歉意，她最后默默地收下了。在她的目光里，我又一次感到了回家的温暖，真奇怪，在一个移民姑娘的目光里。

出故宫后，我们开着车漫无目的地在纽约乱转，只是想延长分别的时间。

最后，我们来到了纽约港，隔着一片海水，对面是世界闻名的上百米高的郑和像。他的一支巨手指着前方的新大陆。现在，天已黑了，我们身后的曼哈顿灯火辉煌，如同一个巨大的宝石切面。无数道光柱集中到郑和像上，使他成为屹立于海天之间的发着蓝色光芒的巨人。

这时，我们身后有人“嗨”了一声，是我儿子。“我知道你们最后会来这儿。”他说。他走到艾米面前，向她伸出手，“我向你道歉，小姐。那时我心情不好，想想我们是刚从北爱尔兰撤出来的中国人，您就会理解了。”

“孩子，”我说，“你太锋芒毕露了，这是不成熟的表现，你该成熟起来了。”我指指面前的郑和巨像，“他是你最崇拜的人，你认为他是最高大最完美的人。想象他那样去开拓一切，这也是你形成现在性格的重要原因。但现在，应该让你看到一个完整而真实的郑和了。”

“我了解郑和，我读过关于他的所有的书。”

“你读到的都是现代作家们写的书，他们只写理想的东西。”

“有什么不对吗？”

“比如说，明舰队航行到西欧已是奇迹，为什么郑和又能在那么短的时间内从西欧再次远航，跨越大西洋，发现美洲新大陆呢？”

“郑和是一个伟大的开拓者，他的每一个细胞都渴望着探索未知世界，神秘的大西洋强烈地吸引着他，就是这样，爸爸。现在中国的领航者要是有他一半的气魄就好了！”

“现在的年轻人都这么认为。”

“有什么不对吗？”

“郑和的某些方面你可能不知道，首先，作为一个男人他是残缺的，他是一个太监。”

儿子和艾米惊愕地瞪大了双眼，“你胡说！”儿子说。但很快，他似乎想起了他看过的某本书中的某些暗示，转身看着巨像沉默下来。

“巴黎战役后的第二天，郑和率领八千骑兵进入巴黎，同欧洲各君主和罗马教皇签订了那个划时代的协定。骑马走在巴黎的大街上，郑和和他的同行者第一次看到了那些古希腊风格的雕塑，他们看到了波塞冬、阿波罗、雅典娜、阿佛洛狄忒……这些在明朝的土地上不可能看到的男人女人健壮美丽的裸体被塑造得那么完美，这是西洋文化对他们产生的第一次强烈震撼。对郑和来说，这震撼更是深入灵魂，他从来没有这样铭心刻骨地意识到自己的缺憾，自己的不完美。以后，他陷入了深深的迷茫和忧郁之中，这迷茫和忧郁使他感到这个世界越来越陌生，最后，一个强烈的愿望在他和所有随行者的心中出现了……”

“什么愿望？！”

“回家。”

“回家？！”

“回家。这愿望如此强烈，以至于他们想走一条更近的路。从欧洲的地理学中他们知道了地球的形状，知道了如果一直向西，就和向东返回一样能回家。于是，在征服欧洲后不久，明朝舰队就向西，向大西洋的深处驶去。他们走啊走，走啊走，在两个月艰难的航程中，一双双眼睛望着大西洋天水相连的远方，盼望着家乡的海岸在那里浮现……终于，陆地出现了，但那不是梦中的乡土，而是一个长着龙舌兰和仙人掌，出没着红种人部落的陌生世界。当他们踏上新大陆时，并不像那些浅薄的历史作家们描写的那样欢呼雀跃，而是抱头痛哭……郑和因此一病不起，在新大陆结束了一生。舰队中很多的船仍然沿着海岸航行，直到五年后，这些船才在白令海峡找到了通向太平洋的路，又过了五年，他们才回到魂牵梦绕的祖国，大明朝日不落帝国的世界才连为了一体。”

儿子面对着巨像长久地沉思着，这可能是他有生以来最长时间的一次沉思，我感到从未有过的欣慰。

“孩子，历史和生活不是你一直认为的那种简单的征战和开拓，其中有很多说不清道不明的东西，很多需要成熟后才明白的东西。”

“是的，”艾米说，“想想，假如郑和当年按照最初的计划，最远只航行到索马里海岸就返回，后来会是什么样子？也许是一个欧洲人的船队后来首先绕过了好望角，更说不定，另一支欧洲人的船队还发现了美洲呢！”

“唉，历史啊，同一个人的命运很相像。”我感叹道。

"那么，爸爸，"儿子从沉思中醒来，指指艾米，"她是您的新大陆吗？"

我和艾米相视一笑，我们谁都没有否认这点。

我们身后，曼哈顿的灯火更加辉煌，纽约港的水面成了一片跳跃的光海，这又是新大陆多梦的一夜。

（选自四川科学技术出版社·刘慈欣《梦之海》）

读后思考：

你知道郑和下西洋的故事吗？有没有读过罗懋登《三保宝太监下西洋记》？

这篇小说幻想了哪些事件？其新奇之处在哪里？

这篇小说只有幻想吗？你能找出它与现实的联系吗？

一般认为刘慈欣擅长科学幻想，但这篇小说似乎并非如此，它幻想的重点是什么？

你认为如果郑和真的发现欧洲，会出现小说里的现象吗？为什么？

朱岳，1977年生于北京，法学出身而从事编辑，2004年开始小说创作，已出版《蒙着眼睛的旅行者》《睡觉大师》《说部之乱》三部短篇小说集。朱岳的写作深受博尔赫斯的影响，其想象力的纯粹、与外物丝毫无关，使得其作品独树一格。

原路追踪

朱　岳

是这样，你身处这么一个世界：这里只有一种植物——仙人掌，各式各样的仙人掌；只有两种动物一灰熊和兔子。兔子都是棕色的，身形庞大，和灰熊差不多大。灰熊吃兔子，兔子吃仙人掌。兔子不怕扎嘴，它们的嘴部没有神经。

这个世界只有一条路，一条回旋向下的柏油公路，路修得还算平整，路的两侧是无尽的旷野，一侧永远比另一侧低些。旷野上星星点点地生长着仙人掌，隐藏着熊和兔子。行进在公路上，你会有一种幻觉，仿佛这条路是大地的一条轴心线，但是从公路两边的旷野中看，它总是标志着边缘、边界。

这条回旋向下的公路极为绵长，长得令人恐怖，但它还是通向一个地方，至于那是怎样一个地方就难说了，没法证明有谁真的到过那里。不过关于那地方的谣传很多，最常听到的说法是，那里是一片浅蓝色的淡水湖；还有人说，路的终点是一座透明的公用电话亭，里面有一架电话机，谁能抵达那里就可以免费打个电话；最可信的一个版本是，那里是一座椭圆形的溜冰场，有一位形容枯槁的老人为溜冰场守大门。但是不管怎样，你只能沿着这条公路盘旋而下，因为你是一名刀客，只要还当刀客，就不能停留，不能生活在路边，刀客只能在路上，在路上追踪其他刀客，之后展开生死搏杀，直到尽头。

作为刀客，你有两样简单的装备：一辆轻型卡车、一把狗腿形的尼泊尔弯刀。所有刀客的配备是统一的，在这方面你占不到便宜，你别指望突然得到一挺 XM806 式机枪。在这个世界，唯一能让你变强的方法，就是阅读文学作品，具体说就是小说、散文、诗歌，你读到的文学作品越多越好，你的战斗力就越强，你获胜的几率就越高。这条法则，或说原理，你应该记住。

好了，宏观的情况就说到这里，咱们回到实际。现在，你正面对一具尸体，一具刀客的尸体。这个刀客够强悍，他肯定读过不少文学书，可是他死了，被干掉了，死不瞑目。你很清楚他是被谁杀死的，那个杀他的人正是你在追踪的目标，刀客并不总是有一个确定的追踪目标，大部分时候都是遭遇战，而你的目标明确，那个人的名字叫“摩德万”。

你把尸体检查一番，只发现一处伤口，但也是致命的，他的心脏被刺穿了。你盯着伤口，静静地站着，看不出什么所以然，你得找个巫师，请他帮你看。巫师也读过大量的文学作品，他们经验丰富，眼光毒辣，他们能根据刀客尸体上的伤口——它的位置、形状、大小、深浅等等，识破杀人者的刀法路数，出杀人者大概读过哪些文学作品。然而巫师不参与追踪和搏杀，也没有刀客去招惹他们，那不合规矩，巫师只充当顾问的角色，他们散居在公路两边旷野中的帐篷里，对于杀向路的尽头已没有兴趣。巫师都曾是刀客，后来他们有了女人，就放弃了，或者说，失去了刀客的身份，成为停留在路边的巫师。巫师有女人，还有大量的书籍，但除他本人以外，没人能找到他的书籍和女人，女人们带着书藏在旷野深处极为隐蔽的地方，那里才是巫师们真正的家。他们的帐篷只不过是接待过往刀客的办事处。

你连拖带拽，费了很大力气才把那具尸体搬进你那辆小卡车的拖斗，这家伙实在是个大块头。干完这件体力活儿，你撣撣身上的土，朝公路上吐口唾沫，便钻进驾驶室，你又要上路了。你要把这尸体带到最近的一位巫师那里，请他给看看，除非在此之前你就与摩德万遭遇。你一边驾车疾驶，一边在思索：要知道，在一般情况下，刀客会将他杀死的对手尸体藏起来，这并不困难，在旷野上有许多裂缝，它们就像是大地绽开的伤口，尸体一旦被扔进裂缝就很难再被找到。把干掉的对手留在公路上是种狂妄的做法，是一种挑衅，这么干的家伙不担心追踪者们根据尸体揣测出他的刀法路数，这表明他读过太多的文学，任何揣测都会导致错误判断，那将是致命的。摩德万就是这么一个恼人的家伙，他也许已经意识到你的存在，他知道你在追踪他，他把尸体留给你，这可能是一个信号，也可能是一个圈套，他在误导你。你在开车的时候想的就是这些，你想了很多。

你开着车，路两边的风景一味重复，除了仙人掌还是仙人掌，偶尔能看到灰熊在追逐棕兔，它们奔跑时会扬起一片沙尘。你不理会它们，你还有足够的食物。同样，你也无暇理会那些竖立在路边、饱经风雨剥蚀的铁皮邮箱。这些邮箱并不是用来传递信函的，刀客们用它交换书籍。假如你想得到你从没读过的书，就下车，打开邮箱，从里面取你需要的书，同时，你得把你的相应数量的书放进邮箱，你拿走的那些书的原主就在附近藏着，观察你的一举一动。交易得大体公平，当然，你没准儿走了眼，用一本经典之作换到一本垃圾书，但那是眼力和运气的问题。有时候，要是你心里有谱儿，你也可以不作交换，径直将对方的书拿走，接下来就会有一场拼杀，书的主人会冲出来跟你较量一番，直到你们中的一个倒下。你可能白得一本好书，也可能丢掉性命和你的全部财产。还有些时候，即使你放下了自己的书，对方仍然会冲出来杀你，那意味着，这不是交易，邮箱里的书只是一个诱饵，于是你还是会陷入一场拼杀。就是这样，无论如何，下车走向邮箱是去赴一场赌局。而现在，你对这一类赌局提不起兴致，你已有过足够多的书籍，你已经疯狂地将它们读过一遍又一遍，此刻，你的心中只有你的目标——摩德万。

夜幕降临，气温陡降，为打发旅途的无聊，你拧开车上的收音机，收音机里传出一首歌："这邪恶的城市……这邪恶的城市……这邪恶的城市……"这首歌就这样不断地唱下去，伴随着严重的杂音。这个世界上的每辆小卡车里都有收音机，但是只有一个电台、一个频道、一首歌，这首歌没有名字，它只有一句歌词——"这邪恶的城市"。没人理解这句歌词。这个世界既无城市，也无邪恶。据说歌手是个干瘪的独眼老头儿。在漫漫长夜里，你把这句歌听了许多遍。

当天边重现一线曙光，你瞧见一辆小卡车停在路边，接着就发现一具尸体横在路中央，在它旁边站着一个黑影。你踩下刹车，推开车门，跳出来。这一次，你的手里拎着那把尼泊尔弯刀。寒冷的晨风吹在你脸上，令你精神一振，你提着刀大步上前去。但很快你就看清，站在尸体旁的是个瘦弱的女孩儿，正背对你不住发抖，她不会是摩德万。你松了口气，俯身查看尸体。这尸体又是摩德万留下的，或许正是留给你的，你能认出他的手法，尽管这次与上次的情形大相径庭，尸体遍布伤口，每一处都足以致命。

等你抬起头来，迎着初升的朝阳，你看清了那女孩的脸，她的两只眼睛被挖掉了，眼眶里充满血污。

"眼睛怎么了?"你问她。

"没了。"她说。

"怎么没的?"

"我一个人在公路上走，我看到前方路中央有两个刀客在决斗，一个杀了另一个，我吓呆了。后来，那个杀人的走过来，说我看了不该看的，我对他说我并不想看，可是没用，他用弯刀挖掉了我的眼睛。我疼得昏了过去。那好像已经是好久以前的事儿了……”

“他什么样？”

“你让我搭车我就告诉你，我不想死在路边。”

“好吧，我会带你一程。”说完，你就转身去扛那具尸体，这是一具苗条的尸体，你没费力就把它搬上了卡车拖斗，让它与之前那个大块头并排躺着，你从上衣口袋里掏出，一支水笔，在第一具尸体的脑门上写下“1”，在另一个的脑门上写下“2”。然后，你收好水笔，上了车，打开另一侧的车门，招呼女孩上车。她寻着你的声音，摸索着走过来，吃力地爬到了副驾驶的座位上。

你开车时用余光打量身边的女孩。假如她的眼睛还在，她会是个美丽的女孩。她面庞白净、衣着朴素，梳着一条长长的辫子，背着一只白色挎包。

“好了，现在告诉我，他什么样？”

“等我说了，你就会把我扔下去，然后杀了我。”女孩沉着地说。

“不会。”你说。

“好吧，既然不会，那我就告诉你，他个头很高，身材魁梧，有个特别突出的方下巴，三十来岁，但是头发已经白了，他有一双绿眼睛，看了让人恶心。他显得镇静自若，像是对什么都无所谓，但那是强装出来的，他就快发疯了……对了，他的卡车布满锈迹，是铁红色的。”

你边听，边从上衣口袋里掏出一盒火柴，抽出一根划着，将火柴梗衔在口中。在这里，人们不抽香烟，而抽火柴，一共有两类火柴，长梗红头的和短梗绿头的。你偏爱长梗红头的这种。火柴梗是由几种仙人掌芯混合制成的，每家火柴厂都有自己的配方。你叼着它，鼻子轻轻吸着火柴燃烧时冒出的白烟，起眼，想象着摩德万的样子。

“你来一根吗?”你问女孩。

“不，谢谢，我抽火柴会晕。”她微微摇头。

“你看得这么仔细，难怪他要挖掉你的眼睛。”

“是啊，可能是职业习惯吧……”

你克制住好奇，没问她的职业，你知道，跟一个女孩不能说太多话。而她却打开话匣子，对你讲起她的身世来——她是个孤儿，被一家路边旅馆的老板收养，从五岁起，就给这家旅馆做女佣。没日没夜地辛苦劳作，没有任何报酬，只能偷偷藏起一些客人给的小费，这才有了一小笔积蓄。后来她爱上一个人，一个在旅馆养伤的刀客，可她从没吐露这份爱意，她感到他也爱她。她想就这样默默地相爱也挺好，可是有一天，刀客在旅店外的公路上被砍死了。于是，她离开那家旅馆，沿着公路游荡，再后来就遇上摩德万，被挖掉了双眼。

“这么说，你还有一小笔积蓄?”你问。

“对。”她低声说，双手抓紧了挎包。

“能给我看看吗?”

“你会把它抢走。”

“不会。”

“好吧，那就给你看看。”她打开挎包，掏出一沓儿书页递给你。

在这个世界，人们用拆散的文学书的书页充当货币。阅读这些零散的书页，也能在一定程度上提高一个人的战斗力。你一只手掌控方向盘，另一只手随意翻动着女孩的书页。

“这些是漫画，你看，这是《超人》漫画，这是《丁丁历险记》，它们不是文学，是伪币，你被耍了。”你说。

“怎么可能?!”女孩伸出双手摸索着她的书页。

“哦，还好，里面还有一些诗集的散页，这还有点价值，不过它们只能当邮票用，四行诗剪下来是一张邮票，这个你懂吗？你可以给很多人寄信，你有不少诗。”

“可我能给谁写信？唉，我一点儿不懂什么是文学。”她喃喃地说。

你拧开收音机的旋钮，车厢里又响起那支歌，歌声尖细嘶哑：“这邪恶的城市……这邪恶的城市……这邪恶的城市……”

“你还没问我的名字。”她忽然说。

“你叫什么？”

“伊曌拉。你呢？”

你没回答。

中午的时候，你把车停在路边，从车里拿出一袋晒干的熊粪，用它当燃料，在路旁生起篝火，而后又拿出清水和几块腌制好的熊掌、兔肉、去了刺的仙人掌片儿，用一根钢钎穿起来，在火上烤热。你和伊曌拉分享这些食物。伊曌拉吃得很少，她一脸忧郁。吃过午餐，她用清水将眼眶中的血污洗净，蹒跚地摸到一棵仙人掌，她掐了两朵仙人掌的白花，把它们插在眼眶里。

“这样感觉好多了。”她说。

你看着她的两朵白色的“新眼睛”，它们挺漂亮。

那以后，你们又上路了，你仍旧听着那首单调的歌，伊曌拉歪着头，睡着了。直到黄昏时分，她才醒来。

“我在哪儿，怎么那么黑？”她一醒就问。

“你在车上。你已经瞎了。”你提醒她。

“哦，对，我想起来了，”她一只手捂着头，“我做了个梦……”

“别说，这不合规矩。”你说。在这个世界，一个刀客听别人的梦，被视为一种剽窃。

但她不理会你，自顾自地讲起来：“我梦见我们的日子被分成了两种，熊的日子和兔子的日子。在熊的日子里，只有熊会说话，在兔子的日子里，只有兔子会说话。但是没有人的日子，所以人不会说话，人只能听动物说话。在一个熊的日子里，我听一头瞎眼的母熊对我说，‘只有试着活下去一条路’。”

“那是瓦雷里《海滨墓园》里的一句。一定是有人为你读过那句诗。”你说。是的，你真读过不少文学书。你在想，也许是她曾经暗恋的那个刀客念给她听的，这句诗流入了她记忆的深处。

“不，不是瓦雷里，是一头瞎眼的母熊，这是它说的。”她说完，叹了口气。

天黑以后，你决定不再继续赶夜路。你交给伊曦拉一条毛毯，让她睡在驾驶室里。你来到车后，提着一盏马灯坐到拖斗的边缘上，细细研究那两具尸体，1 号和 2 号。你研究得入了神，彻夜未眠。

再次起程时，你有一种预感，你们很快就会遇到第三个躺在路上的刀客。

事情如你所料，还不到正午，你就发现了它。只不过，这一次情况有些特别，在尸体上找不到任何伤口。你蹲下身，用弯刀撬开它的嘴巴，但只看到一口烂牙。

“怎么啦？”伊曦拉把头探出车窗，大声问。

“没什么，留在车里！”你冲她喊。

这时，在你们的身后，一辆轻型卡车飞驰而至。这车一直开到你的车旁才猛然刹住。车门打开，从里面跳下一个头戴宽檐毡帽的小伙子，他又瘦又高，皮肤发红，满脸疙瘩，右手拎着一把尼泊尔弯刀。

“嘿，可追上你了。”他说了一句，声音挺响亮，而后向你走过来。

你从容地站起身，将手中的刀在裤子上蹭了蹭。

“知道吗，我追踪你很久了，我了解你的刀法，我还跑去请教巫师，但请教之后就觉得有点儿小题大做。你主要读爱伦·坡、博尔赫斯的东西，对吗？”

你低哼一声，注视着这小子的一举一动。

“博尔赫斯只是个小品文作家，爱伦·坡太粗糙了，不是吗，他写的最好的东西也只不过是些怪诞的哥特式神话故事，连小说都算不上，更别提他那些蹩脚的诗了。他们根本没有力量，这你没法儿不承认，所以你的刀法也注定平庸……”他提着弯刀，围着你缓缓转圈，嘴里不停地说着这类屁话。

终于，他结束演说，实实在在地出招了，一招接着一招，你立时被笼罩在刀光之下。可是，这些招数华而不实，没有一招是真正能够置你于死地的。

忽然，你的车门开了，伊嘬拉连滚带爬下了车，朝这边跑过来，插在她眼眶里的白花掉落在漆黑的柏油路上。

“真麻烦。”你心里一阵烦躁。

你的对手也吃了一惊，但马上明白过来，脸上露出一丝轻蔑的笑意。就在这一瞬间，你的刀锋切开了他火鸡般的脖子，切断了他的喉管。他用左手捂住伤口，盯着你，好像还要发表什么长篇大论，但他再也说不出一个字，他倒在地上，死了。

接下来，在正午的日头下，你做了几件事：一、喝令伊嘬拉回到车上去；二、掏出火柴盒，抽出一根长梗红头火柴，划着后叼在嘴上，静静地把它抽完，火柴燃烧的速度很慢，火柴是经过特殊处理的，等它快要烧到嘴唇的时候，你把它吐在地上；三、将那个被你干掉的刀客拖入旷野，扔进一条深深的地缝里，眼下你不想留下尸体自找麻烦；四、将那具尸体搬上卡车拖斗，和另外两具放在一起，并在它的脑门上写下“3”；五、到那个被你干掉的刀客车上搜寻一番，你只找到两本像样的小说，一本《洛丽塔》，一本《刀锋》，你翻了翻，书页的字迹有些模糊，不过是真的（假如你干掉了一个对手，那你可以到他的车上拿走他的书，这合乎规矩）；六、你回到自己车上，将《洛丽塔》和你的另外两本书一并捆扎好，而后耐心地用弯刀把《刀锋》一页页裁开，这些散页将被当钱花掉。

在做完这些事以后，你对伊曦拉说了句："好了，我们上路。"

又经过一段长途跋涉，你望见旷野中有一座巫师帐篷。你把车开上旷野，碾过几棵仙人掌，一直开到帐篷边。

"在车上等我。"你对伊曦拉说。

"我要和你一起去。"她的语气坚决。

"好吧，随便你。"

你拎上捆扎好的三本书下了车。伊曦拉小心地跟在你身后。帐篷的门是敞开的，你们走进去，光线略显昏暗，巫师正坐在一张长方形办公桌后，胳膊肘支在桌面上，十指交叉，沉静地看着你们。这是个干瘦的老头，皮肤蜡黄，戴一顶考究的黑色毛呢礼帽，鼻梁上架着一副金丝眼镜，嘴里叼着一根已经熄灭的火柴。

"您好，先生。"你不自然地笑笑。

"你好，年轻人！"巫师示意你们坐在他对面的长沙发上。你坐下了，但是伊曦拉仍旧站在那里，双臂抱在胸前，一动不动。

"你是刀客吗？"巫师问。

"当然。"

"你怎么会带着……一个女人？"

"搭车的。"

"找我帮忙？"

"是的，我想请您看三具尸体。"

"这么多……"

"这是支付您的报酬。"你说着，把带来的书放到巫师的办公桌上。

巫师灵巧地拆开细绳，将三本书摊放在眼前。它们是纳博科夫的《洛丽塔》、凯瑟的《一个沉沦的妇女》和法雷尔的《头脑中的女孩》。

“还可以。”巫师不动声色，只是点点头，“谁也不会把最好的给我，对吗？”他找补了一句，随后拧开书桌旁一只小保险箱的门，将三本书收进去。

“那么，尸体在哪儿？”巫师起身从书桌后绕出来。

“就在外面的卡车上。”你已经在前面引路了。伊嘬拉仍然呆呆地站着，你没理睬她。

你将三具尸体从拖斗中拖拽下来，按编号从左到右摆好。巫师俯身从1号开始看，他看得极其细致，而且津津有味。

“你追踪的目标，起码读过《尤利西斯》前十章的内容，他还熟悉荷马史诗、托尔斯泰、陀思妥耶夫斯基、卡夫卡、穆齐尔、托马斯·曼、苔菲、彼得鲁舍夫斯卡娅以及，挺奇怪，紫式部的作品。他是个强大的对手，非常强大。”

接着，他又蹲伏在2号尸体边，“啊……这是《芬尼根的守》，那本传说中的书，需要一千个小时才能读完，需要巫师们忙活三百年才能彻底破解。看啊，他用刀把他对这部奇书的理解写在了对手身上。”巫师指点着那一处处伤口，“除非你对《追忆似水年华》了如指掌，否则你无法与之匹敌！”他转过头对你喊。

“那这具尸体是怎么回事？它似乎连一个伤口也没有。”你指指3号。

“让我看看！”巫师已处于高度兴奋的状态，他如饥似渴地翻看着3号，看了许久也没说一句话。

“他是怎么死的？”你等不及了。

“很难说，也许只有一种解释，这家伙死于绝望。对手在他面前演示了一套极高超的刀法，令他绝望而死。人在极度绝望的境况中会突然死去，就是这么回事儿。”老巫师低声说着，神情茫然。

“那这种能让人死于绝望的刀法是得自哪本书？”

“不知道……很抱歉，这是一本我闻所未闻的书，我敢说，你连做梦都没梦到过它。”

“您是说摩德万也会杀了他？”不知什么时候，伊曦拉悄无声息地来到你身后，此刻她双手紧紧抓着你的胳膊，大声问巫师。

“没错儿，可能轻而易举。”巫师看看你，费劲地站直身子。

“好吧，我该走了。”你甩开伊曦拉的手，长长呼出一口气。

“你干吗不干脆留在路边，在附近做个巫师？”老巫师突然说。

“那不可能。”你马上说。

“为什么不可能？”

“我得去公路尽头。”

“你知道那里有什么吗？”

“你知道吗？”

“是地狱，”他说，“所有死掉的刀客，他们的魂魄会直接下地狱，而活着的刀客只是顺着这条公路往那里赶；一个刀客最幸运的结局也不过是活着抵达地狱。”

“这是个新鲜版本，”你走向车门，随口问道，“您能留下这女孩吗？”

“这事儿不成，我妻子不会答应。”巫师笑了笑。

“好吧，那请您帮我处理这些尸体。”你上了车，伊曦拉也气呼呼地坐到她的位子上。

“没问题，我会把它们埋在我的仙人掌花园里，这是上等肥。”老巫师向你们挥手作别。

在车上，你和伊曦拉都一声不吭。起风了，风从旷野深处吹来，呜咽着，夹带着一股腥气，天空一片灰暗。你知道，不久之后将开始一场大暴雨。在这里，暴风雨一来就要持续好几天，大量仙人掌会在雨水的浸泡下在旷野中烂掉。

“你会娶我吗？”伊曝拉终于打破了沉默。

你仍然不说话，目视前方，像没听见一样。

“你可不是每天都能遇见一个女孩。”她说。

她说的对，这地方女孩很稀有，有时开车走上几千公里也遇不见一个。但你依然沉默不语。

“你可以娶我，然后当个巫师，在路边支个帐篷，我替你守着你的书，你下班以后就回到咱俩在旷野深处的家里，我会给你烤熊掌、兔肉和仙人掌片，好吗？”

“这不可能。”你从牙缝里挤出一句。

“请你吻我……”女孩说着，朝你扬起脸，将鼻孔对着你。在这个世界，情侣是用鼻孔接吻的，接吻时彼此交换气息。可你没把鼻孔凑过去，你拒绝了她的吻。她在失望中渐渐蜷缩起来。

“你知道一个女孩被拒绝之后会怎么样，她会蜕变成非现实的东西，蜕变成一个梦。”她问，“你要拒绝我吗？”

“是。”你低声说，随后拧开收音机，驾驶室中又响起那支——“这邪恶的城市……关上车窗好吗？下雨了。”你对伊曝拉说。她听话地将车窗摇上，她很安静。

天空像是存心要将荒芜的旷野淹没，大雨滂沱，车外的景色一片模糊。你打开雨刷，凑近挡风玻璃，努力透过雨雾观望。这种天气无法赶路，你们必须找个路边旅馆住下。尽管巫师们神出鬼没，但他们的办事处通常就设在旅馆附近，他们会把自己的子女送到这些旅馆当学徒，孩子们有的终生留在旅馆工作，有的会成为刀客。

不久，你就找见这样一家路边旅馆。它是一座用白垩色石块搭建的二层小楼。你扭转方向盘，把车开过去。这时你看到在旅馆前方停着一辆铁红色的卡车，在暴雨的冲刷下，它的斑驳反而更为醒目了。

“是摩德万……”你不由低声说出来。你能感到身边的伊曦拉哆嗦了一下，但你没去看她。你把车刹住，让车和旅馆保持一段距离，而后，你拎起弯刀冲入雨中。

当你跑到旅馆前，发现旅馆的门不知为何被拆掉了，这让它更像一个石头洞穴了。你走入其中，由于高度紧张，你的眼睛马上适应了昏暗的环境，看清了屋内的情况——每一样东西都待在它不该在的地方，仿佛刚刚刮过一场室内龙卷风，在这一片混乱之中，站着三个浑身裹满纱布的人，就像三个木乃伊。

“怎么回事儿?”你问。

“一个刀客疯了，太可怕啦!”其中一个木乃伊说。

“他叫什么名字?”

“‘摩德万’，旅客登记簿上是这么写的。”

“他在哪儿?”

“在医院里。他疯了，毁了我们的旅馆，我们想按住他，结果成了现在这副样子，但后来他自己昏倒了，我们是开旅馆的，没权利杀人，只好把他送到附近的医院。”

“谢谢。”你退出旅馆门厅，跑回你的车上。一来一回，你浑身都湿透了。

伊曦拉已经不见了，正像她说的，她蜕变成了一个梦，一个让你稍感窒息的梦。她的座位上只留下一沓散乱的书页，她一生的积蓄，一些漫画、一些诗，多数是伪币。你开动卡车，摇开车窗，将这些书页丢进雨里。

你开车冒雨疾驰，你的计划被打乱了，这让你有点恼怒。你找到了旅馆附近的那家医院，它同样坐落在公路边。医院比旅馆要气派得多，是一座三层高的长方形建筑。你下了车，抹了一把脸上的雨水，大步走进去。

这医院空空荡荡，走在其中只能听到自己脚步声的回音。绕了几圈，你才在二层发现一个正在抽火柴的医生。他嘴里叼十来根火柴，有长有短，一片白色烟雾飘浮在他面孔前。为了跟你讲话，他不得不将没抽完的火柴统统吐掉，这是个肥胖的家伙，一脸横肉像个屠夫，他的络腮胡子被烧得焦黄，打着卷儿，如果他没穿白大褂，你不会想到他是位医生。

“你找谁?”

“找那个发疯的刀客。”

“噢，明白了，你在追踪他。但是对不起，他现在是这儿的病人，你不能跟病人动武。”

“我并不想跟他动武，我只想看看他。我没带武器。”

“真的?”

“真的。”

“那你跟我来吧。”胖子在前面领路。你们来到三层走廊尽头的一间病房前，胖子推开房门，示意你和他一起进去。

这是间单人病房，摩德万正躺在病床上。他的样子一如伊嘬拉所描述的。此时他仍然昏迷不醒，但并不显得虚弱，一缕白发盖住了他的左眼皮。

“这医院里只有我一个医生，”胖子对你说，同时看着摩德万，“我忙不过来，要是我有时间，我有办法让他醒过来。”

“什么办法?”你问。

“给他读这个。”说话间，医生像变戏法一样从白大褂里掏出一本书。你接过来看了看，书名是《数学物理中的微分形式》，你猜想这不是一本文学书。

“如果你想让你的目标尽快苏醒，那就给他读这本书，好吗?”医生说完就拉开门走了。

室内一片寂静，外面的暴风雨反而加强了这份寂静。你拉过一把椅子，坐在摩德万的病床旁，尽量沉下心来，开始读这本《数学物理中的微分形式》，这里面的内容你一点儿也不懂，有些符号你不会念，只好跳过去，你甚至感到困窘。但你渐渐习惯了，不停歇地小声朗读着，你想这一定是些咒语，医学是如此神秘。

不知过了多久，摩德万忽然说话了，你心里一惊，以为他醒了。但他并没醒转，他只是在说梦话，一些奇怪的话：“我站着，我就站在这儿，我就这么站着，我看看，我不信，我就看看，我看会怎么样，我就站着那么看，看会怎么样？我就看看我站着会怎么样，我就站着、看着我站着会怎么样，我就这么站、就这么看，我就是不信。我看着，我就站在这儿看着，我就这么看着，我就站着……”而实际上，他正躺着，闭着眼。你只能更大声地朗读你的咒语，压过他的呓语。

这样的梦呓时断时续。你感到累了，放下书，走到病房的窗前。窗台上摆着一盆仙人掌，正开着两朵白色的小花，窗外，暴风雨依然猛烈，透过倾泻而下的雨幕，你望见旷野上一个模糊不清的动物身影在小步移动。由于公路两侧旷野的高度不同，一边旷野中的雨水正缓慢地流淌到另一边，雨水刷洗着黑色的公路。你想，这雨水最终会流到路的尽头，那里难道不会被淹没吗？你又想，摩德万正在醒来，随后，你们会像两个微小的影子，在这旷野之间的柏油路上搏斗……也许就在这雨里。

（选自北京联合出版公司·朱岳《说部之乱》）

读后思考：

这篇小说幻想了一个怎样的世界？

和现实相比，这个世界新奇之处在哪里？最打动你的又是哪些？

作家用想象的这个世界想表达什么主旨呢？

这篇小说为什么通篇都用第二人称来叙述呢？

如果用第一人称叙述这篇小说，会是什么样呢？请尝试！

中国的现代派小说

现代主义小说呈现给读者的常常是一个独立、不牵扯任何人的意识。

——伍德

传统现实主义使人物大于作家，现代派使作家大于人物。

——阎连科

时间进入到十九世纪末期，人类的文学也开始进入现代派——也称为现代主义——时期。实际上，现代派内部派系林立、差异极大，但对于传统文学——尤其是其表现和谐理性的一面——的反叛，表达对在工业文明的影响下，人与人之间的关系越来越疏远、冷漠，人越来越异化的不满则成为他们彼此间最大的相同之处。也因此现代派小说往往和哲学走得很近，阅读起来颇费脑筋。就小说而言，现代派主要有表现主义、意识流、魔幻现实主义等，卡夫卡、乔伊斯、加西亚·马尔克斯、博尔赫斯是其中灿烂的星辰。

尽管很艰难，中国也有了自己的现代派小说，我们之前读过的莫言、张大春、阎连科、苏童、朱岳等人就深受影响，这里，我们再读一些其他作家的作品。

重点阅读：残雪《黑眼睛》、格非《青黄》

推荐阅读：刘索拉《你别无选择》、王蒙《春之声》、陈染《离婚的女人》

残雪，原名邓小华，1953年生于湖南，是先锋派文学代表人物之一，残雪的这种先锋写作的姿态，既有吸收借鉴西方现代派小说家影响的因素，又有从自身体验到的人类共情，加上鲜明的女性主义色彩，使得残雪成为当代文学重要存在，代表作品有《五香街》、《黄泥街》等。

老　蝉

残　雪

城市里热浪滚滚，不断传来老人们中暑而死的消息，救护车穿城而过，发出震天惊叫。那些宠物狗呆在背阴处，伸长了舌头喘着气。

郊区的情况比市中心就要好得多。这里有一个很好的住宅小区，高大的杨柳成荫，蝉们在树间终日歌唱。如果是雨后，就有老蛤蟆来用男低音加入大合唱。这里麻雀和喜鹊也不少，自由自在地在树枝间和草丛里跳来跳去，友爱地分享着食物，偶尔也有激烈的争执。争执发生时，这些民歌歌手们就失去了一贯的风度。不过终究是杯水风波，结局总是各自飞去。

在伸入云霄的几棵老杨树的树冠顶上，居住着喜鹊夫妇。再往下一点，就是蝉的乐园了。虽然不远处就是错落有致的低层楼房，虽然那些楼房里不断地有脸色阴沉的居民出出进进，蝉始终不管不顾地唱着。那歌声激越、豪迈，挑战性很强，充满了炎热带来的高昂情调。的确有些人恶狠狠地瞪着自行车棚上方的老杨树，他们内心对这些歌者满是阴毒的怨恨。可是有什么办法呢？一年又一年，蝉和杨柳互生互长，蝉总是消灭不了的，除非你将大树全部伐倒。那样的话，整个住宅区的温度起码上升3度。蝉们不知道这些事，它们歌唱是因为内心激情洋溢，因为爱，因为生殖的冲动。它们喝饱了大树慷慨提供的汁液之后，便感到这炎热的气候是如此的惬意。尤其是空气中的水分增大时，上方那些来来往往的变厚的云层就会反复向它们暗示某种远古的回忆，歌唱就会情不自禁地开始。领唱者往往是那只蹲在高层的长者。它的声音粗犷而奔放，带一点怀旧的意味，令众蝉肃然起敬，就连喜鹊夫妇也侧耳倾听。不一会儿大合唱就起来了，如巨浪滚滚，占据了上方的天庭。

浑身黑亮的老蝉虽然生着强健的翅膀，却很少运用自己的翅膀。它总是待在同一个地方——喜鹊巢下边一点的粗枝上。它生性孤僻，似乎每时每刻处在回忆之中。从前它在地底待得最久，据喜鹊夫妇说有8年。它是一只年老的雄蝉，大家都知道。它的能量并不因为年老而减弱，它作为群体的首领当之无愧。可它为什么那么孤僻呢？莫非它对周围的同胞，对这广阔的蓝天并无感觉，仍然生活在地下的回忆之中？的确，很少有蝉在地下度过8年黑暗时光的。那段时光全面地塑造了它的性格。

它是一个老单身汉，从未有过爱情生活。它在8年之后从地下钻出，爬上树干，变成了现在这个模样。大家觉得它与众不同。

那是一个人们称之为“桑拿天”的日子。虽然是住在郊区，这里的居民也感到身上的毛孔排泄不了体内的汗。空调嗡嗡嗡地响着，人们晕头晕脑的。一旦走出家门，就如同进入了大火箱。自行车棚这边的这个角落当然相对来说要阴凉得多，可是因为阳光的肆虐，因为没有一丝风，这些大树仍然显出紧张兮兮的神态。老单身汉当时就待在它的老地方。它的思维进入了某个它的群体难以达到的层次。它有点伤感，有点恍惚，它轻轻地抬了抬它右边的腿子，忽然就听到了周围杂乱无章的歌唱声。那种杂乱无章令它有点惊奇，因为它以前并没有注意到周围的歌声是什么样的。它低下头想了一想，然后就有点踌躇地、断断续续地唱起来了。他觉得自己的这一次的歌唱有点异样，有点偏离大家的风格。果然，大家都停下来了，只有它的声音在唱。它的声音连自己也听着陌生，却越来越奔放了。它的歌声刚一停，大合唱就响起来了。那是天地间的大合唱，老单身汉听了之后差点晕过去从枝头掉下来。当然不是难受，而是无比的激动与欢乐。

它就这样成了领唱者。它虽成了领唱者，还是独来独往，沉默而封闭。

它知道住宅里有人把它看作眼中钉。有人会在树下久久地驻留，打量它所栖身的树枝。还有一个半大的顽童，总是用一把结实精致的弹弓瞄准高枝上的它。他射出的子弹好几次从它擦身而过。每当这类情形发生，老单身汉的内心就变得一片空白。它不知道要如何躲开人类的阴谋，它也从未躲避过任何事物。它还是坦然地领唱，只是在子弹从旁边飞过时会忽然停顿一瞬间，然后又继续了。它有这么多同类，它们全都聆听它，追随它，它又怎能懈怠？当它想到群体的事情时，它那金色的腿子和腹部就会一阵一阵地发出耀眼的白光，它的整个身体会亢奋不已。这时候，如果有人从下面看见它，就会误认为有一颗流星挂在那里。

小区的院子后面有这么多的蝉，它们的歌声并不为人们所欢迎。可是在这个美丽的天空下，它们觉得自己有权利歌唱，于是它们就唱了，它们才不会为人类的眼色而改变自己呢。大树小树都沉浸在这热情的歌唱之中，这些树自愿地为蝉提供食粮，它们热爱这些活泼的小生灵。老单身汉虽然不和这些个体来往，对于自己的同类的前途却有着深远的忧虑。它从它那个最高的处所放眼望去，看见绿色树叶丛中它们的身影，它觉得它们对这现世的生活无比信赖，也很满足，而这，正是它最深的隐忧。可是它没法将自己的隐忧传达给它的同类，除了歌唱，它无法以另外的方式同它们交流。它的行为古板谨慎，严守着沉默的原则，而且它长相威严，小辈们看了它就肃然起敬。今天这种局面也不是一天两天形成的，从一开始就这样，从一开始大家就默认了他所栖息的那个枝头是它独自的领地。从它领唱以来，大家都从心里爱它，可它们当中还是没有任何一个敢于接近它，更谈不上同它商量什么事了。

它从那树枝上可以眼观八方。它已经发现那只老蜘蛛很长时间了，这个发现并不令它愉快。这只蜘蛛在自行车棚的一角结了一个很大的网，那深灰色的网挂在棚檐和一面旧墙之间，墙内是一个杂房，房里堆着蒙灰的、难以判断其性质的物品。平时老蜘蛛就躲在杂房的木窗后面，一旦猎物被网住，它就如闪电般地冲过去，不到半分钟就将牺牲品解决了。那张阴森的灰网下面散落着一些昆虫的残骸。牺牲品里头有苍蝇，瓢虫，蝗虫等等，偶尔也有蝉。老单身汉已经目睹过一次同胞遇难的情景。那对它来说是一次刻骨铭心的经验，它整整两天闷闷不乐。它甚至飞到自行车棚旁的那棵柳树上，用它迟缓的目光仔细打量了一番地上的遗骸。在它打量时，它让自己“砰”的一声掉到地上，然后站稳，慢慢地绕着那堆东西走了一圈，像是哀悼又像是寻找什么。它飞起来时被它扇动的空气发出沉重的回响，如同一架小直升机起飞。木窗后的蜘蛛歪着头，对这件不可思议的事想了又想，没有得出结论。

老蛤蟆终于死于弹弓少年的手中。那天下了一点雨，它在它栖身的大石块下面叫得格外起劲，它那苍老的声音诉说着关于遥远的爱情的回忆。于是小区的整个夜晚都染上了它的色情的烦恼——它叫了大半夜。太阳出来时，它还处在情不自禁的激动之中，居然就跳到了树下的草地上。连续到来的三粒子弹射杀了它。少年欢呼着跑过来，捡走了它的尸体。他要那尸体干什么？所有的旁观的蝉都觉得不可理解，虽然它们也听到过人类食蛤蟆的传说。尽管如此，老单身汉并不认为蛤蟆的命运是悲惨的。一个经历过那样的激情高涨的夜晚的家伙，必定品尝过了真正的幸福。这种思想闪现在它的脑海中时，它的歌声就增添了几许明朗，几许轻盈。它的同胞们听了之后有点诧异，继而又欢喜。雨后的大合唱势不可挡!

蜘蛛那张巨网始终挂在车棚那里。一段时间以来，又有两只蝉成了牺牲品。它们是年轻的、不知天高地厚的探险者。老单身汉在高处看到了搏斗的场面。蜘蛛收拾它们的过程就像闪电一样，旁观者还未来得及弄清是怎么回事搏斗就结束了。但可以推测到牺牲品并不特别痛苦，因为它似乎是在第一瞬间就失去了知觉，蜘蛛向它注射的毒汁太厉害了。

老单身汉开始焦虑，为了传达自己的情感，它向同胞们发出了一些断断续续的、奇怪的声音。可是它一贯封闭，除了歌唱，同胞们并不能听懂它的另外的语言。所以没有任何一个同胞回应它。然而又有一只年轻的雌蝉落网了。在她的身体消失之前，老单身汉分明听到了短促清晰的呻吟。一连好多天，它始终在恍惚中冥想：那种呻吟到底是什么性质的？有时它觉得那是痛苦；有时又觉得那不仅仅是痛苦，而是包含了——怎么说呢？应该说是包含了某种极度的兴奋。它想到这里吓了一跳，难道雌蝉是有预谋地自取灭亡？当这种念头到来之际，它的全身一阵发麻，眼睛短暂失明。就在这时候，它瞥见那个狞笑着的少年朝它靠近了，它感到那把闪闪发光的弹弓充满了诱惑。它不由自主地偏过身体，那子弹就呼啸着飞过去了。以前遇到这种情况时，它是坦然的，这一次却生出了一种疑虑。

它想，为什么那弹弓对它产生了诱惑？这种诱惑对它来说是以前就存在，还是突然产生的？想到这里，它就试探地发出叫声。一声，两声，三声。它的声音又刻板又干巴巴，没有任何生灵注意到。就连拿弹弓的少年也只是愣了一下，就神情漠然地走开了。老单身汉很羞愧。为了真正弄清那种诱惑，它一连三天停止了歌唱，让自己处于一种恍惚的状态中。它睡了又醒，醒了又睡，总是听到蛤蟆叫。是同一只蛤蟆，被少年射杀的那一只。那种叫声惊天动地，它只要一睁眼就看见天地间白光晃动，眩晕又使得它马上闭眼。啊，世上怎么会有如此强有力的蛤蟆？当它闭眼时，它甚至看到老蛤蟆在靠近自己，似乎有种秘密的情感要传达给它，那双外凸的老眼显得额外急切。它一睁眼，蛤蟆又不见了。

下雨了，老单身汉还在发愣，他没有听到雷声。大雨淋在它身上，它一点感觉都没有。不知过了多久，它在东南风里隐隐约约地听到了老蛤蟆和它的蝉类同胞们的大合唱。两种不同的歌竟会巧妙地和谐起来，令它感到奇怪。更奇怪的是雨并没有停，它们是在哪里唱？它听了又听，觉得歌声是从厚厚的云层间传过来的。它的视线穿过雨帘，看见老蜘蛛也在木窗那里聚精会神地观雨，它仿佛从老蜘蛛的神态里看见了自己。

蛛网下的遗骸吸引了小区里面的居民。老单身汉的遗体很特别，虽然已经解体成四大块，如果将它拼起来，还是一只完整的老蝉，它的身体比普通的蝉要大一倍。但是它的头部不见了。那会是怎样的一场恶斗？居民们都在思考这个问题。

蜘蛛也不见了，少年见过蜘蛛，他到那木窗后面去寻找，但找不到它的踪影。他在心里想：难道是同归于尽？那么，蝉的头部又到哪里去了？

众蝉的大合唱又响起来了，年轻的领唱者声音生涩而踌躇，犹犹豫豫地唱了一声就没了下文，全体陷入沉默。然后，这拖得过长的沉默突然被海浪般热烈的合唱打破。以前从未有过沉默，这种沉默是不是觉醒呢？所有的蝉都把目光转向那高处的树枝，在它们熟悉的地方，一只怪模怪样的老蝉站在那里。大家全都看到了那巨型的头部和不成比例的细小的身子。是它，它挣扎着回到了那里。它又长出了身体，它正在集中意念让自己的身体发育。同胞们心知肚明：如果它有意念，它总能成功。

那么，它先前分解自己的躯体的行为具有什么样的含义呢？也许，在那几秒钟的闪电似的运动中，它在给它的对手做出示范，让突如其来的虚无感挫败它的傲气？抑或相反，它只不过是将老蜘蛛当看客，要在它面前展示重生的秘诀？一些年轻的同胞们到蛛网下来巡视过了。它们都在心里暗暗地想，不论当时交战的情况如何，这里头隐藏了一种可怕的自杀的意志。真是可叹可泣，却也让它们隐隐约约地感到振奋。

在气候整体变化之前，老蝉不可能让它那小小的身躯发育完全了。它成天一动不动地蹲在枝头。它梦想着嫩叶，梦想着花瓣，梦想着野沟里的小蝌蚪和山潭里的荷花苞。失去了扩音器，它已无法再传达自己的激情给同胞们，可是在秋凉之前的这段最后的日子里，它每天都感到一种异质的幸福。只要它想看，它就什么都能看到。比如说，连头也不用转过来，它就看见了那对新来的喜鹊情侣在那边的小花园里追逐嬉戏。有时它也会想起蜘蛛，当它这样想的时候，它的新生的细腿上就会分泌出一些粘乎乎的毒汁来，它就会发出极为细弱的叫声，这叫声的意思是："蜘蛛是谁呢？不就是我吗……"

它凝固在那枝头上了。

秋风吹破了蛛网，也吹落了老蝉的遗骸。大地上的炎热终于消退了。寂寞的杨树的叶子呈现出怀旧的黄色，现在只有喜鹊和麻雀唱歌了。喜鹊和麻雀的歌断断续续，过于散漫，听过了也就忘记了。老杨树们记得的，只有那种雄伟壮丽的大合唱。有时西风来了，它们会忍不住哼哼几句，但它们马上就被自己的声音吓着了，于是沉默，于是向那蓝天白云托梦。拿弹弓的少年从树下经过，脸上的表情被奇思异想弄得很复杂。

读后思考：

你读懂了这篇小说吗？

老蝉、老蜘蛛、老蛤蟆都各自象征什么呢？

致命的弹弓却对老蝉产生了诱惑，这有何象征？

最后老蝉脑袋不变而长出了新的身子，这有何象征？

你认为这部小说的主旨是什么？

以这篇小说为例，“现代派”、“中国现代派”各有什么体现？

格非，刘勇的笔名，1964 年生于江苏，毕业于华东师范大学中文系，以 1987 年发表的小说《迷舟》而声名鹊起，成为先锋派文学代表人物之一，尤其以在叙事和结构上的独特风格而出名，代表作有《褐色鸟群》、《人面桃花》等。

青　黄

格　非

九姓渔户作为一支漂泊在苏子河上的妓女船队早在四十年前就已经消亡了。民间有关它的传说却经久不息。《麦村地方志》（一九五三年版）是这样描述这个故事的：九姓渔户在官兵的追逼和当地帮会的骚扰下，它的最后一代张姓子孙在一天黎明从麦村上了岸。令人疑惑的是，这部由三个私塾先生编纂的书对那个“天空中飘逝着各种颜色”的黎明作了极其详细的描绘，但对于这几个船民上岸后的情况却语焉不详。在最新出版的《中国娼妓史》（谭维年著）一书中，对九姓渔户模棱两可的论述部分完全是《麦村地方志》的拙劣的抄袭。在谭维年教授头脑清晰的好些日子里，他为人的风度和著述的严谨曾使我默默地仿效过，可是现在呢？一旦他所论述的对象和麦村、九姓渔户这些字眼连接在一起，就会连续不断地出现错误。在那些飘忽不定的字句中间，我仿佛看见了谭教授在痛苦的晚年穿着肥大的马裤跨过一只火盆的滑稽身影。和许多其他学者一样，谭维年在那本书的第四百二十六页上，同样提到了那个颇有争议的名词——青黄。按照他的理论，传说中把“青黄”一词解释为一个漂亮少妇的名字“至少是不谨慎的”，至于有些人将它说成是春夏之交季节的代称更是荒诞不经，凭着他先天的预感和固执，他认为“青黄”是一部记载九姓渔户妓女生活的编年史，他声称，如果不出意外的话，这部书依然散落在民间。

正是基于这样一个充满魅惑的说法，我决定再次到麦村去。在临走之前，我在一家私人酒店里碰到了谭维年，我向他谈起了我的计划。像往常一样，谭教授听完了我的话立即对我做了一个不耐烦的手势：

“你到了那里将一无所获。”

1

埃利蒂斯说，树木和石子使岁月流逝。对于一件四十年前发生的事，人们不至于忘记得那样快。我来到麦村三天后的一个傍晚，在苏子河边的一片低矮的榛树林里，我遇到了一个正在给羊圈加固木栅栏的老人。他和村里的许多人一样，对于那件“不光彩的事”不愿重新提起。悲伤的阴影重叠在他的脸上，使他的皮肤看上去像石头一样坚硬。我在那圈散发着羊膻腥的木栅栏前踯躅了好久，老人才开始和我搭上了话，他在回忆往事的时候，显得非常吃力，仿佛要让时间在他眼前的某一个视点凝固或重现。他说话时齿音很重，喉音混浊不清，这使我在记录时遇到了一些麻烦。在我听不清楚的地方，我让他稍作停顿或是重复一两遍。

那条顶着凉篷的破船是在黎明的时候到岸的。那时正巧碰上了仲夏时节的梅雨。那天早上天气有些凉，那个姓张的人带着一个瘦弱的女孩沿着泥泞的谷道艰难地朝村子里走来。从天空的东南角刮来的大风把他们吹得东倒西歪。村里几乎所有的人都看见了他们。在他们身后，停泊在岸边的木船上燃起了大火，竹篷在火中燃烧爆出清脆的声音。这是一个精明的外乡人。他也许担心村里的人不肯收留他们而放火烧掉了那条船。

这个疲惫不堪的中年人来到村里的时候，看见所有的大门都向他们关上了，心中忧伤，挨着他的女儿在雨中站立了很久。中午的时候，人们隔着门缝看见村头的一个给人摆渡的艄公将他们领走了。“直到现在，”老人回忆说，“我还不知道他的名字。他的女儿好像叫小青。现在她已经老了，在后村住着，也不叫这个名。”

“以后的事呢？”

“以后的事我也不怎么清楚，他们来的时候是端午节的前三天，也许是前四天，因为老艄公的船在端午节那天翻了，死了三个人。人们都以为灾祸是这两个外乡人带来的。那个中年人一直不大说话，很少笑，好像有什么心事，也许是对村子里的水土不大习惯。”

老人对我间或提到的“青黄”这个词没有丝毫的反应。他在叙述往事时给人造成的一个奇怪的印象是：他在揭示一些事情的同时也掩盖了另一些事。最后，在我打算离开他之前，他补充说：“我几乎每天傍晚都要到苏子河边去挑水，我有时看见这个外乡人坐在门前的一只矮凳上，呆呆地看着他的女儿在一块长满蒿草的山坡上捉蝴蝶。但在大部分日子里，在太阳落山的时候，那扇旧松木门板早早就关上了。他也许是一个很好的父亲。又过了两年，他的女儿像是一下子长大了。”

现在，苏子河在我的脚下静静地流淌，河面微微透着凉意。这条河的边缘散落着一些破旧、坍塌的棚屋，有些房子的搁栅和屋顶都深深地陷了下去。眼下正是初秋的季节，田野上看不到耕作的人群。人们聚集在墙边晒着太阳，等待着棉花成熟。村里的人（包括那些四处走动的黄狗）对我的到来没有表现出什么兴趣。事实上，我第一天到达麦村的时候，他们费了好大的劲才模模糊糊知道了我的来意，然后，他们把我安置在村东的一家面粉加工厂里。这里的机器在一个星期之前坏了，被送到离村几十公里之外的集镇上去修。

我回到那座房子里，又闻到了麦屑令人窒息的粉尘的气味。我想，这是一个缺乏热情和好奇心的村子，不仅是那个可怜的姓张的人，任何一个来这里的外乡人都会感到孤独。时间还很早，我就在墙边的一张木床上躺了下来。就在昏昏沉沉地进入梦境之际，我突然记起了一件往事。尽管这件事讲起来也许并没有什么特别，但是，里面有一些地方想起来总让人感到哪儿不舒服。

2

九年前的一个炎热的黄昏，在通往麦村的大道上，我遇到了一个换麦芽糖的老头。当时，他坐在路边排水沟高高的土坎上，一棵楝树的阴影罩住了他。

他的模样看上去像一个正经的手艺人，面前摆着的两只竹篓由于日晒雨淋，颜色已转成灰黑。他手里握着一根竹笛，忧郁的目光像是在期待着什么。在他对面，西斜的夕阳将大片开阔的黄麻地染得橙红。我注意到他并试图和他说话，完全是他的神态吸引了我。我有一种无法说明的感觉，他仿佛整整一天都坐在那里，慢慢地吸着旱烟。当我在他身边停下来，察觉到岁月在他脸上留下的各种痕迹时，我才知道他是多么苍老。

他说他叫李贵，在横塘祝。在我的记忆中，“横塘”是一个古典词学教科书中常提到的地名。他说大约在今天早上就迷了路。“这里的一切似乎已经被什么人修改过了。”我挨着他在那株楝树下坐了下来，他将手里的旱烟锅递给我。

“你的笛子好像没有膜孔。”我说。

“不过，它能够吹响，可现在我已经吹不动了。”

老人轻轻地抚摸着笛管，注视着远处蜿蜒的大路和它尽头的村落，像是已经听到了它的声音。

“你是本地人吗？”老人问。

“不，我路过这儿。”

随后，我们似乎找不到合适的话题来闲聊，便陷入了沉默。我觉得这一切都非常自然。最后，老人提出能否和我一起进村借宿，我答应了。

天完全黑下来的时候，我们沿着印有深深车辙和凹槽的大路朝村里走。我们穿过一座泥砌的院墙，在最先发现亮光的地方停下来敲门。住在这座房子里的是一个外科郎中，他仔细地打量着我们，询问了一些他想知道的枝节，最后勉强同意我们留宿。他把我们带到西厢房的一间堆满干草的屋子里，拨亮了墙上佛龛里的油灯。他的脸上流露出乡下人那种特有的担心和警觉的神情。在临走之前，他说他今晚要到外乡去出诊——那里一位妇女患了湿疹。

我和老人挨着草垛斜躺了下来，我们听见外科郎中在这座房子其余的门上都上了锁，然后他就走了。接下来就发生了一件奇怪的事。

半夜时分，天空突然下起了大雨。我从梦中被雷声惊醒。院子里空荡荡的，大门被风吹开了，咣当咣当碰撞着土墙。我住的这座厢房的窗子也没有关紧，有几缕雨丝飘到了我的脸上，我起身关窗的时候，在一道刺眼的闪电中，我似乎觉察到情况有些不妙。我摸到门边，重新点亮了那盏油灯，我突然发现那个换麦芽糖的老人不知在什么时候已经离开了屋子。门边的两只竹篓还在，我想这个老头也许到屋外去解手什么的，肯定没有走远。可是外面这么大的雨……到处是溪水汇集的哗哗声。在飘摇的灯光下，我看着刚才老头睡过的那堆干草上深深的窝痕，心中掠过一丝胆怯。

时间仿佛过去了很久，我在昏沉的睡意中，听到了厢房的门被轻轻推开的声音，那个老人拎着一双破布鞋，赤着脚出现在门口，他的裤管挽过膝盖，露出一截和他的年龄和身份都极不相称的白皙的小腿。他的身上沾满乌黑的泥水。他倚在门边，突然对我笑了一下。他的笑似乎在暗示我：他所做的事没有必要向我作出解释。他走回到原先睡觉的地方躺了下来，在微弱的光线中，我看见他的一只脚拇趾被玻璃碎片或铁钉之类的东西划破了一块，正向外渗着血。

雨很快就停了，我毫无睡意。整整一个晚上——直到现在我都在思索着这件事。第二天早上。那个郎中挟着一把油纸伞回到了家里。他的神情非常沮丧，他说那个妇女死了。我说我大约还要在他家住两天，郎中答应了。晌午的时候，换麦芽糖的老人挑起他的竹篓向我告辞。我看见他的身影迈出了门槛，走上了苏子河上那道窄窄的木桥。许多年的光阴已经把他缩小磨光，就像流水使石块销蚀一样。在我的印象中，他好像是一个可怜而又忠实的人。后来的事似乎证明了我的判断。一九六七年冬天，我从洛州换乘长途汽车到阿川去，无意之中，我在行车路线图上发现了横塘这个站名。当我办完事从阿川返回时，我决定到横塘去一趟。我不知道为什么要去看望这个老人，也许是为了找到我在他身上失去的一种感觉，或者是消除掉一些莫名其妙的恐惧的意念。我下车后不久，就在一片竹林背后的小溪谷里找到了他。我记得那是一个阳光灿烂的中午，一个漂亮的姑娘在门前的池塘里为他拆洗被褥。在以后的日子里，我常常去洛州一带了解那里的方言，偶尔也去横塘看看这个老人。渐渐地，那里的人（尤其是那个姑娘）便把我当成他的一个忘年的朋友。

3

我的调查一无进展。时间的长河总是悄无声息地淹没一切，但记忆却常常将那些早已沉入河底的碎片浮出水面，就像青草从雪地里重新凸现出来一样。在麦村的日子里，我在白天像游魂一般四处飘荡，追索往昔的蛛迹，却把一个又一个的黑夜消耗在对遥远过去的悬想之中。一天清晨，我来到了九年前曾经借宿过的那个外科郎中家里，那间堆满干草的厢房又一次使我陷入了雨夜的回忆——在我看来它只不过是一个微不足道的插曲，看不出它和九姓渔户的故事有什么关联。那个外科郎中只是稍稍思索了一下便认出了我。

他对那个“影子一般的矮个子男人”没有太多的了解。他说，那时候，我还很小，有一次那个外乡人患了疥疮，我跟随父亲到他河边的棚屋里去过一回。他看上去非常健康，没有人料到他会死得那么早。我记得他曾续娶过一个名叫二翠的女人。这个在我看来还算漂亮的女人并没有使这个外乡人开朗起来，阴影在他脸上似乎永远不会散去。当时，村子里流传着各种各样的说法。有人说他在那个装满妓女的长长的船队上生活了近三十年，至少和一百个女人睡过觉。

“河里的鱼一旦上岸便会渴死，”外科郎中这样说道，“在他来到麦村的第十二个春天，光阴刚好转过一轮，一天晚上，二翠披头散发出现在我家的窗口，我记得当时我母亲长长地叹了一口气说了一句：‘那个倒霉的人死了。’夜晚非常寂静，那个女人的哭声和尖叫惊起栖息在刺树上的成群的喜鹊。第二天早上，我和母亲到河边的棚屋去看死人，当我们赶到那儿的时候，棺材的盖早已被钉死了。那口棺材本来是老艄公攒钱买下的，现在睡在里面的却是另外一个人。小青呆呆地坐在路坎上，丧父的悲痛使她的脸色变得非常古怪。中午的时候，人们匆匆忙忙将那个姓张的人安葬了。那天下着黄梅时节断断续续的小雨，我记得雨水把漆黑的棺材浇得锃亮。事后，当二翠向人们描述那个晚上的情景的时候，手指依然禁不住地颤抖，‘他几乎一下子就断了气。’”

外科郎中用棉球擦着那把带有木柄的手术刀，显得有些心不在焉。“我从来没有和那个外乡人说过一句话，他的心思……也许……他的女儿……有几次黄昏的时候，我随父亲从外乡出诊回来，看见他带着小青划着一只小船在苏子河边的芦苇丛里打转。他或许一直怀念着水上的生活。”

当我询问起有关“青黄”这个词的种种传说时，他的回答几乎使我吃了一惊。“在这一带我没有听说过这个词，不过，它也可能存在，在九姓渔户的船上，妓女一般分为两类，‘青黄’会不会是那些年轻或年老妓女的简称？女人们总是像竹子一样，青了又黄。”

临走之前，外科郎中把我送到门外，他好像突然记起了一件事，他告诉我有一个叫康康的青年住在村中的祠堂里，“他也许会给你讲一些别的什么事。”

4

站在那堵行将颓圮的院墙下，我对一只木制的稻箱凝视了很久。这是一座很大的院子，隔着墙头上那些在风中摇摆的马齿草，我能看见村后隐隐约约的一线青山和大片大片洁净的田野。秋风挟着半黄的树叶飘进院子，带来了寒冷的消息。

“这就是那个人的棺材。”康康指着稻箱对我说。看上去他是一个直率的青年人，他蹲在井边的一只碌碡上，手里摆弄着一些沙钵残破的瓷片，他对我拐弯抹角的提问显得很有耐心。

“那年夏天，暴雨断断续续下了二十多天，村子里的房屋和树木都浸在了水中。村里的人都逃到了山上去避水。几天后，雨停了，大水慢慢退去。一天清晨天刚亮，我站在这座祠堂的阁楼上，看着在水中露出的林子和房屋发愣，突然我发现不远处有一个黑乎乎的东西朝这边漂过来。我下了楼，朝它走了过去。那是一口棺材。它也许是用上等的木料做成的，样子看上去很结实。棺材吸泡了雨水变得非常沉，我和弟弟费了好大的劲才把它弄到了家里。当天晚上，村里的郎中到我家来，看见停在院中的棺材吓得跳了起来：‘我还以为又死了什么人。’起先我们不知道它从哪里漂来，我想一定是大水冲垮了村外墓地的围栏，把坟墓托浮了起来。墓地离村子至少有一二里路，奇怪的是它像一只认路的黑狗一样径直漂到村里。第二天我和弟弟来到墓地上，果然看见墓地外侧的那个坟被洪水冲开了一个巨大的豁口，露出了一个长方形的深深洞穴，那坟包看起来像一颗开花的棉桃。事后，我们才知道它是那个姓张的人的坟墓。我和弟弟用土把那个洞穴填平，然后把坟包重新堆得像馒头一样圆。那天夜里，我们全家围着那口棺材争吵了起来。我的弟弟是一个精明人，虽说他当时只有十七岁，可是已经在邻村找到了一个相好，他坚持要把那口棺材改做成一张大床，留着他结婚时用。最后，我的母亲用眼泪阻止了他。她说：'新婚夫妻躺在用棺材做成的床上就会整夜做噩梦。'在这件事情上，我的父亲坐在一旁始终没有说话。我知道他的心思，他也许想把这口棺材完好无损地保留下来，因为它看上去几乎和新的一模一样。最后，我们还是把它改做成了一只稻箱。在收割的季节里，我们用它来打谷子，其他的时候，我们就把它抬到屋内贮存粮食。"

"你有没有在棺材里看见什么东西？"我问。

"没有，"康康想了一下说道，"那个郎中好像也向我打听过里面有什么钱财。"

"我是说，你有没有看见一本什么书？"

"没有。"

我在和这个年轻人说话的时候，我注意到他像姑娘一样多变的眼神中掩饰着什么心事，这一点，在他向我描述那场洪水时，我就已经看出来了。

"里面总会有一些东西吧，"我说，"那个外乡人才死了几十年——，不会所有的东西都烂掉。"

康康稚嫩的脸上出现恐慌的神色，沙钵的碎片在他手里捏得咔咔作响。过了好一阵，康康从碌碡上走下来，来到我的跟前，他的声音变得非常低：

"没有，我是说什么也没有，连尸骨都没有。"

我一愣。

“起先我心里也纳闷，这个狗日的外乡人怎么会连一根头发、一根骨头都不见？也许他的墓早已被人盗过了。这件事，除了弟弟和我，谁也不知道。现在我也有些害怕，有时真想把那只稻箱劈了当柴禾烧掉。”

那只稻箱拘束地占据着院子的一角，菜畦中的一根牵牛花爬上赭满黄的箱壁。它仿佛是一个早已消逝的生命留下的依稀可辨的痕迹，又像是一句谚语——在民间的流传中保留下来的最精炼的部分。

5

重阳节的那一天，我在一个圆形池塘的边上找到了小青。她看上去五十岁左右，美丽的容颜像一支歌谣一样消失了，又如一只鸟永远飞出了它的巢穴，衰老仿佛是一道黑色的屏障把她与以往的岁月隔开。

她蹲在河边的一块背风的干地上，把怀里的一叠黄纸揉皱，然后点着了火。“我在前些天就见到过你。”她对我说。我说我想找你谈一件事。她抬起头，看了我一眼：“你莫非是想从我这儿买几只兔子吧？”我摇了摇头。她笑了。“如果你想买一张床或是几只椅子，最好和我的男人去说。”我知道她的丈夫是一个木匠。

“你在给谁烧纸？”我问。

“……”

“……”

“你为什么不把这些纸拿到你父亲的坟上去烧？”

我递给她一支烟。她接过烟，熟练地衔在嘴里。这时，那堆黄纸已经烧完了。她在一块青石板上掸了掸土，然后坐下来。这个看上去面目慈祥的女人不像我先前想象的那样难以接近，她也许早已习惯了让记忆死去，让痛苦的根在内心深处的荒原里发芽。在沉默中，她大口大口地吸着烟。我觉得她的神情，她的黑颜色的绸布衫，她胸前鼓荡的重重的乳房都浸透在往事中间。她在吸完第三支烟后，开始向我谈起了去年冬天发生的一件事。

那是一个下雪天的早晨，小青像往常一样在灶屋里做饭，她的丈夫坐在堆满木料和刨花的屋子中间。天气太冷了，他的墨绳被冻成了一团，他等待着女人在做饭时把它在灶壁里烘化。很久没有下过这么大的雪了。隔着半掩的门，她看见自己唯一的儿子在门外陷在雪中玩耍。从瓦缝里漏进来的雪花将干草打得濡湿。她好不容易引着了火，浓烈的回烟弥漫了整个屋子。在烟雾中，她看见儿子推开门浑身沾满雪片走了进来。他好像在父亲的耳边说了些什么，他的父亲正被烟熏得直流眼泪，就一把推开了他。等到小青做完了饭从灶屋走出来，儿子便拽住了她的衣角。他说有一个瘦老头在门外转来转去。小青跟着他走到门外——漫天的风雪中连一只鸟的影子也看不到。小青想，那一定是一个要饭的老头，就没有理他。中午吃饭的时候，她的儿子又一次提起了这件事，他说那个老头长得很古怪。接着，他便一五一十地把那个老头的容貌比画了出来。

“我儿子说起的那个人和我父亲长得一模一样，连穿的衣服都一样。那时，我的父亲已死去多年，”小青说，“我虽然觉得奇怪，但没有细想这件事，只是一整天总觉得哪儿不对劲，傍晚的时候，我的儿子就在门前的这个池塘淹死了。他是在冰上玩的时候掉下去的——我想这里面一定有些什么事情，可当我把这件事讲给村里的人听，他们没有一个人相信我的话。”

刚劲的风敲响了林中的树叶，吹得纸烬的碎片四处纷飞。小青木然地看着我，神情肃穆，恍若隔世。我想起了一本名为《图腾与火》的书，书中提到在中国南方的一些省份，常常发生一些灵魂重现的现象。我想，在乡间，人们往往把接踵而至的灾难归咎于冥冥中的天意，我不知道这个女人的叙述包含多少可信的成分，但显然，她的迷惑和不快立刻感染了我。发生在这个僻静的山村的每一件事，都仿佛是悬在屋檐下的冰凌，每一秒钟，它都在悄悄地变化着。

“你和父亲来到村里的时候，你母亲在哪儿？”我问。

“她或许早就死了，我没有见过她。我父亲也可能不是亲生的——村里的人都这么看。”

“你父亲好像在村里一直不太习惯？”

“是的，那天我和父亲到麦村来的时候，刚好碰上了这一带的梅雨天气，村中的每一扇门都朝我们关上了……我们只能待在雨中。后来，一个老艄公答应我们住到他的屋子里去——他自己睡在船上。刚来的时候，我们对什么都不习惯，夜晚，我睡在老艄公的屋子里，在梦中都感到床板像船一样在水中摇晃。这个村子里女人很少。老艄公到了六十多岁还没有娶上媳妇……我们上岸的第二天，老艄公把我叫到了他的船上……他把我咬得浑身是血。我回到屋子里就发起了高烧。父亲给我解开衣服，用盐水擦洗伤口……后来，老艄公的船就翻了。”

6

夜晚，我坐在面粉加工厂冰凉的磅秤上，注视着窗外疾速移动的乌云和闪烁的树影，一夜未睡。对于现在看来完全可能是谭维年教授杜撰的那个词，我丧失了所有的兴趣。而传说中那个事件的片断——一排稀稀落落的房屋，一片柳树林，一块空地，却时常混杂着童年的记忆一起侵入我的梦中。

中午的时候，我在麦村的街角碰到一个看林人。他当时正蜷缩在一扇破旧店铺的门槛上卖茶。从嘴角流出来的口涎弄湿了他的袖管。他的目光注视着天空压得很低的黄色云层，辨别着他身边发出的各种声音。

“所有的事物都比人活得更长久。”看林人说。对四十年前的事，他能记住村中每一株山药树的样子和河床里每一粒石子的形状。正月十七的一天，也就是那个外乡人突然决定结婚的那一天，人们在清晨的时候看见这个姓张的人蹲在苏子河边，敲开河上的封冰用一把剃刀刮胡子。那时，看林人和母亲正在河对岸的林子里给新栽的枇杷树壅土。到了晌午，他看见一顶花轿摇摇晃晃地从一个山坡下闪了出来，慢慢地朝村子里走。花轿像是从很远的地方来的，轿夫们裹着绑腿，走路的架势看上去显得很累。母亲用手掌遮住耀眼的太阳光，朝村头张望着。“村里好像有什么人要娶媳妇了。”她说。

过了一会儿，花轿在河边的那间棚屋前停了下来。他看见村中的媒婆踮着小脚，比画着手势和轿夫们说着什么。在她身后，小青正把一张红纸糊在那扇泥窗的窗骨上。轿帘掀开，从里面走出一个高个子的女人。隔着飘满薄雾的苏子河，他看不清那个女人的脸。谁都不知道那个外乡人怎么把这个女人弄到手的。看林人丢开手中的铁锹，准备去村中看热闹的时候，听见母亲在身后咕哝了一句：“可怜的人，把婚事弄得像送葬一样。”

麦村的人似乎很容易忘记以往的事，时间过了几年之后，人们对这个安分的外乡人的态度渐渐变得亲昵起来。一些妇女给他送来了山枣和谷物，老人们也来到那间破屋里帮他张罗着。外乡人的脸色变得晴朗柔和起来。村中祠堂的老倌提出可以在祠堂里增设一个祖先的牌位，让这对新婚的“年轻人”在那里拜堂成亲，但是这个外乡人默默地拒绝了。他执拗地认为他的祖先不在祠堂里而在水中，他拉着那个高个子的女人来到了苏子河边，对着宽阔的水面跪了下来，吻了一下河边的烂泥。

那真是一个漂亮的女人。

晚上，林中的那间木房的门被大风吹散了，看林人准备回村取来一些铁钉将它重新钉好。他提着马灯，踏着坚硬的冻上朝村里走，当他走到苏子河上那条窄窄的木桥上时，他看见河边的那间屋子里亮着灯光。那亮光在静谧的黑夜中将树木衬得橙黄。他的心剧烈地跳了起来。“一想到那个晚上的月光就使人莫名其妙地难受。”看林人说。他的眼前一次次闪现出那个女人的模样，脑子里出现了一个“荒唐的想法”。他朝那片灯光走了过去，脚步声越来越轻，最后，他在那扇暗红的泥窗下蹲了下来，捅破了窗户纸。

那年正月，已经开春二十多天了，而天气却像隆冬一样寒冷。刺骨的风从落光了叶子的树梢上吹过，在屋檐和瓦缝中发出低低的回响。那个女人坐在床沿的一边，男人在另一边出神地望着她。过了一会儿，屋子里传出女人上马桶的声音，看林人看见女人掀开帘子出来的时候，准备将裤腰带系上，男人走过去抓住了她的手，女人肥大的黑裤子一下子滑到了地上。

“我一辈子只看见过一次女人的身体，我的心一下子提到了嗓子眼，”看林人说，“现在看起来，女人是一件可有可无的东西。”他端起面前的茶杯喝了一口，抹了抹嘴角又稀又白的胡须，又重复了一遍刚才的话，“真的，可有可无——这事也许当你老了的时候，你就明白了。”

那时，看林人伏在窗下，在闪闪忽忽的灯光中，他看见那个外乡人把女人的衣服剥得精光，然后吻她，从她的小脚趾开始，沿着她身体的中间慢慢往上。女人的身体颤栗着。她的神色看上去有些不对劲。她那老鼠一样可怜的眼睛中，像是在担心着一件什么事发生。男人的动作越来越粗鲁，她的身体颤抖得更厉害。随后，那个外乡人把她抱起来，放在床上。那张破床吱吱嘎嘎地响着，女人的身体像盛在杯中的水一样晃荡着。这时，看林人听见隔壁小青在睡梦中发出的咳嗽声，外乡人像是迟疑了一下，然后开始脱掉衣服，露出瘦蛇一样精赤的背脊。

“不久，我看到了一件让人纳闷的事——那个外乡人上到床上后不一会儿，又从帐子里钻了出来，他沮丧地穿上衣服，走到墙边的一张桌前坐了下来，我从来没有见过他那么可怕的脸色。他点上烟斗慢慢地吸着。女人在床上低声地啜泣。我不知道发生了什么事。原先我想也许是那个外乡人不会干那事，但后来我才听说那个叫二翠的女人屁眼边上少了一个小洞。”看林人说。

就这样，那个外乡人在屋子里一直坐到天明。后半夜，风停了，油灯也快燃尽了，看林人在窗外迷迷糊糊地进入了梦乡，天亮的时候，暖烘烘的阳光将他晒醒。

7

棉花成熟的时节，秋色渐渐地深了。这天早上，我又一次来到了那个圆形的池塘前。枯黄的树叶和草尖上覆盖了一层薄霜，鸟儿迟暮地飞走了，在它孤单的叫声中，空气变得越来越干燥。

在一间阴暗的屋子里，小青正在剥一只兔子。她黑布衫的对襟上也沾上了兔子的血迹。“昨天晚上，有两只兔子给狼咬死了，秋天快要过去的时候，村里的狼多了起来。”小青说。过了一会儿，她问我能不能帮她把炉子生上，我答应了。“我知道你在村子四处打听我父亲的事，他已死了四十多年，我不懂那些事对你有什么用处。”她说。我笑了笑。

“你从哪里来?”小青问。

“城里。”

“城里干那种事的人也一定很多吧?”

“什么事?”

“我是说妓女。”

“过去有。”

“在我们的船上，这种事不算什么，”小青说，“可岸上的人都把它看得很重。我来这里后的四十多年，村里很少有人愿意和我说话。据说外地人经过麦城的时候，也绕着道走。本来，我们船上的人都是一些本分的渔民，后来我们的祖先帮助一个叫陈友谅的土匪打过仗，姓朱的皇帝得到天下后，就下旨不准我们上岸。有一年，这一带发生了严重的饥荒，船上的妇女才开始上岸拉客，慢慢地，船队就变成了后来的那个样子。”

“你父亲死后，那个叫二翠的女人去了哪里?”我问。

“死了。”

“死了？”

老人许久没有说话。她把剥了皮的兔子放在盆里洗净，搁在一只铁锅里，炖在炉子上，回到她原先呆着的那个位置坐下。

“二翠是一个善良的女人。她的死完全是因为我。父亲死后，她就被娘家的人接回去了，她的家在二十里外的山脚下。有一年夏天，二翠来村里看我，顺便给我捎来了几件褂子。她在村里住了几天，刚巧碰上了那件事。那天晚上，我和二翠正在桌边剪鞋样，听到村头响起了狗的叫声，二翠说，好像有什么陌生人到村子里来。过了一会儿，狗也不叫了，我们以为不会有什么事，可是墙上石龛里的油灯突然灭了。我起先还以为是风将它吹灭的，正准备将它重新点亮，一个黑影闪了进来。在暗中我们谁都看不清楚他的模样。我感到腰上被一个尖尖的东西顶着，那个黑影把我逼到了墙角。我终于知道那个人要干什么了。那个人抬手将我的衣服轻轻一捋，肩膀上就被撕开了一个大口子。我闻到了一股浓烈的酒气，他将嘴凑在我的胸脯上……”

老人双手交臂抱在胸前，她像是感到有些冷，又仿佛沉浸在那件令人心悸的往事中，脸上露出恐怖的神色。我注视着地上的兔子的内脏，心头一阵冰凉。

“二翠像是被吓蒙了，过了好久她才镇定下来。她从屋子的另一侧跑过来，跪在地上死死抱住了那个人的腿。二翠对那个黑影说：‘她还是一个小姑娘，还没有出阁，你一定想干那种事，就和我干吧……’那个人像是笑了一下，稍稍转过身，我感到他手里的匕首在空中挥了一下，二翠的手就松开了。”

“现在想想，”小青说，“二翠当初真不该那样拦他。这种事我从小就在船上看惯了，每天晚上都有一些当官的和商人到船上来，有时候，天还没有黑下来，他们就在船舱里铺上一块草席，抱着妓女滚在了一起。那个男人将我按在地上，那时候，我并没有感到怎样害怕，开始的时候我只是觉得有些疼。在蟋蟀的叫声中，我听见二翠的呼吸变得越来越急促。那个男人走后，她的身体已经变得像铁一样硬了。后来，村里的媒婆有一天来到了我的屋里，她问我是不是愿意嫁人，我说好吧，几天后，我就嫁给了现在的这个木匠。他是一个老实人。"

"所有的事情全都会过去，只有人死了不能再生。"小青说。她走到那个火炉旁，用蒲扇在炉门前扑了几下，炉火渐渐地旺了，屋子里充满了一股兔肉的香味。

这时，太阳已经升高了，屋子里的光线也亮堂了许多。我看见窗外很远的地方，有几个农妇在摘棉花。

"你的父亲是不是写过一本什么书？"我问。

"没有，他不认识字。"

"那么，你们祖上是不是有一些书传下来，比如家谱之类？"

"不知道，如果有的话，也同父亲一起埋掉了。"小青说，"这件事也许父亲知道，可他死得那样早，谁都没有料到。要是活到现在也该有八十多岁了。我总也忘不了他那张脸。我常常到离村很远的集市上去卖花，秋天是金菊，春天是栀子花。每天我卖完花回来，他都坐在门前的山榆树下等我。"

老人用手背揩了揩眼圈，呆呆地看着炉子上冒起的轻烟出神。

"我现在还是非常想他。"小青说，"有一次，我正在洗澡……"

这时，她的丈夫推门进来，小青站起身帮他把刨锤和锯子从肩上拿下来，搁在鸡埘上。木匠径自走到水缸边，舀起一瓢凉水咕咕咚咚地喝完。

"地里的棉花该收了。"他说。

8

一个黄昏接着一个黄昏，时间很快地流走了，在村落顶上平坦而又倾斜的天空中，在栅栏和窗外延伸的山脉和荒原中没有留下一丝痕迹。我整日整夜被那个可怜的人谜一般的命运所困扰，当我决定离开这里的时候，我突然有了一种不真实的感觉。这个村子——它的寂静的河流，河边红色的沙子，匆匆行走的人和他们的影子仿佛都是被人虚构出来的，又像是一幅写生画中常常见到的事物。

在我离开麦村回到城里的当天，我在门廊里拿到一封信。信是一个姑娘写来的，一九六七年冬天，我去横塘看望那个叫李贵的老人时，她正在门前的池塘为他拆洗被褥。她在信中说，李贵患了一种很严重的病，也许活不长久了，他在临终之前，为了许多年之前结下的一面之缘，很想再见我一次。晚上，我坐在灯下重读了这封信，我注意到信封上的邮戳已经模糊不清了，但依然能够看出这封信是一个月之前寄来的。这个昔日卖麦芽糖的老人脸上凸出的颧骨和姑娘深陷的笑靥同时跃入我的眼帘。第二天早上，我踏上北去的火车。

当我在竹林背后找到那座低矮的平房时，已是三天后的中午。老人倚在墙边，在温暖的阳光下打盹。他很快就看到了我，扶着墙站起来，朝前走了几步。

“我知道你会来，”老人说，“前些天，死神和我开了一个玩笑，我在棺盖上躺了一个白天，晚上又醒了过来。”

我们挨着墙根坐了下来，在老人说话的时候，我仿佛看到了一架完好无缺的机器，它内部的每一个零件都生了锈，只是凭着惯性在慢慢运转着。他看上去没有什么病，只是自然的衰老将他带到死亡的边缘。

“我的侄女整天在念叨你，她说你也许由于事情忙不会来了，我想你一定会来。”老人说。那个姑娘正在一根铅丝绳上晾衣服，她转过身朝我笑了一下。

“我最近到麦村去了一次，回来后才看到你们的信。”我说。

“麦村？”

“就是我碰见你的那个村子。”